UN GRITO EN LA NOCHE

Mary Higgins Clark

UN GRITO EN LA NOCHE

CÍRCULO DE LECTORES

Título del original inglés, A cry in the night
Traducción, Lorenzo Cortina
Cubierta, Diseño Industrial

Círculo de Lectores, S.A.
Valencia, 344   Barcelona
5 6 7 8 9 4 8 0 3

© 1983 Plaza & Janés Editores
Depósito legal B. 4093-1984
Compuesto en Garamond 10
Impreso y encuadernado por
Printer, industria gráfica sa
Sant Vicenç dels Horts   1984
Printed in Spain
ISBN: 84-226-1698-X

Edición no abreviada
Licencia editorial para Círculo de Lectores
por cortesía de Plaza & Janés
Queda prohibida su venta a toda persona
que no pertenezca a Círculo

AGRADECIMIENTO

Doy especialmente las gracias al doctor John T. Kelly, M. D., M. P. H., profesor de Psiquiatría y profesor y director asociado del Departamento de Práctica familiar y Salud comunitaria, Facultad de Medicina de la Universidad de Minnesota, por su generosa y experta asistencia al ayudarme a trazar e interpretar las personalidades psicopáticas que aparecen en este libro y en *La cuna caerá*.

A la feliz memoria de
mis padres y hermanos,
Luke, Nora, Joseph y John Higgins,
que de una forma efectiva infundieron
alegría a mi juventud.

PROLOGO

Jenny comenzó a buscar la cabaña al amanecer. Durante toda la noche había permanecido inmóvil en el macizo lecho de cuatro columnas, incapaz de dormir, en la inmovilidad dc aquella opresiva y aferradora casa. Incluso después de semanas de saber que aquello no llegaría, sus oídos aún seguían adaptados al grito de bebé hambriento. Sus pechos seguían aún llenos, dispuestos a dar la bienvenida a sus delgados y ansiosos labios.

Finalmente, encendió la lámpara de la mesilla de noche. La habitación se iluminó y el cuenco de cristal emplomado que se encontraba encima de la cómoda captó y reflejó la luz. Las pequeñas pastillas de jabón de pino que llenaban el cuenco, arrojaron un mágico tinte verdoso sobre un antiguo espejo de plata y unos cepillos.

Se levantó de la cama y comenzó a vestirse, eligiendo la larga ropa interior de nilón «Windbreaker», que llevaba debajo de su traje de esquiar. Había encendido la radio a las cuatro. El informe del tiempo no había cambiado para la zona de Granite Place, Minnesota; la temperatura era de once grados bajo cero. Los vientos soplaban a un promedio de cuarenta y cinco kilómetros por hora.

No importaba. Nada importaba. Aunque se helase hasta la muerte en la búsqueda, intentaría encontrar la cabaña. En alguna parte de aquel bosque de arces, robles, perenifolios, pinos noruegos y monte bajo muy crecido. En aquellas horas insomnes había urdido un plan. Erich podía andar tres pasos por uno de ella. Su naturalmente largo paso le había hecho siempre, de forma inconsciente, andar más de prisa que ella. Solían hacer bromas al respecto.

—¡Eh, aguarda a una muchacha de ciudad! —acostumbraba a protestar ella.

En una ocasión, se había olvidado la llave al dirigirse a la cabaña e, inmediatamente, regresó a la casa a buscarla. Había permanecido fuera cuarenta minutos. Esto significaba que, para él, la cabaña estaba, por término medio, a unos veinte minutos de paseo desde el reborde de los bosques.

Nunca la había llevado hasta allí.

—Haz el favor de comprenderlo, Jenny —le suplicó—. Cualquier artista necesita un lugar donde poder encontrarse en absoluta soledad.

Hasta ahora, no había intentado buscarla. Los que ayudaban en la granja, tenían absolutamente prohibido ir a los bosques. Incluso Clyde, que había sido director de la granja durante treinta años, alegaba no saber dónde se encontraba la cabaña.

La pesada y encostrada nieve había borrado cualquier clase de pista, pero la nieve hacía asimismo posible para ellas intentar llevar a cabo la búsqueda con unos esquíes de fondo. Debía tener cuidado en no perderse. Con los densos matorrales y su propio y miserable sentido de la orientación, podía, muy fácilmente, caminar en círculos.

Jenny había pensado acerca de esto. Por ello, decidió llevarse una brújula, un martillo, tachuelas y trozos de paño. Clavaría la tela en los árboles como ayuda para encontrar el camino de regreso.

Su traje de esquí se encontraba en el piso de abajo, en el armario de enfrente de la cocina. Mientras hervía el agua para el café, acabó de abrochárselo. El café ayudó a que su mente comenzara a enfocarse. Durante la noche, había estado considerando el visitar al sheriff Gunderson. Pero éste, seguramente, se negaría a ayudarla y, todo lo más, se la quedaría mirando con aquella expresión familiar de especulativo desdén.

Se llevaría un termo de café. No tenía la llave de la cabaña, pero rompería una ventana con el martillo.

Aunque Elsa no se había presentado desde hacía dos semanas, la amplia y vieja casa aún relucía, como prueba visible de sus rígidas pautas de limpieza. Su costumbre cuando acudía radicaba en arrancar el día corriente del calendario que se hallaba pegado en la pared al lado del teléfono. Jenny había bromeado de aquello con Erich.

—No sólo limpia lo que nunca ha estado sucio, sino que elimina cada día de la semana por la noche.

Ahora Jenny arrancó el viernes, 14 de febrero, arrugó la hoja en la mano y se quedó mirando la hoja de debajo, con las letras mayúsculas de sábado, 15 de febrero. Se estremeció. Hacía casi catorce meses desde el día en que conoció a Erich en la galería. No, eso no podía ser. Había pasado, en realidad, toda una vida. Se frotó la frente con la mano.

Su cabello castaño se había oscurecido hasta resultar casi negro durante el embarazo. Lo sintió monótono y sin vida mientras lo metía debajo de su gorro de esquiar de lana. El espejo con marco de concha, a la izquierda de la puerta de la cocina, constituía un toque incongruente en aquella maciza cocina con paneles de roble. Se miró ahora en él. Sus ojos tenían profundas ojeras. Normalmente de un tono entre acuoso y azul, reflejaron en aquel momento unas pupilas muy dilatadas e inexpresivas. Las mejillas aparecían tirantes. La pérdida de peso desde el nacimiento la había dejado demasiado delgada. El pulso le latió en el cuello mientras se subía hasta arriba la cremallera del traje de esquí. Veintisiete años... Le parecía tener el aspecto de, por lo menos, treinta y siete, y se sentía un siglo más vieja. Si al menos le desapareciese aquel entumecimiento... Sí, por lo menos, la casa no fuese tan silenciosa, tan pavorosa y espantosamente tranquila...

Se quedó mirando al horno de hierro fundido que se hallaba en la pared oriental de la cocina. La cuna, rellena de madera, se encontraba de nuevo a su lado, una vez recuperada su inutilidad.

De forma deliberada, estudió aquella cuna, obligándose a absorber la constante conmoción de su presencia en la cocina; luego le dio la espalda y alargó la mano para coger el termo. Vertió café en él, y a continuación reunió la brújula, el martillo, las tachuelas y los trozos de tela. Tras meterlos en una bolsa de mochila, se enrolló un pañuelo alrededor del rostro, se puso sus zapatos de esquí de fondo, tiró fuertemente de ellos, se enfundó en las manos unos mitones forrados de piel y abrió la puerta.

El fuerte y mordiente viento pareció burlarse de su pañuelo en la cara. El apagado mugido de las vacas en el granero de la granja le recordó los agotados sollozos de una profunda tristeza. El sol estaba saliendo, destellando contra la nieve, discordante en su belleza rojodorada, como un dios muy lejano al que no afectaba aquel hiriente frío.

Ahora, Clyde se hallaría inspeccionando la vaquería. Otras manos recogerían el heno del henil para alimentar a la veintena de negro ganado «Angus», incapaces de apacentar bajo la densa nieve y que, habitualmente, se dirigían aquí en busca de alimentación y cobijo. Media docena de hombres trabajaban en esa enorme granja, aunque no había ninguno cerca de la casa: todos asemejaban unas pequeñas figuras, que parecían siluetas contra el horizonte...

Los esquíes de fondo se hallaban afuera de la puerta de la cocina. Jenny bajó con ellos en la mano los seis escalones del porche, tiró luego los esquíes al suelo, se subió a ellos y se los encajó. Gracias a Dios, había aprendido a esquiar bien el año pasado.

Eran un poco más de las siete cuando comenzó a buscar la cabaña. Se limitó a esquiar como máximo treinta minutos en cada dirección. Empezó desde el punto donde Erich desaparecía siempre en los bosques. Las altas ramas eran tan enmarañadas que el sol apenas penetraba a través de ellas. Después de haber esquiado en línea recta cuanto le fue posible, giró a la derecha, cubrió unos treinta y tantos metros más, giró de nuevo a la derecha y comenzó a regresar hacia la linde del bosque. El viento cubrió sus huellas casi con tanta rapidez como pasaba por cualquier lugar, pero en cada punto en que había girado tuvo la precaución de clavar un trozo de tela en un árbol.

A las once, regresó a la casa, calentó sopa, se puso unos calcetines secos, se forzó a sí misma a ignorar el hormigueante dolor en la frente y manos y salió de nuevo.

A las cinco de la tarde, medio helada, con los inclinados rayos del sol casi desvaneciéndose, estaba a punto de dejarlo por aquel día, cuando decidió ascender una colina más. Fue entonces cuando dio con ella, con la pequeña cabaña de troncos y tejado de corteza, que había sido construida por el bisabuelo de Erich en 1869. Se la quedó mirando, mordiéndose los labios mientras una salvaje decepción se deslizaba en ella con el impacto físico de un estilete.

Las persianas estaban echadas; la casa presentaba el aspecto de estar cerrada a cal y canto, como si no la hubiesen ocupado durante muchísimo tiempo. La chimenea aparecía cubierta por la nieve; no brillaban luces desde dentro.

¿Se había, realmente, atrevido a confiar que, cuando la descubriese, la chimenea humearía, las lámparas dejarían pasar su resplandor a través de las cortinas y que sería capaz de acercarse a la puerta y abrirla?

Había una placa metálica clavada en la puerta. Las letras se habían difuminado, pero aún podían leerse: TERMINANTEMENTE PROHIBIDA LA ENTRADA. LOS TRANSGRESORES SERÁN DENUNCIADOS. Llevaba la firma de Erich Fritz Krueger y la fecha de 1903.

Se veía una estación de bombeo a la izquierda de la cabaña y un retrete discretamente oculto a medias por unos pinos de grandes ramas. Trató de imaginarse al joven Erich viniendo aquí con su madre.

—Caroline amaba la cabaña tal y como estaba —le había explicado Erich—. Mi padre quería modernizar este viejo lugar, pero ella no deseaba ni oír hablar de ello...

Sin percatarse del frío, Jenny esquió hacia la ventana más cercana. Tras hurgar en la mochila, sacó el martillo, lo alzó y aplastó el cristal. Las errantes astillas de vidrio le arañaron las mejillas. No fue consciente del surco de sangre, que se le heló en cuanto comenzó a rodar por el rostro. Con cuidado de evitar los fragmentos en punta, metió la mano, corrió el pestillo y alzó la ventana.

Tras quitarse los esquíes, trepó por el bajo alféizar, echó a un lado la persiana y penetró en la cabaña.

Esta consistía en una sola habitación de unos doscientos metros cuadrados. Una estufa «Franklin» se encontraba en la pared norte, con leños apilados cerca de ella. Una desteñida alfombra oriental cubría la mayor parte del suelo de pino albar. Un sofá de amplios brazos y alto respaldo de terciopelo, con unos sillones a juego, se arracimaban alrededor de la estufa. Una larga mesa de roble y unos bancos aparecían junto a la ventana delantera. Una rueca tenía el aspecto de ser aún funcional. Un macizo armario de roble contenía la vajilla de porcelana y las lámparas de petróleo. Una empinada escalera conducía hacia la izquierda. Muy cerca, unas hileras de canastas contenían montones de lienzos sin marco.

Las paredes eran de pino albar, sin nudos, tan lisas como la seda y cubiertas con cuadros. Entumecida, Jenny anduvo de uno a otro de ellos. La cabaña era un museo. Incluso aquella escasa luz no podía ocultar la exquisita belleza de los óleos y las acuarelas, los carboncillos y los bosquejos a la tinta china. Erich aún no había empezado a mostrar su mejor obra. «¿Cómo reaccionarían los críticos cuando viesen aquellas obras maestras?», se preguntó.

Algunos de los cuadros de las paredes estaban ya enmarcados. Debían de ser los primeros que planeaba exponer. El henil en una tormenta invernal. ¿Y qué había de diferente en él? La coneja, con la cabeza alzada, a punto de huir hacia el bosque. El ternero buscando a su madre. Los campos de alfalfa, con flores azules, dispuestos ya para la cosecha. La Iglesia Congregacional con los fieles apresurándose hacia ella. La calle mayor de Granite Place, que sugería una serenidad intemporal...

Incluso en su desolación, la sensible belleza de la colección confirió a Jenny una momentánea sensación de quietud y de paz.

Finalmente, se inclinó sobre los lienzos sin enmarcar del montón más cercano. Una vez más, la admiración sofocó todo su ser. Las increíbles dimensiones del talento de Erich, su habilidad para pintar paisajes, personas y animales con igual autoridad; la alegría del jardín veraniego con el anticuado coche de bebé, el...

Y entonces lo vio. Sin comprender, comenzó a correr entre las otras pinturas y bosquejos de los archivadores.

Muy de prisa, fue de un lienzo al siguiente. Sus ojos se abrieron al máximo en un ademán de incredulidad. Sin saber lo que estaba haciendo, se arrastró hacia la caja de la escalera que llevaba al desván y subió precipitadamente los escalones.

La buhardilla presentaba una inclinación a causa del buzamiento del tejado, y Jenny tuvo que inclinarse hacia delante al final de los escalones, antes de entrar en la estancia.

Mientras se enderezaba, un resplandor de color de pesadilla procedente de la pared posterior asaltó su visión. Conmocionada, se quedó mirando su propia imagen. ¿Un espejo?

No. El rostro pintado no se movió mientras se aproximaba a él. La luz del atardecer procedente de la ventana, apenas una abertura, jugó encima del lienzo, esbozando un sombreado a rayas, como el señalamiento del dedo de un fantasma.

Durante unos minutos, permaneció contemplando el lienzo, incapaz de apartar los ojos del mismo, absorbiendo hasta el más grotesco de los detalles, sintiendo que su boca se aflojaba en una angustia desesperanzada, escuchando el afilado sonido que procedía de su propia garganta.

Finalmente, forzó a sus entumecidos y reluctantes dedos a agarrar el lienzo y arrancarlo de la pared.

Segundos después, con el cuadro debajo del brazo, esquiaba

alejándose de la cabaña. El viento, muy fuerte ahora, la amordazaba, le quitaba la respiración, sofocaba su frenético grito.

—Ayudadme —estaba gritando—. Por favor, que alguien me ayude...

El viento le arrebató el grito de los labios y lo esparció a través del sombrío bosque.

UNO

Resultaba obvio que la exposición de pinturas de Erich Krueger, el recién descubierto artista del Midwest, constituyó un asombroso éxito. La recepción para los críticos y los invitados especiales comenzó a las cuatro, pero, durante todo el día, los curiosos habían llenado la galería, atraídos por *Recuerdo de Caroline*, el magnífico óleo exhibido en el escaparate.

Con habilidad, Jenny fue de un crítico a otro, presentando a Erich, charlando con los coleccionistas, vigilando que los proveedores pasasen nuevas bandejas de entremeses y se cuidasen de volver a llenar las copas de champaña.

Desde el preciso instante en que abrió los ojos aquella mañana, había tenido un día difícil. Beth, por lo general tan dúctil, se había resistido a irse a la guardería de día. Tina, de dos años, con los dolores que le causaban sus molares, se había despertado media docena de veces durante la noche, llorando irritablemente. La ventisca del Día de Año Nuevo había dejado a Nueva York con una pesadilla de atasco de tráfico y con los bordillos cubiertos de montones de resbaladiza y fuliginosa nieve. Tras depositar a los niños en el centro y abrirse paso a través de la ciudad, llegó casi con una hora de retraso al trabajo. Mr. Hartley se puso frenético.

—Todo va mal, Jenny. Nada está preparado. Te prevengo. Necesito a alguien con quien pueda contar.

—Lo siento...

Jenny arrojó su abrigo en el armario.

—¿A qué hora vendrá Mr. Krueger?

—A eso de la una. ¿Puedes creerte que tres de los cuadros no han sido entregados hasta hace unos minutos?

A Jenny siempre le había parecido que aquel hombrecillo sesentón volvía a los siete años de edad cuando se alteraba. Tenía ahora el ceño fruncido y le temblaban los labios.

—Pero ahora ya están todos, ¿verdad? —le preguntó con suavidad.

—Sí, sí, pero cuando Mr. Krueger telefoneó anoche, le pregunté si había enviado esos tres. Se enfadó terriblemente ante la perspectiva de que se hubiesen perdido. E insistió en que el cuadro de su madre sea expuesto en el escaparate, aunque no esté en venta. Jenny, te lo digo... Tenías que haber planteado el asunto de ese cuadro.

—Pues no lo he hecho...

Jenny resistió el impulso de dar unas palmaditas a Mr. Hartley en los hombros.

—Todo saldrá bien. Vamos a colgarlos...

Hábilmente, ayudó en los arreglos, agrupando los óleos, las acuarelas, los bosquejos a la tinta, los carboncillos...

—Has tenido buen ojo, Jenny —le dijo Mr. Hartley, visiblemente contento cuando se hubo colocado el último lienzo—. Sabía que lo conseguiríamos.

«¡Claro que sí!», pensó ella, tratando de no suspirar.

La galería se abrió a las once. A las once y cinco la pintura elegida estaba en su sitio, con su anuncio bellamente caligrafiado y con un marco de terciopelo a su lado: PRIMERA EXPOSICIÓN EN NUEVA YORK, ERICH KRUEGER. El cuadro del escaparate comenzó, inmediatamente, a atraer a los paseantes de la Calle 57. Desde su escritorio, Jenny observó cómo la gente se detenía a observarlo. Muchos de ellos entraron en la galería para ver el resto de la exposición.

Algunos le preguntaban ahora:

—¿Ha sido usted la modelo para ese cuadro del escaparate?

Jenny les tendió los opúsculos con la biografía de Erich Krueger:

> *Hace dos años, Erich Krueger logró una instantánea pree-minencia en el arte mundial. Natural de Granite Place, Minnesota, ha pintado por vocación desde los quince años. Su hogar está formado por una familia de granjeros, de cuatro generaciones, y él cría allí ganado selecto. También es presidente de los «Krueger Limestone Works». Un marchante de arte de Minneápolis fue el primero en descubrir su talento. Desde entonces, ha expuesto en Minneápolis, Chicago, Washington, D.C. y San Francisco. Mr. Krueger tiene treinta y cuatro años y es soltero.*

Jenny observó su foto en la cubierta del folleto. «Y es además muy bien parecido», pensó.

A las once y media, Mr. Hartley se aproximó a ella. Su ansiosa y preocupada expresión había casi desaparecido.

—¿Todo está bien?

—Todo está en orden —le aseguró ella.

Y, anticipándose a su próxima pregunta, añadió:

—He vuelto a confirmar al abastecedor de la fiesta. Los críticos de *The Times*, *The New Yorker*, *Newsweek*, *Time* y *Art News* se han comprometido a acudir. Por lo menos, esperamos ocho en la recepción y, si permitimos colarse a algunos, llegarán a los cien. Cerraremos para el público a las tres. Esto le dará al que trae los suministros tiempo suficiente para prepararlo todo.

—Eres una buena chica, Jenny.

Ahora que todo estaba en orden, Mr. Hartley se mostraba relajado y benigno. «¡A ver qué pasa cuando le diga que no puedo quedarme hasta el final de la recepción!»

—Lee acaba de llegar —continuó Jenny, refiriéndose a su ayudante a tiempo parcial—, así que estamos preparados...

Le sonrió.

—Ahora, deje de preocuparse.

—Lo intentaré... Dile a Lee que regresaré antes de almorzar con Mr. Krueger. Ahora tendrías que salir y comer algo, Jenny.

La mujer le observó salir briosamente por la puerta. Por el momento, había un poco de sosiego en el número de los últimamente llegados. Deseó estudiar el cuadro del escaparate. Sin preocuparse de ponerse un abrigo, se deslizó afuera. Para tener perspectiva sobre la obra, se separó un poco del cristal. Los transeúntes en la calle, la miraron a ella y al cuadro, viéndose obligados a caminar a su alrededor.

La joven mujer del cuadro estaba sentada en una mecedora en un porche, contemplando la puesta del sol. La luz era oblicua, con sombreados rojos, púrpuras y malvas. La esbelta figura se encontraba arropada en una capa de color verde oscuro. Unos pequeños mechones de su cabello negroazulado le rodeaban el rostro, que estaba ya casi oculto en las sombras. «Comprendo lo que Mr. Hartley ha querido decir», pensó Jenny. La alta frente, las gruesas cejas, los grandes ojos, la fina y recta nariz y la generosa boca tenían gran parecido con sus propios rasgos. El porche de madera estaba pintado de blanco y tenía unas pequeñas columnas en los ángulos. La pared de ladrillos de la casa de atrás, estaba apenas sugerida en el trasfondo. Un muchachito, silueteado por el sol, corría a través de un campo hacia la mujer. La nieve endurecida sugería el frío penetrante de la noche que ya se echaba encima. La figura en la mecedora estaba inmóvil, con la mirada fija en la puesta de sol.

A pesar de todo aquello, la ansiosa aproximación del chiquillo, la solidez de la casa, la aplastante sensación de espacio, le parecía a Jenny que había sido algo particularmente aislado en aquella figura. ¿Por qué? Tal vez a causa de que la expresión de los ojos de la mujer eran muy tristes. ¿O era sólo porque todo el cuadro sugería un mordiente frío? ¿Por qué había alguien sentado allá fuera con tanto frío? ¿Por qué no observaba la puesta de sol desde detrás de una ventana, en el interior de la casa?

Jenny se estremeció. El suéter de cuello de cisne había sido un regalo de navidad de su ex marido, Kevin. Este había llegado al apartamento de forma inesperada el día de Nochebuena, trayendo el suéter para ella y unas muñecas para las chicas. Ni una sola palabra acerca del hecho de que nunca le enviase la paga de la pensión alimenticia, ni siquiera de que, en realidad, le debiera doscientos dólares en «préstamos». El suéter era barato, y daba muy poco calor. Pero, por lo menos, era nuevo y su color turquesa era un buen telón de fondo para la cadena de oro de Nana y el guardapelo. Naturalmente, una ventaja del mundo del arte radicaba en que la gente podía vestirse para autocomplacerse, y su demasiado larga falda de lana y sus anchas botas no eran, necesariamente, una admisión de pobreza. De todos modos, sería mejor que volviese adentro. Lo último que necesitaba era pillar la gripe que estaba haciendo estragos en Nueva York.

Se quedó mirando de nuevo el cuadro, admirando la destreza con la que el artista había dirigido la mirada del espectador, desde la figura en el porche hacia el niño y la puesta de sol.

—Maravilloso —murmuró—, absolutamente maravilloso.

Inconscientemente, retrocedió mientras hablaba, resbalando en la viscosa acera; sintió que tropezaba con alguien. Unas fuertes manos la agarraron por los codos y le dieron estabilidad.

—¿Siempre se queda fuera con este tiempo, sin ponerse el abrigo, y hablando consigo misma?

El tono de la voz combinaba el enojo con el regocijo.

Jenny se dio la vuelta. Confundida, tartamudeó:

—Lo siento. Perdóneme, por favor. ¿Le he lastimado?

Se echó hacia atrás, cuando se percató de que el rostro al que estaba mirando era el que figuraba en la foto del folleto, que había estado entregando durante toda la mañana. «Dios mío —pensó—, de entre toda la gente he tenido que ir a tropezar con Erich Krueger...»

Observó cómo palidecía el rostro de él; sus ojos se abrieron, sus labios se endurecieron. «Está enfadado —pensó consternada—. Prácticamente, le he derribado.» Contrita, le tendió la mano.

—Lo siento, Mr. Krueger. Haga el favor de perdonarme. Estaba tan distraída admirando el cuadro de su madre... Es... Es algo indescriptible. Oh, entre... Soy Jenny MacPartland. Trabajo en la galería...

Durante un largo momento, la mirada de él siguió fija en la cara de Jenny, mientras la estudiaba rasgo por rasgo. Sin saber qué hacer, Jenny se quedó de pie silenciosa. Gradualmente, la expresión del artista se suavizó.

—Jenny...

Sonrió y repitió:

—*Jenny*...

Luego añadió:

—No me hubiera sorprendido si me hubiese dicho... Bueno, no importa.

La sonrisa iluminó su apariencia de forma inconmensurable. Estaban, prácticamente, tocándose, y las botas de ella tenían ocho centímetros de tacón, por lo que podía juzgarle como, más o menos, de un metro ochenta. Su rostro, bien parecido y de tipo clásico, aparecía dominado por unos bien implantados ojos azules. Las cejas, gruesas y bien formadas, hacían que su frente no pareciese demasiado ancha. Con un cabello de un bronceado dorado, salpicado con algunos mechones plateados, rizado en torno a la cabeza, le recordaban la imagen de una moneda romana antigua. El hombre tenía las mismas delgada nariz y boca sensible que la mujer del cuadro. Llevaba un abrigo de cachemira de pelo de camello, con un pañuelo de seda alrededor de la garganta. «¿Qué me había esperado?», se preguntó. En cuanto escuchara la palabra *granja*, se hizo una imagen mental del artista, que acudiría a la galería llevando una chaqueta vaquera y botas embarradas. El pensamiento la hizo sonreír y regresó a la realidad. Aquello era ridículo... Seguía allí de pie temblando.

—Mr. Krueger...

El la interrumpió.

—Jenny, te vas a enfriar. Lo siento terriblemente...

Su brazo estaba bajo el de la mujer. La empujaba hacia la puerta de la galería, abriéndola para que pasara.

El artista, comenzó, inmediatamente, a estudiar la colocación de sus cuadros, observando cuán importante había sido que hubiesen llegado los tres últimos.

—Importante para el expedidor —añadió sonriendo.

Jenny le siguió mientras realizaba una meticulosa inspección, deteniéndose dos veces para enderezar lienzos que estaban colgados ligeramente descentrados. Cuando hubo finalizado, asintió, al parecer satisfecho.

—¿Por qué ha colocado *Labranza primaveral* al lado de *Cosecha*? —preguntó.

—Es el mismo campo, ¿no? —replicó Jenny con otra pregunta—. Supuse una continuidad entre el labrar terreno y ver luego la cosecha. Me hubiera gustado que también existiera una escena veraniega...

—La *hay* —replicó—. Pero no he querido enviarla...

Jenny lanzó una ojeada al reloj que se encontraba encima de la puerta. Era cerca de mediodía.

—Mr. Krueger, si no le importa voy a instalarle en la oficina privada de Mr. Hartley. Ha hecho una reserva de un almuerzo, para usted y para él, en el «Russian Tea Room» para la una de la tarde. Regresará muy pronto y yo saldré a tomarme un bocadillo...

Erich Krueger la ayudó a ponerse el abrigo.

—Mr. Hartley va a tener que comer hoy solo —explicó—. Estoy muy hambriento y tengo intención de comer con usted. A menos, como es natural, que esté citada con alguien...

—No, sólo iba a tomar un tentempié en el *drugstore*...

—Podemos comer en el «Tea Room». Me imagino que nos encontrarán sitio.

19

Ella se sometió sin protestas, sabiendo que Mr. Hartley se pondría furioso, teniendo conciencia de que la conservación de su empleo se estaba volviendo cada vez más difícil. Llegaba tarde muy a menudo... Tuvo que quedarse en casa dos días la semana anterior, a causa de que Tina había tenido un catarro. Pero se percató también de que no le iban a conceder elección...

En el restaurante, el pintor dejó a un lado el hecho de que no tenían reserva y consiguió que les situasen en la mesa rinconera que deseaba. Jenny rechazó la sugerencia de tomar vino.

—Dentro de quince minutos estaré muy atareada. Y tampoco dormí demasiado anoche. «Perrier» para mí, por favor...

Pidieron un emparedado vegetal, con pollo y beicon; luego él se inclinó a través de la mesa.

—Hábleme de usted, Jenny MacPartland...

La mujer intentó no echarse a reír.

—¿Está haciendo algún cursillo «Dale Carnegie»?

—No, claro que no... ¿Por qué?

—Esa es la clase de pregunta que te enseñan a hacer en el primer encuentro con alguien. Que te intereses por la otra persona... Pero yo *quiero* saber cosas acerca de *usted*...

—Pero da la casualidad de que soy yo quién quiere saber cosas sobre usted...

Trajeron las bebidas y, mientras se las tomaban, Jenny le preguntó:

—Soy la cabeza de familia de lo que el mundo moderno llama «familia de un solo padre». Tengo dos niñitas. Beth, de tres años, y Tina, que acaba de cumplir los dos. Vivimos en un apartamento de una casa de cuatro pisos en la Calle 37 Este. Un piano de cola, si tuviese uno, ocuparía casi todo el sitio. Llevo trabajando cuatro años con Mr. Hartley.

—¿Y cómo ha podido ser su empleada durante cuatro años con esas hijas tan pequeñas?

—Me tomé un par de semanas de permiso cuando nacieron...

—¿Y por qué le fue necesario volver al trabajo tan rápidamente?

Jenny se encogió de hombros.

—Conocí a Kevin MacPartland el verano siguiente de acabar mis estudios. Me había especializado en Bellas Artes en la Universidad Fordham, en Lincoln Center. Kev tenía una pequeña participación en un espectáculo cerca de Broadway. Nana me dijo que estaba cometiendo un error, pero, naturalmente, no la escuché...

—¿Nana?

—Mi abuela... Me crió desde mi primer año de edad. De todos modos, Nana tenía razón. Kev es un tipo bastante bueno, pero un... poco alocado. Tener dos hijos en dos años de matrimonio no entraba en sus planes. En cuanto nació Tina nos abandonó. Ahora estamos divorciados.

—¿Y no se cuida de las niñas?

—Los ingresos medios de un actor son de tres mil dólares al año. En la actualidad, Kev es bastante bueno y con un poco de suerte podría hacerlo. Pero, por el momento, la respuesta a la pregunta es no...

—Como es natural, habrá tenido a esas niñas en una guardería desde que nacieron, ¿verdad?

Jenny sintió que en su garganta se hacía un nudo. En unos momentos, sus ojos se llenarían de lágrimas...

Se apresuró a responder:

—Mi abuela se cuidaba de ellas mientras trabajaba. Murió hace tres meses. Ahora mismo no deseo hablar de ella...

Sintió que la mano de él se había cerrado sobre las suyas.

—Jenny, lo siento. Perdóname. Por lo general, no soy tan torpe...

Trató de sonreírle.

—Es mi turno... Ahora, hábleme acerca de *usted*...

Jenny fue mordisqueando su bocadillo mientras el artista contaba cosas.

—Probablemente, ya has leído mi biografía en el opúsculo... Soy hijo único... Mi madre murió en un accidente en la granja cuando yo tenía diez años... Para ser exactos, el día de mi décimo aniversario... Mi padre murió hace dos años. El director de la granja es el que se ocupa, realmente, de aquel lugar. Yo me paso la mayor parte del tiempo en mi estudio.

—Sería una lástima que no lo hiciese —replicó Jenny—. Ha pintado desde los quince años, ¿no es así? ¿Se ha dado cuenta de lo bueno que es?

Erich hizo ondear el vino en su vaso, titubeó y se encogió de hombros.

—Podría dar la respuesta acostumbrada, que pinto estrictamente como vocación, pero ésa no sería toda la verdad. Mi madre era una artista. Me temo que no fuese demasiado buena, pero su padre era razonablemente conocido. Se llamaba Everett Bonardi.

—¡*Naturalmente* que le conozco! —exclamó Jenny—. Pero, ¿por qué no incluye ese hecho en su biografía?

—Si mi obra es buena, hablará por sí misma. Confío haber heredado algo de su talento. Mamá simplemente hacía bosquejos, y disfrutaba realizándolos, pero mi padre estaba terriblemente celoso del arte de su mujer. Supongo que se sentía igual que un toro en una tienda de porcelanas cuando conoció a la familia de ella, en San Francisco. Imagino que le tratarían como a un emigrante de Europa central del Midwest, todavía con aspecto de cateto. El se puso a la recíproca, diciéndole a mi madre que empleara su habilidad en hacer cosas útiles, como, por ejemplo, colchas... Pero, a pesar de todo, la idolatraba. Pero siempre supe que odiaba encontrarme «perdiendo el tiempo pintando», por lo que lo mantuve a escondidas de él.

El sol de mediodía había conseguido irrumpir a través del nublado cielo, y unos rayos, coloreados por la ventana con cristales emplomados, bailotearon sobre su mesa. Jenny parpadeó y volvió la cabeza.

Erich la estaba observando.

—Jenny —le dijo de repente—, debes de haberte preguntado acerca de mi reacción cuando nos hemos conocido. Con franqueza, pensé estar viendo fantasmas. Tu parecido con Caroline es desconcertante. Tenía más o menos tu estatura. Su cabello era más oscuro que el tuyo y sus ojos de un verde brillante. Los tuyos son azules con un pequeño indicio verdoso... Pero hay otras cosas en ti. Tu sonrisa. La forma en que inclinas la cabeza cuando escuchas... Eres muy delgada, lo mismo que ella... Mi padre siempre estaba preocupándose por su delgadez. Siempre trataba de hacerle comer más. Y ahora mismo me parece desear decirte: «Jenny, acábate tu emparedado. Apenas lo has tocado...»

—Estoy muy bien —replicó Jenny—. Pero, ¿le importaría pedir un café? Mr. Hartley tendrá un ataque al corazón dado que usted ha llegado mientras él estaba fuera. Y, además, tengo que escabullirme temprano de la recepción, lo cual tampoco le gustará mucho.

La sonrisa de Erich se desvaneció.

—¿Tienes planes para esta noche?

—Enormes... Si llego tarde a recoger a las niñas al «Progressive Day Care Center», de Mrs. Curtis, voy a tener grandes problemas...

Jenny levantó las cejas y se mordió los labios, imitando a Mrs. Curtis.

—«Mi hora acostumbrada de cierre es a las cinco de la tarde, aunque hago una excepción para las madres trabajadoras, Mrs. MacPartland. Pero a las cinco y media es la hora límite. No deseo escuchar nada acerca de que ha perdido los autobuses o de llamadas telefónicas de última hora. Debe estar aquí a las cinco y media, o deberá quedarse con sus niñas en casa al día siguiente. ¿Comprendido?»

Erich se echó a reír.

—*Comprendo*... Y ahora, hábleme de las niñas...

—Oh, eso es fácil —contestó ella—. Obviamente, son muy brillantes, bellísimas, encantadoras y...

—Y anduvieron a los seis meses y comenzaron a hablar a los nueve... Te expresas igual que mi madre. La gente me ha contado que era la forma en que solía referirse a mí.

Jenny sintió una extraña opresión en el pecho ante la melancólica expresión que, de repente, se extendió por la cara del hombre.

—Estoy segura de que era verdad —replicó.

El se echó a reír.

—Y yo estoy seguro de que no lo era... Jenny, Nueva York me deja asombrado. ¿Cómo se cría uno aquí?

Hablaron tras servirles el café. Ella acerca de la vida en la ciudad:

—No hay ningún edificio en Manhattan que me guste...

El, secamente:

—No puedo imaginarme esto. Pero, claro, nunca has experimentado otra clase de vida...

Charlaron acerca del matrimonio de Jenny:

—¿Qué sentiste cuando se terminó?

—De forma sorprendente, el mismo grado de compunción que me imagino que sentí hacia el típico primer amor. La diferencia radica en que tengo a mis hijas. Por eso siempre le estaré agradecida a Kev.

Cuando regresaron a la galería, Mr. Hartley les estaba esperando. Nerviosa, Jenny observó los puntitos rojos de furia que se habían formado en las mejillas de su jefe; luego admiró la forma en que Erich le aplacó:

—Como estoy seguro que usted convendrá, la comida de las líneas aéreas no es demasiado buena. Dado que Mrs. MacPartland iba a salir a almorzar, la convencí para que me permitiese acompañarla. Me he limitado a mordisquear algo y ahora sigo preparado para comer con usted. Y debo transmitirle mis cumplidos acerca de la colocación de mis obras...

Los puntitos rojos fueron desapareciendo. Al pensar en el recio bocadillo que Erich se había tomado, Jenny dijo comedidamente:

—Mr. Hartley, le recomiendo a Mr. Krueger el pollo a lo Kíev. Haga el favor de pedírselo...

Erich alzó una ceja y, mientras pasaba ante ella, le murmuró:

—Muchísimas gracias...

Acto seguido, lamentó su impulsiva broma. Apenas conocía a aquel hombre, ¿a qué venía aquel sentimiento de compenetración? Erich era muy simpático y daba la impresión de mucha fuerza latente. Si estás acostumbrado a desperdiciar tu vida y echar en saco roto la buena apariencia y el dinero, ¿por qué no te vas a sentir seguro?

La galería estuvo muy animada toda la tarde. Jenny vigiló a los coleccionistas importantes. Todos ellos habían sido invitados a la recepción, pero sabía que muchos llegarían temprano para tener posibilidad de observar bien la exposición. Los precios eran altos, muy altos para un artista nuevo. Pero Erich Krueger parecía indiferente respecto de que sus cuadros se vendiesen o no.

Mr. Hartley regresó en cuanto la galería quedó cerrada para el público. Le dijo a Jenny que Erich se había dirigido a su hotel a cambiarse de ropa para la recepción.

—Le has causado muy buena impresión, Jenny —le explicó,

transparentando más bien desconcierto—. No ha hecho otra cosa que hacer preguntas acerca de ti.

A las cinco, la recepción se encontraba muy calmada. De forma eficiente, Jenny escoltó a Erich desde los críticos a los coleccionistas, presentándole, charlando un poco, dándole a él la oportunidad de hablar, y luego liberándole para que conociese a otro visitante. No resultaba infrecuente que les preguntara:

—¿Es esta damita la modelo de *Recuerdo de Caroline*?

Erich pareció disfrutar con aquella pregunta.

—Estoy comenzando a pensar que sí lo es...

Mr. Hartley se concentró en saludar a los invitados a medida que iban llegando. Por su beatífica sonrisa, Jenny entendía que la colección se estaba convirtiendo en un gran éxito.

Resultaba obvio que los críticos se hallaban igualmente impresionados por Erich Krueger, el hombre. Se había cambiado su chaqueta deportiva y pantalones por un bien cortado traje azul oscuro; se veía de lejos que su camisa, con puños dobles, estaba confeccionada a medida; una corbata de color marrón muy prieta en el almidonado cuello blanco hacía resaltar su atezado rostro, sus ojos azules y los tonos plateados de su cabello. Llevaba un anillo de oro en el dedo meñique de la mano izquierda. Se había percatado de ello en el almuerzo. Ahora, Jenny se dio cuenta de por qué le parecía familiar. La mujer del cuadro lo llevaba. Debía tratarse del anillo de bodas de su madre.

Dejó a Erich hablando con Alison Spencer, la elegante muchacha de la revista *Art News*. Alison llevaba un vestido «Adolfo» de color hueso, que armonizaba muy bien con su cabello de un rubio ceniza. Jenny fue súbitamente consciente de la marchita calidad de su propia falda de lana, de que sus botas aún parecían rozadas, aunque las había puesto medias suelas y abrillantado. Sabía que su suéter parecía, simplemente, lo que era: un harapo barato y de mala hechura de poliéster.

Trató de racionalizar su repentina depresión. Había sido un día muy laborioso y se encontraba cansada. Ya era hora de irse y casi temía tener que marcharse a recoger a sus hijas. Cuando Nana estaba aún con ellas, el regresar a casa había constituido un placer.

—Ahora, siéntate, querida —le diría Nana— y ponte cómoda. Prepararé un delicioso cóctel para nosotras.

Disfrutaba escuchándole hablar de lo que hacía en la galería, y les leía a las niñas un cuento antes de acostarse mientras Jenny cenaba.

—Desde que tenías ocho años ya eras mejor cocinera que yo, Jen.

—Está bien, Nana —bromearía Jenny—, si no te hubieses dedicado durante tanto tiempo a preparar hamburguesas, no tendrían el aspecto de discos de hockey...

Desde que habían perdido a Nana, Jenny recogía a las niñas en la guardería de día, las llevaba en autobús hasta el apartamento y las atiborraba de galletas mientras preparaba la cena.

Cuando buscaba el abrigo, la acorraló uno de los coleccionistas más importantes. Finalmente, a las 5,25 consiguió salir de allí. Consideró el despedirse de Erich, pero éste se encontraba absorto en una animada conversación con Alison Spencer. ¿Y qué diferencia consistiría para él saber que ella se marchaba?

Se encogió de hombros, combatió de nuevo el renovado sentimiento de depresión, y, sin decir nada, Jenny salió de la galería por la puerta de servicio.

DOS

Los trozos de hielo que había en la acera hacían peligroso el caminar. Avenida de las Américas, las avenidas Quinta, Madison, Park, Lexington, Tercera. Bloques y más bloques de casas. Quien había dicho que Manhattan era una isla estrecha, nunca había corrido a través de sus resbaladizas aceras. Pero los autobuses iban tan despacio, que mejor sería seguir a pie. De todos modos, ya llegaba tarde.

La guardería se encontraba en la Calle 49, cerca de la Segunda Avenida. Eran las seis menos cuarto cuando, jadeando por haber corrido, Jenny tocó el timbre del apartamento de Mrs. Curtis. Esta se encontraba manifiestamente enfadada, con los brazos cruzados y los labios formando una delgada línea en su larga y poco placentera cara.

—¡Mrs. MacPartland!

—Hemos tenido un día terrible —explicó la lúgubre dama—. Tina no ha parado de llorar. Y me había explicado que Beth sabía hacerse las cosas en el excusado, pero permítame decirle que no es así...

—Pues..., claro que sabe ir al retrete —protestó Jenny—. Probablemente, las niñas aún no se han acostumbrado a estar aquí...

— *Y no van a tener oportunidad*... Sus niñas son una verdadera lata. Intente comprender mi posición, una de tres años que aún no sabe hacerse las cosas, y otra de dos años que no deja de llorar, por sí mismas me ocupan todo el tiempo...

—Mamá...

Jenny ignoró a Mrs. Curtis. Beth y Tina estaban sentadas juntas en el desvencijado sofá que se encontraba en el oscurecido vestíbulo que Mrs. Curtis denominaba, pomposamente, la «zona de juegos». Jenny se preguntó cuánto tiempo haría que tenían puestas sus ropas de calle. En un arrebato de ternura, las abrazó con fuerza.

—Hola, *Ratoncita*. Hola, *Picaruela*...

Las mejillas de Tina estaban humedecidas de lágrimas. Amorosamente, le alisó su suave y castaño cabello que le tapaba la frente. Ambas habían heredado los ojos color avellana de Kev y sus recias y negras pestañas, lo mismo que su pelo.

—Hoy estaba asustada —informó Beth, señalando a Tina—. No ha hecho más que chillar y chillar.

El labio inferior de Tina se estremeció. Alargó los brazos hacia Jenny.

—Y ha llegado tarde de nuevo —la acusó Mrs. Curtis.

—Lo siento.

El tono de Jenny era ausente. Los ojos de Tina se veían pesados y sus mejillas enrojecidas. ¿Incubaba ya un nuevo ataque de gripe? Era este sitio. Nunca debió haberlo elegido.

Agarró a Tina. Temerosa de que la dejasen atrás, Beth se deslizó del sofá.

—Me quedaré con las niñas hasta el viernes, lo cual ya constituye un favor —explicó Mrs. Curtis—, pero eso es *todo*...

Sin dar ni las buenas noches, Jenny abrió la puerta y salió al frío exterior.

Ahora era ya completamente de noche y el viento muy fuerte. Tina hundió la cabeza en el cuello de Jenny. Beth trató de protegerse la cara con el abrigo de Jenny.

—Sólo me mojé una vez —confesó.

Jenny se echó a reír.

—Oh, *Ratoncita*, amorcito... Sube aquí. Estaremos en nuestra calentita casa dentro de un minuto.

Pero llegaron tres autobuses llenos. Por último, desistió y echó a andar hacia el centro de la ciudad. Tina era un peso muerto. Si trataba de apresurarse, ello significaría que debería medio arrastrar a Beth. Al cabo de dos manzanas, se inclinó y la tomó en brazos.

—Puedo andar, mami —protestó Beth—. Ya soy mayor...

—Ya lo sé... —convino Jenny—, pero iremos más de prisa si te llevo en brazos.

Cerrando ambas manos, trató de equilibrar a sus dos niñitas en los brazos.

—Agarraos fuerte —les dijo—, el maratón está a punto de empezar.

Aún le quedaban diez manzanas hasta llegar al centro. Luego otras dos a través de la ciudad. «No son muy pesadas —se dijo a sí misma—. Son tus hijas.» Por Dios bendito, ¿dónde iba a encontrar otra guardería para el mes siguiente? «Oh, Nana, Nana, te necesitábamos tanto...» No podría atreverse a pasar más tiempo fuera de la galería. «¿Le habría pedido Erich a Alison Spencer que cenase con él?», se preguntó.

Alguien comenzó a andar a su lado. Jenny alzó la vista y se quedó desconcertada cuando Erich alargó las manos y le tomó a Beth de los brazos. La boca de Beth formó un círculo, mitad de sorpresa y mitad de miedo. Pareciéndole que estaba a punto de protestar, le sonrió:

—Llegaremos a casa un poco más de prisa, si te llevo en brazos y hacemos carreras con mamá y Tina.

Su tono fue conspiratorio.

—Pero... —comenzó Jenny.

—¿No vas a permitir que te ayude, Jenny? —le preguntó—. Me gustaría llevar también a la pequeñita, pero estoy seguro que no querrá venirse conmigo.

—Claro que no —convino Jenny—, y, naturalmente, me siento agradecida, Mr. Krueger, pero...

—Jenny, ¿quieres hacer el favor de dejar de llamarme Mr. Krueger? ¿Por qué me abandonaste con aquella aburrida mujer de *Art News*? Estuve esperando que me rescatases. Cuando me di cuenta de que te habías marchado, recordé dónde se encontraba la guardería. Aquella espantosa mujer me dijo que ya habías salido de allí, pero conseguí que me diera tu dirección. Decidí caminar hasta tu apartamento y llamar al timbre. Luego, exactamente delante de mí, vi a una chica preciosa que necesitaba ayuda, y aquí estamos...

Jenny sintió el brazo de él sujetándola firmemente el codo. De repente, en vez de sentirse fatigada y deprimida se notó absurdamente feliz. Le miró a los ojos.

—¿Haces esto cada noche? —le preguntó Erich.

Su tono era a un tiempo de preocupación y de incredulidad.

—Por lo general, conseguimos subir a un autobús cuando hace mal tiempo —explicó—. Esta noche todos venían llenos, puesto que apenas si dejaban sitio para el conductor...

La manzana comprendida entre las avenidas Lexington y Park estaba llena de casas de cuatro pisos con inclinados y altos pórticos.

Jenny señaló a la primera casa del lado norte.

—Esa es...

Miró la calle con afecto. Para ella, las hileras de casitas ofrecían una sensación de tranquilidad: casas de casi cien años, construidas cuando Manhattan aún tenía barrios de hogares unifamiliares. La mayor parte de estas casas habían ya desaparecido, reducidas a escombros para dejar sitio a los rascacielos.

En el exterior de su edificio, trató de darle las buenas noches a Erich, pero éste se negó a que le despidieran.

—Quiero verlo —le dijo.

Con desgana, Jenny le precedió al estudio situado en la planta baja. Había puesto unas fundas a los muebles con un alegre dibujo amarillo y naranja, en la primitiva y ajada tapicería de segunda mano; una alfombra de un castaño oscuro cubría la mayor parte del desgastado suelo de parqué; las vigas se apoyaban en el pequeño cuarto de vestir, situado delante del cuarto de baño, y estaban escondidas por la puerta con lumbrera. Unas litografías de Chagall ocultaban parte de la desconchada pintura de la pared, y unas plantas alegraban el alféizar sobre el fregadero de la cocina.

Contentas de ser liberadas, Beth y Tina entraron corriendo en la habitación.

Beth se dio la vuelta.

—Estoy muy contenta de encontrarme en casa, mamá —manifestó.

Luego se quedó mirando a Tina:

—Tina también está contenta de haber llegado a casa.

Jenny se echó a reír.

—Oh, *Ratoncita*, ya sé qué quieres decir. Verá —le explicó a Erich—, es un sitio muy pequeño pero me encanta.

—Comprendo el porqué. Es muy alegre.

—Bueno, no lo mire demasiado... —repuso Jenny—. La administración de la casa ha dejado envejecer las cosas. El edificio va a ser adquirido por una cooperativa para venderlo y ya hace tiempo que no gastan dinero en él...

—¿Va a comprar su apartamento?

Jenny comenzó a abrir la cremallera del abrigado traje para la nieve de Tina.

—No tengo la menor oportunidad. Costará sesenta y cinco mil dólares, si puede creerlo... Por esta habitación... Nos marcharemos en cuanto nos desahucien y ya buscaremos sitio en alguna parte...

Erich tomó entre sus brazos a Beth.

—Vamos a quitar estas pesadas prendas...

Con rapidez, la despojó de la chaqueta y luego dijo:

—Ahora, a ver si nos ponemos de acuerdo. Me he autoinvitado a cenar, Jenny. Si tienes otros planes para esta noche, puedes echarme a patadas. En otro caso, dime dónde hay un supermercado.

Permanecieron de pie juntos, dándose la cara.

—¿Qué me contestas, Jenny? —le preguntó—. ¿El supermercado o la puerta?

La mujer pensó que detectaba un deje de ansiedad en la pregunta. Antes de que pudiera responder, Beth le estiró de la pierna a Erich.

—Puedes leerme si quieres —le invitó.

—Queda decidido —manifestó con brío Erich—. Me quedo. No tienes nada más que decir, mamá.

Jenny pensó: «Realmente, desea quedarse. Honestamente, quiere estar con nosotras.» Aquella comprobación suscitó inesperadas oleadas de placer a través de ella.

—No hay necesidad de ir a la compra —le respondió—. Si le gusta el redondo de carne, estamos muy bien surtidas.

Jenny sirvió Chablis y después puso las noticias de la televisión para él mientras bañaba y daba de comer a las niñas. Luego, Erich les leyó un cuento y Jenny preparó la cena. Mientras ponía la mesa y probaba una ensalada, Jenny miró de soslayo al sofá. Erich estaba sentado, con una niña en cada brazo, leyendo *Los tres osos*, con apropiada y declamatoria voz. Tina empezó a adormecerse y, rápidamente, se la sentó en su regazo. Beth escuchaba arrobada, con unos ojos que nunca abandonaban el rostro de él.

—Ha sido bueno, muy bueno —anunció cuando Erich hubo terminado—. Lees casi tan bien como mamá...

Erich alzó una ceja hacia Jenny, sonriendo triunfalmente.

Una vez las niñas estuvieron ya en la cama, cenaron en la mesita con vistas al jardín. La nieve del patio estaba aún blanca. Los desnudos árboles brillaban con el reflejo de las luces de la casa. Unas recias y altas siempreverdes casi cubrían la cerca que separaba la propiedad de los patios contiguos.

—Ya ve —le explicó Jenny—, el campo dentro de la ciudad... Una vez que las niñas están ya tranquilas, me suelo sentar aquí con el café y me imagino que contemplo mi gran propiedad... «Turtle Bay», a unas diez manzanas hacia arriba de aquí; es una zona muy bonita. Las casas de cuatro pisos tienen unos jardines magníficos. Esto es una especie de burla de esa zona, pero me sabrá muy mal que llegue el día de la mudanza.

—¿Y adónde irás?

—Aún no estoy segura, pero me quedan seis meses por delante antes de tener que preocuparme. Encontraremos algo. ¿Qué le parece un café?

Sonó el timbre. Erich pareció enojado. Jenny se mordió los labios.

—Probablemente se trate de Fran, del piso de arriba. Está ahora entre un novio y el siguiente, y se deja caer por aquí una noche sí y otra no...

Pero se trataba de Kevin. Llenó el umbral, como un magnífico muchacho, con su caro suéter de esquí, una larga bufanda negligentemente caída sobre el hombro y su cabello rojizo oscuro bien cortado, el rostro atezado...

—Entra Kevin —le dijo Jenny, tratando de no transparentar su exasperación.

«¡Qué oportunidad! —pensó—. Por el cielo que lo ha conseguido.»

Su marido entró en la habitación y la besó fugazmente. De repente, se sintió incómoda, sabiendo que los ojos de Erich no la perdían de vista.

—¿Están las niñas en la cama, Jen? —le preguntó Kevin—. Qué mala pata... Confiaba en verlas. Oh, tienes compañía...

Su voz cambió, se hizo formalista, casi inglesa. «Siempre el actor», pensó Jenny. El ex marido encontrándose con el nuevo amigo de la ex esposa en una comedia de alcoba... Presentó a los hombres y éstos asintieron con la cabeza, el uno al otro, sin la menor sonrisa.

Kevin, aparentemente, decidió alegrar la atmósfera.

—Huele muy bien aquí, Jen. ¿Qué has estado cocinando?

Examinó la parte superior del fogón.

—Caray, qué redondo de carne más estupendo...

Lo probó.

—Excelente. No puedo imaginar cómo he permitido que te alejases de mí...

—Fue un terrible error —replicó Erich, con voz helada.

—Claro que lo fue —convino con facilidad Kevin—. Bueno, mira, no quiero molestar... Sólo pensé que podía dejarme caer por aquí al pasar. Oh, Jen, ¿podría hablar contigo afuera un momento?

La mujer sabía exactamente de qué deseaba hablarle. Era el día de la paga. Confiando en que Erich no se percatase de ello, se deslizó el bolso debajo del brazo al salir hacia el vestíbulo.

—Jen, me he pasado de la raya con eso del regalo de Navidad para ti y las niñas, y estoy muy mal de dinero. Debo el alquiler y el casero está comenzando a ponerse desagradable. Sólo necesito que me dejes treinta dólares, durante una semana o dos.

—*Treinta dólares*... Kevin, no puedo...

—Jen, los *necesito*.

Reluctante, se sacó el monedero.

—Kevin, tenemos que hablar. Creo que voy a perder mi empleo...

El se apoderó con rapidez de los billetes. Tras metérselos en un bolsillo, se dio la vuelta hacia la puerta exterior.

—Ese viejo payaso nunca permitirá que te vayas, Jen. Conoce las buenas cosas cuando las tiene. Debes desenmascararle y pedirle un aumento. Nunca contratará a nadie por lo que te paga. Hasta otra...

Jenny regresó al apartamento. Erich estaba quitando la mesa, haciendo correr el agua en el fregadero. Agarró la cacerola con lo que aún quedaba del redondo de carne y se dirigió al cubo de la basura.

—Eh, guárdalo —protestó Jenny—. Las niñas lo podrán cenar mañana por la noche...

De forma deliberada, acabó tirándolo.

—No, después de que ese actor ex marido tuyo lo ha tocado ya no lo querrán...

La miró directamente a los ojos.

—¿Cuánto le has dado?

—Treinta dólares. Me los devolverá...

—¿Quieres decir que le permites venir aquí, darte un beso, bromear acerca de cómo te abandonó y pirárselas luego con tu dinero para gastarlo en algún bar de lujo?

—No tiene suficiente para pagar el alquiler...

—No te engañes a ti misma, Jenny. ¿Cuán a menudo hace eso? Supongo que todos los días de paga...

Jenny sonrió tímidamente.

—No, el mes pasado se olvidó. Mira, Erich, por favor, deja los platos. Puedo hacerlo yo.

—Hoy ya has trabajado demasiado...

Silenciosamente, Jenny tomó un paño de cocina. ¿Por qué había elegido Kevin esta noche para presentarse? Qué loca era al darle el dinero...

La rígida desaprobación en el rostro de Erich y en su comportamiento, comenzó a suavizarse. Le quitó de las manos el paño de cocina.

—Deja eso... —le sonrió.

Vertió vino en unas copas limpias y las llevó al sofá. Ella se sentó a su lado, atentamente consciente de una profunda pero vaga intensidad en él. Trató de analizar sus propios sentimientos, pero no pudo hacerlo. Dentro de un momento, Erich se iría. Mañana por la mañana regresaría a Minnesota. Mañana por la noche, a esta misma hora, ella estaría aquí de nuevo. Pensó en la felicidad en el rostro de las niñas cuando Erich les había leído el cuento, el bendito alivio que sintiera cuando Erich apareció a su lado y le quitó a Beth de los brazos. El almuerzo y la comida habían sido muy alegres, como si con su sola presencia pudiera Erich hacer desaparecer la preocupación y la soledad.

—Jenny...

Su voz era tierna.

—¿En qué estás pensando.

La mujer trató de sonreír.

—No sé en qué estaba pensando. Era... Sólo algo alegre, supongo.

—No sé cuándo he tenido esa alegría. Jenny, ¿estás segura de que no sigues aún enamorada de Kevin MacPartland?

Ella quedó tan asombrada que se echó a reír.

—¡Dios santo, no...!

—Entonces, ¿por qué le das dinero con tanta facilidad?

—Supongo que se trata de una errónea sensación de responsabilidad. La preocupación de que tal vez lo necesite para pagar el alquiler.

—Jenny, mañana temprano he de tomar el avión. Pero puedo regresar a Nueva York para el fin de semana. ¿Estás libre el viernes por la noche?

Iba a regresar para verla... La misma deliciosa sensación de alivio y placer que experimentara cuando, de repente, Erich había aparecido en la Segunda Avenida, la llenó de nuevo ahora.

—Estoy libre. Buscaré una canguro...

—¿Y qué te parece del sábado? ¿Crees que las niñas disfrutarían si vamos al Zoo de Central Park, si no hace demasiado frío? Y luego podemos llevarlas a almorzar a «Rumpelmayer's», ¿no te parece?

—Les encantaría. Pero, Erich, realmente...

—Lo único que lamento es no poder quedarme en Nueva York durante una temporada. Tengo una reunión en Minneápolis respecto a unas inversiones que estoy planeando realizar. ¿Oh, podría...?

Había localizado el álbum de fotos en un estante debajo del mueble bar.

—Si quieres... Pero no es algo terriblemente excitante.

Bebieron un poco de vino mientras él inspeccionaba el libro.

—Esa soy yo al salir del orfanato —le explicó—. Fui adoptada. Esos son mis nuevos padres...

—Parecen una pareja de maravilloso aspecto.

—No los recuerdo en absoluto. Murieron en un accidente automovilístico cuando yo sólo tenía catorce meses. Después de eso, siempre estuve con Nana.

—¿Este es un retrato de tu abuela?

—Sí. Tenía cincuenta y tres años al nacer yo. Me acuerdo cuando iba a primer grado y llegué a casa con una cara muy larga porque los chicos hacían tarjetas para el «Día del Padre» y yo no tenía padre... Me dijo: «Escucha, Jenny. Yo soy tu madre, yo soy tu padre, yo soy tu abuela, yo soy tu abuelo... Soy todo lo que necesitas. ¡Y me harás *a mí* una tarjeta de felicitación para el "Día del Padre"»!

Sintió que el brazo de Erich le rodeaba los hombros.

—No es de extrañar que también la eches de menos...

Jenny se apresuró a continuar:

—Nana trabajaba en una agencia de viajes. Hicimos algunos viajes estupendos. Mira, aquí estamos en Inglaterra. Yo tenía quince años. Y aquí nuestro viaje a Hawai...

Cuando llegaron a las fotos de su boda con Kevin, Erich cerró el álbum.

—Se está haciendo tarde —manifestó—. Debes de estar muy cansada...

En la puerta, le asió a Jenny ambas manos y se las llevó a los labios. La mujer se había quitado las botas y estaba descalza sobre las medias.

—Incluso así eres igual que Caroline —le dijo, sonriendo—. Pareces tan alta con tacones y casi baja sin ellos... ¿Eres una fatalista, Jenny?

—Lo que ha de ser, será. Supongo que eso es lo que creo.

—Así es...

Y la puerta se cerró tras él.

TRES

El teléfono sonó, exactamente, a las ocho.

—¿Cómo has dormido, Jenny?

—Muy bien...

Era verdad. Había derivado hacia el sueño en medio de una especie de eufórica anticipación. Erich iba a regresar. Le vería de nuevo. Por primera vez desde la muerte de Nana, no se había despertado hacia el amanecer con la terrible sensación de tener el corazón dolorosamente oprimido.

—Me alegro. Yo también. Y debo también añadir que he disfrutado con unos sueños muy placenteros. Jenny, a primeras horas de la mañana he dispuesto que una limusina vaya a buscarte, a ti y a las niñas, a las ocho y cuarto. Os llevará a la guardería y a tu galería de arte. Luego pasará a recogerte por la tarde a las cinco y diez.

—Erich, eso es imposible...

—Jenny, *por favor*... Es una menudencia para mí. Simplemente, no puedo estar preocupándome por ti, forcejeando con esas chiquillas con el tiempo que hace...

—¡Pero, Erich...!

—Jenny, tengo prisa... Te llamaré después.

En la guardería infantil de día, Mrs. Curtis se mostró elaboradamente complacida.

—Vaya amistades tan distinguidas que tiene, Mrs. MacPartland. Me ha llamado por teléfono esta mañana. Y quiero que sepa que ya no tendrá que llevarse las niñas a otro sitio. He pensado que necesitamos conocernos mejor la una a la otra y concedernos una oportunidad para dejar arregladas las cosas. ¿No es así, niñas?

Erich la telefoneó a la galería.

—Acabo de aterrizar en Minneápolis. ¿Llegó bien el coche?

—Erich, fue una bendición... El no tener que ir con las niñas de prisa y corriendo ha sido algo muy diferente... ¿Qué le dijiste a Mrs. Curtis? No era más que ternura y bonitas palabras...

—Apuesto a que sí. Jenny, ¿dónde quieres cenar el viernes por la noche?

—Eso es igual...

—Elige un restaurante al que siempre hayas deseado ir... Algún sitio al que no hayas acudido con nadie más...

—Erich, hay miles de restaurantes en Nueva York. Los de la

Segunda Avenida y Greenwich Village son mi droga estimulante habitual...

—¿Has estado en el «Lutèce?

—Dios mío, no...

—Estupendo... Cenaremos allí el viernes por la noche.

Jenny pasó todo el día como en medio de una neblina. No la ayudó mucho el que Mr. Hartley comentase, repetidamente, cómo se había portado Erich con ella.

—Amor a primera vista, Jenny. Está colado...

Fran, la azafata de vuelo que vivía en el apartamento 4 E de su misma casa, se dejó caer por allí aquella noche. Estaba consumida por la curiosidad.

—Vi ayer en el vestíbulo a aquel magnífico tipo. Me figuré que debía de haber estado aquí. Y tienes una cita con él el viernes... ¡Caray!

Se prestó voluntaria a cuidar a las niñas de Jenny.

—Me gustaría mucho conocerle. Tal vez tenga un hermano o un primo, o algún antiguo condiscípulo universitario...

—Fran, probablemente ya no piensa más en esto y llamará para decir que lo olvidemos...

—No, no lo hará.

Fran sacudió su rizosa cabeza.

—He tenido un presentimiento...

La semana se fue arrastrando. Miércoles. Jueves. Y luego, milagrosamente, ya fue viernes.

Erich llegó a buscarla a las siete y media. Jenny había decidido llevar un vestido con mangas largas que había comprado en las rebajas. El collar de oro quedaba muy bien encima del cuello oval y, en su centro, el diamante brillaba esplendoroso sobre la seda negra. Se peinó el cabello formándose trenzas.

—Estás encantadora, Jenny.

Erich tenía un aspecto muy elegante con su traje azul oscuro a ligeras rayitas, un chaquetón azul oscuro de cachemira y un pañuelo blanco de seda.

Jenny telefoneó a Fran para que bajase, y captó el divertido resplandor en los ojos de Erich ante la abierta aprobación de Fran.

Tina y Beth estuvieron encantadas con las muñecas que Erich les había traído. Jenny miró a las caras hermosamente pintadas de las muñecas, con unos párpados que se abrían y cerraban, las manos con hoyuelos, el rizado cabello, y las comparó con los andrajosos regalos que Kevin había elegido para las navidades.

Se percató de la mueca que hizo Erich cuando le tendió su más bien gastado abrigo de invierno, y por un momento deseó haber aceptado la sugerencia de Fran de que le tomase prestado su chaquetón de pieles. Pero Nana siempre le había dicho que no debía tomar nada prestado.

35

Erich alquiló una limusina para la noche. Ella se retrepó contra la tapicería y Erich alargó una mano en busca de las suyas.

—Jenny, te he echado de menos. Han sido los días más largos de mi vida...

—Yo también te he echado mucho de menos.

Era la simple verdad, pero deseó no haber tenido un tono de voz tan fervoroso.

En el restaurante, echó un vistazo alrededor de las otras mesas, localizando rostros de celebridades.

—¿Por qué estás sonriendo, Jenny? —le preguntó Erich.

—Un *shock* cultural. Desequilibrios de viaje en reactor, eso de pasar de un estilo de vida a otro. ¿No te percatas de que ninguna persona de las que están aquí ha oído hablar nunca de la guardería infantil de Mrs. Curtis?

—Confiemos en que no...

En sus ojos se reflejó una expresión de divertida ternura.

El camarero les sirvió champaña.

—El otro día llevabas también ese collar, Jenny. Es maravilloso. ¿Te lo regaló Kevin?

—No. Fue Nana...

Erich se inclinó sobre la mesa; sus delgados y bien esculpidos dedos rodearon los de ella.

—Me alegra saberlo. En caso contrario, me hubiera estado preocupando durante toda la noche. Y ahora puedo disfrutar viéndotelo llevar.

En un francés excelente, discutió el menú con el jefe de los camareros. Jenny le preguntó dónde había aprendido a hablarlo.

—En el extranjero. He realizado unos cuantos viajes. Finalmente, me percaté de que era más feliz y me encontraba menos solo cuando estaba pintando en la granja. Pero estos últimos días lo he pasado muy mal.

—¿Por qué?

—Me sentía solitario porque me faltabas tú.

El sábado visitaron el Zoo. Infinitamente paciente, Erich fue de un lado a otro con las niñas en los hombros, e incluso volvieron tres veces a la sección de los monos.

En el almuerzo, le cortó la comida a Beth mientras Jenny preparaba el plato de Tina. Le dijo que se acabase la leche, prometiendo terminarse él su «Bloody Mary» y, con burlona solemnidad, meneó la cabeza ante los retorcidos labios de Jenny.

A pesar de las protestas de Jenny, insistió en que cada una de las niñas seleccionase uno de los famosos animales disecados de «Rumpelmayer», y pareció dichosamente inconsciente del tiempo interminable que Beth se tomó para llegar a una decisión.

—¿Estás seguro de que no tienes seis críos en tu granja de Minnesota? —le preguntó Jenny cuando al final salieron a la calle—. Nadie adquiere de forma natural esa clase de paciencia con los niños.

—Fui criado por alguien que sí tenía ese tipo de paciencia, y eso es todo lo que sé...

—Desearía haber conocido a tu madre.

—Y yo a tu abuela...

—Mamá —inquirió Beth—, ¿por qué tienes ese aspecto tan feliz?

El domingo, Erich llegó con dos botitas de patines sobre hielo para Tina y Beth, y se fue con ellas a patinar a la pista del «Rockefeller Center».

Aquella noche llevó a Jenny a Park Lane para una cena tranquila. Después de tomarse el café, ambos se quedaron silenciosos. Finalmente, Erich dijo:

—Han sido un par de días muy dichosos, Jenny.

—Sí.

Pero él no dijo nada de regresar. Jenny volvió la cabeza y miró hacia Central Park, que ahora brillaba con la combinación de las luces de las calles, las farolas y las ventanas de los apartamentos que lo bordeaban.

—El parque es siempre muy bonito, ¿verdad?

—¿Lo echarías mucho menos?

—¿Echar de menos qué...?

—Minnesota tiene una clase diferente de belleza.

¿Qué estaba diciendo Erich? Volvió a mirarle de frente. En un ademán espontáneo, sus manos se encontraron y sus dedos se enlazaron.

—Jenny, esto es algo de sopetón pero es lo correcto. Si insistes, vendré a Nueva York cada fin de semana durante seis meses, o un año, y te cortejaré. Pero, ¿es necesario?

—¡Erich, si apenas me conoces...!

—Siempre te he conocido. Cuando eras un solemne bebé; nadabas a los cinco años; ganaste una medalla al buen comportamiento en los grados quinto, sexto y séptimo.

—Contemplar un álbum de fotos no significa que me conozcas.

—Yo creo que sí. Y me conozco a mí mismo. Siempre he comprendido lo que andaba buscando, confiado en que cuando topase con ello lo reconocería. Y tú sientes lo mismo. Admítelo...

—Ya he cometido un error. Pensé hacer bien las cosas cuando lo de Kevin...

—Jenny, no eres justa contigo misma. Eres muy joven. Me dijiste que constituía la primera cita de la que te habías preocupado. Y no te olvides de que, por maravillosa que fuese tu abuela, habías notado la falta de un hombre en tu vida, un padre, un hermano... Estabas *preparada* para enamorarte de Kevin.

Ella consideró las cosas.

—Supongo que eso es verdad...

—Y las niñas. No les hagas perder su infancia. Son tan felices cuando estás con ellas... Y creo que podrían ser felices a mi lado. Cásate conmigo, Jenny. Y pronto...

Una semana atrás, ella no le conocía. Sintió la calidez de la mano de él, se miró en sus interrogativos ojos, sintió que los suyos propios reflejaban también aquel mismo halo de amor.

Y supo, sin la menor duda, cuál sería la respuesta.

Estuvieron sentados hasta el amanecer en el apartamento, hablando.

—Deseo adoptar a las niñas, Jenny. Mis abogados tienen preparados los documentos necesarios para que los firme MacPartland.

—No creo que se desprenda de las niñas.

—Pues yo supongo que sí lo hará. Quiero que lleven mis apellidos. Cuando tengamos una familia propia, no deseo que Beth y Tina se sientan extrañas... Seré un buen padre para ellas. Y él es peor que malo. Le son indiferentes. A propósito, ¿qué clase de alianza de compromiso te regaló MacPartland?

—No me regaló ninguna.

—Estupendo. Haré arreglar para ti el anillo de Caroline.

El miércoles por la noche, por teléfono, Erich le contó que había concertado verse con Kevin el viernes por la tarde.

—Creo que es mejor que sea a solas, cariño.

Durante toda la semana, Tina y Beth no cesaron de preguntar cuándo regresaría «Mr. Kruer». Cuando llegó al apartamento el viernes por la noche, corrieron a echarse en sus brazos. Jenny sintió lágrimas de felicidad en sus ojos mientras Erich las abrazaba.

Tras cenar en el «The Four Seasons», Erich le manifestó cómo había ido su sesión con Kevin.

—No estuvo muy amistoso. Me temo que sea más bien un expoliador, cariño. No te quiere a ti o a las niñas, pero no desea que nadie más te tenga a ti. Sin embargo, le persuadí de que era algo en su propio interés. Completaremos las formalidades a fines de mes. Luego la adopción aún necesitará seis meses para llevarse completamente a cabo. Nos casaremos el tres de febrero; eso será casi un mes después del día en que nos conocimos.

Luego abrió un maletín.

—Esto me recuerda una cosa...

Jenny había quedado muy sorprendida de que se llevase aquel maletín a la mesa de la cena.

—A ver qué tal te queda...

Se trataba de un solitario de esmeraldas. Mientras Erich se lo deslizaba en un dedo, Jenny se quedó mirando la ardiente belleza de aquella perfecta piedra.

—Decidí que no había que arreglarla —le confió—. Realmente, es perfecta, tal y como está.

—Es maravillosa, Erich.

—Y, cariño, será mejor que también lo aprovechemos para esto...

Sacó un rimero de papeles.

—Cuando mis abogados prepararon los documentos de la adopción, insistieron en hacerse también cargo del contrato prematrimonial...

—¿El contrato prematrimonial? —le preguntó Jenny con voz ausente.

Estaba absorta admirando aquel anillo. No era un sueño. Era algo real... Había sucedido. Iba a casarse con Erich. Casi se echó a reír al pensar en la reacción de Fran.

—Jenny, es demasiado perfecto... Es bien parecido, rico, con talento, te adora. Dios mío, no puede quitarte los ojos de encima... Está loco por las niñas. Permíteme decirte que algo debe salir mal... Es posible que sea un jugador, un borracho o bígamo...

Casi estuvo a punto de contárselo a Erich, pero luego se decidió a no hacerlo. Sabía muy bien que el insolente humor de Fran no se avenía muy bien con Erich.

—¿Qué estaba diciendo ahora?

—Se trata sólo de que soy... más bien... un hombre... rico... Mis abogados no estaban muy contentos respecto de que las cosas hubieran ido de una forma tan rápida... Aquí, simplemente, se dice que si rompiéramos nuestras relaciones antes del transcurso de diez años, los intereses Krueger permanecerían intactos...

Jenny quedó sorprendida.

—Si nosotros rompiéramos, Erich, yo no desearía nada de ti...

—Antes preferiría morirme que perderte, Jen. Se trata sólo de una formalidad.

Dejó los documentos encima de su bandeja.

—Naturalmente, puedes hacer que tus abogados se lo estudien meticulosamente. En realidad, me han instruido respecto de que te diga que aunque tú, o ellos, estéis satisfechos con todas sus cláusulas, no debes devolverlos por correo antes de retenerlos durante dos días.

—Erich, no tengo abogado.

Se quedó mirando la página de encima, quedó desconcertada ante la jerga legal y sacudió la cabeza. De forma incongruente, recordó la costumbre de Nana de revisar, atentamente, la cuenta del tendero y su ocasional grito triunfal de:

—Me ha cargado *dos veces* los limones...

Nana realizaría un riguroso escrutinio de cualquier documento como éste antes de firmarlo.

—Erich, no quiero tener que pasar por todo esto. ¿Dónde he de firmar?

—Ya te he puesto unas cruces, cariño...

Rápidamente, Jenny garrapateó su nombre. Resultaba obvio que los abogados de Erich temían que pudiese casarse por su dinero. Supuso que no podía de ningún modo echarles la culpa, pero aquello la dejó incómoda.

—Y, cariño, además de esta previsión, aquí hay un fideicomiso para cada una de las niñas, las cuales lo heredarán cuando lleguen a los veintiún años. Entrará en efecto tan pronto como la adopción se haya ultimado. También prevé que tú heredarás todo cuanto yo tenga a mi fallecimiento.

—No *hables* ni siquiera de eso, Erich.

Este volvió a meter todos los documentos en el maletín.

—Vaya una cosa tan poco romántica que hay que hacer —explicó—. ¿Qué desearás para nuestro quincuagésimo aniversario de bodas, Jen?

—Darby y Joan.

—¿Qué?

—Son las figuritas «Royal Doulton». Un anciano y una anciana que están sentados en una mecedora muy a gusto, uno al lado del otro. Siempre me han agradado.

A la mañana siguiente, cuando Erich se presentó por la casa llevaba una caja de regalo debajo del brazo. Las dos figuras estaban dentro.

Y aquello, más que el anillo, le dio seguridad a Jenny acerca del resto de su vida...

CUATRO

—Te lo aprecio mucho, Jen. Trescientos dólares es una buena ayuda. Siempre has tenido buen espíritu.

—En realidad, hemos reunido todo esto juntos. El dinero, por consiguiente, es tuyo a medias, Kev.

—Dios, cuando pienso cómo tuvimos que salir a últimas horas de la noche para recoger aquellos muebles, que los tipos estaban dejando al lado de su basura. ¿Recuerdas cómo tuvimos que pegarnos con uno a causa del confidente? Te sentaste allí antes de que pudiera hacerlo nadie más.

—Me acuerdo —admitió Jenny—. Se puso tan histérico que pensé que me clavaría un cuchillo. Mira, Kevin, habría deseado que vinieses antes. Erich se presentará dentro de unos minutos y no creo que le complazca tropezarse contigo.

Se encontraban de pie en el casi desmantelado apartamento. Ya se habían llevado los muebles: Jenny lo había vendido todo por menos de seiscientos dólares. Las paredes, ahora desnudas de las alegres litografías, aparecían sucias y rajadas. La mezquindad básica del apartamento, quedaba cruelmente revelada sin muebles ni alfombra que cubriesen su desnudez. Las magníficas maletas nuevas eran los únicos artículos que se hallaban ahora en la estancia.

Kevin llevaba una chaqueta «Ultrasuede». No era de maravillar que siempre estuviese sin blanca, pensó. De forma desapasionada, se dedicó a estudiarlo, percatándose de las hinchadas bolsas de debajo de los ojos. Una resaca más, conjeturó. Con sentimiento de culpabilidad, se percató de que sentía más nostalgia por dejar este pequeño apartamento que por la perspectiva de no volver a ver a Kevin.

—Tienes un aspecto magnífico, Jen. El color azul siempre te ha sentado muy bien.

Jenny llevaba un vestido de seda azul de dos piezas. En una de las visitas, Erich había insistido en vestirlas a ella y a las niñas en «Saks». Había protestado, pero él atajó sus protestas.

—Míralo de esta manera. Para cuando presenten la factura, ya serás mi esposa...

Ahora sus maletas «Vuitton» estaban ya llenas de trajes, blusas, suéteres, pantalones y faldas de noche, botas «Raphael» y zapatos «Magli». Tras su primera incomodidad acerca de que Erich lo pagase todo antes de que estuviesen casados, lo había pasado maravillosamente bien. Y qué alegría había sido ir de tiendas para las niñas.

—Eres tan bueno con nosotras...

Aquello se convirtió en un constante estribillo.

—Te amo, Jenny. Cada céntimo que gasto, constituye un placer para mí. Nunca había sido tan feliz.

La ayudó a seleccionar las ropas. Erich tenía un excelente gusto para el estilo.

—Ojo de artista —se burlaba ella.

—¿Dónde están las niñas? —preguntó Kevin—. Me gustaría despedirme de ellas.

—Fran se las llevó a dar un paseo. Las recogeremos después de la ceremonia. Fran y Mr. Hartley almorzarán con nosotros. Luego iremos directamente al aeropuerto.

—Jen, creo que te has precipitado demasiado en esto. Sólo hace un mes que conoces a Krueger.

—Es suficiente con mucho cuando uno está seguro, cuando se está muy seguro. Y ambos lo estamos.

—Pues bien, yo *aún* no estoy seguro respecto de la adopción. No quiero entregar a mis niñas.

Jenny trató de no mostrar irritación.

—Kevin, ya hemos pasado por todo esto. Has firmado los documentos. No te preocupes de las niñas. No las mantienes. En realidad, cuando te hacen entrevistas niegas el tener una familia.

—¿Y cómo se sentirán, cuando crezcan y comprendan que las abandoné?

—Estarán agradecidas por la posibilidad de tener un padre que las desea. Pareces olvidar que yo misma fui adoptada. Y siempre estaré agradecida a quien se desprendió de mí. El ser criada por Nana fue algo realmente especial.

—Estoy de acuerdo en que Nana fue algo especial. Pero no me gusta Erich Krueger. Hay algo en él...

—¡Kevin!

—Muy bien. Me iré. Te echaré de menos, Jen. Aún te amo. Ya lo sabes.

Le tomó las manos.

—Y también amo a mis hijas.

«Acto tres, telón —pensó Jenny—. Ni un ojo seco en toda la casa.»

—Por favor, Kevin, no quiero que Erich te encuentre aquí.

—Jen, existe una posibilidad de que pueda ir a Minnesota. Tengo una oportunidad de entrar en la compañía de repertorio del «Teatro Guthrie», en Minneápolis. Si es así, te iré a buscar...

—No debes hacerlo, Kevin...

Con firmeza, abrió la puerta del apartamento. Sonó el timbre.

—Debe de ser Erich —dijo, nerviosa, Jenny—. Maldita sea. No quería que te viese aquí. Vamos, te acompañaré.

Erich estaba aguardando detrás del cerrado vestíbulo con puertas-vidrieras. Llevaba una gran caja de regalo. Apenada, observó cómo su expresión cambiaba desde la alegría al enfado cuando la vio entrar en el vestíbulo acompañada de Kevin.

Jenny abrió la puerta exterior para que entrase Erich y luego dijo con rapidez.

—Kevin ha pasado por aquí un momento. Adiós, Kevin.

Los dos hombres se quedaron mirando el uno al otro. Ninguno de los dos habló. Luego Kevin sonrió y se inclinó hacia Jenny. Tras besarla en la boca, le dijo con su tono más íntimo.

—Ha sido maravilloso estar contigo. Gracias de nuevo, Jen. Nos veremos en Minnesota, cariño...

CINCO

—Estamos cruzando por encima de Green Bay, Wisconsin.
Nuestra altitud es de diez mil metros. Aterrizaremos en el aeropuerto «Twin Cities» a las cinco y cincuenta y ocho de la tarde. La
temperatura en Minneápolis es de doce grados centígrados bajo
cero. Es una tarde despejada y hermosa. Espero que hayan disfrutado con el viaje, señores. Gracias una vez más por volar con
«Northwest».

La mano de Erich cubrió la de Jenny.

—¿Has disfrutado del viaje?

La mujer le sonrió.

—Muchísimo.

Ambos miraron hacia la alianza de bodas de la madre de él, que
ahora lucía en el dedo de Jenny.

Beth y Tina se habían quedado dormidas. La azafata había
quitado el brazo central de los asientos, y ahora se encontraban
enlazadas juntas. Con los bucles castaños sobreponiéndose, y sus
nuevos vestidos sin mangas de terciopelo verde y sus blancos
pullóvers de cuello de cisne un tanto arrugados ahora.

Jenny se dio la vuelta para observar el cojín de nubes que flotaban
afuera de la ventanilla del avión. Por debajo de su felicidad, se
encontraba todavía furiosa con Kevin. Sabía que era débil e irres-
ponsable, pero siempre había pensado de él que tenía buen carácter,
sin darle mayor importancia. Pero era un expoliador. Había conseguido ensombrecer el día de su boda.

En el apartamento, una vez que se fuese Kevin, Erich había dicho:

—¿Por qué te ha dado las gracias , y qué ha querido decir con eso?
¿Le has invitado a nuestro hogar?

Trató de explicarse, pero la explicación le pareció débil incluso
a sus propios oídos.

—¿Le has dado trescientos dólares? —le preguntó, incrédulo,
Erich—. ¿Cuánto te debe ya en pagas de pensión alimenticia y en
préstamos?

—Pero yo no los necesitaba, y la mitad de los muebles eran
suyos...

—¿Querías tal vez estar segura de que tendría dinero para el billete
cuando nos visitase?

—Erich, ¿cómo puedes creer eso?

44

Se esforzó en controlar las lágrimas que amenazaban con llenar sus ojos, pero no antes de que Erich las hubiese visto.

—Jenny, perdóname. Lo siento. Estoy muy celoso de ti. Lo admito. Odio el hecho de que cualquier hombre te toque. No quiero que él vuelva nunca a ponerte un dedo encima.

—No lo hará. Eso puedo prometértelo. Dios mío, si por algo le estoy agradecida es por haber firmado los documentos de adopción. Mantuve cruzados los dedos hasta el último momento acerca de esto...

—Simples conversaciones de dinero.

—¿Le has pagado algo, Erich?

—No mucho. Dos mil dólares. Mil por cada hija. Un precio muy barato por desembarazarme de él.

—Te ha vendido a sus hijas...

Jenny trató de ocultar el desprecio que sentía, para que no se notase en su voz.

—Hubiese pagado cincuenta veces más.

—Deberías habérmelo dicho.

—Tampoco te lo hubiera contado ahora, excepto que no deseo que quede ninguna piedad hacia él... Olvidémosle. Este es nuestro día. ¿Qué te parecería abrir tu regalo de bodas?

Se trataba de un abrigo de visón «Blackglama».

—Oh, Erich...

—Vamos, póntelo.

Daba una sensación de lujo, de suavidad, de ligereza, de calor.

—Hace exactamente juego con tu pelo y con tus ojos —le explicó Erich, complacido—. ¿Sabes qué estaba pensando esta mañana?

—No.

Erich la rodeó con sus brazos.

—Dormí tan mal anoche... Aborrezco los hoteles y todo lo que podía pensar era que esta noche Jenny estaría conmigo en mi propio hogar. ¿Conoces el poema *Jenny me besó*?

—No estoy segura.

—Sólo puedo recordar un par de versos «Dicen que estoy cansado, que estoy triste...» Y luego el último verso triunfante es «Jenny me besó». Estaba pensando en esto cuando toqué el timbre, y luego, un momento después, tuve que observar cómo era Kevin MacPartland quien te besaba...

—Por favor, Erich.

—Perdóname. Salgamos de este sitio. Estoy deprimido.

No había tenido tiempo para echar un último vistazo antes de que él la apresurara hacia la limusina.

Incluso durante la ceremonia, Kevin había seguido estando presente en su imaginación, especialmente su matrimonio con él, en Santa Mónica, hacía cuatro años. Eligieron aquella iglesia porque Nana se había casado allí. Nana se sentó sonriente en la primera fila.

No había aprobado a Kevin, pero dejó sus dudas a un lado cuando ya no pudo disuadir a Jen. ¿Qué opinaría de esta ceremonia ante un juez en vez de ante un sacerdote?

—Yo, Jennifer, te tomo...

Vaciló. Dios mío, había estado a punto de decir *Kevin*. Sintió sobre ella los interrogadores ojos de Erich, y había comenzado de nuevo.

—Yo, Jennifer, te tomo a ti, Erich...

—Lo que Dios ha unido, que no lo separe el hombre...

El juez había pronunciado aquellas palabras solemnemente.

Pero también se habían pronunciado en su boda con Kevin...

Llegaron a Minneápolis con un minuto de adelanto con respecto de lo previsto. Un gran letrero decía: Bienvenidos a Twin Cities. Jenny estudió el aeropuerto con ávido interés.

—He estado por toda Europa, pero nunca había llegado más al oeste que a Pensilvania —se echó a reír—. Tenía la imagen mental de que aterrizaríamos en medio de una pradera.

Llevaba a Beth de la mano. Erich se cuidaba de Tina. Beth miró la rampa que se acercaba al avión.

—Más avión, mamá —imploró.

—Has dado inicio a algo, Erich —le dijo Jenny—. Empiezan a desarrollar el gusto por los viajes en primera clase.

Erich no estaba escuchando.

—Le dije a Clyde que Joe estuviese esperándonos —explicó—. Seguramente se encuentra en la puerta de llegadas...

—¿Joe?

—Uno de los peones de la granja. No es muy brillante, pero es excelente con los caballos y un buen conductor. Siempre le he empleado como chófer cuando no quiero dejar el coche en el aeropuerto. Oh, aquí está...

Jenny vio correr hacia ellos a un joven de pelo pajizo, delgado, de unos veinte años, con unos grandes ojos inocentes y rosadas mejillas. Iba bien vestido con un abrigo para el frío, unos pantalones oscuros de punto, pesadas botas y guantes. Una gorra de chófer reposaba incongruentemente sobre su recio cabello. Se la quitó mientras se detenía delante de Erich, y Jenny tuvo tiempo de reflexionar por qué, a pesar de ser un joven tan bien parecido, tenía aspecto de terriblemente preocupado.

—Mr. Krueger, siento haber llegado tarde. Las carreteras están heladas.

—¿Dónde está el coche? —le preguntó Erich con brusquedad—. Quiero que mi esposa y las niñas queden instaladas; luego tú y yo cuidaremos del equipaje.

—Sí, Mr. Krueger...

La preocupación aún pareció intensificarse más.

—Realmente, siento haber llegado tarde.

—Oh, por el amor de Dios —intervino Jenny—. Somos nosotros los que hemos llegado un minuto antes.

Tendió la mano.

—Yo soy Jenny.

El se la tomó, sosteniéndola cautelosamente, como si temiese lastimarla.

—Me llamo Joe, Mrs. Krueger. Todos tienen muchas ganas de conocerla. Todos hablan acerca de usted.

—Estoy seguro de que es así —medió Erich, con brusquedad.

Su brazo urgió a Jenny a que siguiese andando. Joe se quedó detrás de ellos. Jenny se percató de que Erich estaba enfadado. Tal vez se suponía que ella no debía mostrarse tan animosa. Su vida en Nueva York, la galería «Hartley» y el apartamento en la Calle 37 parecieron de repente terriblemente lejanos...

SEIS

El «Fleetwood» castaño de Erich era nuevo, y el único de los que se encontraban en la zona de aparcamiento que no aparecía con nieve incrustada encima. Jenny se preguntó si Joe había aprovechado unos preciosos minutos para lavarlo antes de que llegasen al aeropuerto. Erich la instaló a ella y a Tina en el asiento trasero, dio permiso a Beth para ponerse delante y se apresuró a regresar para ayudar a Joe a recoger el equipaje.

Unos minutos después, se encontraban ya en la carretera.

—Son casi tres horas de viaje hasta la granja —le explicó Erich—. ¿Por qué no te apoyas contra mí y descabezas un sueñecito?

Parecía relajado ahora, incluso alegre, una vez olvidado su espasmo de ira.

Erich alargó la mano hacia Tina, que se prestó de buen grado a sentarse en su regazo. Erich tenía muy buena mano con la niñita. Al ver el contento brillar en el rostro de Tina, Jenny alejó la momentánea añoranza de su hogar.

El coche aumentó la velocidad en terreno despejado. Las luces a lo largo de la carretera empezaron a desaparecer. La ruta se oscureció y estrechó. Joe encendió los faros y la mujer pudo discernir los grupos de graciosos arces y los irregulares robles de pobres formas. El paisaje parecía absolutamente llano. Era diferente por completo de Nueva York. Aquélla era la razón de que tuviese aquella terrible y alienante sensación cuando salieron del aeropuerto.

Necesitaba tiempo para pensar, para enfocar las cosas, para ajustarse a ellas. Apoyando la cabeza en el hombro de Erich, murmuró:

—¿Sabes algo? Estoy cansada...

No quería hablar más, no exactamente ahora. Pero, oh, qué agradable resultaba reclinarse así en él, saber que su tiempo juntos ya nunca más sería precipitado y frenético. Erich había sugerido dejar de lado la luna de miel oficial.

—No tienes a nadie con quien dejar a las niñas —le había explicado—. Una vez se encuentren cómodamente instaladas en la granja, ya encontraremos una niñera de confianza y emprenderemos un viaje.

«¿Cuántos otros hombres hubieran sido tan considerados?», se dijo.

Sintió que Erich la estaba mirando.

—¿Estás despierta, Jenny? —le preguntó.

Pero ella no respondió. La mano de su marido la alisó el cabello, sus dedos le masajearon las sienes. Tina estaba ahora ya dormida; su respiración se había hecho suave y sosegada. En el asiento delantero, Beth había dejado de charlar con Joe y ella también debía de estar adormilada.

Jenny hizo que su respiración se mostrase tranquila. Había tiempo por delante para planear, para salir de la vida que había llevado hasta entonces y anticipar la que la esperaba.

La casa de Erich había permanecido sin una mujer que la gobernara durante un cuarto de siglo. Probablemente, necesitaba una revisión a fondo. Sería interesante comprobar cuánta de la influencia de Caroline quedaba aún.

«Es divertido —se mofó—; nunca pienso en la madre de Erich como su madre, siempre pienso en ella como Caroline.»

Se preguntó si el padre de Erich no se habría referido respecto de ella de aquella manera. Si en lugar de decirle a Erich «Tu madre», cuando se acordase de ella diría «Caroline y yo solíamos...»

Recordarlo todo sería un deleite. Cuántas veces había estudiado el apartamento y había pensado: «Si pudiera permitírmelo, haría esto... y aquello... y lo de más allá.»

Qué sensación de libertad sería despertarse por la mañana, y saber que no tenía que apresurarse para acudir al trabajo. Simplemente, poderse quedar con las niñas, pasar el tiempo con ellas, un tiempo auténtico, no el tiempo de después de un día agotador... Se había perdido ya la mejor parte de sus años de bebés...

Y ser una esposa. Así como Kevin no había sido nunca un auténtico padre para las niñas, tampoco había sido un auténtico marido para ella. Incluso en sus momentos más íntimos, siempre había sentido que Kevin tenía una imagen mental de sí mismo como de interpretar el protagonista romántico en una película de la «M. G. M.». Y ella estaba segura de que le había sido infiel, incluso durante el breve tiempo en que habían vivido juntos...

Erich era maduro. Podía haberse casado hacía ya mucho tiempo, pero prefirió aguardar. Daba por bien venida la responsabilidad. Kevin la había rehuido. Erich era tan reticente... Según Fran, que opinaba que era un poco pesado, y Jenny sabía que ni siquiera Mr. Hartley había estado a gusto con él. No se percataban de que su presunta reserva constituía, simplemente, una tapadera respecto de una naturaleza innatamente tímida.

—Encuentro más fácil pintar mis sentimientos que expresarlos —le había confesado.

Había tanto amor contenido en todo aquello que pintaba...

Sintió que la mano de Erich acariciaba sus mejillas.

—Despiértate, cariño, ya estamos cerca de casa...

—¿Qué? Oh... ¿Me he quedado dormida?

Se irguió.

—Me alegra que hayas dormido, cariño. Pero ahora puedes mirar por la ventanilla. La luna brilla tanto que serás capaz de apreciarlo todo...

Su voz era ansiosa.

—Estamos en la carretera comarcal veintiséis. Nuestra granja comienza en esa cerca, a ambos lados de la carretera. El lado derecho termina en el Gray's Lake. El otro lado prosigue y serpentea aún más allá. El bosque ocupa casi cien hectáreas por sí solo; acaba en el valle fluvial que desciende hacia el Minnesota River. Ahora, observa, verás alguno de los edificios exteriores. Aquí están los heniles, donde alimentamos al ganado en invierno. Más allá se encuentran los graneros, los establos y el antiguo molino. Ahora, cuando doblemos ese recodo, contemplarás el lado occidental de la casa. Se asienta sobre aquella loma.

Jenny oprimió su rostro contra la ventanilla del coche. Entre las entrevisiones del paisaje que había visto en algunos de los cuadros de Erich, sabía, por lo menos, que la parte exterior de la casa era de pálidos ladrillos rojos. Se imaginó una especie de granja a lo Currier e Ives. Nada de lo que Erich le había contado la preparó para lo que ahora estaba contemplando...

Incluso vista desde un lado, resultaba obvio que la casa era una mansión. Tenía, aproximadamente, entre veinte y veinticinco metros de longitud y tres pisos. Las luces salían de las alargadas y graciosas ventanas del primer piso. Por encima, la luna blanqueaba los tejados y aguilones en relucientes tiaras. Los campos cubiertos de nieve brillaban como capas de blanco armiño, enmarcando la estructura, haciendo resaltar sus flotantes líneas.

—¡Erich!

—¿Te gusta, Jenny?

—¿Que si me gusta? Erich, es magnífica. Es dos veces, no, cinco veces mayor de lo que esperaba. ¿Por qué no me previniste?

—Deseaba sorprenderte. Le dije a Clyde que se asegurase de iluminarla bien para tu primera impresión. Ahora veo que ha tomado mi orden al pie de la letra.

Jenny se quedó mirando, tratando de absorber cada detalle mientras el coche avanzaba con lentitud a lo largo de la carretera. Un porche de madera blanca con unas esbeltas columnas, comenzaba en la puerta lateral y se extendía hasta la parte trasera de la casa. La reconoció tal como se reflejaba en el cuadro *Recuerdo de Caroline*. Incluso la mecedora del cuadro se hallaba allí, el único mueble del porche. Una ráfaga de viento la hacía mecerse levemente.

El coche giró a la izquierda y entró por las abiertas puertas. Un letrero, Granja Krueger, estaba iluminado por las farolas que se encontraban en los postes de las puertas. El coche siguió el camino de vehículos, que se abría entre los campos cubiertos de nieve. A su derecha comenzaban los árboles, un pesado y tupido bosque de árboles cuyas ramas aparecían desnudas y esqueléticas contra la luna. El coche giró a la izquierda y completó el arco, deteniéndose ante los anchos escalones de piedra.

Las dobles puertas macizas y ornamentadamente talladas, se veían iluminadas por la ventana en abanico que se arqueaba encima de ella. Joe se apresuró a abrirle la puerta a Jenny. Rápidamente, Erich le tendió a la dormida Tina.

—Llévate a las niñas, Joe —ordenó.

Tomando a Jenny de la mano, subió con rapidez los escalones, descorrió el cerrojo y abrió por completo las puertas. Tras hacer una pausa, miró directamente a los ojos de Jenny:

—Me gustaría pintarte ahora —le dijo—. Llamaría al cuadro *Llegada al hogar*. Con tu largo y hermoso cabello oscuro, tus ojos tan tiernos que me miran... Me amas, ¿no es verdad, Jenny?

—Te amo, Erich —le respondió en voz baja.

—¿Me prometes que nunca me abandonarás? Júralo, Jenny.

—Erich, ¿cómo puedes pensar en esto ahora?

—Promételo, por favor, Jenny.

—Nunca te dejaré, Erich.

Jenny le rodeó el cuello con los brazos. «Su necesidad es tan grande..», pensó. Durante todo aquel mes, Jenny se había visto turbada por aquel aspecto unilateral de sus relaciones: él era quien daba, ella la que recibía. Estaba agradecida ahora al comprobar que las cosas no eran tan simples.

Erich la alzó en brazos.

—Jenny, bésame...

Ahora sonreía. Mientras la llevaba adentro de la casa, Erich la besó en los labios, al principio tímidamente y luego con creciente emoción.

—¡Oh, Jenny!

La dejó en el vestíbulo de entrada. Tenía unos relucientes suelos de parqué, unas paredes delicadamente estarcidas, con una araña de cristal y metal dorado. Una escalera con una adornada balaustrada tallada conducía al segundo piso. Las paredes estaban recubiertas de cuadros, con la firma en mayúsculas ERICH en la esquina del lado derecho. Durante un momento, Jenny se quedó sin habla.

Joe estaba subiendo los escalones con las niñas.

—No corráis... —les prevenía.

Pero la larga siesta les había despabilado, y estaban ansiosas por hacer exploraciones. Mientras no las perdía de vista, Jenny escuchaba a Erich cuando éste comenzó a enseñarle la casa. El salón principal estaba a la izquierda del vestíbulo de entrada. Trató de absorber todo lo que le contaba acerca de las piezas individuales. Al igual que un chiquillo que muestra sus juguetes, señaló unos estantes de nogal, en forma de riñón y con la base de mármol.

—Es de principios del siglo XVIII —le dijo.

Unas ornadas lámparas de petróleo, ahora con cables eléctricos, se encontraban a cada lado del macizo sofá de alto respaldo.

—Mi abuelo se lo hizo fabricar en Austria. Las lámparas son de Suiza.

Recuerdo de Caroline estaba colgado encima del sofá. Una luz en lo alto revelaba el rostro del retrato, de una forma más íntima que como apareciera en el escaparate de la galería. Le pareció a Jenny que, con esta iluminación, en esta estancia, su propio parecido con Caroline se acentuaba. La mujer del cuadro daba la impresión de mirarla directamente.

—Es casi como un icono —susurró Jenny—. Noto como si me siguiesen sus ojos.

—Yo siempre me he sentido de esa manera —comentó Erich—. ¿Crees que puede ser así?

Un inmenso órgano de lengüeta y de palisandro, situado en la pared occidental, atrajo inmediatamente a las niñas. Treparon a la banqueta con cojín de terciopelo y comenzaron a tocar las teclas. Jenny se percató de que Erich torcía el ceño cuando la hebilla del zapato de Tina rayó la pata de la banqueta. Rápidamente sacó de allí a las protestonas niñas.

—Veamos el resto de la casa —sugirió.

El comedor estaba dominado por una mesa de banquetes, lo suficientemente grande como para acomodar doce sillas. Un elaborado motivo de corazones estaba tallado en cada uno de los respaldos de las sillas.

Una colcha aparecía colgada en la pared de enfrente, como si se tratase de un tapiz. Troceado en exágonos con reborde de festón y motivos florales cosidos, añadía una nota de brillantez a aquella estancia austeramente bella.

—La confeccionó mi madre —explicó Erich—. Mira sus iniciales.

Todas las paredes de la enorme biblioteca estaban cubiertas con estantes de nogal para libros. En cada uno de ellos se veían hileras de volúmenes precisamente colocados. Jenny echó un vistazo a algunos de los títulos.

—¡Voy a pasarlo muy bien! —exclamó—. No puedo esperar a tomar alguno para leerlo. ¿Cuántos libros te parece que tienes?

—Mil ciento veintitrés.

—¿Sabes exactamente cuántos son?

—Naturalmente...

La cocina era amplia. La pared de la izquierda contenía los accesorios. Una mesa redonda de roble y unas sillas se ubicaban exactamente en el centro de la estancia. En la pared oriental, una gigantesca estufa antigua de hierro, con unas portillas muy brillantes de níquel, cromo y mica, tenían todo el aspecto de poder caldear toda la casa. Una cuna de roble, cerca de la estufa, se veía llena de leños. Un sofá cubierto con una litografía colonial y un sillón a juego, se hallaban formando un ángulo recto, uno junto a otro. En este cuarto, como en los demás que había visto, absolutamente nada se encontraba fuera de lugar.

—Es un poco diferente de tu apartamento, ¿no te parece, Jenny?

Su tono reflejaba orgullo.

—Ya puedes comprender por qué no te lo conté. Quería disfrutar con tu reacción.

Jenny sintió ansias de defender su apartamento.

—Ciertamente, es mayor —convino—. ¿Cuántas habitaciones tiene?

—Veintidós —respondió con presunción Erich—. Echemos un vistazo a nuestros dormitorios. Acabaremos la visita mañana...

La rodeó con el brazo mientras subían por la escalera. Aquel ademán era confortante y ayudó a aliviar parte de la sensación de novedad que sentía. «Muy bien —pensó—, me parece estar haciendo una visita turística: Miren, pero no toquen.»

El dormitorio principal era una gran habitación formando ángulo, en la parte delantera de la casa. Los muebles de oscura caoba relucían como con una fina pátina aterciopelada. El macizo lecho de cuatro columnas estaba cubierto con un brocado de color arándano. Este brocado se repetía también en el baldaquín y en las colgaduras. Un bol de cristal emplomado, en el lado izquierdo del tocador, estaba lleno con pequeñas pastillas de jabón de pino. Un juego de cepillos de plata con iniciales, cada pieza separada unos centímetros, se veían a la derecha del cuenco. Este juego de cepillos había pertenecido a la bisabuela de Erich; el bol era de Caroline y procedía de Venecia.

—Caroline nunca se perfumaba, pero le gustaba mucho el aroma a pino —contó Erich—. Este jabón se importa de Inglaterra.

Jabón con olor a pino. Era lo que había detectado al entrar en la habitación: el débil aroma de pino, tan sutil que resultaba imposible distinguirlo.

—¿Es aquí donde dormiremos Tina y yo, mamá? —preguntó Beth.

Erich se echó a reír.

—No, *Ratoncita*. Tú y Tina estaréis al otro lado del vestíbulo. Pero, ¿quieres ver primero mi habitación? Es la que está en la siguiente puerta de la derecha.

Jenny le siguió, esperando ver la habitación de un soltero en la casa familiar. Estaba ansiosa por probar el gusto personal de Erich respecto al mobiliario. Casi todo cuanto había visto, le parecía que, simplemente, lo había heredado.

Erich abrió la puerta de la estancia contigua al dormitorio

principal. Aquí estaba también encendida la luz del techo. Vio un lecho individual de arce, recubierto por una colcha de colores. Un escritorio con tapa corredera, medio abierto, revelaba lápices, carboncillos y álbumes para esbozos. Una librería de tres estantes contenía el *Libro de la Sabiduría*. Un trofeo de la «Little League» se encontraba de pie en el tocador. Una mecedora de alto respaldo aparecía en el rincón de la izquierda, cerca de la puerta. Un palo de hockey, apoyado contra la pared de la derecha.

Era la habitación de un chiquillo de diez años...

SIETE

—No he vuelto a dormir aquí desde que murió mamá —le explicó Erich—. Cuando era pequeño, disfrutaba tumbado en la cama, escuchando el ruido que hacía mi madre moviéndose por su cuarto. La noche del accidente no pude soportar el volver aquí. Para calmarme, papá y yo nos trasladamos a los dos dormitorios traseros. Ya nunca regresamos...

—¿Me estás diciendo que en este cuarto, y en el dormitorio principal, no ha dormido nadie durante cerca de veinticinco años?

—Eso es. Pero no los cerramos. Simplemente, dejamos de usarlos. Pero algún día nuestro hijo usará este cuarto, querida mía...

Jenny estuvo contenta de regresar al vestíbulo. A pesar de la alegre colcha y de los cálidos muebles de arce, había algo de inquietante en el cuarto de muchacho de Erich.

Beth comenzó a tirar incansablemente de Jenny.

—Mamá, tenemos hambre... —comentó de forma muy práctica.

—Oh, *Ratoncita*, lo siento. Vayamos a la cocina.

Beth corrió por el largo vestíbulo, con unas pisadas demasiado ruidosas para sus piececitos. Tina la siguió de cerca.

—Aguárdame, Beth...

—No corráis —les gritó Erich detrás de ellas.

—No rompáis nada —les previno Jenny, recordando la delicada porcelana del salón.

Erich le quitó de los hombros el abrigo de visón y se lo puso al brazo.

—Y bien..., ¿qué te parece?

Algo en la forma en que hizo la pregunta resultó perturbador. Era como si se hallase ansioso por recibir una aprobación, y Jenny le tranquilizó, de la misma forma en que hubiese respondido a una pregunta similar por parte de Beth.

—Es perfecto... Me encanta...

El frigorífico estaba bien provisto. Jennie calentó leche para mezclarla con cacao y preparó unos bocadillos.

—Tengo champaña para nosotros —le explicó Erich.

Y colocó el brazo en el respaldo de la silla de su mujer.

—Estaré lista dentro de un momentito...

Jenny le sonrió e inclinó la cabeza hacia las niñas.

—En cuanto lo deje todo en orden...

Estaban a punto de levantarse cuando sonó el timbre. El fruncimiento del rostro de Erich se cambió en una expresión complacida tras abrir la puerta.

—Mark, por el amor de Dios... Entra...

El visitante llenaba el umbral. Su pelo de color arena y enmarañado por el viento tocaba la parte superior del umbral. Sus amplios hombros aparecían ahora escondidos por su pesada parka con capucha. Unos penetrantes ojos azules dominaban su rostro de fuertes facciones.

—Jenny —dijo Erich—, éste es Mark Garrett. Ya te he hablado de él.

Mark Garrett. El doctor Garrett, el veterinario, que había sido el amigo más íntimo de Erich desde la infancia.

—Mark es como un hermano —le explicó Erich—. En realidad, si algo me hubiese ocurrido antes de casarme, él habría heredado la granja.

Jenny extendió la mano y sintió cómo la del hombre, fría y fuerte, cubría la suya.

—Siempre he dicho que tenías buen gusto, Erich —comentó Mark Garrett—. Bienvenida a Minnesota, Jenny.

A Jenny le gustó Mark inmediatamente.

—Es muy agradable estar aquí.

Le presentó a las niñas. Ambas se mostraron inesperadamente formalitas.

—Eres grande, muy grande —le dijo Beth.

Mark rehusó el café.

—Aborrezco ir dando tumbos por ahí —le dijo a Erich—, pero deseaba que te enterases por mí. *Barón* se ha lastimado esta tarde un tendón.

Barón era el caballo de Erich. Este ya le había hablado al respecto.

—Un animal de pura sangre, criado sin enfermedades, nervioso, de muy mal temperamento. Un animal notable. Podía haber hecho de él un animal de carreras, pero he preferido conservarlo para mí mismo.

—¿Hay algún hueso roto?

La voz de Erich estaba absolutamente calmada.

—Positivamente, no...

—¿Qué sucedió?

Mark titubeó.

—De alguna forma la puerta del establo estaba abierta, y salió. Tropezó cuando trató de saltar la cerca con alambre espinoso en el campo del este.

—¿*Que la puerta del establo estaba abierta?*

Cada palabra fue articulada con precisión.

—¿Y quién la *dejó* abierta?

—Nadie admite haberlo hecho. Joe jura que la cerró al salir del establo esta mañana tras dar de comer a *Barón*.

Joe, el chófer. No era de extrañar que pareciese asustado, pensó Jenny. Ahora miró a las niñas. Se sentaban muy tranquilas a la mesa. Hacía un minuto, hubieran estado dispuestas a campar por sus respetos. Y ahora parecían sentir la atmósfera cargada, la ira que Erich no se molestaba en ocultar.

—Le dije a Joe que no discutiese contigo hasta que yo tuviese oportunidad de verte. *Barón* estará bien en un par de semanas. Creo que Joe, probablemente, no corrió el pestillo de la puerta al salir. Nunca ha sido descuidado de forma deliberada. Ama a ese animal.

—Aparentemente, ninguno de su familia inflige daño *deliberadamente*... —estalló Erich—. Pero lo que sí está claro es que consiguen infligirlo. Si *Barón* quedase cojo...

—No será así. Lo he limpiado y vendado. ¿Por qué no sales y le ves ahora? Te sentirás mejor...

—Eso voy a hacer...

Erich buscó en el armario de la cocina su chaquetón.

Su expresión resultaba fríamente furiosa.

Mark le siguió afuera.

—Bienvenida de nuevo, Jenny —le dijo—. Te pido disculpas por ser portador de malas noticias...

Cuando la puerta se cerró detrás de ellos, Jenny escuchó su profunda y calmada voz.

—Mira, Erich, no te exaltes...

Costó un baño caliente y contarles un cuento en la cama para que las niñas, finalmente, se durmiesen. Jenny salió agotada y de puntillas del cuarto. Luego empujó el baúl contra el lado de la cama al descubierto. La habitación, que una hora antes había estado en perfecto orden, constituía ahora una auténtica confusión. Las maletas se encontraban en el suelo. Había hurgado en ellas para encontrar los pijamas y la vieja manta favorita de Tina, pero no se había preocupado por deshacer apropiadamente las maletas. Estaba demasiado cansada. Esto podía esperar hasta mañana. Erich se presentó en el momento en que salía del cuarto. Jennie vio mudar su expresión cuando observó el desordenado interior de la habitación.

—Dejémoslo así, cariño —le dijo ella cansadamente—. Sé que todo está manga por hombro, pero ya lo arreglaré mañana.

A Jennie le pareció que su marido realizaba un intento deliberado por reflejar calma.

—Me temo que no podré irme a la cama y dejar todo esto así...

Le llevó sólo cinco minutos deshacer por completo las maletas, colocar la ropa interior y los calcetines en los cajones, colgar los vestidos y suéteres en el armario. Jenny desistió de tratar de ayudarle. Si se despertaban, estarían dando vueltas por allí durante horas, pero, de repente, se encontró demasiado agotada ni para protestar. Finalmente, Erich empujó la cama exterior para que se encontrase alineada exactamente con su gemela, dispuso bien las botitas y zapatos, guardó las maletas en un estante superior y cerró la puerta del armario que Jenny había dejado entreabierta.

Cuando hubo finalizado, la habitación se encontraba infinitamente más arreglada y las niñas no se habían despertado. Jenny se encogió de hombros. Sabía que debería estarle agradecida, pero no servía de ayuda pensar que el riesgo de despertar a las pequeñas, resultaba infinitamente superior a la necesidad de una sesión de arreglos, particularmente en la noche de bodas...

En el vestíbulo, Erich la rodeó con los brazos.

—Cariñito, ya sé lo duro que ha sido este día. Te he preparado un baño. Ahora estará a la temperatura exacta. ¿Por qué no te cambias y prepararé una bandeja para nosotros? Tengo champaña enfriando y un bote del mejor caviar que encontré en «Bloomingdale's». ¿Qué te parece todo esto?

Jenny sintió una acometida de vergüenza por su irritada sensación. Le sonrió.

—Eres demasiado bueno para ser verdad...

El baño ayudó. Se hundió en él, disfrutando de la desacostumbrada longitud y profundidad de la bañera, que estaba aún montada sobre sus patas originales de latón. Mientras la cálida agua suavizaba los músculos de su garganta y hombros, decidió relajarse.

Se percató ahora de que Erich había evitado con sumo cuidado describirle la casa. ¿Qué le había dicho? Oh, sí, cosas tales como «No ha cambiado mucho desde que Caroline murió. Creo que la extensión de la nueva decoración sólo ha llegado a remplazar algunas cortinas del cuarto de los huéspedes...»

¿Es que no se había estropeado nada en esos años, o era que Erich, religiosamente, preservaba intacto todo cuanto le recordaba la presencia aquí de su madre? El aroma que ella amaba flotaba todavía por el dormitorio principal. Sus cepillos y peines, así como sus limas para las uñas, continuaban aún en una de las coquetas. Se preguntó si no habría aún algunas hebras del cabello de Caroline atrapadas en algunos de los cepillos.

Su padre se había equivocado, desesperadamente, al permitir que el dormitorio infantil de Erich siguiese intacto, congelado en el tiempo, como si, en aquella casa, el crecimiento se hubiese detenido con la muerte de Caroline. El pensamiento la dejó incómoda y, de forma deliberada, lo apartó de su mente. «Piensa en Erich y en ti misma —se dijo—. Olvida el pasado. Recuerda que ahora os pertenecéis el uno al otro.» Su pulso se aceleró.

Pensó en su primoroso y nuevo camisón, y en el salto de cama que se encontraban dentro de su nueva maleta. Los había comprado en «Bergdorf Goodman», con el último cheque de su paga, faroleando de forma extravagante, pero deseando que todo fuese maravilloso en la noche de bodas de una novia.

Repentinamente alegre, salió de la bañera, quitó el tapón y alargó la mano hacia una toalla. El cristal de encima del lavabo estaba por completo empañado. Empezó a secarse, hizo una pausa y luego frotó el vapor. Sintió que, en medio de tantas novedades, necesitaba verse a sí misma, encontrar su propia imagen. Cuando el cristal estuvo seco, se miró en él. Pero no fueron sus propios ojos azulverdes los que vio reflejados.

Era el rostro de Erich, los ojos azules de medianoche de Erich, los que se encontraron con los suyos en el reflejo. Había abierto la puerta tan silenciosamente, que no le había oído. Dándose la vuelta, de forma instintiva colocó la toalla delante de ella pero, luego, con deliberación, la dejó caer.

—Oh, Erich, me has asustado —le dijo—. No te oí entrar...

Sus ojos no abandonaron su rostro.

—Pensé que querrías el camisón, cariño —le explicó—. Aquí lo tienes.

Sostenía un camisón de satén de color aguamarina, con una profunda V cortada por delante y atrás.

—Erich, ya tengo un camisón nuevo. ¿Me has comprado éste expresamente para mí?

—No —replicó Erich—. Era el de Caroline.

Se pasó la lengua, nerviosamente, por encima de los labios.

Sonreía de forma extraña. Sus ojos, cuando descansaban sobre ella, estaban húmedos de amor.

Cuando habló de nuevo, su tono fue de súplica:

—Hazlo por mí, Jenny; póntelo esta noche...

OCHO

Durante unos momentos, Jenny permaneció de pie mirando la puerta del cuarto de baño, sin saber qué hacer. «No quiero llevar el camisón de una mujer muerta», protestó en silencio. El satén parecía suave colgando entre sus dedos.

Una vez que Erich le hubo tendido el camisón, abandonó de repente el cuarto. Jenny comenzó a temblar mientras miraba su maleta. ¿Debería, simplemente, ponerse su propio camisón y, también simplemente, decirle: —Prefiero éste, Erich?

Pensó en su expresión al entregarle el camisón aguamarina de su madre.

Tal vez no me vaya bien, confió. Eso lo salvaría todo. Pero cuando se lo metió por la cabeza, parecía hecho ex profeso para ella. Era lo suficiente delgada para aquella estrecha cintura, con aquellas escasas caderas, la línea recta de los tobillos. El corte en V acentuaba sus firmes pechos. Se miró en el espejo. El vapor se estaba evaporando ahora y unos pequeños reguerones de agua corrían por la superficie. Aquélla debía de ser la razón de que pareciese diferente. ¿O era que algo en el tono de aguamarina del camisón ponía énfasis en el verde de sus ojos?

Estaba a punto de sacárselo por la cabeza cuando se oyó un suave golpeteo en la puerta. La abrió. Erich estaba allí con un pijama de seda gris y una bata a juego. Había apagado todas las luces, excepto la de la mesilla de noche, y su brillante pelo dorado formaba un contrapunto con el resplandor de la lámpara.

Habían quitado de la cama la colcha de brocado de color arándano. Las sábanas estaban recogidas. Unas almohadas bordadas de encajes aparecían apoyadas contra el macizo tablero delantero de la cama.

Erich sostenía dos copas de champaña. Le tendió una Jenny. Anduvieron hasta el centro del cuarto y luego él tocó la copa de Jenny con la suya.

—He estado mirando el resto del poema, querida.

Su voz fue suave cuando comenzó a recitar lentamente las palabras.

Jenny me besó cuando nos conocimos,
saltó de la silla en que se sentaba,

oh, tiempo, ladrón, que te agrada
poner cosas bellas en tu lista: pon ésta:
Dicen que estoy cansado, que estoy triste,
dicen que la salud y la riqueza me han abandonado,
dicen que me hago viejo, pero también añade,
que Jenny me besó...

Jenny sintió lágrimas en los ojos. Esta es su noche de bodas. Este hombre era el que le había ofrecido tanto amor y a quien ella amaba, y que era su esposo. Esta hermosa habitación era de ellos. ¡Qué diferencia significaba el camisón que llevase! Era lo menos que podía hacer por él. Sabía que su sonrisa era tan feliz como la de él, y brindaron el uno por el otro. Cuando Erich le quitó la copa de la mano, y la dejó, Jenny, dichosamente, corrió a sus brazos.

Mucho después de que Erich se durmiese, con su brazo haciendo de almohada a su cabeza, con el rostro enterrado en su cabello, Jenny seguía despierta. Estaba tan acostumbrada a los ruidos de la calle, que constituían una parte de los sonidos nocturnos del apartamento de Nueva York, que no era capaz de absorber la absoluta quietud de aquel cuarto.

La habitación estaba muy fría. Le gustaba esto, cosa que se revelaba en el fresco aire. Pero estaba todo tan absolutamente silencioso, excepción hecha de aquella respiración que se alzaba y caía junto a su cuello.

«Soy tan feliz...   pensó—. No sabía que fuese posible sentirse tan dichosa...»

Erich era un amante tímido, tierno y considerado. Siempre había sospechado que existían unas emociones más profundas que las que Kevin había suscitado en ella. Y era cierto...

Antes de que Erich se quedase dormido, habían hablado:

—¿Fue Kevin el único hombre antes que yo, Jenny?

—Sí, lo fue.

—Pues no ha habido nadie antes para mí...

¿Quería decir con eso que no había *amado* antes a nadie, o que no se había acostado antes con nadie? ¿Resultaba eso posible?

Derivó hacia el sueño. La luz comenzaba a difundirse poco a poco, cuando sintió que Eirch se movía y se deslizaba de la cama.

—Erich...

—Cariño... Siento haberte despertado. Nunca duermo más que unas cuantas horas. Dentro de un rato me iré a la cabaña y me pondré a pintar. Volveré hacia mediodía.

Jennie sintió su beso en la frente y en los labios, mientras se dormía de nuevo.

—Te amo —murmuró Jennie.

La habitación se hallaba inundada de luz cuando despertó de nuevo. Rápidamente, fue hacia la ventana y corrió la persiana. Mientras observaba, quedó sorprendida al ver a Erich desaparecer por los bosques.

El decorado exterior era igual que uno de sus cuadros. Las ramas de los árboles se encontraban ahora blancas y heladas. La nieve cubría la cubierta del tejado a la holandesa del granero más cercano a la casa. A lo lejos, en los campos, tuvo una entrevisión del ganado.

Miró hacia el reloj de porcelana que se encontraba encima de la mesilla de noche. Eran las ocho. Las niñas se despertarían pronto. Podrían verse extrañas al encontrarse en una habitación que no era la suya.

Con los pies descalzos, se apresuró a salir del dormitorio y comenzó a bajar hacia el amplio vestíbulo. Mientras pasaba delante de la antigua habitación de Erich, echó un vistazo y luego se detuvo. El cobertor estaba retirado. Las almohadas aparecían fruncidas. Entró en el cuarto y tocó la sábana. Estaba aún tibia. Erich había abandonado el cuarto de matrimonio y había venido aquí. ¿Por qué?

No dormía mucho, pensó. Probablemente, Erich no quería dar vueltas y despertarme. Estaba acostumbrado a dormir solo. Tal vez desease leer.

Pero había manifestado no haber dormido en este cuarto desde que tenía diez años.

Se oían unas pisadas abajo, en el vestíbulo.

—Mamá, mamá...

Se apresuró en dirección al vestíbulo, inclinándose y abriendo los brazos. Beth y Tina, con ojos brillantes a causa del largo sueño, se precipitaron hacia ella.

—Mamá, te estábamos buscando —explicó, acusadoramente, Beth.

—Y yo también —intervino Tina.

—Y tenemos un regalo —añadió Beth.

—¿Un regalo? ¿Y dónde lo has conseguido, encanto?

—Y yo también... —gritó Tina—. Gracias, mamá.

—Estaba en nuestras almohadas —explicó Beth.

Jenny jadeó y se las quedó mirando. Cada niñita sostenía una pequeña pastilla de jabón al pino.

Vistió a las niñas con los nuevos monos rojos de pana y unas camisas a rayas.

—No hay escuela —dijo Beth de una forma práctica, como siempre.

—Nada de escuela —convino feliz Jenny.

En un santiamén, se puso unos pantalones y un suéter y fueron al piso de abajo. La mujer de la limpieza acababa de llegar. Tenía un tipo delgaducho, con unos incongruentemente poderosos brazos y hombros. Sus pequeños ojos, implantados en un rostro hinchado, parecían vigilantes. Tenía aspecto de reír raramente. Su cabello, con unas trenzas demasiado rígidas, parecían subirle la piel en torno del nacimiento del pelo, robándole la expresión.

Jenny tendió la mano.

—Tú debes de ser Elsa. Yo soy...

Comenzó a decir «Jenny», pero se acordó del enfado de Erich, con motivo de su demasiado amistosa salutación a Joe.

—Soy Mrs. Krueger

Luego presentó a las niñas.

Elsa asintió.

—Hago las cosas lo mejor que puedo...

—Eso ya lo veo —convino Jenny—. La casa tiene un aspecto maravilloso...

—Dígale a Mr. Krueger que no es culpa mía lo de la mancha en el empapelado del comedor. Tal vez llevase él pintura en las manos...

—No me percaté de ninguna mancha anoche...

—Se la mostraré.

Había un borrón en el empapelado del comedor, cerca de la ventana. Jenny lo estudió.

—Por el amor de Dios, casi se necesita un microscopio para verlo...

Elsa se dirigió al salón para comenzar la limpieza y Jenny y las niñas desayunaron en la cocina. Cuando hubieron finalizado, su madre les sacó sus álbumes de pintar y los lapiceros de colores.

—Os diré una cosa —les propuso—; dejadme tomar en paz una taza de café y luego saldremos a dar un paseo.

Quería pensar. Sólo Erich había podido colocar aquellas pastillitas de jabón en las almohadas de las nenas. Resultaba del todo natural que fuera a verlas esta mañana, y no había nada malo en el hecho de que, resultaba obvio, le gustaba el olor a pino. Encogiéndose de hombros, se acabó el café y preparó a las niñas con unos vestidos para la nieve.

El día era frío pero no hacía viento. Erich le había dicho que el invierno en Minnesota podía ser desde severo a terrible.

—Este año se presenta bastante bien —le manifestó—. Sólo es medianamente malo.

En el umbral titubeó. Erich podía estar deseando mostrarles los establos, los graneros y presentarle a la gente de la granja.

—Vayamos por aquí —sugirió.

Acompañó a Tina y Beth alrededor de la parte trasera de la casa, y luego en dirección de los campos abiertos en el lado este de la propiedad. Anduvieron por la nieve hasta que la casa casi se perdió de vista. Luego avanzaron dificultosamente hacia la carretera comarcal que marcaba la linde este de la granja. Jenny se percató de que habían llegado a una zona rodeada por una cerca y comprobó que se trataba del cementerio familiar. Una media docena de monumentos de granito resultaban visibles a través de los postes blancos.

—¿Qué es eso, mamá? —preguntó Beth.

La madre abrió la puerta y entraron dentro del recinto. Jenny anduvo de una a otra de las lápidas sepulcrales, leyendo las inscripciones. Erich Fritz Krueger, 1843-1913, y Gretchen Krueger, 1847-1915. Debían de haber sido los bisabuelos de Erich. Dos niñitas: Marthea, 1875-1877 y Amanda, 1878-1890. Los abuelos de Erich: Erich Lars y Olga Krueger, nacidos ambos en 1880. La mujer murió en 1941 y él en 1948. Un bebé, Erich Hans, que vivió ocho meses en 1911. Cuánto dolor, pensó Jenny, cuánta pena... Dos niñitas perdidas en una generación, un bebé en la siguiente. ¿Cómo podía la gente sufrir aquella clase de dolor? En el contiguo monumento, Erich John Krueger, 1915-1979, el padre de Erich.

Había una tumba en el extremo sur de la parcela, tan separada de las demás como ello resultaba posible. Era la que se percató que andaba buscando. La inscripción rezaba: Caroline Bonardi Krueger, 1924-1956.

El padre y la madre de Erich no estaban enterrados juntos. ¿Por qué? Los demás monumentos presentaban las huellas del tiempo. Este parecía haber sido limpiado recientemente. ¿El amor de Erich hacia su madre llegaba a hacerle tomar un extraordinario cuidado en la conservación de su tumba? Inexplicablemente, Jenny sintió una acometida de ansiedad. Trató de sonreír.

—Vamos, vosotras dos... Os hago una carrera a través del campo...

Riendo, echaron a correr detrás de ella. Jenny les permitió que la atrapasen y luego incluso la sobrepasaran, pretendiendo tratar de mantener con dificultades el ritmo con ellas. Al fin, todas se detuvieron jadeantes. Resultaba claro, que tanto Beth como Tina estaban entusiasmadas por tenerla con ellas. Sus mejillas aparecían enrojecidas y sus ojos centelleaban y brillaban. Incluso Beth había perdido aquella perpetua solemne sonrisa. Jenny las abrazó con pasión.

—Andemos hasta aquella loma —sugirió—, y luego regresaremos.

Pero cuando alcanzaron la cumbre del montículo, Jenny quedó sorprendida al ver una bonita franja blanca situada al otro lado. Coligió que debía de tratarse de la primera granja familiar, que ahora era usada por el director de la explotación.

—¿Quién vive ahí? —preguntó Beth.

—Algunas personas que trabajan para papá.

Mientras estaban allí de pie mirando la casa, la puerta delantera se abrió. Una mujer salió al porche y les hizo señas, indicando, claramente, que deseaba que se acercasen a la casa.

—Beth, Tina, vamos —les urgió Jenny—. Al parecer conoceremos a nuestra primera vecina.

Jenny tuvo la impresión de que la mujer les contemplaba implacablemente mientras cruzaban el campo. Sin preocuparse del frío día, seguía de pie en el umbral, con la puerta abierta de par en par detrás de ella. Al principio, Jenny pensó, por su ligera silueta y encorvado cuerpo, que se trataba de una persona mayor. Pero, en cuanto se acercó más, pudo comprobar que la mujer no tenía más que cincuenta y tantos años. Su pelo castaño estaba sembrado de gris y recogido en lo alto de la cabeza en un mal formado moño. Sus gafas sin aros ampliaban sus ojos grises. Llevaba un largo y deforme suéter encima de unos pantalones con bolsas de tejido de punto doble. El suéter acentuaba los huesos de los hombros y su extrema delgadez.

Sin embargo, aún existían vestigios de belleza en su rostro, y la caída boca poseía unos labios bien formados. Se veía un inicio de hoyuelo en el mentón, y, de algún modo, Jenny visualizó a aquella mujer en otra edad más joven, más dichosa. La mujer se la quedó mirando mientras se presentaba a sí misma y a las niñas.

—Igual que me lo había contado Erich —comentó, con voz baja y nerviosa—. «Rooney —me dijo—, espera a que conozcas a Jenny; creerás estar viendo a Caroline.» Pero no quiso hablarme más acerca de ello.

Hizo un visible esfuerzo por calmarse.

Impulsivamente, Jenny le tendió ambas manos.

—Y Erich me habló también de ti, Rooney, del mucho tiempo que llevas aquí. Comprendí que tu marido es el director de la granja. Aún no le he visto.

La mujer ignoró esto.

—¿Eres de Nueva York?

—Sí, en efecto...

—¿Qué edad tienes?

—Veintiséis años.

—Nuestra hija, Arden, tiene veintisiete. Clyde dice que se fue a Nueva York. ¿La conoces?

La pregunta fue hecha con ardiente ansiedad.

—Me temo que no... —contestó Jenny—. Pero, naturalmente, Nueva York es muy grande... ¿A qué clase de trabajo se dedica? ¿Dónde vive?

—No lo sé. Arden se fue hace diez años. No tenía que haberse escapado. Podía, simplemente, haberme dicho: «Mamá, me quiero ir a Nueva York.» Y no se lo hubiese negado. Su padre era un poco estricto con ella. Supongo que sabía que no la dejaría marcharse siendo tan joven. Pero Arden era una buena chica, incluso presidenta del club «4-H». No sé por qué estaba tan empeñada en marcharse. Creí que era realmente feliz con nosotros.

La mirada de la mujer quedó fija en la pared. Parecía encontrarse en una ensoñación propia, como explicándose algo que ya se había dicho antes muchas veces.

—Era nuestra única hija. Aguardamos mucho tiempo hasta que nació. Era un bebé precioso, y *deseado,* ya sabes qué quiero decir. Tan activa, desde el mismo momento en que nació... Por eso, sugerí que la llamáramos Arden, una especie de apócope de *ardiente...* Y le fue de lo más apropiado.

Beth y Tina se encogieron contra Jenny. Había algo en aquella mujer, algo en sus fijos ojos y en su leve temblor, que las asustaba.

«Dios mío —pensó Jenny—. Su única hija y no sabía nada de ella desde hace diez años. Yo me volvería loca.»

—Puedes ver una foto que tengo por aquí...

Rooney señaló un retrato enmarcado y colgado de la pared.

—Se la tomé dos semanas antes de que se marchara.

Jenny observó la foto de una adolescente regordeta y sonriente, con un rizado cabello rubio.

—Tal vez se haya casado y tenga también bebés —siguió Rooney—. Pienso mucho en ello. Por eso, cuando te vi caminar junto a las dos pequeñinas, creí que tal vez se tratase de Arden.

—Lo siento —replicó Jenny.

—No, no tiene importancia. Y, por favor, no le digas a Erich que he estado hablando de nuevo de Arden. Clyde dice que Erich está harto de escucharme siempre hablar de Arden y Caroline. Clyde dice que ésa es la razón de que Erich me quitase del trabajo en la casa, al morir su padre. Me gustaba mucho cuidar de aquella casa, como si fuese la mía propia. Clyde y yo llegamos aquí cuando John y Caroline se casaron. A Caroline le gustaba la forma en que hacía las cosas, e incluso después que murió, lo mantuve todo igual para ella, como si fuese a aparecer de un momento a otro. Pero, entra en la cocina. He hecho buñuelos y el café está preparado.

Jenny pudo oler el reanimador café. Se sentaron alrededor de la mesa esmaltada de blanco en la alegre cocina. Hambrienta, Tina y Beth se pusieron a mordisquear un buñuelo aún caliente y bebieron leche.

—Recuerdo cuando Erich tenía esa edad —empezó Rooney—. Solía hacerle continuamente estos buñuelos para él. Yo era la única a la que se lo dejaba cuando Caroline salía de compras. Me parecía que era hijo mío. Aún lo es, supongo... Yo no tuve a Arden hasta diez años después de que nos casásemos, pero Caroline dio a luz a Erich durante el primer año. Nunca vi un niñito al que su madre quisiese más. Nunca quería perderle de vista. Oh, se parece mucho a ella, de verdad...

Alargó la mano para coger la cafetera y volvió a llenarle la taza a Jenny.

—Y Erich ha sido tan bueno con nosotros... Se gastó diez mil dólares en detectives privados tratando de averiguar dónde se encontraba Arden.

«Sí —pensó Jenny—, Erich haría eso.»

El reloj que había encima de la cocina comenzó a dar las horas. Era mediodía. Apresuradamente, Jenny se levantó. Erich estaría ya en casa. Deseaba terriblemente encontrarse a su lado.

—Mrs. Toomis, será mejor que nos apresuremos. Confío en que vaya a visitarnos.

—Llámame Rooncy. Todo el mundo lo hace. Clyde no desea que acuda a la casa grande. Pero yo le engaño. Voy allí un montón de veces para asegurarme de que todo está en orden. Debes regresar aquí para visitarme. Me gusta tener compañía...

Una sonrisa consiguió una notable transformación en su rostro. Durante un momento, aquellas arrugas caídas y tristes desaparecieron y Jenny supo que había tenido razón al suponer que, en otro tiempo, Rooney Toomis había sido una mujer muy bonita.

Rooney insistió en que se llevase una bandeja de buñuelos.

—Serían muy buenos para la merienda...

Mientras mantenía abierta la puerta para ellas, comenzó a manosearse el cuello del suéter.

—Creo que empezaré a buscar a Arden ahora —suspiró.

Una vez más, su voz se hizo vaga.

El sol del mediodía era brillante, muy alto en el cielo, resplandeciendo sobre los campos cubiertos de nieve. Al doblar un recodo, la casa apareció a la vista. El rojo pálido de los ladrillos brillaba bajo los rayos del sol. «Nuestra casa», pensó Jenny. Asió a las niñas de la mano. ¿Comenzaría Rooney a andar sin rumbo por todas aquellas hectáreas en busca de su hija perdida?

—Era una dama muy agradable —anunció Beth.

—Sí, lo era —convino Jenny—. Vamos, vamos. A la carrera... Papá, probablemente, nos estará aguardando.

—¿Qué papá? —preguntó, indiferente, Beth.

—El único...

Poco antes de que abriera la puerta de la cocina, Jenny le susurró a las niñas:

—Entremos de puntillas y sorprendamos a papá...

Con ojos brillantes, asintieron.

Ruidosamente, giró la manecilla. El primer ruido que oyeron fue la voz de Erich. Llegaba desde el comedor, cada colérica palabra pronunciada levemente más alta que la anterior.

—¿Cómo se atreve a decirme que he sido yo el que ha hecho esa mancha? Resulta obvio que dejó usted que una bayeta con aceite tocase el papel de la pared al quitar el polvo del alféizar de la ventana.

¿Se percata de que toda la estancia tendrá ahora que empapelarse de nuevo? ¿Y sabe lo difícil que será encontrar de nuevo este dibujo? ¿Cuántas veces la he avisado respecto de esas bayetas sucias?

—Pero, Mr. Krueger...

La protesta de Elsa, nerviosamente alta, fue cortada en seco.

—Quiero que se disculpe por haberme echado la culpa de todo este lío. O se disculpa, o sale de esta casa para no volver más.

Se produjo el silencio.

—Mamá —susurró Beth, asustada.

—Chist... —le urgió Jenny.

«¿Cómo podía estar Erich tan alterado por aquella mancha en el papel?», se preguntó. Manténte alejada de esto, pareció avisarla algún instinto. No hay nada que puedas hacer...

Escuchó la desgraciada y humilde voz de Elsa decir:

—Le pido disculpas, Mr. Krueger.

A continuación, empujó a las niñas hacia fuera y cerró la puerta.

NUEVE

—¿Por qué está papá tan loco? —preguntó Tina.

—Realmente, no estoy segura, cariño. Pero haremos ver que no le hemos oído. ¿Conforme?

—Pero sí que le hemos oído —replicó muy seria Beth.

—Lo sé... —se mostró de acuerdo Jenny—, pero es algo que no tiene nada que ver con nosotras. Ahora, vamos. Entremos de nuevo.

Esta vez llamó:

—Hola, Erich...

Y después penetraron en la casa. Sin hacer una pausa para permitir una respuesta, llamó de nuevo:

—¿Hay un marido en este lugar?

—¡Cariñito!

Erich se apresuró hacia la cocina, con una sonrisa de bienvenida y todos sus modales relajados.

—Le estaba preguntando ahora mismo a Elsa dónde estabais. Me ha decepcionado que salieses. Deseaba mostrártelo todo yo mismo.

Sus brazos la rodearon. Su mejilla, aún fría de haber estado al aire libre, rozó contra la de ella. Jenny bendijo el instinto que le impidió visitar los edificios de la granja.

—Ya sé que querías hacernos dar esa vuelta —le repuso—, por lo que, simplemente, nos limitamos a andar por los campos del este para tomar un poco de aire fresco. No puedes imaginarte lo maravilloso que resulta no tener que detenerte ante los semáforos cada pocos pasos...

—Tendré que enseñarte a evitar los campos donde se guardan los toros —sonrió Erich—. Créeme, preferirías las señales de tráfico...

De repente, se percató de la bandeja que llevaba.

—¿Qué es eso?

—Mrs. Toom se lo dio a mamá —le explicó Beth.

—Mrs. Toomis —la corrigió Jenny.

—Mrs. Toomis —repitió Erich.

Los brazos cayeron a sus costados.

—Jenny, confío que no me contarás que fuisteis a la casa de Rooney...

—Nos saludó con la mano —explicó Jenny—. Hubiera sido muy desconsiderado por mi parte...

—Saluda a cualquiera que pase por allí —la interrumpió Erich—.

Esa es la razón de que hubieras tenido que esperarme para que os acompañase, cariño. Rooney es una mujer perturbada, y si le das un dedo, te toma todo el brazo... Finalmente, tuve que decirle a Clyde que la mantuviese alejada de esta casa. Incluso después de prohibírselo, a veces, al volver a casa, me la encuentro por aquí. Que Dios la ayude, lo siento por ella, pero resulta bastante duro despertarse en mitad de la noche y escucharla andar por el vestíbulo, o incluso de pie en mi cuarto...

Se volvio hacia Beth.

—Vamos *Ratoncita*... Quítate ese traje para la nieve.

Levantó en el aire a Beth y, ante su deleite, la sentó encima del frigorífico.

—Yo también, yo también —gritó Tina.

—Tú también, tú también —la imitó—. ¿Y no es ya un buen momento para sacaros las botas? —les preguntó—. Esta sí que es la altura apropiada, ¿no te parece, mamá?

Con aprensión, Jenny se acercó al frigorífico, para asegurarse de que ninguna de las niñas se inclinase hacia adelante y pudiese caerse, pero se percató de que no había necesidad de preocuparse. Erich les quitó las botas de goma y bajó a las niñas al suelo. Antes de acabar de hacerlo, comentó:

—Muy bien, vosotras dos... ¿Cómo me llamo?

Tina miró a Jenny:

—¿Papá? —preguntó, con vocecita interrogativa.

—Mamá dice que eres el único papá —le informó Beth.

—¿Mamá dice eso?

Erich dejó del todo a las nenas en el suelo y sonrió a Jenny.

—Gracias, mamá.

Elsa entró en la cocina. Su cara estaba enrojecida y exhibía una mueca encolerizada y a la defensiva.

—Mr. Krueger, he acabado con el piso de arriba. ¿Desea ahora que haga algo especial?

—¿En el piso de arriba? —se apresuró a preguntar Jenny—. Quería decirlo. Confío en que no se haya preocupado de separar las camas en la habitación de las niñas. Ahora mismo irán a descabezar un sueñecito.

—Le dije a Elsa que arreglase la habitación —replicó Erich.

—Pero, Erich, no pueden dormir en esas camas tan altas de la forma en que están —protestó Jenny—. Me temo que, realmente, deberemos proveerlas de unas camas juveniles apropiadas.

En aquel momento se le ocurrió una idea. Era una jugada arriesgada, pero constituiría un requerimiento del todo natural:

—Erich, ¿no podrían las niñas dormir en tu antigua habitación? Aquella cama sí es baja...

Estudió el rostro de su marido para ver su reacción. Mientras lo hizo, no dejó de captar la maliciosa mirada que Elsa le asestó a Erich.

«Está disfrutando con esto», pensó Jenny. Sabía que quería negarse...

La expresión de Erich se hizo inescrutable.

—En realidad, Jenny —comenzó, con un tono de repente formal—, pretendía hablar contigo acerca de permitir a las niñas usar esa habitación. Pensé haberme explicado con claridad, respecto del hecho de que ese cuarto no es para ser ocupado. Elsa me ha dicho que encontró la cama deshecha esta mañana...

Jenny se quedó sin aliento. Claro que no se le había ocurrido que Tina y Beth pudiesen haberse metido en aquella cama, cuando rondaban la casa antes de despertarse ella...

—Lo siento.

Su rostro se suavizó.

—No te preocupes, cariño. Deja que las niñas echen una siesta en las camas de anoche. Les encargaré inmediatamente unas camas juveniles...

Jenny preparó sopa para las niñas y luego se las llevó al piso de arriba. Mientras echaba las persianas, comentó:

—Ahora, mirad, niñas.... Cuando os despertéis no quiero que vayáis a otras camas. ¿Comprendido?

—Pero si, en casa, siempre nos presentamos en tu cama —le dijo Beth, con tono ofendido.

—Esto es diferente. Me refiero a las demás camas de esta casa.

Las besó cariñosamente.

Prometédmelo. No quiero que papá se enfade...

—Papá grita muy fuerte —murmuró Tina, cerrrando los ojos—. ¿Dónde está mi regalo?

Las pastillas de jabón se encontraban encima de la mesilla de noche. Tina deslizó la suya debajo de su almohada.

—Gracias por darme eso, mamá. No iremos a tu cama, mamá.

Erich había empezado a trinchar pavo para hacer unos emparedados. De forma deliberada, Jenny cerró la puerta que incomunicaba a la cocina con el resto de la casa.

—Hola —le dijo.

Tras rodearle con los brazos, susurró:

—Mira, ya hemos tenido nuestra comida de bodas con los niños. Ahora, déjame preparar las cosas para nosotros, en «Granja Krueger», y sirve un poco más de ese champaña que acabamos de terminarnos anoche.

Los labios de él se reposaron en su pelo.

—La noche pasada fue maravillosa para mí, Jenny. ¿Lo fue también para ti?

—Resultó maravilloso.

—No he podido hacer gran cosa esta mañana. Todo cuanto he

podido pensar era en la expresión que tenías cuando dormías...

Encendió la estufa de hierro forjado, se bebieron el champaña y comieron los emparedados, entrelazados en el sofá que había en frente de la estufa.

—Has de saber una cosa —comenzó Jenny—. Mientras daba hoy vueltas por ahí, me percaté del sentido de continuidad que tiene esta granja. No conozco mis raíces. No sé si mi familia vivía en la ciudad o en el campo. No sé si la madre que me dio a luz gustaba de coser o pintar, o si podía seguir una melodía. Es maravilloso ser como tú, saberlo todo acerca de su gente. Sólo el mirar en la parcela del cementerio me ha hecho apreciar estas cosas.

—¿Fuiste a la parcela del cementerio? —preguntó Erich en voz baja.

—Sí... ¿Te importa?

—¿Y viste la tumba de Caroline?

—Naturalmente...

—Y te preguntaste, seguramente, por qué ella y mi padre no se encuentran juntos igual que los demás.

—Quedé sorprendida.

—No constituye ningún misterio. Caroline había plantado aquellos pinos noruegos. En aquel tiempo, le dijo a mi padre que deseaba ser enterrada en el extremo sur del cementerio, donde los pinos la protegerían. El nunca aprobó, realmente, esto, pero respetó su deseo. Antes de que mi padre muriese, me dijo que siempre había esperado ser colocado en la tumba próxima a la de sus padres. Y, en cierto modo, sentí que era lo más apropiado que podía hacer por ellos. Caroline siempre deseó más libertad que la que mi padre le concediera. Creo que, después, lamentó la forma en que había ridiculizado su arte hasta que tiró su álbum de dibujos. ¿Qué diferencia hubiera significado que pintase en vez de tejer colchas? Se equivocó. *Se equivocó...*

Hizo una pausa y se quedó mirando el fuego. Jenny sintió que Erich parecía no ser consciente de la presencia de ella.

—Pero así era Caroline —musitó.

Con un estremecimiento de ansiedad, Jenny se dio cuenta de que, por primera vez, Erich insinuaba que las relaciones entre su madre y su padre habían sido borrascosas.

Jenny emprendió una rutina diaria que encontró inmensamente satisfactoria. Cada día se percataba de lo mucho que se había perdido al estar tanto tiempo apartada de las niñas. Pudo saber que Beth, la niña práctica y silenciosa, tenía un buen definido talento musical y que podía tocar tonadas sencillas, en la espineta del pequeño salón, después de haberlas oído unas pocas veces. Los lloriqueos de Tina se desvanecieron, en cuanto empezó a florecer en aquella nueva atmósfera. Ella, que había llorado con tanta facilidad, empezó pronto a tener aspecto risueño y mostró signos de un natural sentido del humor.

Por lo general, Erich se iba a su estudio al amanecer y nunca regresaba hasta mediodía. Jenny y las niñas desayunaban a eso de las ocho, y a las diez, cuando el sol era ya más fuerte, se ponían sus trajes para la nieve y salían a dar un paseo.

Las caminatas pronto significaron una pauta. Primero, el gallinero, donde Joe enseñó a las niñas a recoger los huevos recién puestos. Joe había decidido que la presencia de Jenny había salvado su empleo después del accidente de *Barón*.

—Apuesto a que si Mr. Krueger no hubiera estado tan feliz porque usted estuviese aquí, me habría despedido. Suelo decirme que no es un hombre que perdone, Mrs. Krueger.

—Pues realmente, no hice nada al respecto —protestó Jenny.

—El doctor Garret dice que estoy atendiendo muy bien a la pata de *Barón*. Cuando el tiempo sea más cálido y pueda hacer un poco de ejercicio, se pondrá bien. Y, Mrs. Krueger, se lo digo yo, ahora compruebo diez veces al día aquella puerta del establo.

Jenny sabía lo que quería decir. Inconscientemente, había comenzado ella misma a comprobar las cosas por segunda vez, algo de lo que antes nunca había soñado que llegase a hacer. Erich era, más que ordenado, un perfeccionista. Aprendió con rapidez a saber, por cierta tensión en el cuerpo y la cara de su marido, si algo le había trastornado: la puerta de un armario que quedase abierta, una copa en el fregadero...

Por las mañanas, Erich no iba a la cabaña, sino que trabajaba en la oficina de la granja cercana al establo, con Clyde Toomis, el director de la explotación. Clyde, que era un hombre robusto, de más de sesenta años y con un rostro arrugado y correoso, y un recio cabello blancoamarillento, tenía en realidad unos modales que rozaban la brusquedad.

Cuando le presentó a Jenny, Erich dijo:

—Clyde es el que, realmente, gobierna la granja. A veces creo que aquí yo sólo soy un objeto decorativo...

—Pues, ciertamente, no eres ninguna inutilidad delante de un caballete —se echó a reír Jenny.

Pero quedó sorprendida de que Clyde no hiciese el menor esfuerzo por contradecir a Erich.

—¿Puedo pensar que le gusta encontrarse aquí? —le preguntó Clyde.

—Me gusta estar aquí —le sonrió Jenny.

—Es un gran cambio para una persona de ciudad —le respondió bruscamente Clyde—. Confío en que no sea demasiado para usted.

—No lo es...

—Qué cosas —replicó Clyde—. Las chicas del campo se vuelven

locas por ir a la ciudad. Y las chicas de ciudad alegan que aman el campo.

Jenny creyó percibir una nota de amargura en la voz del hombre, y se preguntó si estaría pensando en su propia hija. Decidió que era así, cuando añadió:

—Mi mujer está muy excitada ante el hecho de que usted y las niñas se encuentren por aquí. Si empieza a molestarla, hágamelo saber. Rooney no quiere incordiar, pero, a veces, se olvida de sí misma.

A Jenny le pareció que había un tono defensivo en su voz cuando le respondió a Rooney:

—He disfrutado visitándola —le explicó con toda sinceridad.

Sus bruscos modales se suavizaron.

—Es bueno oír eso. Y está buscando unos patrones, o algo así, para hacerles unos peleles a las niñas. ¿Le parece bien?

—Estupendo...

Cuando salieron de la oficina, Erich comentó:

—Jenny, Jenny, no alientes a Rooney...

—Te prometo que no me pasaré de la raya. Erich, esa mujer es únicamente una solitaria...

Cada tarde, después del almuerzo, mientras las niñas hacían la siesta, ella y Erich se ponían los esquíes de fondo y exploraban la granja. Elsa se prestaba a vigilar a las niñas mientras dormían. En realidad, fue la que sugirió aquel arreglo. A Jenny se le ocurrió que Elsa estaba tratando de hacerse perdonar el haber acusado a Erich de estropear la pared del comedor.

Y, sin embargo, se preguntaba si no sería posible que fuese *él* quien dejase aquella mancha. A menudo, cuando llegaba para almorzar, sus manos aún tenían pintura o manchas de carboncillo. Si se percataba de que algo se encontraba desordenado, como una cortina no centrada sobre su barra, cualquier chisme fuera de lugar, automáticamente lo arreglaba. Varias veces, Jenny le detuvo antes de que tocase algo con dedos manchados de pintura.

El papel del comedor fue remplazado. Cuando el empapelador y su ayudante llegaron, se mostraron incrédulos.

—¿Quiere decir que ha comprado ocho rollos dobles, a estos precios, y que quiere remplazar exactamente todo lo que tiene?

—Mi marido sabe lo que desea....

Cuando hubieron finalizado, la estancia pareció exactamente la misma, con la excepción de que la mancha había desaparecido...

Durante las tardes, ella y Erich disfrutaban instalándose en la biblioteca para leer, para escuchar música, para hablar. Erich le preguntó acerca de la pequeña cicatriz que tenía en el arranque del cabello.

—Un accidente de automóvil cuando tenía dieciséis años. Alguien saltó la línea divisoria y se precipitó sobre nosotros.

—Debiste asustarte mucho, cariño.

—No recuerdo nada en absoluto —se echó a reír Jenny—. Simplemente, incliné la cabeza hacia atrás y me quedé dormida. La cosa siguiente de que me enteré radicó en que me encontraba en el hospital tres días después. Tuve una conmoción grave, la suficiente para hacerme padecer de amnesia durante aquellos días. Nana se hallaba frenética. Estaba convencida de que me había resultado dañado el cerebro o algo parecido. Tuve dolores de cabeza durante algún tiempo, e incluso padecí al final sonambulismo. Debía producirse a continuación un *stress*, según el doctor. Pero, gradualmente, la cosa se normalizó.

Al principio titubeante, luego con las palabras que le fueron saliendo de corrido, Erich habló acerca del accidente de su madre.

—Caroline y yo habíamos acudido a la vaquería para ver al nuevo ternero. Estaba siendo destetado, y Caroline le llevó a los labios el biberon. El depósito del ganado, aquella cosa que parece como una bañera en el corral, se encontraba lleno de agua. El suelo estaba embarrado y Caroline resbaló. Trató de agarrarse a algo para evitar caerse. Y este algo fue el cable de la lámpara. Se cayó en el depósito, llevándose con ella la lámpara. Aquel loco de obrero, incidentalmente diré que se trataba del tío de Joe, estaba revisando el granero y había dejado la lámpara colgada de un clavo en la pared. En un momento, todo hubo acabado.

—No me había percatado de que te encontrabas a su lado.

—No me gusta hablar de esto. Luke Garrett, el padre de Mark, se hallaba allí. Trató de reanimarla, pero resultó inútil. Y yo permanecí allí de pie, sosteniendo el palo de hockey que me acababan de regalar por mi cumpleaños...

Jenny estaba sentada en el cojín, a los pies del cómodo sillón de cuero de Erich. Alzó la mano hacia sus labios. Inclinándose, Erich la levantó y la sostuvo firmemente abrazada contra sí.

—Durante mucho tiempo, odié la visión de aquel palo de hockey. Luego comencé a pensar que había sido el último regalo que me hizo.

Besó los párpados a su mujer.

—No te pongas tan triste, Jenny. Tienes que ser, ante todo, fuerte. Por favor, Jenny, prométemelo.

Jenny sabía lo que su marido quería oír. En un arranque de ternura, susurró:

—Nunca te abandonaré...

DIEZ

Una mañana, cuando estaba paseando con Tina y Beth, Jenny localizó a Rooney inclinada sobre el poste de la valla, en el extremo sur del cementerio. Parecía estar mirando hacia abajo, a la tumba de Caroline.

—Me acordaba de los buenos tiempos, cuando Caroline y yo éramos jóvenes y Erich pequeño, y luego cuando Arden nació. Caroline hizo en una ocasión un retrato de Arden. Era muy bonito... No sé qué pasó con él. Desapareció de mi propio cuarto. Clyde dice que, probablemente, lo perdería al llevarlo por ahí, como solía hacer a veces. ¿Por qué no ha venido de nuevo a visitarme?

Jenny se había preparado ya para esta pregunta.

—Hemos estado muy atareados instalándonos... Beth, Tina, ¿no queréis decir hola a Mrs. Toomis?

Beth le dijo hola, tímidamente. Tina corrió hacia ella y alzó el rostro para que le diesen un beso. Rooney se inclinó y acarició el cabello de Tina, que le caía encima de la frente.

—Esta me recuerda a Arden. Siempre saltando de un sitio para otro. Erich, probablemente, le ha dicho que se mantenga alejada de mí. Pues no puedo echarle la culpa. Supongo que, a veces, soy una lata terrible. Pero ya he encontrado los patrones que estaba buscando. ¿Puedo hacer los peleles para las niñas?

—Me gustaría... —respondió Jenny, decidiendo que Erich tendría que acostumbrarse a la idea de que se convertiría en una buena amiga de Rooney.

En aquella mujer había algo que suscitaba profunda lástima.

Rooney se dio la vuelta y volvió a mirar hacia las tumbas.

—¿Se encuentra ya sola al estar aquí? —le preguntó.

—No —contestó Jenny con honestidad—. Como es natural, es diferente. Estaba acostumbrada a un empleo muy atareado, hablando con la gente todo el día, y los teléfonos sonando y las amistades presentándose por mi apartamento. Supongo que echo de menos algo de todo eso. Pero, en general, me encuentro muy contenta de estar aquí.

—Lo mismo que Caroline —repuso Rooney—. Feliz durante algún tiempo. Y luego cambió...

Se quedó mirando una sencilla lápida mortuoria en el otro lado de la cerca. Había nubes de nieve en el aire y los pinos lanzaban sombras inquietantes encima del granito de un color rosa pálido.

—Oh, claro que cambiaron las cosas para Caroline —susurró—, y, una vez se hubo ido, entonces empezó a cambiar para todos nosotros.

—Tratas de quitarme de en medio —protestó Erich—. No deseo ir.

—Claro que trato de desembarazarme de ti —convino Jenny—. Oh, Erich, esto es de lo más hermoso.

Jenny sostenía un óleo de metro por metro y medio para examinarlo más de cerca.

—Has captado la neblina que se produce entre los árboles poco antes de que comiencen a formarse capullos. Y esa mancha oscura que rodea el hielo en el río. Eso muestra que el hielo está a punto de quebrarse, que hay agua moviéndose por debajo, ¿no es verdad?

—Tienes muy buen ojo, cariño. Así es...

—No te olvides de mi especialización en Bellas Artes.... *Cambio de estaciones* es un título muy bonito. Aquí el cambio es realmente sutil...

Erich le rodeó los hombros con un brazo y estudió el cuadro con ella.

—Recuérdalo, cualquier cosa que desees que conservemos no la expondré.

—No, eso es una tontería. Ha llegado ya la hora de ir haciéndote una reputación. Tampoco me es indiferente eso de ser conocida como la esposa del más prestigioso artista de Estados Unidos. Me señalarán y dirán: «Mira, ¿no es afortunada? ¡Y él también es espléndido!»

Erich le acarició el pelo.

—¿Es eso lo que dirán?

—Oh... Y tendrán razón.

—Ahora ya me es difícil decirles que no puedo hacer la exposición.

—Erich, no lo hagas. Ya han planeado una recepción para ti. Lo que pasa es que deseo ir, pero no puedo dejar a las niñas aún, y arrastrarlas con nosotros no funcionaría... La próxima vez.

Erich comenzó a amontonar los lienzos.

—Prométeme que me echarás de menos, Jenny...

—Te echaré de menos una enormidad... Voy a quedarme sola durante cuatro días.

Inconscientemente, Jenny suspiró. En cerca de tres semanas, sólo había hablado con un puñado de personas: Clyde, Joe, Elsa, Rooney y Mark.

Elsa estaba taciturna casi hasta el punto de un absoluto silencio.

Rooney, Clyde y Joe, difícilmente podían considerarse unos compañeros. Sólo había charlado con Mark, brevemente, en una ocasión desde la primera noche, aunque sabía, por Joe, que había ido a curar a *Barón* por lo menos media docena de veces.

Llevaba ya una semana en la granja antes de que se percatase de que el teléfono no sonaba nunca.

—¿No han oído por aquí nada de eso de llamar por teléfono, o es que existe una campaña al respecto? —bromeó.

—Las llamadas llegan a través de la oficina —explicó Erich—. Sólo se mandan, directamente, a la casa cuando espero alguna en particular. De otro modo, son los de la oficina los que me avisan.

—Pero, ¿y si suponemos que no hay nadie en la oficina?

—En ese caso es el contestador automático el que se hace cargo de los mensajes.

—Pero, Erich..., ¿por qué?

—Querida, si tengo una peculiaridad es que me molesta la intrusión de unas continuas llamadas telefónicas. Naturalmente, cuando esté fuera, Clyde hará que la línea pase a la casa por la noche, para que pueda llamarte.

Jenny deseó protestar, pero luego se decidió a no hacerlo. Más tarde, cuando tuviera amigos en la comunidad, habría tiempo suficiente para engatusar a Erich para la instalación de un normal servicio telefónico.

Acabó de separar los lienzos.

—Jenny, estoy pensando en algo. Ya ha llegado el momento de que te muestres un poco. ¿Te gustaría ir a la iglesia el próximo domingo?

—Juraría que me lees el pensamiento —se echó a reír—. Estaba también pensando en que me gustaría conocer a alguno de tus amigos.

—Me gusta más hacer donativos monetarios que asistir a los oficios, Jen. ¿Y tú?

—Mientras fui joven nunca me perdí la misa de los domingos. Luego, después de que Kev y yo nos casamos, me volví descuidada. Pero Nana siempre decía que la manzana nunca cae demasiado lejos del árbol... Probablemente, volveré a asistir con regularidad a misa uno de estos días.

Acudieron a los luteranos de Sión el domingo siguiente. La iglesia era antigua y no muy grande, casi del tamaño actual de una capilla. Los delicados cristales emplomados difundían la luz invernal, de tal forma que alzaba reflejos azules, verdes, dorados y rojos en el santuario. Jenny pudo leer los nombres que había en algunas de las vidrieras: DONADA POR ERICH Y GRETCHEN KRUEGER, 1906... DONADA POR ERICH Y OLGA KRUEGER, 1930..

El vitral de encima del altar, una escena de la Adoración de los Magos, era particularmente bello. Jadeó ante la inscripción: EN amoroso recuerdo de Caroline Bonardi Krueger, donada por Erich Krueger.

Jenny le tocó en el brazo:

—¿Cuándo donaste esa vidriera?

—El año pasado, cuando se renovó el sagrario.

Tina y Beth estaban sentadas entre ellos, muy poseídas de sus nuevos abrigos azules y gorras. La gente se dedicó a mirar a las niñas durante el servicio. Sabía que Erich era consciente también de las miradas. Había exhibido una sonrisa de contento y, durante el sermón, deslizó su mano entre las de ella.

Mediada la plática, susurró:

—Estás bellísima, Jenny. Todo el mundo te mira a ti y a las niñas.

Después de los oficios, Erich la presentó al pastor Barstrom, un hombrecillo de sesenta y tantos años y rostro amistoso.

—Estamos muy contentos de tenerte entre nosotros, Jenny —le dijo calurosamente.

Luego miró hacia las niñas:

—¿Quién es Beth y quién es Tina?

—Conoce sus nombres —comentó Jenny, complacida.

—Claro que sí... Erich me ha contado todo lo referente a ti, cuando visitó la casa parroquial. Confío en que te percates del marido tan generoso que tienes. Gracias a él, nuestro centro para ancianos será muy cómodo y estará muy bien equipado. Conozco a Erich desde que era un muchacho y estamos muy contentos de poder contar con él.

—Yo también me siento muy feliz —le sonrió Jenny.

—El jueves por la noche hay una reunión de mujeres en la parroquia. ¿Te gustaría acompañarlas? Deseamos mucho conocerte.

—A mí también me agradaría —convino Jenny.

—Querida, será mejor que comencemos a irnos —intervino Erich—. Hay más gente que desea visitar al pastor.

—Naturalmente...

Mientras Jenny extendía la mano, el sacerdote comentó:

—Debe de ser, ciertamente, muy difícil para ti verte viuda tan joven y con esas niñitas, Jenny. Tanto tú como Erich merecéis tener mucha suerte y recibir, a partir de ahora, toda clase de bendiciones.

Erich la sacó de allí antes de que Jenny hiciese algo más que jadear.

Ya en el coche, Jenny exclamó:

—Erich, ¿seguramente no le habrás dicho al pastor Barstrom que era viuda, verdad?

Erich apartó el coche del bordillo.

—Jenny, Granite Place no es Nueva York. Es una pequeña ciudad del Midwest. La gente de aquí podría sentirse conmocionada al enterarse de que me había casado un mes después de haberte conocido. Por lo menos, una joven viuda es una imagen simpática; una divorciada de Nueva York se ve de una forma del todo diferente en esta comunidad. Y no dije nunca con exactitud que fueses viuda. Le conté al pastor Barstrom que habías perdido a tu marido. Dio por supuesto el resto...

—Tú no has mentido, pero yo sí lo he hecho al no haberle corregido —replicó Jenny—. Erich, ¿no comprendes la clase de posición en que eso me coloca?

—No, claro que no, cariño. Y no deseo que la gente vaya por ahí preguntándose si he perdido la cabeza por una sofisticada neoyorquina, que se ha aprovechado de un paleto...

Erich tenía un miedo cerval a parecer ridículo, hasta el punto de haber mentido al cura para evitar la mencionada posibilidad.

—Erich, le diré al pastor Barstrom la verdad cuando acuda a la reunión del jueves por la noche.

—Estaré fuera el jueves.

—Lo sé. Esa es la razón de que crea que sería agradable acompañarte. Pero también me gustaría conocer a la gente de por aquí.

—¿Y piensas dejar solas a las niñas?

—Claro que no. También habrá por aquí canguros...

—Pero no creo que pretendas dejar a las niñas con cualquiera...

—El pastor Barstrom podría recomendar...

—Jenny, por favor, aguarda. No empieces a verte implicada en tantas actividades. Y no le digas al pastor Barstrom que estás divorciada. Conociéndole, sé que nunca planteará de nuevo el tema a menos que tú le des pie...

—Pero, ¿por qué te opones a que vaya?

Erich apartó los ojos de la carretera y se la quedó mirando.

—Porque te amo muchísimo, y no estoy dispuesto a compartirte con otras personas, Jenny. No *quiero* compartirte con nadie, Jenny...

ONCE

Erich debía marcharse a Atlanta el 23 de febrero. El día 21, le dijo a Jenny que tenía unas cosas que hacer, y que llegaría tarde a almorzar. Eran cerca de la una y media cuando regresó.

—Vamos al establo —le invitó—. Tengo una sorpresa para ti.

Agarrando un chaquetón, Jenny salió corriendo detrás de él.

Mark Garrett les aguardaba allí, sonriendo ampliamente.

—Te presento a los nuevos inquilinos —manifestó.

Dos ponies Shetland se encontraban a cada lado de un departamento de caballos, muy cerca de la puerta. Sus crines y colas eran magníficas y lustrosas, y sus cobrizos cuerpos brillaban.

—Mi regalo para mis nuevas hijas —explicó Erich orgullosamente—. Pensé que podríamos llamarlos *Mouse* y *Tinker Bell*. Así las niñas Krueger no olvidarán los nombres de sus animales favoritos...

Se apresuró hacia el siguiente compartimiento.

Y éste es tu regalo.

Sin habla, Jenny se quedó mirando a la yegua baya Morgan, que volvió amistosamente la cabeza hacia ella.

—Es un tesoro —exultó Erich—. Tiene cuatro años, de casta impecable, cariñosa. Ya ha ganado media docena de cintas. ¿Te gusta?

Jenny alargó una mano para dar unos golpecitos en la cabeza de la yegua, y la excitó ver que el animal no se retiraba.

—¿Cómo se llama?

—El criador la llamaba *Fire Maid*. Alega que tiene tanto fuego y ánimo como casta. Naturalmente, puedes ponerle el nombre que desees.

—Fuego y ánimo —susurró Jenny—. Es una maravillosa combinación. Erich, estoy contentísima.

Su marido pareció complacido.

—No quiero que la montes todavía. Los campos se encuentran aún demasiado helados. Pero si tú y las niñas comenzáis a haceros amigas de los caballos, y los visitáis cada día, el mes que viene empezaréis a tomar lecciones. Y ahora, si no te importa, ¿comemos?

Impulsivamente, Jenny se volvió hacia Mark:

—Tampoco debes de haber almorzado. ¿Quieres acompañarnos? Sólo una comida en frío y ensalada...

Captó el ceño de Erich, pero quedó aliviada al ver que desaparecía tan pronto como había surgido.

—Por favor, Mark —le urgió Erich.

Tras el almuerzo, Jenny se percató de que estaba constantemente dando las gracias por lo de *Fire Maid*.

Finalmente, Erich comentó:

—Querida, tienes la mayor sonrisa infantil de felicidad en la cara que pueda imaginar. ¿Es por mí o por la yegua baya?

—Erich, debo decirte que estoy tan profundamente contenta por esa yegua, que ni siquiera había empezado a pensar en darte las gracias...

—¿Has tenido alguna vez un animal doméstico, Jenny? —le preguntó Mark.

Había algo tan resuelto y tolerante en Mark, que la hizo instantáneamente sentirse en su casa en su presencia.

—*Casi* tuve un animalito —se echó a reír—. Uno de nuestros vecinos, en Nueva York, tenía un caniche enano. Cuando nacieron cachorrillos, me solía detener cada tarde en mi camino hacia casa desde la escuela, para intentar ayudar a cuidarlos. Yo tenía entonces once o doce años. Pero, en nuestro apartamento, no se permitían animales domésticos.

—Así que siempre te sentiste engañada —conjeturó Mark.

—Ciertamente, sentí como si hubiese echado algo en falta durante mi crecimiento.

Acabaron el café y Mark empujó hacia atrás su silla.

—Jenny, gracias. Todo esto ha sido muy agradable.

—Me gustaría que vinieses a cenar cuando Erich regrese de Atlanta. Y que te trajeses pareja.

—Esa es una buena idea —convino Erich.

Y a Jenny se le ocurrió que parecía que se le hubiese ocurrido a él.

—¿Qué me dices de Emily, Mark? Siempre le has hecho tilín...

—Me parece que más bien se lo hacías tú —le corrigió Mark—. Pero sí, se lo pediré...

Antes de irse, Erich abrazó con fuerza a su mujer:

—Te echaré mucho de menos, Jenny. Asegúrate de que las puertas queden cerradas por la noche.

—Lo haré. Estaremos bien.

—Las carreteras están heladas. Si deseas algo de la tienda, deja que Joe te lleve.

—Erich, ya soy mayorcita —protestó Jenny—. No te preocupes por mí.

—No puedo hacer nada. Te llamaré esta noche, cariño.

Por la noche, Jenny sintió un culpable sentimiento de libertad, mientras estaba incorporada en la cama leyendo. La casa se encontraba silenciosa, excepción hecha del ocasional zumbido de la calefacción, al conectarse y desconectarse. Desde el otro lado del vestíbulo, pudo oír, ocasionalmente, a Tina hablar en sueños. Sonrió, percatándose de que Tina ya no se despertaba llorando.

Erich debía de haber llegado ya a Atlanta. La telefonearía pronto. Miró en derredor de la habitación. El armario se hallaba medio abierto y había dejado la bata tirada encima de la silla de las zapatillas. Erich hubiera puesto objeciones, naturalmente, pero esta noche Jenny no tenía por qué preocuparse.

Volvió a mirar el libro. Una hora después sonó el teléfono. Alargó con ansia la mano hacia el receptor.

—Hola, cariño —saludó.

—¡Qué forma más agradable de ser saludado, Jen!

Era Kevin.

—Kevin...

Jenny se enderezó tan repentinamente en las almohadas, que el libro se le deslizó desde la cama y cayó al suelo.

—¿Dónde estás?

—En Minneápolis. En el «Guthrie Theater». Hago una prueba de actuación.

Jenny sintió una intensa incomodidad.

—Kevin, eso es maravilloso.

Trató de sonar convincente.

—Ya veremos lo que sucede. ¿Y cómo te van las cosas, Jen?

—Bien, muy bien...

—¿Y las niñas?

—Están estupendamente.

—Iré a verlas. ¿Estarás en casa mañana?

Sus palabras sonaron mal articuladas y su tono agresivo.

—Kevin, no...

—Quiero ver a mis niñas, Jen. ¿Dónde está Krueger?

Algo le dijo a Jenny que no admitiese que Erich se encontraría fuera durante cuatro días.

—Está fuera en este momento. Creí que era él quien llamaba.

—Dame la dirección para llegar a tu casa. Pediré prestado un coche...

—Kevin, no puedes hacer eso. Erich se pondría furioso. No tienes derecho a estar aquí.

—Tengo todo el derecho a ver a mis hijas. La adopción aún no está ultimada. Puedo detenerla sólo con chascar los dedos. Quiero estar seguro de que Tina y Beth son felices. Deseo asegurarme de que tú también lo eres, Jen. Tal vez ambos cometimos un error. Tal vez deberíamos hablar de ello. ¿Qué he de hacer para llegar a tu casa?

—¡No vas a venir!

—Jen, Granite Place está en el mapa. Y supongo que todo el mundo conoce dónde vive el señor Todopoderoso...

Jenny sintió que sus palmas se habían vuelto pegajosas mientras aferraba el teléfono. Se imaginó las habladurías que se producirían en la ciudad, si Kevin aparecía por allí preguntando la dirección de la granja Krueger. Sería como afirmar que había estado casado con ella. Recordó la expresión en el rostro de Erich cuando vio a Kevin en el vestíbulo del apartamento el día de su boda.

—Kev —rogó—, no vengas. Lo estropearás todo. Las niñas y yo somos muy felices. Siempre me he portado de una forma muy decente contigo. ¿Te he dado la espalda cuando me pedías dinero, y conste que apenas podía pagar mi propio alquiler? Eso debe de servir para algo.

—Sé lo que hiciste, Jen.

Ahora su voz adquirió un tono íntimo, engatusador, que ella conocía muy bien.

—En realidad, ahora tengo muy poco y tú estás bien provista. ¿Qué te parecería darme el resto del dinero de los muebles?

Jenny sintió que el alivio la inundaba. Sólo andaba buscando dinero. Aquello haría mucho más fáciles las cosas.

—¿Dónde quieres que te lo envíe?

—Iré yo a buscarlo.

Resultaba obvio que estaba determinado a verla. No había forma de permitirle que viniese a esta casa, ni siquiera a esta ciudad. Se estremeció al pensar en cuán cuidadosamente Erich había estado enseñando a las niñas a decir Beth Krueger, Tina Krueger.

Había un pequeño restaurante en el centro comercial, situado a treinta kilómetros de distancia. Era el único lugar que podía pensar como sugerencia. Rápidamente, dio a Kevin la dirección, y convinieron en encontrarse allí a la una del mediodía del día siguiente.

Una vez hubo colgado, se reclinó contra las almohadas. Aquel relajado placer de la velada había desaparecido. Ahora temía la llamada de Erich. ¿Cómo podía decirle que iba a ver a Kevin?

Cuando se produjo la llamada de su marido, aún no estaba segura de qué hacer. Erich pareció tenso.

—Te echo de menos. Siento haber venido, cariño. ¿Han preguntado las niñas por mí esta noche?

Jenny aún vaciló en contarle lo de Kevin.

—Naturalmente que lo han hecho. Y Beth está comenzando a llamar a sus muñecas «bichitos».

Erich se echó a reír.

—Acabarán hablando como Joe. Debo dejaros dormir...

Tenía que decírselo.

—Erich...

—Sí, cariño.

Hizo una pausa, recordando de repente el asombro de Erich, cuando ella había admitido haber entregado a Kevin la mitad del dinero de los muebles, su sugerencia de que tal vez era ella la que deseaba que Kevin tomase el avión para ir a Minnesota. No podía hablarle acerca de que se reuniría con Kev.

—Yo... Te quiero mucho, Erich. Desearía que ahora mismo estuvieses aquí...

—Oh, cariño, yo también. Buenas noches.

Jenny no pudo dormir. La luz de la luna se filtraba en la habitación, reflejándose contra el bol de cristal. Jenny pensó que el cuenco parecía tener casi la forma de urna, mientras se erguía silueteado encima de la coqueta. «¿Tienen las cenizas olor a pino?», se preguntó. Qué loco, qué horrible pensamiento, se reprendió incómoda a sí misma. Caroline estaba enterrada en el cementerio familiar. Incluso así, Jenny se sintió de repente intranquila, lo suficiente como para ir a echar un vistazo a las niñas. Estaban profundamente dormidas. Beth tenía la mejilla apoyada en una mano. Tina aparecía en una posición fetal, con el ribete de satén de la manta enrollado en torno del rostro.

Jenny las besó con ternura. Parecían tan contentas... Pensó en lo felices que eran por tenerla en casa durante todo el día, pensó en el éxtasis con el que Erich les había enseñado los ponies.

Silenciosamente, hizo votos porque Kevin no fuese a arruinarles su nueva forma de vida.

DOCE

Las llaves del «Cadillac» se encontraban en la oficina de la granja, pero Erich tenía unas llaves de repuesto, de todos los edificios y máquinas, en la biblioteca. Constituía algo sensato que el duplicado de llaves del «Cadillac» se encontrase también allí.

Su posición fue correcta. Deslizándoselas en el bolsillo de sus pantalones, dio de comer a las niñas un temprano almuerzo y las acomodó para que hiciesen la siesta.

—Elsa, tengo algo que hacer. Regresaré a las dos.

Elsa asintió. ¿Era Elsa taciturna por naturaleza? No lo creía así. A veces, cuando llegaba de esquiar con Erich, Tina y Beth estaban ya despiertas, y oía a Elsa charlar con ellas, con su acento sueco más pronunciado al hablar con rapidez. Pero, cuando Jenny o Erich se encontraban cerca, permanecía silenciosa.

Las carreteras comarcales tenían algunas placas de hielo, pero la autopista se hallaba completamente despejada. Jenny se percató de lo bien que se sentía al conducir de nuevo. Se sonrió a sí misma, recordando las excursiones de fin de semana, que ella y Nana habían llevado a cabo con su «escarabajo» de segunda mano. Pero después de que ella y Kev se casasen, había vuelto a vender el «Volkswagen»; su mantenimiento se había vuelto demasiado caro. Ahora le pediría a Erich que le comprara un coche pequeño.

Era la una menos veinte cuando llegó al restaurante. Sorprendentemente, Kevin ya se encontraba allí, con una casi vacía garrafa de vino delante de él. Se sentó y le miró a través de la mesa.

—Hola, Kev.

Resultaba increíble que, en menos de un mes, pareciese más viejo, menos optimista. Sus ojos tenían bolsas. «¿Estaba Kevin bebiendo demasiado?», se preguntó.

Kevin alargó la mano hacia ella.

—Jenny, te he echado de menos. Y también a las niñas.

Jenny se soltó los dedos.

—Háblame acerca del «Guthrie».

—Estoy casi seguro de que conseguiré el trabajo. Lo he hecho lo mejor posible. Broadway está muy difícil. Y me encontraré mucho más cerca de ti y de las niñas... Jen, intentémoslo de nuevo.

—Kev, estás loco...

—No, no lo estoy. Estás preciosa, Jenny. Me gusta lo que llevas. Ese chaquetón ha debido de costarte una fortuna...

—Supongo que fue muy caro...

—Tienes clase, Jen. Siempre lo supe, pero no quise pensar en ello. Siempre creí que estabas allí por mí.

Una vez más, cubrió la mano de ella con la suya.

—¿Eres feliz, Jen?

—Sí, lo soy. Mira, Erich se molestará terriblemente cuando se entere de que te he visto. Debo decirte que no le causaste muy buena impresión la última vez que os visteis.

—Tampoco a mí me causó muy buena impresión, cuando puso un trozo de papel delante mío y me dijo que me demandaría por no manteneros y que debería emplear hasta mi último centavo si no firmaba...

—¡Erich dijo eso!

—*Erich dijo eso...* Vamos, Jen. Eso fue un truco sucio. Estaba buscando un papel en el nuevo musical del «Hal Prince». Realmente eso me lo estropearía todo. De todos modos, no sabía que ya había sido eliminado. Créeme, no hubiera consentido en firmar los documentos de adopción.

—Eso no es tan simple —le respondió Jenny—. Sé que Erich te dio dos mil dólares.

—Fue sólo un préstamo.

Se vio atormentada entre la piedad hacia Kevin, y la lancinante sensación de que siempre usaría a las niñas como cuña para permanecer en su vida. Abrió su bolso.

—Kev, debo regresar. Aquí están los trescientos dólares. Pero, después de hoy, por favor, no entres más en contacto conmigo; no intentes ver a las niñas. Si lo haces, les causarás trastornos, y también a ti y a mí...

Kev tomó el dinero, pasó los dedos perezosamente a través de los billetes; luego se los metió en la cartera.

—Jen, hay algo que debes saber. Tengo un mal presentimiento acerca de ti y de las niñas. Es algo que no puedo explicar. Pero es cierto...

Jenny se levantó. En un instante, Kevin se encontró al lado de ella, tratando con los brazos de acercarla hacia él.

—Aún te amo, Jenny.

Su beso fue áspero y exigente.

No podía rechazarle sin originar una escena. Tuvo que transcurrir casi medio minuto antes de que los brazos de él se aflojasen y Jenny pudiera dar un paso.

—Déjanos solas —susurró—. Te lo suplico. Te lo advierto, Kevin... Déjanos tranquilas...

Casi tropezó con la camarera que estaba de pie detrás de ella, con el bloque de pedidos en la mano. Las dos mujeres de la mesa de al lado de la ventana, se le quedaron mirando.

Mientras Jenny salía del restaurante, se dio cuenta de por qué una de las mujeres le parecía familiar. Había estado sentada, al otro lado del pasillo, cuando acudieron a la iglesia el domingo por la mañana.

TRECE

Tras aquella primera noche, Erich no volvió a telefonear. Jenny trató de racionalizar su desasosiego. Erich tenía manía con los teléfonos. Pero pensaba llamarla cada noche. ¿Debía tratar ella de dar con él en el hotel? Media docena de veces apoyó la mano en el teléfono, pero luego la volvió a levantar.

¿Habría sido contratado Kevin por el «Guthrie»? Si era así, intentaría llevar a cabo lo mismo que había realizado en el apartamento, dejándose caer cuando estuviese sin un céntimo o se encontrase sentimental. Erich nunca lo resistiría, y tampoco era nada bueno para las niñas.

¿Por qué no había telefoneado Erich?

Debía regresar a casa el día veintiocho. Joe le recogería en el aeropuerto. ¿Debería hacer el viaje en coche con Joe hasta Minneápolis? No, aguardaría en la granja y tendría preparada una buena cena. Le había echado de menos. No se había percatado de cuán ansiosamente ella y las niñas habían acogido aquella nueva vida durante las pasadas semanas.

Si no fuese por la miserable sensación de haberse visto con Kevin, Jenny sabía que no se hubiese preocupado porque Erich no la telefonease. Kevin era el expoliador. ¿Cabía suponer que, una vez hubiesen desaparecido los trescientos dólares volvería de nuevo? Sería mucho peor si Erich se enteraba de que se había visto con él y no le había contado nada.

Corrió a los brazos de Erich en cuanto abrió la puerta. El la mantuvo apretada contra sí. En la corta distancia desde el coche hasta el porche, el frío de la noche le había penetrado en el abrigo y sus labios estaban fríos. Se le calentaron rápidamente en cuanto la besó. Con un sollozo a medias pensó: «*Todo acabará bien.*»

—Te he añorado mucho —se dijeron el uno al otro.

Erich abrazó a las niñas, les preguntó si habían sido buenas y, ante su entusiasmada respuesta, les entregó unos brillantemente envueltos paquetes. Sonrió con indulgencia ante sus grititos de deleite ante las nuevas muñecas.

—Gracias, muchísimas gracias —dijo Beth con toda solemnidad.

—Gracias, papá —le corrigió.

—Eso es lo que quiero decir —repuso Beth, con un tono un tanto perplejo.

—¿Qué te ha traído, mamá? —le preguntó Tina.

Erich sonrió a Jenny.

—¿Ha sido mamá buena chica?

Se mostraron de acuerdo en que lo había sido.

—¿Estás segura, mamá?

¿Por qué será que la broma más inocente parece de doble intención cuando se tiene algo que esconder? Jen pensó en Nana meneando la cabeza acerca de una conocida:

—«Es una mala noticia; miente, incluso cuando la verdad le serviría mejor.»

¿Y qué había hecho?

—He sido una buena chica...

Trató de conseguir que su voz sonase desenfadada, indiferente.

—Jenny; te has puesto colorada...

Erich meneó la cabeza.

Jenny supo que su sonrisa resultaba forzada.

—¿Dónde está mi regalo?

Erich buscó en su maletín.

—Ya que te gustaban las figuritas «Royal Doulton», he pensado que podía buscarte otra en Atlanta. Y ésta me saltó a la vista. Se llama *La taza de té*.

Jenny abrió la caja. La figurita era la de una anciana sentada en una mecedora, con una taza de té en la mano y expresión de satisfacción en el rostro.

—Incluso se parece a Nana —suspiró ella.

Los ojos de Erich reflejaron ternura mientras la observaba examinar la figurita. Con ojos brillantes de lágrimas, Jenny le sonrió. «Y Kevin quería estropearme todo esto», pensó.

Encendió la estufa; una garrafita de vino y un trozo de queso aparecían encima de la mesa. Entrelazando los dedos con los de él, le llevó hasta el sofá. Sonriéndole, le sirvió vino en un vaso y se lo tendió.

—Bienvenido a casa.

Se sentó a su lado, volviéndose para que sus rodillas tocasen las de él. Llevaba una blusa verde de seda con chorreras «Yves St. Laurent», y unos pantalones de franela con un fino tejido. Sabía que era uno de los conjuntos favoritos de Erich. Su pelo era ya muy largo y le caía laciamente por encima de los hombros. Excepto cuando hacía muchísimo frío, le gustaba llevar descubierta la cabeza y el sol invernal formaba reflejos dorados en su oscuro pelo.

Erich la estudió con rostro inescrutable.

—Eres una mujer muy hermosa, Jen. ¿No te has vestido demasiado elegantemente?

—No todas las noches llega el marido de una a casa después de haber estado fuera durante cuatro días.

—Si no hubiera venido esta noche, confío en que habría sido un desperdicio tanto primor...

—Si no hubieras regresado esta noche, me lo habría puesto mañana.

Jenny decidió cambiar de tema.

—¿Cómo te ha ido por Atlanta?

—De lo más desagradable. La gente de la galería se pasó la mayor parte de su tiempo tratando de persuadirme para que vendiera *Recuerdo de Caroline*. Habían recibido un par de ofertas muy grandes y se podía oler la comisión...

—Te pasó lo mismo en Nueva York. Tal vez sería mejor que dejases de exponer ese cuadro.

—Quizás he elegido exhibirlo porque sigue siendo mi mejor obra —replicó en voz baja Erich.

¿Había implicada una crítica respecto de la sugerencia que le hacía Jenny?

—¿Y por qué no acabo de traer la cena?

Mientras se levantaba, Jenny se inclinó sobre él y le besó:

—Oye —susurró—, te amo...

Mientras servía la ensalada y preparaba una salsa holandesa, Erich llamó a Beth y Tina. Unos momentos después, tenía a ambas niñas sobre el regazo, y se encontraba hablando animadamente y contándoles la historia del «Hotel Petchtree», en Atlanta, donde los ascensores eran de cristal y subían por la parte exterior del edificio, como si se tratase de una alfombra mágica. Algún día las llevaría allí...

—¿Y a mamá también? —preguntó Tina.

Jenny se dio la vuelta, sonriendo, pero la sonrisa se le cortó cuando Erich respondió:

—Si mamá quiere venir con nosotros...

Jenny había hecho unas costillas asadas. El comió con apetito, pero sus dedos tamborilearon impacientes encima de la mesa; y, le preguntase lo que le preguntase, sólo respondía con monosílabos. Finalmente, Jenny renunció y comenzó a hablar sólo con las niñas.

—¿Le habéis contado a papá que ya os habéis puesto a lomos de los ponies?

Beth dejó a un lado el tenedor y se quedó mirando a Erich:

—Fue divertido. Dije *arre*, pero *Mouse* no se movió...

—Yo también dije *arre*... —corcó Tina.

—¿Dónde estaban los ponies? —preguntó Erich.

—En sus compartimientos —se apresuró a responder Jenny—; Joe les soltó sólo un momento.

—Joe hace muchas cosas por su cuenta —le interrumpió Erich—. Deseo estar allí cuando las niñas monten a los ponies. Quiero asegurarme de que las vigila de forma apropiada. ¿Cómo voy a saber que no es tan descuidado como lo fue el loco de su tío?

—Erich, de eso hace ya mucho tiempo.

—No me parece tanto tiempo cuando me tropiezo con ese zoquete borracho. Y Joe me ha dicho que ha regresado a la ciudad.

¿Era ésa la razón de que Erich estuviese tan trastornado?

—Beth, Tina, si habéis terminado, podéis solicitar permiso y poneros a jugar con vuestras nuevas muñecas.

Cuando las niñas ya no estuvieron al alcance de la voz, Jenny dijo:

—¿Es el tío de Joe el problema, Erich, o bien existe algo más?

Alargó la mano a través de la mesa, con aquel ademán familiar, para entrelazar los dedos de su mujer.

—Es eso. Es el hecho de que creo que Joe ha estado dando vueltas de nuevo por ahí con el coche. Tiene registrados, por lo menos, sesenta kilómetros extras. Naturalmente, niega haberlo conducido, pero ya lo hizo una vez en otoño sin permiso. No te ha llevado a ninguna parte, ¿verdad?

Jenny cerró los puños.

—No.

Tenía que decir algo respecto de Kevin. No quería que Erich creyese que Joe le había engañado.

—Erich... Yo...

Su marido la interrumpió.

—Y también son esas malditas galerías de arte. Durante cuatro días, he estado diciéndole a aquel loco de Atlanta que *Recuerdo de Caroline* no estaba en venta. Sigo creyendo que es mi mejor obra y quiero exponerla, pero...

Su voz se cortó. Cuando habló de nuevo, estaba ya más calmado.

—Pintaré más cuadros, Jen. No te preocupa, ¿verdad? Quiero decir que deberé encerrarme en la cabaña durante tres o cuatro días de un tirón. Pero es necesario.

Desanimada, Jenny pensó cómo se habían arrastrado aquellos últimos días. Trató de conseguir que su voz pareciese normal:

—Si es necesario, claro que sí...

Cuando regresó a la biblioteca tras dejar a las niñas en la cama, los ojos de Erich estaban llenos de lágrimas.

—Erich, ¿qué te ocurre?

Apresuradamente, se enjugó los ojos con el dorso de la mano.

—Perdóname, Jenny. Simplemente, me encuentro deprimido. Te he echado tanto de menos... Y el aniversario de mi madre es la semana que viene. No puedes saber lo malo que son estos días para mí. Cada año es aún como si acabase de ocurrir. Cuando Joe me dijo que su tío merodeaba por aquí, fue como si me hubiesen golpeado en el estómago. Me sentía tan miserable... Luego, el coche se salió de la carretera y la casa apareció iluminada. Temía que pudiese encontrarse a oscuras y vacía. Y después abrí la puerta y tú estabas allí, tan bella, tan contenta de verme. Temí que, mientras estaba fuera, te hubiese perdido de alguna forma.

Jenny se dejó caer de rodillas. Le alisó el cabello de la frente.

—Contenta de verte... ¡No puedes llegártelo a imaginar!

Los labios de él la silenciaron.

Cuando subieron al dormitorio, Jenny alargó la mano hacia uno de sus nuevos saltos de cama, pero luego se detuvo, con reluctancia, abrió el cajon de la cómoda donde guardaba el camisón aguamarina. La pechera del camisón parecía demasiado pequeña... «Tal vez esto sea una solución —pensó—. Esto deformará esa maldita cosa.»

Poco antes de quedarse dormida, se percató de que había sido eso lo que había estado importunando su subconsciente. Las únicas veces en que Erich hacía el amor con ella era cuando llevaba aquel camisón.

CATORCE

Jenny oyó a Erich andar alrededor del dormitorio antes del amanecer.

—¿Te vas a la cabaña? —murmuró, tratando de salir del sueño.

—Sí, querida.

Su susurro fue casi inaudible.

—¿Regresarás para almozar?

Cuando comenzaba a despertarse, se acordó de que le había contado que se quedaría en la cabaña.

—No estoy seguro.

La puerta se cerró detrás de él.

Jenny y las niñas hicieron su acostumbrado paseo después del desayuno. Los ponies habían remplazado a las gallinas como atracción principal para Beth y Tina. Ahora corrían por delante de Jenny.

—Paraos —les dijo—. Aseguraos de que *Barón* está encerrado.

Joe se hallaba ya en el establo.

—Buenos días, Mrs. Krueger.

Su redondo rostro se abrió en una sonrisa. Aquel suave y arenoso cabello sobresalía debajo de su gorra.

—Hola, niñas.

Los ponies estaban inmaculados. Sus gruesas crines y colas habían sido cepilladas y brillaban.

—Los he almohazado para vosotras —explicó Joe—. ¿Habéis traído azúcar?

Aupó a las niñas para que les diesen el azúcar.

—¿Y ahora, qué os parecería sentaros en su grupa durante un par de minutos?

—Joe, me temo que no —intervino Jenny—. Mr. Krueger no aprueba que las niñas suban sobre los ponies.

—Quiero sentarme sobre el lomo de *Tinker Bell* —protestó Tina.

—*Papá* nos deja —replicó Beth de forma muy positiva—. Mamá, eres mala...

—¡Beth!

—Mala, mamá —repitió Tina.

Sus labios temblaban.

—No llores, Tina —le dijo Beth.

Alzó la vista hacia Jenny.

—Mamá, *por favor*...

Joe también la miraba.

—Bueno...

Jenny hizo un ademán. Luego pensó en el rostro de Erich cuando explicó que Joe se estaba tomando muchas libertades. No quería que Erich la acusase de haber, deliberadamente, ignorado sus desos.

—Mañana... —afirmó decisivamente—. Hablaré con papá. Ahora, vamos a ver a las gallinas.

—Quiero montar en mi pony —gritó Tina.

Su manecita golpeteó en la pierna de Jenny.

—Eres una mamá muy mala...

Jenny bajó la mano. En un acto reflejo, dio una palmada en el trasero de Tina.

—Y tú, una niñita muy fresca...

Tina salió corriendo del establo llorando. Beth se colocó detrás de ella.

Jenny corrió tras las niñas. Se daban las manos y anduvieron hacia el granero. Cuando las atrapó, oyó a Beth decir con suavidad:

—No estés triste, Tina. Le contaremos a papá todo lo de mamá...

Joe se puso a su lado.

—Mrs. Krueger...

—Dime, Joe...

Jenny le ocultó el rostro. No deseaba que viese las lágrimas que humedecían sus ojos. Sabía, perfectamente, que cuando se lo pidiesen, Erich daría permiso a las niñas para subir a las grupas de los ponies del establo.

—Mrs. Krueger, me estaba preguntando.... Tenemos un nuevo cachorro en nuestra casa. Vivimos al lado de la carretera, a un kilómetro de aquí... Tal vez a las niñas les agradaría ver a *Randy*. Les haría olvidarse de los caballitos...

—Joe, eso sería maravilloso...

Jenny siguió con las niñas. Se agachó delante de Tina.

—Siento haberte dado un azote, *Picaruela*. Yo quiero montar en *Fire Maid* tanto como tú quieres montar en tu pony, pero debemos aguardar hasta que papá diga que conformes... Ahora, Joe quiere llevarnos a ver su cachorrillo. ¿Queréis ir?

Anduvieron juntos, con Joe señalando los primeros indicios de la primavera que se aproximaba.

—Mire cómo la nieve está desapareciendo... En un par de semanas, toda la tierra se convertirá en un auténtico barrizal. Y esto a causa de que la helada está comenzando a desaparecer. Luego crecerá la hierba. Vuestro papá quiere que os construya una cerca para que podáis montar.

La madre de Joe se encontraba en casa; su padre había muerto hacía cinco años. Se trataba de una mujer muy pesada, en sus últimos años cincuenta, con una forma de obrar práctica y sin requilorios. Les invitó a entrar. La casita era confortablemente pobre. Chismes de recuerdo cubrían las mesas. Las paredes estaban decoradas con retratos familiares, colgados de manera indiscriminada.

—Me alegro de conocerla, Mrs. Krueger. Mi Joe me está todo el tiempo hablando de usted. No hay que maravillarse de que diga que es usted muy bonita. Claro que lo es. Y, oh, Dios mío, cuánto se parece a Caroline... Yo soy Maude Ekers. Puede llamarme Maude...

—¿Dónde está el perro de Joe? —preguntó Tina.

—Vamos a la cocina —les invitó Maude.

La siguieron de muy buena gana. El cachorro parecía una combinación de pastor alemán y de perro de caza. De una forma tonta, forcejeaba sobre sus débiles patas.

—Le encontramos en la carretera —explicó Joe—. Alguien debió de arrojarlo desde un coche. Si yo no me hubiese presentado, probablemente se habría congelado hasta morirse...

Maude meneó la cabeza.

—Siempre está trayendo a casa animales extraviados. Mi Joe tiene el corazón más tierno que he conocido jamás... Nunca fue muy diligente con los deberes de la escuela, pero, permítame decírselo, tiene magia con los animales. Debería haber visto su último perro. Era una belleza. Y también tan listo como el demonio.

—¿Y qué le sucedió? —preguntó Jenny.

—No lo sabemos. Tratamos de mantenerle encerrado, pero algunas veces se escapaba. Acostumbraba seguir a Joe hasta la granja de ustedes. Pero a Mr. Krueger no le gustaba.

—No echo la culpa a Mr. Krueger —se apresuró a manifestar Joe—. Tenía una perra de pura raza, y no deseaba que *Tarpy* anduviese cerca de ella. Pero, un día, *Tarpy* me siguió y se encontró con *Juna*. Mr. Krueger se volvió realmente loco...

—¿Y dónde está ahora *Juna*? —quiso saber Jenny.

—Mr. Krueger se desembarazó de ella. Dijo que ya no tenía la menor utilidad puesto que se había quedado preñada de un mestizo...

—¿Y qué le ocurrió a *Tarpy*?

—No lo sabemos —explicó Maude—. Salió de nuevo otro día y ya nunca más regresó. Aunque tengo mis sospechas —insinuó con tono sombrío.

—Mamá.... —dijo apresuradamente Joe.

—Erich Krueger había amenazado con matar de un tiro aquel perro —continuó, con sencillez—. Si *Tarpy* había echado a perder a su perra de lujo, no le culpo de enfadarse por ello. Pero, por lo menos, podía habértelo dicho. Joe estaba pirrado por aquel perro —siguió diciéndole a Jenny—. Pensé que se iba a poner enfermo.

Tina y Beth se acuclillaron en el suelo al lado de *Randy*. El rostro de Tina reflejaba arrobo.

—Mamá, por favor, ¿no podríamos tener un perro?

—Se lo preguntaremos a papá —prometió.

Las niñas jugaron con el cachorrillo mientras Jenny tomaba con Maude café. La mujer comenzó, inmediatamente, a interrogarla. ¿Le gustaba la casa de los Krueger? Era muy bonita, ¿verdad? Debía de ser muy duro cambiar la ciudad de Nueva York por una granja. Jenny replicó que estaba segura de que sería feliz.

—Caroline también afirmaba eso —insinuó de nuevo sombríamente Maude—. Pero los hombres Krueger no son muy sociables. Se lo ponen muy difícil a sus mujeres. A toda la gente de por aquí les encantaba Caroline. Y respetaban a John Krueger. Lo mismo que a Erich. Pero los Krueger no son muy cariñosos ni siquiera con los suyos. Y no perdonan. Cuando se enojan, no se les pasa fácilmente...

Jenny sabía que Maude se estaba refiriendo a la actuación del hermano de ella en el accidente de Caroline. Rápidamente se acabó el café.

—Será mejor que regresemos...

La puerta de la cocina se abrió en el mismo instante en que se puso en pie.

—¿Quién es...?

La voz era rasposa, como si las cuerdas vocales tuviesen dificultades. Se trataba de un hombre de cincuenta y tantos años. Sus ojos aparecían inyectados en sangre y eran difusos, con la agotada expresión de los fuertes bebedores. Se le veía penosamente delgado, hasta el punto de que la cintura de sus pantalones le colgaba por todas partes en torno de las caderas.

Se quedó mirando a Jenny, con los ojos acuclados pensativamente.

—Usted debe de ser la nueva Mrs. Krueger de la que he oído hablar...

—Sí, en efecto...

—Yo soy Josh Brothers, el tío de Joe.

El electricista responsable del accidente... Jenny sintió, inmediatamente, que Erich se pondría furioso si se enteraba de aquel encuentro.

—Ya veo por qué la ha elegido Erich —dijo con pesadez Josh. Se volvió hacia su hermana.

—Tan dulce como lo era Caroline, ¿no te parece, Maude?

Sin aguardar una respuesta, le preguntó a Jenny:

—Supongo que se habrá enterado del accidente...

—Sí, así es...

—La versión Krueger. Pero no la mía.

Resultaba claro que Josh Brothers estaba a punto de contar una historia muchas veces repetida. Jenny podía oler el olor a whisky de su aliento. Su voz adquirió un tono declamatorio.

—A pesar del hecho de que iban a divorciarse, John estaba loco por Caroline.

—¡Divorciarse! —le interrumpió Jenny—. El padre y la madre de Erich iban a *divorciarse*...

Aquellos cansados ojos se volvieron astutos.

—Oh, ¿no le ha hablado Erich de ello? Le gusta pretender que fue algo que nunca sucedió. Aquí hubo montones de habladurías, permítame decírselo, cuando Caroline ni siquiera *intentó* conseguir la custodia de su único hijo. De todos modos, el día del accidente yo me encontraba trabajando en la vaquería, cuando entraron Caroline y Erich. Caroline iba a marcharse aquella tarde. Era el día del cumpleaños de Erich, y éste sostenía su nuevo palo de hockey y tenía los ojos llorosos. Me hizo unos ademanes para que me fuese; ésa fue la razón de que colgase la lámpara de un clavo. Oí a Caroline decir: «Al igual que este ternerito ha de ser separado de su madre...» Entonces, cerré la puerta detrás de mí, para que pudiesen despedirse. Un momento después, Erich comenzó a gritar. Luke Garrett le dio puñetazos a Caroline en el pecho y le hizo la respiración boca a boca, pero todos sabíamos que no había nada que hacer. Cuando resbaló y se cayó en el depósito, agarró el cable y arrastró con ella la lámpara. Aquel voltaje pasó a través de su cuerpo... No tenía la menor posibilidad...

—Josh, cállate —le espetó Maude con dureza.

Jenny se quedó mirando a Josh. ¿Por qué Erich no le había dicho que sus padres se iban a divorciar, que Caroline iba a abandonarle a él y a su padre? ¡Y haber sido testigo de aquel espantoso accidente! No cabía maravillarse de que Erich se hallase tan terriblemente inseguro ahora, con tanto miedo de perderla...

Sumida en sus pensamientos, recogió a las niñas y murmuró una despedida.

Mientras caminaban de regreso a casa, Joe le habló con timidez a Jenny:

—Mr. Krueger no quedará muy complacido, cuando se entere de que mi madre ha hablado demasiado y que ha conocido usted a mi tío.

—No lo discutiré, Joe, te lo prometo —le tranquilizó.

La carretera comarcal, al regresar a la «Granja Krueger», estaba muy tranquila a últimas horas de la mañana. Beth y Tina corrían delante de ellos, agarrando alegremente la ya suelta nieve. Jenny se sintió deprimida y asustada. Pensó en las innúmeras veces en que Erich le había hablado de Caroline. Ni una sola vez hizo la menor insinuación acerca del hecho de que Caroline planeaba abandonarle.

«Si por lo menos tuviese un amigo aquí —pensó Jenny—, alguien con quien pudiese hablar...» Recordó cómo ella y Nana habían sido capaces de conversar sobre cualquier problema que se presentase en sus vidas, cómo ella y Fran se tomaban un café después de meter a las niñas en la cama, e intercambiaban confidencias.

—Mrs. Krueger —musitó Joe—, tiene usted aspecto de encontrarse realmente mal. Confío en que mi tío no la haya alterado. Ya sé cómo habla mamá acerca de los Krueger, pero, por favor, no se lo tome a mal...

—Claro que no —repuso Jenny—. Pero, Joe, ¿harías una cosa por mí?

—Cualquier cosa...

—Por el amor de Dios, cuando Mr. Krueger no esté cerca, llámame Jenny. Por aquí, estoy empezando a olvidarme de mi auténtico nombre.

—Te llamo Jenny en cualquier momento en que pienso en ti...

—Estupendo...

Jenny se echó a reír, sintiéndose mejor. Luego miró de reojo a Joe. La abierta adoración que reflejaba su cara resultaba inconfundible.

«Oh, Dios querido —pensó—, si me mira así alguna vez delante de Erich, se armará una buena.»

QUINCE

A medida que se aproximaba a la casa, Jenny creyó ver a alguien vigilándoles desde la ventana de la oficina de la granja. A menudo, Erich se quedaba allí al regresar de la cabaña.

Se apresuró a meter a las niñas en la casa y comenzó a prepararles unos emparedados de queso a la plancha y su cacao. Tina y Beth se acomodaron a la mesa, contemplando expectantes la tostadora, mientras el burbujeante olor del queso derretido llenaba la cocina.

¿Qué habría hecho tan desesperadamente desgraciada a Caroline, hasta el punto de querer abandonar a Erich? ¿Cuánto resentimiento se hallaba mezclado en el amor de Erich hacia su madre? Jenny trató de visualizar todas las circunstancias bajo las que abandonaría a Beth y a Tina. No llegaba a ver ninguna...

Las niñas estaban cansadas del largo paseo y se quedaron dormidas tan pronto como las preparó para la siesta. Observó cómo sus párpados caían y se cerraban. Se mostró reluctante a salir de la habitación. Se sentó durante un momento al lado de la ventana, comprobando que sentía un leve mareo. ¿Por qué?

Finalmente, se fue al piso de abajo, se puso un chaquetón y se encaminó a la oficina. Clyde trabajaba ante el gran escritorio. Tratando de hablar de forma casual, observó:

—Erich no ha venido aún a almorzar. Pensé que estaría por aquí.

Clyde pareció intrigado.

—Se detuvo un par de minutos al regresar de la compra de los suministros. Me contó que planeaba quedarse en la cabaña para pintar...

Sin decir una palabra, Jenny se dio la vuelta para alejarse. Pero su ojo localizó la bandeja de entradas donde se colocaba el correo.

—Oh, Clyde, si llega algo de correo para mí, mientras Erich se encuentra en la cabaña, ¿te asegurarás de que me sea entregado?

—Claro que sí... Por lo general, siempre lo hago con el suyo y el de Erich...

Correo para mí... Durante el mes que llevaba aquí, aunque había escrito a Fran y a Mr. Hartley, no había recibido ni dos líneas.

—Temo que se le haya olvidado.

Se oyó decir con cierta discordancia:

—¿Ha llegado mucho correo?

—Una carta la semana pasada y dos tarjetas postales. No lo sé muy bien...

—Comprendo...

Jenny se quedó mirando el teléfono.

—¿Y llamadas telefónicas?

—Alguien de la iglesia telefoneó la semana pasada refiriéndose a una reunión. Y la semana anterior recibiste una llamada de Nueva York. ¿Quieres decirme que Erich no te ha dicho nada de esos mensajes?

—Estaba tan preocupado con prepararse para el viaje... —murmuró Jenny—. Gracias, Clyde.

Con lentitud, inició el regreso hacia la casa. El cielo estaba ahora nublado. Comenzaba a nevar entre fuertes ráfagas. El suelo, que había comenzado a deshelarse, se había endurecido de nuevo. La temperatura había descendido levemente.

No quiero compartirte... Jenny. Erich lo había dicho literalmente. ¿Quién le habría telefoneado desde Nueva York? ¿Kevin para comentar que se presentaría por Minnesota? Y si era así, ¿por qué Erich no la había avisado?

¿Quién había escrito? ¿Mr. Hartley? ¿Fran?

«No puedo permitir que esto suceda —pensó Jenny—. Tengo que hacer algo...»

—¡Jenny!

Mark Garrett llegaba corriendo desde el granero. Con sus largas zancadas, cubrió la distancia que mediaba entre ellos en unos segundos. Su pelo arenoso aparecía en desorden. Sonreía, pero sus ojos aparecían serios.

—No he tenido oportunidad de saludarte desde hace algún tiempo. ¿Cómo va todo?

¿Sospecharía? ¿Habría discutido Erich alguna cosa con él? No, eso no sería propio de Erich. Pero había algo que Jenny sí podía hacer.

Trató de que su sonrisa pareciese lo más natural posible.

—Eres exactamente la persona que deseaba ver. ¿Recuerdas que hablamos acerca de que vinieseis tú y tu amiga..., la que se llama Emily, a cenar...?

—Sí.

—Pues podríamos hacerlo el ocho de marzo. Es el cumpleaños de Erich. Deseo ofrecerle una pequeña fiesta...

Mark frunció el ceño.

—Jenny... Quiero prevenirte. A Erich sigue pareciéndole que el día de su cumpleaños es nefasto...

—Lo sé —admitió Jenny.

Alzó la vista hacia Mark, consciente de su estatura.

—Mark... Eso ocurrió hace veinticinco años... ¿No ha llegado ya el momento de que Erich se recupere de la muerte de su madre?

Mark pareció estar eligiendo las palabras.

—Ve con cuidado, Jenny —sugirió—. Cuesta bastante tiempo desacostumbrar a una persona como Erich a unas reacciones profundamente implantadas en él.

Sonrió.

—Pero debo decir que no le costará demasiado tiempo comenzar a apreciar su actual estado.

—¿Así que vendrás?

—Rotundamente sí. Y Emily se muere de ganas por conocerte.

Jenny se echó a reír melancólicamente.

—Yo también me estoy muriendo de ganas por conocer a más personas...

Jenny se despidió de él y entró en la casa. Elsa estaba a punto de marcharse en aquel momento.

—Las niñas ya duermen. Mañana haré la compra de camino hacia aquí. Tengo la lista.

—¿La lista?

—Sí, cuando usted salió esta mañana con las niñas, Mr. Krueger se presentó. Me dijo que debería hacer la compra a partir de ahora.

—Eso es una tontería —protestó Jenny—. Puedo hacerla yo o llevarme a Joe...

—Mr. Krueger me contó también que se llevaba las llaves del coche.

—Comprendo... Gracias, Elsa...

Jenny no quiso que la mujer se diese cuenta del trastorno que sentía en aquel momento.

Pero cuando la puerta se cerró detrás de Elsa, se percató de que estaba temblando. ¿Se habría llevado Erich las llaves para asegurarse de que Joe no lo usaba? ¿O era porque, posiblemente, conjeturaba que era *ella* quien lo usaba?

Nerviosa, echó un vistazo por la cocina. Cuando, en el apartamento, se hallaba nerviosa solía calmarse emprendiendo alguna pesada tarea de limpieza que tuviese pendiente. Pero esta casa se hallaba tan inmaculada...

Se quedó mirando las latas encima del mostrador. Ocupaban mucho sitio y eran raramente usadas. Aquí todo era formal, frío, atestado. Y era también la casa de ella. ¿Le complacería a Erich si imprimía a este lugar su propia personalidad?

Hizo sitio al boterío en un estante de la despensa. La redonda mesa de roble y las sillas aparecían exactamente centradas en mitad de la estancia. Situadas bajo la ventana de la pared del lado sur, serían mucho más convenientes para las comidas rápidas en la barra, y en los almuerzos resultaría placentero mirar hacia los lejanos campos.

Sin preocuparse de si las patas de la mesa rayaban el suelo, Jenny comenzó a arrastrarla.

La alfombrilla que había estado en el dormitorio de las niñas había sido llevada al desván. Decidió que si la colocaba cerca de la estufa de hierro colado, y agrupaba el sofá, el sillón a juego y la cómoda silla de la biblioteca, se crearía en la cocina una placentera zona tipo estudio.

Animada ahora con una energía nerviosa, se dirigió al salón, eligió entre los brazos algunos de los *bibelots* que había por allí, y los llevó a un aparador. Tras muchos esfuerzos, consiguió quitar las cortinas con encajes que bloqueaban la luz del sol y las vistas en el salón y en el comedor. El sofá del salón era demasiado pesado para empujarlo. De alguna forma, consiguió darle la vuelta, junto con la mesa de caballete de caoba. Cuando hubo finalizado, la estancia parecía más aireada, más acogedora.

Se dirigió al resto de las habitaciones del piso bajo, tomando mentalmente nota de todo. Poco a poco, se prometió a sí misma. Dobló con cuidado las cortinas y las llevó al desván. La alfombrilla trenzada estaba allí. Si no podía llevarla abajo ella sola, pediría ayuda a Joe.

Tiró de la alfombrilla que deseaba, se percató de que no había forma de llevársela por sus propias fuerzas y, con ociosa curiosidad, echó un vistazo a los demás objetos de la habitación.

Un pequeño neceser de piel azul con las iniciales C.B.K. era una de las cosas que había captado a primera vista. Lo tomó para examinarlo. ¿Estaría cerrado? Titubeando sólo un instante, quitó uno y luego el otro cierre. La tapa de la caja se abrió.

Artículos de tocador estaban ordenados en un contenedor parecido a una bandeja. Cremas y maquillaje, así como jabón con fuerte olor a pino. Una agenda encuadernada en piel se hallaba debajo de la bandeja. La fecha de la cubierta tenía veinticinco años de antigüedad. Jenny abrió el libro de notas y fue pasando páginas. 2 de enero, lo de mañana: conferencia del maestro, Erich. 8 de enero: cena, Luke Garrett, los Meier, los Behrend. 10 de enero: devolver los libros de la biblioteca. Hojeó las sucesivas entradas. 2 de febrero: jueces de la sala, 9 de la mañana. ¿Se referiría a las sesiones de divorcio? 22 de febrero: comprar palo de hockey para E. La última entrada era la del 8 de marzo: Cumpleaños de Erich. Aquello había sido escrito con una tinta azul clara. Y luego, con diferente pluma: 7 de la tarde, vuelo 241 de «Northwest», Minneápolis a San Francisco. Un billete sin usar, sólo ida, juntado a la página con un clip, con una nota debajo:

El nombre estaba escrito a lo largo de la parte superior de la página: EVERETT BONARDI. El padre de Caroline, pensó Jenny. Con rapidez, leyó aquella desigual caligrafía: *Querida Caroline: Tu madre y yo no nos hemos sorprendido al enterarnos de que dejas a John. Estamos profundamente preocupados por Erich, pero tras leer tu carta estimamos que es mejor que se quede con su padre. No teníamos idea de las verdaderas circunstancias. Ninguno de nosotros lo habíamos previsto, pero ya anhelamos el tenerte con nosotros. Recibe todo nuestro cariño...*

Jenny dobló la carta, la volvió a meter en la agenda y cerró la tapa del neceser. ¿Qué había querido decir Everett Bonardi cuando escribió: *No teníamos idea de las verdaderas circunstancias*?

Comenzó a bajar con lentitud la escalera del desván. Las niñas estaban aún dormidas. Las miró amorosamente y luego la boca se le secó. El cabello rojo oscuro de las niñas estaba desparramado en sus almohadas. Encima de cada una de éstas, colocado de una forma que casi parecía un adorno capilar, se hallaba una pastillita redonda de jabón de pino. El débil aroma del pino se había embebido en el aire.

—¿No son unas pequeñas bellezas? —suspiró una voz en sus oídos.

Demasiado desconcertada para echarse a gritar, Jenny se dio la vuelta.

Un delgado y huesudo brazo rodeó su cintura.

—Oh, Caroline...

Rooney Toomis suspiró, con ojos vacíos y húmedos.

—¿Por qué no nos limitamos a amar a nuestros bebés?

De alguna manera, Jenny echó a Rooney de la estancia sin despertar a las niñas. Rooney salió de buen grado, aunque siguió manteniendo su brazo en torno de la cintura de Jenny. Descendieron dificultosamente las escaleras.

—Vamos a tomar una taza de té —sugirió Jenny, tratando de mantener normal su voz.

¿Cómo había entrado Rooney? Debía de conservar una llave de la casa.

Rooney tomó el té en silencio, sin dejar de mirar hacia la ventana.

—Arden solía amar esos bosques —explicó—. Naturalmente, sabía que no podía penetrar más allá de la linde. Pero siempre estaba trepando a los árboles. Solía subirse a ése...

De una forma vaga, Rooney señaló a un gran roble.

—Y miraba también los pájaros. ¿Ya le he dicho que fue presidenta durante un año del club «4-H»?

Su voz era calmada y sus ojos aparecían claros cuando se dio la vuelta para mirar a Jenny.

—Usted no es Caroline —musitó, perpleja.

—No, claro que no. Soy Jenny.

Rooney suspiró.

—Lo siento. Supongo que lo olvidé. Algo se apoderó de mí, uno de mis ensueños. Estaba pensando que llegaba tarde al trabajo. Creía haberme quedado dormida más de la cuenta... Como es natural, Caroline nunca se preocupaba de ello, pero Mr. John Krueger era tan exacto con todo...

—¿Y tenías una llave? —preguntó Jenny.

—He olvidado mi llave. La puerta estaba abierta. Pero ya nunca más tendré la llave, ¿verdad?

Jenny estaba segura de que la puerta de la cocina se hallaba cerrada. Por otra parte... Decidió no tratar de descubrir a Rooney.

—Y fui al piso de arriba a hacer las camas —prosiguió Rooney—. Pero ya estaban hechas... Y luego vi a Caroline. No, en realidad la vi a usted...

—¿Y pusiste las pastillitas de jabón de pino en las almohadas de las niñas? —preguntó Jenny.

—Oh, no. Era Caroline quien hacía esto. Era ella la que adoraba ese olor...

Aquello carecía de objeto. La mente de Rooney se hallaba tan confusa que no se podía intentar separar lo imaginado de la realidad.

—Rooney, ¿no vas nunca a la iglesia o a algún tipo de reuniones? ¿No tienes amigos?

Rooney meneó la cabeza.

—Solía acudir a todas las actividades con Arden, al «4-H», a las obras de teatro de la escuela, a sus conciertos de la banda. Pero ya no voy.

Sus ojos estaban ahora despejados.

—No debería estar aquí. A Erich no le gusta.

Parecía tener miedo.

—No se lo dirá a él o a Clyde, ¿verdad? Prométame que no se lo dirá.

—Claro que no...

—Es usted como Caroline: muy bonita, muy amable, muy dulce... Confío en que no le suceda nada. Eso sería una vergüenza... Hacia el final, Caroline se encontraba tan ansiosa por marcharse de aquí... Acostumbraba a decir: «Tengo un presentimiento, Rooney, de que algo terrible está a punto de suceder. Y me encuentro tan indefensa...»

Rooney se levantó para irse.

—¿No llevas abrigo? —le preguntó Jenny.

—Supongo que no me di ni cuenta.

—Aguarda un momento.

Jenny sacó del armario del vestíbulo su abrigo.

—Póntelo. Mira, te sienta estupendamente. Abotónatelo hasta el cuello. Hace mucho frío.

¿No le había dicho Erich, prácticamente, lo mismo en su primer almuerzo en la «Russian Tea Room»? ¿Y no hacía de ello menos de dos meses?

Rooney miró a su alrededor insegura.

—Si quiere, la ayudaré a volver a poner bien la mesa antes de que llegue Erich.

—No tengo intenciones de volver a poner en su sitio la mesa. Está muy bien donde está...

—Caroline la colocó sólo una vez junto a la ventana, pero John dijo que trataba, simplemente, de que la vieran los hombres de la granja.

—¿Y qué respondió Caroline?

—Nada. Se limitó a ponerse su capa verde y salió afuera, a la mecedora del porche. Igual que en el cuadro... En una ocasión, me dijo que le gustaba sentarse allí y mirar hacia el Oeste porque su gente eran de por allí. Les echaba terriblemente de menos.

—¿Y no venían nunca a visitarla?

—Nunca. Pero Caroline amaba, de todas formas, la granja. Se había criado en la ciudad, pero siempre decía: «Este país es tan hermoso, Rooney, es tan especial lo que hace por mí...»

—¿Y luego se fue?

—Debió de suceder algo y decidió que tenía que irse.

—¿Y de qué se trataba?

—No lo sé.

Rooney bajó la mirada.

—Este abrigo es muy bonito. Me gusta...

—Por favor, quédatelo —le dijo Jenny—. Apenas me lo he puesto desde que me encuentro aquí.

—Si lo hago, ¿podré confeccionar los peleles como me ha prometido?

—Claro que puedes hacerlo. Y, Rooney, me gustaría ser tu amiga...

Jenny se quedó de pie, en la puerta de la cocina, mirando a la delgada figura, ahora cálidamente arropada, que se inclinaba hacia delante, contra el viento.

DIECISEIS

Lo más duro de todo radicaba en tener que aguardar. ¿Estaba Erich enfadado? ¿Se hallaba, simplemente, tan inmerso con la pintura que no deseaba quebrantar su concentración? ¿Se atrevería ella a ir a los bosques, tratar de encontrar la cabaña y enfrentarse con él?

No, no debía hacer aquello.

Los días parecían interminablemente largos. Incluso las niñas empezaron a encontrarse inquietas. ¿Dónde está papá? Aquélla parecía ser su constante pregunta. En aquel breve tiempo, Erich se había hecho terriblemente importante para ellas.

Que Kevin se mantenga apartado, era la súplica de Jenny. Que nos deje solas.

Pasaba el tiempo concentrándose en la casa. Habitación por habitación, reordenó los muebles, en ocasiones moviendo ligeramente sólo una silla o una mesa, a veces realizando ajustes más radicales. A su pesar, Elsa la ayudó a quitar lo que aún quedaba de las pesadas cortinas con encajes.

—Mira, Elsa —le dijo al final Jenny con firmeza—, esas cortinas tienen que quitarse, y no quiero hablar más acerca de consultar primero con Mr. Krueger. O me ayudas o no me ayudas...

Afuera, la granja tenía una apariencia gris y deprimente. Cuando la nieve se hallaba aún en el suelo, parecían una belleza a lo «Currier e Ives». Cuando llegase la primavera, Jenny estaba segura, el verde lujuriante de los campos y de los árboles sería algo magnífico. Pero ahora, el barro helado, los campos pardos, los oscuros troncos de los árboles y los cielos cubiertos le daban frío y deprimían.

¿Regresaría Erich a la casa para su cumpleaños? Le había contado que aquel día siempre se lo pasaba en la granja. ¿Tendría ella que cancelar la cena de cumpleaños?

Las noches eran interminables. En Nueva York, cuando las niñas estaban ya acomodadas en la cama, solía irse a su lecho con un libro y una taza de té. La biblioteca de la granja era excelente. Pero los libros de esta biblioteca no invitaban a la lectura. Estaban colocados en hileras exactas, al parecer más según el tamaño y el color que por el autor o el tema. Para ella, tenían el mismo efecto que unos muebles con cubiertas de plástico: odiaba tocarlos. Su problema quedó resuelto cuando, en uno de sus viajes al desván, se percató de

107

la existencia de una caja que llevaba la indicación de LIBROS-CBK. Feliz, eligió un par de aquellos volúmenes tan manejables y de lectura tan fácil.

Pero aunque leía hasta horas avanzadas de la noche, encontraba cada vez más difícil el dormirse. Durante toda su vida, no había tenido más que cerrar los ojos para quedarse instantáneamente dormida durante horas y horas. En la actualidad, comenzó a despertarse con frecuencia, a tener sueños vagos, atemorizadores, en los cuales unas figuras ensombrecidas se deslizaban en su subconsciente.

El 7 de marzo, después de una noche particularmente inquieta, llegó a una decisión. Necesitaba más ejercicio. Después del almuerzo, fue en busca de Joe y lo encontró en la oficina de la granja. Su placer, sin ninguna afectación ante la visita, resultó tranquilizador. Con rapidez, Jenny se explicó:

—Joe, deseo comenzar hoy las lecciones de equitación.

Veinte minutos después, se hallaba sentada a horcajadas de la yegua, tratando de seguir con la mayor precisión las instrucciones de Joe.

Se percató de que estaba disfrutando mucho con todo aquello. Se olvidó del frío, del fuerte viento, del hecho de que sus muslos se le llagaban, de que sus manos aguantaban con firmeza las riendas.

Habló con suavidad a *Fire Maid*:

—Ahora, por lo menos, debes darme una oportunidad, muchachuela —sugirió—. Probablemente cometeré errores, pero soy nueva en esto...

Al cabo de una hora, tenía ya la sensación de mover el cuerpo acompasadamente con la yegua. Localizó a Mark, que la observaba, y le hizo un saludo. El hombre se acercó.

—Pareces muy buena. ¿Es la primera vez que subes a un caballo?

—Auténticamente la primera...

Jenny comenzó a descabalgar. Rápidamente, Mark asió la brida de la yegua.

—Por el otro lado —le explicó.

—¿Qué...? Oh, lo siento...

Bajó con facilidad.

—Pareces realmente buena, Jenny —le dijo Joe.

—Gracias, Joe. ¿El lunes te irá bien?

—En cualquier momento, Jenny.

Mark anduvo con ella hacia la casa.

—Has conseguido hacer un forofo de Joe.

¿Había alguna clase de advertencia en su voz?

Jenny trató de mostrarse tranquila.

—Es un buen maestro y creo que Erich estará complacido porque aprenda a montar. Será una sorpresa para él que haya comenzado a tomar lecciones.

—Realmente no lo creo —comentó Mark—. Te ha estado observando desde hace un rato.

—¿*Observándome?*

—Sí, durante cerca de media hora, desde el bosque. Pensé que no deseaba ponerte nerviosa.

—¿Y dónde está ahora?

—Estuvo en la casa durante un momento y luego regresó a la cabaña.

—¿*Que Erich ha estado en la casa?*

«Me parece que debo hablar de una forma estúpida», pensó Jenny, escuchando el asombro reflejado en su voz.

Mark se detuvo, la tomó por el brazo y la hizo girar hacia sí.

—¿Qué ocurre, Jenny? —preguntó.

De alguna forma, Jenny se lo imaginó como examinando a un animal, buscando la fuente de un dolor.

Estaban cerca del porche.

Jenny habló con envaramiento:

—Erich ha permanecido en la cabaña desde que regresó de Atlanta. Por eso me encuentro ahora tan sola. Estaba acostumbrada a encontrarme terriblemente atareada y rodeada de gente, y ahora... Supongo que me siento desconectada de todo.

—Veremos si te hallas mejor a partir de pasado mañana —le aconsejó Mark—. A propósito, ¿estás segura de que deseas invitarnos a cernar?

—No. Quiero decir que ni siquiera estoy segura de que Erich estará en casa. ¿Podemos dejarlo para el día trece? Esto separará algo la fiesta de cumpleaños del aniversario. Si no ha regresado aún para entonces, te telefonearé y vosotros dos podréis decidir si deseáis visitarme o salir y disfrutar solos.

Temió reflejar resentimiento. «Qué es lo que me pasa?», pensó, alicaída.

Mark tomó las manos de ella entre las suyas.

—Acudiremos, Jenny, esté Erich en casa o no. Por eso es importante que Erich cuente conmigo cuando se encuentra en uno de sus momentos de mal humor. El resto de esta representación es que, cuando sale de esos malos momentos, todo lo que hace es magnífico: inteligente, generoso, talentudo, amable. Dale una oportunidad para salir mañana de sí mismo, y verás que, es el mismo Erich de siempre.

Tras una rápida sonrisa, le apretó las manos, se las liberó y se alejó. Suspirando, Jenny entró en la casa. Elsa estaba ya dispuesta para irse. Tina y Beth se sentaban en el suelo con las piernas cruzadas, con los lápices de dibujo en la mano.

—Papá nos ha traído libros nuevos para colorear —anunció Beth—. ¿Verdad que son muy buenos?

—Mr. Krueger dejó una nota para usted.

Elsa señaló un sobre cerrado que estaba encima de la mesa.

Jenny advirtió la curiosidad en los ojos de aquella mujer. Se deslizó la nota en el bolsillo.

—Gracias...

Cuando la puerta se cerró detrás de la asistenta, Jenny sacó el sobre del bolsillo y lo abrió. La hoja de papel, cubierta con unas letras mayúsculas en una caligrafía muy grande, contenía una sola frase: *Deberías haberme aguardado para poder cabalgar conmigo.*

—Mamá, mamá...

Beth le estaba tirando del chaquetón.

—Tienes muy mal aspecto, mamá.

Tratando de sonreír, Jenny bajó la mirada hacia aquella carita desconsolada. Tina estaba ahora al lado de Beth, con una cara que hacía pucheros, a punto de llorar.

Jenny estrujó la nota y se la metió en el bolsillo.

—No, cariñito, estoy bien... Simplemente, he estado rara durante un momento.

Pero no estaba tranquilizando a Beth. Una oleada de náuseas se había apoderado de ella mientras leía la nota. «Dios mío —pensó—, no puede querer decir esto. No me deja ir a las reuniones de la iglesia. No me deja usar el coche. Y ahora no quiere ni siquiera dejarme que aprenda a montar cuando él está pintando.»

«Erich, no nos lo estropees —protestó en silencio—. No puedes conseguirlo todo. No puedes esconderte y pintar, y al mismo tiempo esperar que yo me siente con las manos cruzadas a aguardarte. No puedes ser tan celoso respecto de que yo no tema ser honesta contigo.»

Miró a su alrededor insensatamente. ¿Debería tomar una decisión, hacer las maletas y regresar a Nueva York? Si existía aquí una posibilidad de impedir que sus relaciones quedaran destruidas, él debía ser aconsejado, recibir alguna ayuda para sobreponerse a esta posesividad. Si se iba, su marido sabría a qué atenerse.

¿Pero, adónde iría? ¿Y con qué?

No tenía ni un dólar en el monedero. No disponía de dinero para el billete, ni lugar adonde ir, ni trabajo. Y tampoco quería dejarle...

Tenía miedo de ponerse enferma.

—Será mejor que regrese —musitó.

Y se apresuró a subir las escaleras. Al llegar al cuarto de baño, tomó un paño frío y se humedeció la cara. Su rostro en el espejo reflejaba una palidez enfermiza y poco natural.

—Mamá, mamá...

Beth y Tina se encontraban en el umbral. La habían seguido al piso de arriba.

Se arrodilló delante de ellas, las atrajo hacia sí y las abrazó con fuerza.

—Mamá, me estás haciendo daño —protestó Tina.

—Lo siento, pequeñita...

Aquellos cuerpos cálidos y contoneantes junto al suyo, le devolvieron el equilibrio.

—Vosotras dos llegaréis a ser unas madres magníficas —les manifestó.

La tarde se fue arrastrando con lentitud. Para pasar el tiempo, se sentó con las niñas delante de la espineta y comenzó a enseñarle a diferenciar las notas. Sin las cortinas, resultaba posible mirar por las ventanas del salón y contemplar la puesta de sol. Las nubes habían desaparecido y el cielo resultaba gélidamente hermoso, con unas sombras malvas y anaranjadas, doradas y rosáceas.

Tras dejar a las niñas que siguiesen aporreando el teclado, avanzó hacia la puerta de la cocina que daba al porche occidental. El viento hacía que la mecedora allí se moviese levemente. Ignorando el frío, Jenny permaneció en el porche de pie y admiró los últimos instantes de la puesta de sol. Cuando las luces finales se disolvieron en una grisura, se dio la vuelta y entró de nuevo en la casa.

Un movimiento en los bosques captó su atención. Se quedó mirando hacia allí. Alguien la observaba, una figura entre sombras, casi escondida por el doble tronco del roble por el que Arden solía trepar.

—¿Quién está ahí? —preguntó Jenny con fuerza.

La sombra retrocedió entre los árboles, como tratando de regresar a la protección del monte bajo.

—¿Quién está ahí? —gritó de nuevo Jenny con dureza.

Consciente sólo de su cólera ante la intrusión en su intimidad, se quedó mirando a los escalones del porche, en dirección al bosque.

Erich salió de la protección del roble y, con los brazos extendidos, echó a correr hacia ella.

—Pero, cariño, sólo estaba bromeando. ¿Cómo pudiste creer, ni por un momento, que lo escribiera en serio?

Tomó de sus manos aquella arrugada nota.

—Vaya, tiremos esto...

La metió en la estufa.

—Ves, ya no existe...

Desconcertada, Jenny se quedó mirando a Erich. No había en él la menor traza de nerviosismo. Sonreía con facilidad, meneando la cabeza divertido hacia ella.

—Resulta difícil de creer que te lo hayas tomado en serio, Jenny —le explicó.

Luego se echó a reír:

—Creí que te halagaría el que pretendiera estar celoso.

—¡Erich!

Su marido le rodeó la cintura con los brazos y frotó su mejilla contra la de ella.

—Hum..., qué gusto...

Ni una palabra respecto del hecho de no haberse visto durante toda una semana. Y aquella nota *no era* ninguna broma. Erich la estaba besando en la mejilla.

—Te amo, Jen...

Durante un momento, se mantuvo rígida. Se había prometido no tolerarle todo aquello, las ausencias, los celos, lo de su correo. Pero no quería comenzar una discusión. Le había echado de menos. De repente, toda la casa le pareció de nuevo alegre.

Las niñas oyeron la voz de su padre y entraron corriendo en la habitación.

—Papá, papá...

El las tomó en sus brazos.

—Eh, me parece que tocáis muy bien... Supongo que muy pronto empezaremos las lecciones. ¿Os gustaría?

Jenny pensó que Mark tenía razón. «Debo tener paciencia, darle tiempo.» La sonrisa de Erich pareció auténtica cuando miró hacia ella por encima de las cabezas de las niñas.

La cena tuvo un aire festivo. Jenny preparó carbonada y una ensalada de endibias. Erich trajo una botella de Chablis del botellero.

—Cada vez me es más duro trabajar en la cabaña, Jen —le explicó—. Especialmente, cuando sé que me estoy perdiendo cenas como esta de ahora.

Hizo cosquillas a Tina.

—Y no es nada divertido permanecer alejado de la familia.

—Y de tu hogar —repuso Jenny.

Aquél parecía un buen momento para revelar los cambios que había efectuado.

—No has mencionado en absoluto si te gustan los cambios que he introducido por aquí...

—Soy muy lento en reaccionar —replicó él con jovialidad—. Déjame pensarlo.

Aquello resultaba mejor que lo que ella había esperado. Jenny se levantó, rodeó la mesa y le puso los brazos en torno del cuello.

—Tenía tanto miedo de que te enfadases...

Erich alargó la mano y le acarició el cabello. Como siempre, la sensación de su proximidad la puso en tensión, alejando las dudas e inseguridades.

Beth acababa de abandonar la mesa. Ahora regresó a la carrera.

—Mamá, ¿quieres a papá más que a nuestro otro papá?

«¿Por qué, por todos los santos, se le había ocurrido hacer aquella pregunta ahora?», se preguntó Jenny con desesperación.

Trató con desesperanza de encontrar una respuesta. Pero sólo pudo contestar con la verdad:

—Quise a vuestro primer padre, sobre todo, por ti y por Tina. ¿Por qué deseas saber eso?

Luego se dirigió hacia Erich:

—Hace semanas que no mencionan a Kevin...

Beth señaló a Erich:

—Porque *este papá* me ha preguntado si le quiero más a él que a nuestro primer papá.

—Erich, no me gustaría discutir esto con las niñas...

—Ni a mí tampoco —respondió contrito—. Supongo que estaba únicamente ansioso por comprobar si el recuerdo hacia él estaba comenzando a difuminarse.

La rodeó de nuevo con los brazos.

—¿Y qué me dices de tu memoria, cariño?

Jenny se tomó mucho tiempo con el baño de las niñas. En cierto modo, resultaba relajante observar su poco complicado placer al chapotear en la bañera. Las envolvió en unas gruesas toallas, regocijándose ante sus robustos cuerpecitos y eliminando los recientes anillitos de champú. Sus manos temblaron mientras les abotonaba los pijamas. «Estoy comenzando a ponerme nerviosa —se burló de sí misma—. Empiezo a considerar deshonesto que la menor cosa que Erich diga la tome por su lado peor. *Maldito* Kevin...»

Escuchó los rezos de las niñas.

—Que Dios bendiga a mamá y papá —entonó Tina.

Luego hizo una pausa y alzó la vista.

—¿Deberíamos decir que Dios bendiga a los dos papás?

Jenny se mordió los labios. Era Erich quien había empezado esto...No iba a decirles a las niñas que no rezasen por Kevin... Sin embargo.

—¿Por qué no decís esta noche que Dios bendiga a todos? —sugirió.

—Y a *Fire Haid*, a *Mouse*, a *Tinker Bell* y a Joe... —añadió Beth.

—Y a *Randy* —le recordó Tina—. ¿No tenemos también un cachorrillo?

Jenny las arrebujó bien en la cama, percatándose de cómo cada noche le resultaba cada vez más cuesta arriba dirigirse al otro piso. Cuando estaba sola, la casa parecía tan grande, tan silenciosa... En las noches de viento, se producía un melancólico quejido entre los árboles que penetraba en el silencio.

113

Y ahora, cuando Erich se hallaba aquí, no sabía qué esperar. ¿Pasaría la noche en la casa o regresaría a la cabaña?

Se dirigió al piso de abajo. Erich había hecho café.

—Debe de haber sido terrible para ti el haber estado tanto tiempo sola con ellas, cariñito...

Jenny había planeado pedirle las llaves del coche, pero no le dio la menor oportunidad. Levantó la bandeja con el servicio de café.

—Sentémonos en el salón delantero y déjame asimilar todos tus cambios.

Mientras le seguía, Jenny se percató de lo bien que le sentaba, con su cabello rubio oscuro, aquel suéter blanco de punto. «Mi magnífico, exitoso y talentudo marido», pensó. Y con un ribete de ironía recordó a Fran cuando comentaba:

—Es demasiado perfecto...

En el salón, Jenny le indicó cómo había movido alguno de los muebles y quitado aquellos excesivos adornos haciendo así posible el apreciar las piezas más bonitas de la estancia.

—¿Y dónde lo has guardado todo?

—Las cortinas están en el desván. Las cosas pequeñas en el aparador de la despensa. ¿No te parece que queda mejor poner debajo del *Recuerdo de Caroline* la mesa de caballete? Siempre he creído que los dibujos del sofá distraían al estar tan cerca del cuadro.

—Tal vez...

Jenny no acababa de estar segura de su reacción. Nerviosa, intentó llenar el silencio con un poco de conversación:

—¿Y no opinas que, con la luz de esa forma, se ve mejor al nene... a ti? Antes tu rostro quedaba más bien en la sombra.

—Así queda algo extravagante. La cara del niño nunca se previó que se viese tan definida. Como especializada en Arte, y trabajando en una galería pictórica de primera, deberías percatarte de ello, Jenny.

Erich se echó a reír.

¿Trataba de bromear? Jenny tomó su taza de café y se percató de que le temblaba la mano. La taza se le deslizó de su diestra y el café se derramó por el sofá y por la alfombra oriental.

—Jenny, querida... ¿Por qué estás tan nerviosa?

El rostro de Erich mostró unas arrugas de preocupación. Con la servilleta comenzó a enjugar la mancha.

—No lo frotes —le previno Jenny.

Se apresuró hacia la cocina y sacó una botella de agua de seltz del frigorífico.

Con una esponja, frotó con furia las manchas.

—Gracias a Dios aún no me había puesto la crema —murmuró.

Erich no dijo nada. ¿Consideraría destruidos el sofá y la alfombra, de la misma forma que había hecho con el empapelado del comedor?

Pero el agua de seltz obró maravillas.

—Creo que lo hemos conseguido...

Jenny se puso lentamente de pie.

—Lo siento, Erich.

—Cariño, no te preocupes. Pero, ¿no puedes decirme por qué te encuentras tan fuera de quicio? Pareces trastornada, Jen. Aquella nota, por ejemplo... Hace unas semanas habrías adivinado que sólo te estaba tomando el pelo. Querida, tu sentido del humor constituye una de las partes más deliciosas de tu personalidad. Por favor, no lo pierdas...

Jenny sabía que su marido tenía razón.

—Lo siento —repitió de nuevo con tono miserable.

Iba a contarle a Erich lo de su encuentro con Kevin. Pasase lo que pasase, debía despejar el ambiente...

—La razón de que esté tan...

Sonó el teléfono.

—Responde tú, por favor, Jenny...

—No debe de ser para mí.

Sonó de nuevo.

—No estés tan segura. Clyde me ha dicho que la semana pasada ha habido una docena de llamadas telefónicas y luego han colgado, alguien que no ha querido dejar grabado su mensaje... Esa es la razón de que le haya dicho que conecte el teléfono por las noches...

Con sensación de fatalidad, Jenny le precedió a la cocina. El teléfono sonó por tercera vez. Sabía antes de descolgarlo que se trataba de Kevin.

—Jenny, no puedo creer que, al final, haya podido dar contigo. ¡Ese maldito contestador automático! ¿Cómo estás?

La voz de Kevin traslucía optimismo.

—Estoy muy bien, Kev.

Sintió fijos en su rostro los ojos de Erich; éste se inclinó por encima del teléfono como si pudiese escuchar la conversación.

—¿Qué quieres?

¿Hablaría Kevin acerca de su encuentro? Si se lo hubiese dicho primero a Erich...

—Quiero que compartas la buena noticia. Pertenezco ya oficial-mente a la compañía de repertorio del «Guthrie», Jen...

—Me alegro mucho por ti —respondió envarada—. Pero, Kevin, no quiero que me llame. Te prohíbo que me telefonees. Erich está aquí delante y le trastorna mucho ver que te pones en contacto conmigo.

—Escucha, Jen. Voy a decirte lo que deseo. Dile de mi parte a Krueger que puede romper aquellos documentos de la adopción. Me dirigiré al tribunal para detener el proceso de adopción. Tú puedes quedarte con la custodia, Jen, y pagaré la pensión alimenti-cia. Pero esas niñas son unas MacPartland, y así seguirán. ¿Quién sabe? Tal vez algún día Tina y yo podremos hacer un número de Tatum y Ryan O'Neal. Es una auténtica pequeña actriz. Oh, Jen. Me voy pitando. Me llaman. Me pondré de nuevo en contacto contigo. Adiós...

Jenny colgó con lentitud el teléfono.

—¿Puede impedir la adopción? —preguntó.

—Que lo intente... Pero no lo conseguirá...

Los ojos de Erich eran ahora fríos y su tono helado.

—Un número de Tatum y Ryan O'Neal, Dios mío... —murmuró Jenny, sin acabar de creérselo—. Casi le admiraría si pensase que deseaba a las niñas, que realmente las quería... ¡Pero esto...!

—Jenny ya te predije que estabas cometiendo un error al permitirle que te pidiera dinero.... —le explicó Erich—. Si le hubieses llevado ante los tribunales por no pagar la pensión alimenticia, ya te habrías librado de él hace dos años...

Como de costumbre, Erich estaba en lo cierto. De repente, se sintió infinitamente débil y le acometió de nuevo aquella ligera náusea que ya había experimentado antes.

—Me voy a la cama —le dijo Jenny bruscamente—. ¿Te quedarás aquí esta noche, Erich?

—No estoy seguro...

—Comprendo...

Jenny comenzó a alejarse en dirección del vestíbulo, la cocina y la caja de la escalera. Pero sólo había dado unos cuantos pasos, cuando Erich se colocó a su lado.

—Jenny...

Se dio la vuelta.

—¿Qué quieres, Erich?

Los ojos del hombre reflejaban ahora ternura, con un rostro preocupado pero amable.

—Ya sé que no es culpa tuya el que ese MacPartland te esté molestando. Te prometo que lo sé... No debería preocuparme por ti...

—Pues las cosas se me ponen mucho más difíciles cuando te enfadas...

—Ya arreglaremos esto. Déjame hacer las cosas bien los próximos días. Me sentiré mejor entonces. Trata de comprender. Tal vez se trate de que mi madre me prometió, antes de que muriese, que siempre estaría aquí el día de mi cumpleaños. Tal vez por eso me veo tan deprimido alrededor de esa época. Siento su presencia, y su pérdida, tanto... Intenta comprenderme; haz un esfuerzo por perdonarme cuando te lastime. No quiero hacerlo, Jenny. Te amo...

Se abrazaron.

—Erich, *por favor* —le suplicó Jenny—, que éste sea el último año en que reacciones así. Veinticinco años. *Veinticinco años...* Caroline tendría ya cincuenta y siete años... Aún la ves como una mujer joven cuya muerte constituyó una tragedia. Y lo fue, pero es algo ya pasado. La vida debe seguir. Puede ser buena para nosotros. Permíteme compartir tu vida, compartirla de verdad. Trae aquí a tus amigos. Llévame a ver tu estudio. Concédeme un cochecito para que vaya de compras, o a una galería de arte o con las niñas al cine cuando estés pintando...

—Quieres poderte ver con Kevin, ¿verdad?

—Oh, Dios mío...

Jenny se apartó.

—Déjame que me vaya a la cama. Realmente no me encuentro bien.

Erich no la siguió por las escaleras. Jenny fue a visitar a las niñas. Estaban dormidas. Tina se movió un poco cuando la besó.

Se dirigió al dormitorio principal. El leve olor a pino que siempre permanecía en la habitación parecía esta noche más pesado. ¿Era porque se sentía mareada? Sus ojos se deslizaron hasta el bol de cristal. Mañana trasladaría aquel cuenco al cuarto de los invitados. «Oh, Erich, quédate esta noche —rogó en silencio—. No te vayas sintiéndote así.» ¿Y si suponía que Kevin comenzaba a molestar ininterrumpidamente con sus llamadas? ¿Y si conseguía detener la adopción? ¿Y si hacía valer sus derechos a unas visitas regulares? Aquello sería insoportable para Erich. Destruiría su matrimonio.

Se metió en la cama, determinada a abrir su libro. Pero le resultó imposible concentrarse. Tenía los ojos pesados y su cuerpo le dolía en lugares desacostumbrados. Joe la había prevenido de que la equitación le produciría algo parecido.

—Notarás unos músculos cuya existencia no conocías —le había sonreído.

Finalmente apagó la luz. Un poco después escuchó unos pasos en el vestíbulo. ¿Erich? Se retrepó sobre un codo, pero las pisadas continuaron por las escaleras que llevaban al desván. ¿Qué estaba haciendo allí? Unos minutos después, le oyó volver a bajar. Debía estar arrastrando algo. Se oía resonar algo cada unos cuantos pasos. ¿Qué estaba haciendo?

Iba ya a levantarse para investigarlo, cuando escuchó unos sonidos procedentes del piso de abajo, los ruidos de unos muebles al ser movidos.

«Claro», pensó.

Erich había ido al piso de arriba a buscar la caja de las cortinas. Y ahora estaba volviendo a ordenar los muebles, dejándolos en sus sitios originales.

Por la mañana, cuando Jenny bajó, las cortinas colgaban de nuevo, las mesas, las sillas, cada pieza de las baratijas se hallaba en su lugar, y las plantas de ella habían desaparecido. Más tarde, las encontró en el contenedor de las basuras, detrás del granero.

DIECISIETE

Lentamente, Jenny anduvo a través de los cuartos del piso de abajo por segunda vez. Erich no se había equivocado en volver a poner en su sitio ni el menor jarrón, o lámpara, en su exacto lugar original. Incluso había encontrado la adornada y fea escultura de una lechuza, que Jenny había escondido en un armario que no se usaba encima de la estufa.

Esperaba esto, pero un flechazo tan absoluto de sus deseos y de sus gustos no dejaba de conmocionarla. Finalmente, se hizo café y volvió a la cama. Temblando, se colocó bien los cobertores a su alrededor y se echó hacia atrás, contra las almohadas, reclinada contra el macizo cabezal del lecho. Sería otro frío y lúgubre día. El cielo se veía gris y brumoso; un fuerte golpe de viento tamborileó contra los cristales de la ventana.

Era el 8 de marzo, el trigesimoquinto cumpleaños de Erich, y el vigesimoquinto de lo de Caroline. ¿La última mañana de su vida, se había despertado Caroline en esta cama, apesadumbrada por tener que abandonar a su único hijo? ¿O se había despertado contando las horas que le quedaban para salir de esta casa?

Jenny se frotó la frente. Le dolía sordamente. Una vez más su sueño fue inquieto. Había estado soñando con Erich. Siempre había tenido aquella misma expresión en su cara, una expresión que ella nunca conprendía por completo. Una vez pasado este aniversario, y cuando regresase a la casa, le hablaría con la mayor tranquilidad. Le pediría que fuesen juntos en busca de consejo. Si se negaba, tendría que considerar el llevarse con ella las niñas a Nueva York.

¿Dónde?

Tal vez su empleo aún estuviese disponible. Quizá Kevin le prestaría unos centenares de dólares para el billete del avión. *Prestar*... Era él quien le debía cientos y cientos... Fran le permitiría a ella y a las niñas quedarse en su casa durante un breve período de tiempo. Constituía una terrible inconvenicncia el pedírselo a alguien, pero Fran era una buena chica...

«No tengo un céntimo —pensó Jenny—, pero no se trata de eso. No quiero abandonar a Erich. Le amo. Quiero pasar con él el resto de mi vida.»

Estaba aún helada. Una ducha caliente serviría de ayuda. Y podría ponerse aquel cálido suéter de rombos de colores. Se encontraba en el armario.

Jenny lanzó una mirada hacia el armario, y comprendió qué la había estado preocupando de forma subconsciente.

Cuando se levantó, había tomado su bata del armario. Pero anoche la había dejado tirada en el banquito del tocador. La banqueta había sido apartada de la coqueta. Y ahora formaba el apropiado ángulo.

No era de extrañar que hubiese soñado con el rostro de Erich. De forma subconsciente, debía de haberse dado cuenta de que se encontraba en la habitación. ¿Y por qué no se había quedado? Se estremeció. Sintió que le hormigueaba la piel. Pero no era a causa del frío. Tenía miedo. ¿Miedo a Erich, de su propio marido? «Claro que no —se dijo a sí misma—. Temo su rechazo. Vino a verme y luego me dejó. ¿Habría regresado Erich a la cabaña durante la noche o había dormido en la casa?»

Con tranquilidad, se puso la bata y las zapatillas y se dirigió al vestíbulo. La puerta del cuarto de la niñez de Erich se veía cerrada. Escuchó con el oído pegado a la puerta. No se percibía el menor ruido. Lentamente, giró el picaporte y abrió la puerta.

Erich se hallaba acurrucado en la cama, con aquella colcha de alegres dibujos enrollada a su alrededor. Sólo se le veía una oreja y el arranque del pelo. Su rostro estaba enterrado en los pliegues de aquel suave tejido. Jenny entró en silencio en el cuarto y se hizo consciente de aquel leve y familiar olor. Se inclinó sobre Erich. En su sueño, se había llevado a la cara aquel camisón de color aguamarina.

Ella y las niñas casi habían terminado el desayuno cuando bajó Erich. Se negó a tomar ni siquiera café. Llevaba ya una de sus pesadas parkas y empuñaba lo que, obviamente, constituía un costoso fusil de caza, incluso para los inexpertos ojos de Jenny. Esta le echó nerviosamente un vistazo.

—No sé si regresaré por la noche —manifestó—. No sé qué haré. Simplemente, estaré todo el día dando vueltas por la granja...

—Muy bien...

—No cambies de nuevo ninguno de los muebles, Jenny. No me gusta cómo los pones.

—Ya lo he barruntado —replicó Jenny con indiferencia.

—Es mi cumpleaños, Jen.

Su tono sonaba algo alto, *juvenil*, como la voz de un muchacho.

—¿No vas a desearme un feliz cumpleaños?

—Esperaré a la noche del viernes. Mark y Emily vendrán a cenar. Lo celebraremos con ellos. ¿No lo preferirías así?

—Tal vez...

Se inclinó encima de ella. El frío acero del fusil le rozó el brazo.

—¿Me amas, Jenny?

—Sí.

—¿Y nunca me dejarás?

—Nunca querría dejarte.

—Eso es lo que Caroline decía, esas mismas palabras...

Sus ojos se volvieron pensativos.

Las niñas habían permanecido silenciosas.

—Papá, ¿puedo ir contigo? —le rogó Beth.

—Ahora no. Dime cómo te llamas.

—Beth, la de la banda...

—¿Y cuál es tu nombre, Tina?

—Tina, la de la banda...

—Estupendo. Os traeré regalos a las dos.

Las besó y regresó junto a Jenny. Apoyó el fusil contra la estufa, tomó las manos de su mujer y las hizo correr por su propio pelo.

—Haz esto —susurró—. Por favor, Jen...

Ahora la miraba con ojos muy fijos. Tenían la misma expresión que en sus sueños. En un rapto de ternura, se apresuró a obedecer. Parecía tan vulnerable y anoche no había sido capaz de pedirle consuelo...

—Así, muy bien —sonrió—. Se siente uno tan a gusto... Gracias...

Recogió el fusil y se dirigió hacia la puerta.

—Adiós, niñas...

Sonrió a Jenny y luego titubeó.

—Cariñito, tengo una idea. Saldremos esta noche juntos a cenar, sólo nosotros dos. Pediré a Rooney y a Clyde que se queden durante unas horas con las niñas.

—Oh, Erich... Me encantaría...

Si comenzase a compartir aquella fecha con ella... Sería un progreso, pensó, un buen augurio.

—Telefonearé y haré las reservas para las ocho de la noche en la «Groveland Inn». Te he estado prometiendo llevarte allí, cariño. Se encuentra la mejor comida de todos estos contornos.

La «Groveland Inn», donde se había visto con Kevin... Jenny sintió que su rostro palidecía.

Cuando ella y las niñas llegaron al establo, Joe las estaba aguardando. Ahora había perdido su habitual y alegre sonrisa; su juvenil rostro se veía surcado por unas poco familiares arrugas de preocupación.

—Tío Josh se ha presentado esta mañana. Estaba bastante borracho y mamá le ha dicho que se marche. Se dejó abierta la puerta y *Randy* salió de la casa. Confío en que no le suceda nada. No está acostumbrado a los coches.

—Búscale —le dijo Jenny.

—A Mr. Krueger no le gustaría...

—No tiene importancia, Joe. Yo me cuidaré de eso. Las niñas tendrían un disgusto terrible si algo malo le sucediese a *Randy*...

Jenny le observó apresurarse por la embarrada carretera y ordenó:

—Vamos, chicas... Demos ahora nuestro paseo. Ya visitaréis más tarde a los poneis.

Corrieron delante de ella a través de los campos. Sus botas de caucho producían unos suaves y chapoteantes sonidos. El terreno estaba desheábándose. Tal vez, a fin de cuentas, aún se presentaría una primavera precoz. Trató de imaginarse aquellos campos cubiertos de alfalfa y de hierba y aquellos desnudos árboles provistos de abundante follaje.

Incluso el viento había perdido algo de su feroz mordiente. En los pastos del sur vio que el ganado tenía bajadas las cabezas y estaban olisqueando el suelo, como una anticipación de los brotes de hierba que pronto se presentarían.

«Me gustaría hacerme un jardín —pensó Jenny—. No conozco absolutamente nada al respecto, pero puedo aprender.» Tal vez la razón por la que se encontraba físicamente descompuesta era que necesitaba ejercicio. No eran sólo nervios; una vez más le volvió aquella sensación angustiosa y mareante. Se detuvo de repente. ¿Era posible? Dios mío, ¿era posible...?

Claro que lo era.

Se había sentido de aquella manera cuando quedó encinta de Beth. Estaba embarazada.

Aquello explicaba por qué notaba tan prieto el camisón en el cuerpo; también explicaba los pequeños mareos, el vértigo, incluso los períodos de depresión.

¡Qué maravilloso regalo sería para Erich decirle esta noche que creía estar esperando un niño! Deseaba un hijo para que heredara esta granja. Seguramente, el personal nocturno en el restaurante sería diferente al que ayudaba en los almuerzos... Todo iría bien... *El hijo de Erich*...

—*Randy* —llamó Tina—. Mira, mamá, es *Randy*...

—Oh, estupendo —respondió Jenny—. Joe estaba tan preocupado...

Llamó al perro:

—*Randy*, ven aquí.

El cachorro debía de haber atajado a través del huerto. Se paró, se dio la vuelta y se quedó mirando a Jenny. Chillando, Beth y Tina se precipitaron hacia el chucho. Con un ladrido de deleite, dio la vuelta y echó a correr hacia los campos del sur.

—*Randy*, detente... —le gritó Jenny.

Ladrando ahora ruidosamente, el cachorrillo siguió hacia delante.

«Que Erich no le oiga —rogó—. Que no avance hacia los pastos de las vacas.» Erich se pondría furioso si el perro alborotaba a las reses. Casi una docena de ellas estaban a punto de parir terneros.

Pero no se encaminó a los pastos. En vez de ello, viró y echó a correr a lo largo de la línea este de la propiedad.

El cementerio. Iba directo hacia allí. Jenny recordó cómo Joe había bromeado acerca de que *Randy* cavaba en torno de su casa.

—Juraría que está tratando de llegar a la China, Jenny. Deberías verle. Cada vez que localiza un lugar deshelado, allá está él...

Si el perro comenzaba a excavar en las tumbas...

Jenny adelantó a las niñas, corriendo tan de prisa como podía por aquel terreno fangoso.

—*Randy* —le gritó de nuevo—, *Randy*, ven aquí...

«¿Y si Erich la oía?» Jadeando con fuerza corrió en torno de la línea de pinos noruegos que hacían de pantalla del cementerio y luego por el claro. La puerta estaba abierta y el cachorro saltaba entre las tumbas. En su aislado rincón, la sepultura de Caroline aparecía cubierta de una capa de rosas frescas. *Randy* irrumpió por allí, aplastando las flores.

Jenny vio un destello metálico que procedía del bosque. Instantáneamente, se dio cuenta de qué se trataba.

—No, no —gritó—, no dispares... ¡Erich, no tires contra el perro!

Erich salió del abrigo de los árboles. Con un preciso y lento movimiento, se llevó el arma al hombro.

—¡No, por favor! —gritó Jenny

El seco estampido del fusil hizo salir volando y piando a los gorriones de los árboles. Con un aullido de dolor, el cachorro se derrumbó en el suelo, con su cuerpecito hundido entre las rosas. Mientras Jenny lo observaba con incrédulo horror, Erich corrió de nuevo el aceitado cerrojo y disparó por segunda vez contra el gimoteante animal. Mientras el eco del estampido iba muriendo, el gimoteo cesó.

DIECIOCHO

Más tarde, Jenny recordó las horas posteriores a los disparos como una pesadilla, borrosa y difícil de recomponer pieza por pieza. Recordó su propia frenética carrera hacia las niñas, antes de que éstas viesen lo que le había sucedido a *Randy*, gritándoles:

—Ahora tenemos que regresar a casa...

—Pero si queríamos jugar con *Randy*...

Las empujó adentro de la mansión.

—Aguardad aquí. No salgáis otra vez.

Un grave Erich, en mangas de camisa, transportaba la rígida forma de *Randy*; la parka con la que había envuelto al animal estaba empapada de sangre. Joe trató de ocultar sus lágrimas.

—Joe, pensé que era uno de esos malditos perros abandonados. Ya sabes que la mitad de ellos están rabiosos... Si hubiera llegado a darme cuenta...

—No debía de haberlo envuelto en un chaquetón tan bueno, Mr. Krueger.

—Erich, ¿cómo puedes ser tan cruel? Le has disparado dos veces. Le disparaste después de que yo te gritase.

—Tenía que hacerlo, cariño —insistió—. La primera bala le aplastó la columna vertebral. ¿Crees que podía dejarle así? Jenny, me puse frenético al pensar que las niñas corrían tras un perro callejero. Un niño estuvo a punto de morir el año pasado después de haber sido mordido por uno de ellos.

Clyde, con apariencia incómoda, empezó a balancearse de uno a otro pie.

—No puede ir de acá para allá en una granja haciéndose cargo de animales domésticos, Mrs. Krueger.

—Siento haberle causado tantos trastornos, Mr. Krueger —profirió Joe en tono de disculpa.

La propia ira de Jenny se disipó en una confusión. Erich le acarició el cabello.

—Joe, te conseguiré un buen perro de caza...

—No es necesario, Mr. Krueger.

Pero se percibió un tono de esperanza en su voz.

Joe se llevó a *Randy* para ir a enterrarlo en su propio terreno. Mientras Erich se llevaba a Jenny hacia la casa, insistió en que debía tumbarse en el sofá y que le traería una humeante taza de té.

—¡Me olvidé, querida, de que eres aún una muchacha de ciudad!

Y luego la dejó.

Finalmente, Jenny se levantó y se dirigió a preparar el almuerzo de las niñas. Mientras hacían la siesta, descansó, obligándose a leer, deseando que su mente cesase de darle vueltas a una desesperanzada preocupación.

—Esta noche os prepararé una cena rápida —les dijo a Beth y a Tina—. Papá y yo vamos a salir...

—Yo también —se ofreció Tina.

—No, tú no —respondió Jenny al mismo tiempo que la abrazaba—. Por una vez, papá y yo tenemos una cita...

Pero no cabía maravillarse ante el hecho de que las niñas esperasen verse incluidas. Las pocas veces en que Erich y ella habían ido a alguna parte durante el pasado mes, su marido insistió siempre en llevárselas. ¿Cuántos padrastros serían tan considerados?

Se permitió un elaborado cuidado en sus propios preparativos. Tras zambullirse en una humeante bañera, le desaparecieron algunas de las moraduras del cuerpo. Vacilando sólo un minuto, llenó la bañera con sales de baño de fuerte olor a pino, cuya presencia en el cuarto de baño había ignorado hasta entonces.

Se lavó el cabello y se hizo una cola de caballo. Cuando estuvo en el restaurante con Kevin, había llevado el pelo colgándole por los hombros.

Estudió el contenido de su armario, eligiendo un vestido de seda, de mangas largas y color verde cazador, que acentuaba su estrecha cintura y el tono verdoso de sus ojos.

Erich entró en el cuarto cuando se estaba abrochando el collar.

—Jenny, te has preparado especialmente para mí... Me gustas mucho con ese vestido de color verde.

Jenny le acunó la cara entre las palmas de las manos.

—Siempre me visto para ti. Y siempre lo haré...

Erich llevaba un lienzo.

—Por milagroso que pueda parecer, he conseguido terminarlo esta tarde.

Era una escena primaveral, con un ternerillo medio escondido en una depresión del terreno, y la madre vigilando muy cerca de él, mirando al resto del ganado, pareciendo advertirles de que se mantuviesen alejados. La luz del sol se filtraba a través de los pinos; el sol era una estrella de cinco puntas. La pintura tenía el aura de una escena de la Natividad.

Jenny lo estudió y sintió que todos sus sentidos percibían su profunda belleza.

—Es magnífico —le dijo en voz baja—. Aquí se palpa gran ternura.

—Hoy me dijiste que era cruel...

—Hoy he sido terriblemente estúpida y estaba terriblemente equivocada.... ¿Será para tu próxima exposición?

—No, cariño, es un regalo para ti...

Jenny se subió el cuello del abrigo alrededor del rostro al entrar en el restaurante. La otra vez había estado tan ansiosa de escaparse con la mayor rapidez de allí, que apenas se percató de los detalles del lugar. Ahora se dio cuenta de su brillante alfombra roja, de los muebles de madera de pino, de su tamizada luz, de las cortinas coloniales y de la chisporroteante chimenea, todo lo cual hacía del restaurante algo inmensamente acogedor. Sus ojos se deslizaron hacia la mesa donde había estado sentada con Kevin.

—Es por aquí...

La azafata les llevó en aquella dirección. Jenny contuvo el aliento pero, misericordiosamente, la camarera sobrepasó el lugar anterior y les condujo hasta una mesa al lado de la ventana. Había ya una botella de champaña en un cubo con hielo situado encima de una mesa auxiliar.

Cuando sus copas hubieron sido llenadas, Jenny alzó la suya hacia Erich.

—Feliz cumpleaños, cariño.

—Gracias...

Bebieron en silencio.

Erich llevaba una chaqueta de tejido de lana de color gris oscuro, una estrecha corbata negra y unos pantalones color marengo. Sus gruesas y negras cejas y pestañas intensificaban el azul de sus ojos. Su pelo, de un color bronce dorado, aparecía iluminado por la parpadeante vela que se encontraba encima de la mesa. Erich alargó la mano en busca de las de su mujer.

—Disfruto mucho llevándote por primera vez a los sitios, cariño.

A Jenny se le secó la boca.

—Me gusta estar en cualquier parte..., en cualquiera si es contigo...

—Creo que ésa es la razón de que te dejase aquella nota. Tienes razón, cariño. No bromeaba únicamente. *Estaba* celoso, al ver cómo Joe te enseñaba a montar. Todo cuanto pude pensar fue en que deseaba compartir tu primer minuto encima de *Fire Maid*. Supongo que era como si te hubiese comprado una joya y la llevases para alguien más...

—Erich —protestó Jenny—, sólo creí que sería agradable para ti que no tuvieses que preocuparte con el abecé del proceso de instrucción...

—No es muy diferente a la casa, ¿verdad, Jenny? Entraste en ella, y en cuatro semanas trataste de transformar un tesoro histórico en un auténtico estudio de Nueva York, con las ventanas desnudas y plantas trepadoras. Querida, ¿te puedo sugerir un regalo de cumpleaños para mí? Tómate un poco de tiempo para descubrir quién soy..., quiénes somos... Me acusaste de crueldad cuando disparé contra un animal que pensé que podía atacar a nuestras niñas. ¿Puedo sugerirte que, de una forma diferente, tú también disparaste sin ninguna clase de justificación? Y, Jenny, tengo que decirte algo: posees la cualidad de ser la primera mujer Krueger, en cuatro generaciones, que ha hecho una escena delante de los empleados. Caroline se hubiera caído muerta antes de criticar en público a mi padre.

—No soy Caroline.... —replicó Jenny en voz baja.

—Querida, trata de comprenderme. No soy cruel con los animales. No soy irrazonablemente rígido. La primera noche en tu apartamento, pude ver que no comprendías por qué me asombraba tanto el que dieses dinero a MacPartland, y la misma cosa sucedió el día de nuestra boda. Pero ha vuelto para perseguirnos, ¿no es verdad?

«Si tú supieses...», pensó Jenny.

El *maître* se encaminó hacia ellos con el menú, y una sonrisa profesional grabada en el rostro.

—Y ahora, palomita mía —prosiguió Erich—, vamos a ver si despejamos un poco el ambiente. Tengamos una maravillosa cena juntos, y, por favor, debes saber que prefiero encontrarme contigo en este lugar, en este momento, que en ninguna otra parte, ni con nadie más, en cualquier lugar del mundo...

Cuando llegaron a casa, Jenny se puso de forma deliberada el camisón aguamarina. No le había hablado a Erich, durante la cena, de su posible embarazo. Había quedado demasiado conmovida por la verdad de sus observaciones. Cuando estuviesen en la cama, con las manos de Erich a su alrededor, se lo contaría todo...

Pero Erich no se quedó con ella.

—Necesito estar completamente solo. Regresaré el jueves, pero no antes...

Jenny no se atrevió a protestar.

—Ahora procura que no vuelva a entrarte un período creativo, y no te olvides de que Mark y Emily vendrán el viernes a cenar...

Erich se la quedó mirando mientras Jenny permanecía tumbada en la cama.

—No puedo olvidar...

Sin besarla, salió de la estancia. Una vez más, Jenny se quedó sola en aquel cavernoso dormitorio, para caer en un duermevela, llena de ensoñaciones, algo que empezaba a convertirse en su pauta de vida.

DIECINUEVE

A pesar de todo, el planear la fiesta de la cena constituyó una placentera diversión. Deseaba hacer ella misma la compra, pero no podía salir con el coche. En vez de ello, compiló una larga lista para dársela a Elsa.

—«Coquilles St. Jacques» —le dijo a Erich cuando regresó a la casa el viernes por la mañana—. Las hago realmente muy buenas. ¿Has dicho que a Mark le gustan las costillas asadas?

Siguió charlando así, determinada a tender un puente ante aquel perceptible alejamiento. «Ya volverá al redil —pensó—, especialmente cuando se entere de lo del bebé.»

Kevin no volvió a telefonear de nuevo. Tal vez habría conocido a alguna chica del reparto y empezado a verse comprometido con ella. Si era así, no sabrían nada de él durante algún tiempo. Si era necesario, tan pronto como la adopción quedase decidida, darían los pasos legales para mantenerle alejado. O, si trataba de dificultar la adopción, Erich podría apelar de nuevo al recurso de comprarle. Silenciosamente, rogó: «Por favor, que las niñas tengan un hogar, una auténtica familia. Que las cosas marchen bien entre Erich y yo...»

La noche de la cena, sacó la porcelana de Limoges, delicadamente hermosa con sus rebordes dorados y azules. Mark y Emily debían llegar a las ocho. Jenny se percató de que se hallaba ansiosa por conocer a Emily. Durante toda su vida siempre había tenido amigas. Había perdido el contacto con la mayoría de ellas a causa de su carencia de tiempo una vez vinieron al mundo Beth y Tina. Tal vez Emily y ella pudiesen hacer buenas migas.

Le contó todo esto a Erich.

—Lo dudo —le respondió—. Hubo una época en que los Hanover parecían encontrarse muy orgullosos ante la posibilidad de tenerme como yerno. Roger Hanover es el presidente del Banco de Granite Place y tiene una buena idea de lo que valgo...

—¿Has salido alguna vez con Emily?

—Algunas veces... Pero no estaba interesado y no quise encontrarme en una situación que acabase siendo incómoda. Ya ves, aguardaba a la mujer perfecta...

Jenny trató de que su voz reflejase desparpajo:

—Pues, cariño, la has encontrado...

Erich la besó.

—Confío en que sí...

Ella se sintió lastimada. «Está bromeando», se dijo a sí misma con furia.

Una vez metió a Beth y a Tina en la cama, Jenny se cambió y se puso una blusa de seda blanca con puños de encaje y una falda multicolor que le llegaba hasta los tobillos. Contempló su imagen en el espejo y, realmente, reflejaba una mortal palidez. Tal vez ayudaría un toque de carmín...

Erich había empleado la mesa del té del salón como mueble-bar. Cuando Jenny entró en la estancia, la estudió con atención.

—Me gusta este vestido, Jen.

—Eso está bien —le sonrió—. En realidad, pagaste bastante por él.

—Pensé que no te gustaba. Hasta ahora no te lo habías puesto nunca.

—No me parecía lógico vestirme tanto para estar sentada por ahí...

Erich se acercó a ella.

—¿Tienes una mancha en las mangas?

—¿Esto? Oh, es únicamente una mota de polvo. Debía tenerla ya en la tienda.

—¿Así, que no te habías puesto nunca ese conjunto?

¿Por qué preguntaba esto? ¿Era, simplemente, demasiado sensible para dejar de saber que le estaba ocultando algo?

—La primera vez, palabra de muchacha escultista...

Sonó el timbre de la puerta, lo cual resultó una bien venida interrupción. Su boca había comenzado a secarse. «Hable de lo que hable Erich, siempre tengo miedo de ser pillada en falta», pensó.

Mark llevaba una chaqueta de mezclilla que le sentaba muy bien. Hacía destacar las canas de su cabello, acentuaba sus anchos hombros y la delgada estructura de su alta silueta. La mujer que le acompañaba tenía unos treinta años, era de huesos reducidos, con unos ojos grandes e inquisitivos y un cabello rubio oscuro que le caía sobre el cuello de su bien cortado vestido de terciopelo color castaño. Jenny decidió que Emily tenía la apariencia de alguien que nunca ha experimentado un instante de vacilación. No hizo el menor secreto de quedarse mirando a Jenny de la cabeza a los pies.

—Debes percatarte de que he de informar a todo el mundo de la ciudad de cómo eres; la curiosidad está resultando abrumadora. Mi madre me ha dado una lista con veinte preguntas que, discretamente, he de dejar caer. No se puede decir, precisamente, que te hayas mostrado muy disponible entre la comunidad.

Antes de que Jenny pudiese contestar, sintió que el brazo de Erich se deslizaba alrededor de su cintura.

—Si hubiésemos emprendido un crucero de luna de miel de dos meses de duración, nadie hubiera comentado nada al respecto. Pero como Jenny afirma, puesto que elegimos pasar la luna de miel en nuestro propio hogar, Granite Place ha quedado ultrajado por no haber acampado en nuestra sala de estar...

»¡Nunca he dicho eso!», pensó Jenny impotente, mientras observaba cómo se acuclaban los ojos de Emily.

Tras los cócteles, Mark aguardó a que Erich y Emily se hallasen profundamente enfrascados en una conversación antes de comentar:

—Estás muy pálida, Jenny. ¿Te encuentras bien?

—Estupendamente...

Trató de que su voz reflejara una convicción total.

—Joe me ha contado lo del perro. He comprendido que te trastornó un poco.

—Supongo que deberé empezar a comprender que las cosas son aquí diferentes. En Nueva York, todos somos unos trogloditas respecto de la imagen de un perro callejero que ha de ser matado. Y entonces alguien se presta a adoptarle y todos quedamos tan contentos...

Emily estaba mirando en torno de la habitación.

—No habéis cambiado nada, ¿verdad? —preguntó—. No sé si Erich lo ha mencionado, pero soy una diseñadora de interiores y, si yo fuese tú, me libraría de esos cortinajes. Seguramente son muy hermosos, pero las ventanas aparecen tan sobrecargadas que se pierden unas vistas gloriosas...

Jenny aguardó a que Erich la defendiese.

—Aparentemente, Jen no está de acuerdo contigo —respondió con suavidad.

Su tono y su sonrisa resultaron indulgentes.

«Erich, esto no es justo», pensó furiosamente Jenny. ¿Debería contradecirle? *La primera mujer Krueger, en cuatro generaciones, que ha hecho una escena delante de los empleados.* ¿Y qué pasaría con una escena delante de los amigos? ¿Qué decía Emily?

—...y no estaría nunca en paz conmigo misma de no estar cambiando las cosas, pero tal vez esto no te interesa. Aunque me pareció que eras también una artista...

El momento había pasado. Era ya demasiado tarde para corregir la impresión que Erich había dejado.

—No soy una artista —replicó Jenny—. Sólo tengo una licenciatura en Bellas Artes. Trabajé en una galería de Nueva York. Fue allí donde conocí a Erich...

—Eso he oído. Vuestro rápido romance ha causado sensación en estos contornos. ¿Cómo es nuestra rústica vida comparada con la gran metrópolis?

Jenny eligió con cuidado sus palabras. Tenía que deshacer la impresión que le parecía que Erich había dado, respecto de que ella se burlaba de la gente local.

—Echo de menos mis amistades, como es natural. Echo a faltar el encontrarme con gente que me conoce y comentar cómo van creciendo las niñas. Me agrada la gente y hago amigos con facilidad. Pero una vez —lanzó una ojeada a Erich— que se dé por terminada mi luna de miel, confío en mostrarme activa en la comunidad.

—Informa de esto a tu madre —sugirió Mark.

Jenny pensó: «Que Dios te bendiga por hacer hincapié en ello.» Mark sabía lo que ella intentaba hacer...

Emily se echó a reír; un sonido frágil y sin alegría.

—Por cuanto he oído, por lo menos has conseguido un amigo para que te distraiga...

Debía de estarse refiriendo a su reunión con Kevin. La mujer de la iglesia habría estado chismorreando por ahí. Sintió la mirada interrogadora de Erich y no quiso mirarle a los ojos.

Jenny murmuró algo acerca de cuidar de la cena y se dirigió a la cocina. Las manos le temblaban y apenas pudo quitar la bandeja de los asados del horno. ¿Y si Emily hubiese seguido con sus insinuaciones? Emily creía que ella era viuda; y decirle la verdad ahora sería tanto como tildar a Erich de mentiroso. ¿Y qué decir acerca de Mark? El asunto no había acabado de presentarse, pero, indudablemente, Mark también creía que Jenny era viuda.

De algún modo consiguió servir la comida en los platos, encender las velas y llamarles para que acudiesen a la mesa. «Por lo menos soy una buena cocinera —reflexionó—. Emily siempre podrá contarle eso a su madre.»

Erich trinchó y sirvió las costillas al horno.

—Uno de nuestros propios novillos —explicó con orgullo—. ¿Estás segura de que no te repele, Jenny?

Se estaba burlando de ella. Pero no debía reaccionar en exceso. Los otros no parecieron haberse dado cuenta.

—Piensa, Jenny —continuó en el mismo tono de guasa—, que es el ternero de dos años que me señalaste en el campo el mes pasado, aquel que dijiste que parecía tan magnífico... Y ahora te lo vas a comer...

La garganta se le atenazó. Tuvo miedo de que le asaltasen las náuseas. «Por favor, Dios mío, por favor, no me dejes caer enferma.»

Emily se echó a reír.

—Erich, eres tan desagradable... ¿Te acuerdas de cómo solías hostigar así a Arden hasta hacerla prorrumpir en lágrimas?

—¿Arden? —preguntó Jenny.

Alargó la mano hacia su copa de agua. El nudo en su garganta comenzó a deshacerse.

—Sí. Con lo buena chica que era... La perfecta muchacha norteamericana. Loca por los animales. A los dieciséis años no tocaba la carne ni el pollo. Decía que resultaba algo bárbaro y que se haría vegetariana cuando fuese mayor. Pero supongo que cambió de opinión. Yo estaba en la Facultad cuando Arden se marchó...

—Rooney nunca ha perdido la esperanza de que regrese —comentó Mark—. Es increíble el instinto de las madres. Es algo que se ve desde el primer momento del nacimiento. El animal más entumecido sabe cuál es su cachorro y lo protegerá hasta dar la vida por él.

—No has comido nada, cariño —comentó Erich.

Una acometida de ira le hizo posible a Jenny enderezarse los hombros y mirar al otro lado de la mesa, directamente a los ojos de Erich.

—Y tú tampoco te has comido la verdura —le respondió.

Erich le guiñó un ojo. *Sólo* estaba bromeando.

—Tocado —le sonrió.

El timbre de la puerta les sobresaltó a todos. Erich frunció el ceño.

—¿Quién puede ser a estar horas...?

Su voz se extinguió mientras se quedaba mirando a Jenny. Esta sabía en qué estaba pensando su marido. «Que no sea Kevin», rogó. Y se percató en seguida, mientras empujaba hacia atrás su silla de que, durante toda la noche, no había hecho más que realizar frenéticas plegarias para invocar la intervención divina...

Un hombre fornido, de unos sesenta años, con macizos hombros, un enorme chaquetón de cuero y unos ojos entrecerrados y de gruesos párpados, había aparecido allí. Su coche se encontraba aparcado exactamente delante de la casa, un coche oficial con una luz roja en el techo.

—¿Mrs. Krueger?

—Sí.

El alivio la dejó insensible. No importaba lo que aquel hombre deseease; por lo menos, no se había presentado Kevin.

—Soy Wendell Gunderson, el sheriff de Granite County. ¿Puedo entrar?

—Naturalmente. Llamaré a mi marido.

Erich se apresuró por el vestíbulo e irrumpió allí. Jenny se percató del instantáneo respeto que se reflejó en el rostro del sheriff.

—Lamento molestarle, Erich. Pero debo hacer unas preguntas a tu esposa.

—¿*Hacerme unas preguntas?*

Pero mientras lo decía, Jenny supo que aquella visita tenía algo que ver con Kevin.

—Sí, señora.

Desde el comedor oyeron el sonido de la voz de Mark.

—¿Podríamos hablar con tranquilidad durante unos minutos?

—¿Por qué no te unes a nosotros y te tomas un café? —sugirió Erich.

—Tal vez tu esposa preferiría responder a mis preguntas en privado, Erich.

Jenny sintió que el sudor le empapaba la frente. Fue consciente de que tenía húmedas las palmas de las manos. Las náuseas resultaron tan violentas que tuvo que oprimir con fuerza los labios.

—No existe el menor motivo para que no podamos hablar en la mesa —murmuró impotente.

Abrió el camino hacia el comedor, escuchando cómo Emily saludaba al sheriff con una sorpresa rápidamente disimulada, observó cómo Mark se retrepaba en su silla, una actitud que Jenny había comenzado a percatarse que llevaba a cabo cuando diagnosticaba una situación. Erich ofreció al sheriff una bebida, que éste rechazó «porque se encontraba de servicio». Jenny se apresuró a preparar las tazas de café.

—Mrs. Krueger, ¿conoce usted a Kevin MacPartland?

—Sí.

Sabía que le temblaba la voz.

—¿Ha tenido Kevin algún accidente?

—¿Cuándo y dónde le vio por última vez?

Se metió las manos en los bolsillos y luego las cerró en forma de puño. Naturalmente que había salido todo a luz... Pero, ¿por qué de esta manera? «Oh, Erich, lo siento», pensó.

No podía mirar a su marido.

—El veinticuatro de febrero, en el centro comercial de Raleigh.

—¿Es Kevin MacPartland el padre de sus niñas?

—Es mi anterior marido y el padre de mis hijas.

Escuchó cómo Emily jadeaba.

—¿Cuándo habló por última vez con él?

—Telefoneó la noche del siete de marzo, a eso de las nueve. Por favor, dígame... ¿Le ha sucedido algo?

Los ojos del sheriff se acuclaron al máximo.

—La tarde del lunes, nueve de marzo, Kevin MacPartland recibió una llamada telefónica durante un ensayo en el teatro «Guthrie». Explicó que su ex esposa tenía que verle para hablarle acerca de las niñas. Pidió prestado un coche a uno de los otros actores y salió media hora después, a eso de las cuatro y media de la tarde, prometiendo regresar por la mañana. Eso fue hace cuatro días, y no se ha sabido más de él desde entonces. El coche prestado sólo tenía seis semanas y el actor que se lo había dejado acababa de conocer a MacPartland, por lo que es fácil comprender que se halle un tanto preocupado. ¿Me está diciendo que no le pidió verse con él?

—No, no lo hice.

—¿Puedo permitirme preguntarle por qué se puso en contacto con su ex marido? Todos los de aquí teníamos entendido que era usted viuda...

—Kevin deseaba ver a las niñas —replicó Jenny—. Se refirió a que quería paralizar el proceso de adopción.

La sorprendió cuán poca vida reflejaba su voz. Podía ver a Kevin como si se encontrase en aquella estancia: su caro suéter de esquí, el largo pañuelo echado sobre el hombro izquierdo, su pelo rojooscuro tan cuidadosamente peinado, todas sus poses... ¿Habría representado, de forma deliberada, una desaparición para turbarla? Ella le había prevenido de que Erich estaba enfadado. ¿Tendría la esperanza de destruir el matrimonio de Jenny antes de concederle la menor oportunidad?

—¿Y qué le contó usted?

—Cuando le vi, y cuando hablé con él por teléfono, le pedí que nos dejase tranquilas.

Su voz fue haciéndose más y más aguda.

—Erich, ¿estabas enterado de esa reunión y de la llamada telefónica del siete de marzo?

—Sabía lo de la llamada telefónica del siete de marzo. Estaba aquí cuando tuvo lugar. No sabía lo de la reunión. Pero puedo comprenderlo. Jenny conocía mis sentimientos respecto de Kevin MacPartland.

—¿Estabas en casa con tu mujer la noche del nueve de marzo?

—No, en realidad aquella noche me quedé en la cabaña. Estaba terminando un nuevo lienzo.

—¿Sabía tu mujer que planeabas estar fuera?

Se produjo un largo silencio.

Fue Jenny la que lo rompió:

—Claro que lo sabía.

—¿Y qué hizo usted aquella noche, Mrs. Krueger?

—Estaba muy cansada y me fui a la cama poco después de que hubiese dejado acomodadas a mis niñitas en su habitación.

—¿Habló con alguien por teléfono?

—Con nadie. Me quedé dormida casi inmediatamente.

—Comprendo. ¿Y está usted segura de que no invitó a su ex marido a visitarla durante la ausencia de su esposo?

—No, claro que no... Nunca le pediría que viniese aquí...

Era como si Jenny pudiese leer sus mentes. Naturalmente, no la creían.

Su plato sin tocar estaba en la mesita auxiliar. La grasa, al congelarse, había ido formando un estrecho reborde en la carne de buey, con un centro carmesí. Se acordó del cuerpo de *Randy* volviéndose rojo de sangre mientras se derrumbaba entre las rosas; pensó también en el pelo rojooscuro de Kevin.

Ahora el plato daba vueltas y vueltas. Tenía que respirar aire fresco. Ella misma también giraba. Echando hacia atrás su silla, forcejeó por ponerse en pie. Su último recuerdo consciente fue la expresión de Erich —¿era preocupación, o enfado?—, mientras su silla golpeaba contra la mesita auxiliar que tenía detrás de ella.

Cuando despertó, yacía en el sofá del salón. Alguien mantenía un paño frío encima de su cabeza. Le hacía tanto bien... Le dolía mucho la cabeza. Había algo acerca de lo cual no quería pensar.

Kevin.

Abrió los ojos.

—Me encuentro bien... Lo siento...

Mark estaba inclinado sobre ella. Su rostro reflejaba gran preocupación. Resultaba raramente consolador.

—Tómatelo con calma —le dijo.

—¿Puedo hacer algo por ti, Jenny?

Había una corriente subterránea de excitación en la voz de Emily. «Está disfrutando con esto —pensó Jenny—. Es la clase de persona que desea encontrarse metida en todo.»

—Querida...

El tono de Erich traslucía solicitud. Se acercó a ella y le tomó ambas manos.

—No tan cerca —le previno Mark—. Déjala respirar...

Su cabeza comenzó a aclararse. Lentamente se sentó, mientras su falda de tafetán crujía al moverse. Sintió que Mark deslizaba unas almohadas detrás de su cabeza y espalda.

—Sheriff, puedo responder a cualquier pregunta que me haga. Lo siento... No sé qué me sucedió. Estos últimos días no me he encontrado del todo bien.

Los ojos del sheriff parecían ahora más grandes y brillantes, como si proyectasen un intenso foco sobre ella.

—Mrs. Krueger, seré lo más breve posible. ¿No telefoneó usted a su ex marido el nueve de marzo para solicitar una reunión, ni se presentó él aquí esa noche?

—Eso es...

—¿Y por qué les habría dicho a sus colegas que usted le había llamado? ¿Qué propósito hubiera tenido al mentir de esa manera?

—Lo único en que puedo pensar es que, a veces, Kevin solía decir que iba a visitarme a mí y a las niñas cuando deseaba desembarazarse de otros planes. Si estaba en proceso de abandonar a una chica para ir con otra, a menudo empleaba esto como excusa.

—¿Puedo preguntar por qué se halla usted tan trastornada ante su desaparición, si es que cree que puede encontrarse con otra mujer?

Sus labios estaban tan rígidos que le resultó muy difícil articular las palabras. Habló con lentitud, como un maestro que pronuncia bien para una clase de lenguaje de primer curso.

—Debe usted comprender que aquí existe una terrible equivocación. Kevin había sido admitido en el teatro «Guthrie» para la compañía de repertorio. Eso es cierto, ¿verdad?

—Sí, lo es.

—Pues debe velar por él —siguió Jenny—. Nunca pondría en

peligro esta oportunidad. Para Kevin, ser actor es la cosa más importante de su vida.

Todos se marcharon minutos después. Jenny insistió en acompañarles hasta la puerta principal. Jenny se imaginaba ya la conversación que tendría lugar en cuanto Emily informase de todo a su madre:

—No es viuda... Era a su ex marido a quien estaba besando en aquel restaurante... Y ahora él ha desaparecido... El sheriff, obviamente, cree que Jenny está mintiendo... Pobre Erich...

—Trataré este asunto como el de una persona desaparecida... Distribuiremos algunos avisos... Ya le mantendremos informada, Mrs. Krueger.

—Gracias, sheriff.

Ya se había ido. Mark se estaba poniendo el abrigo.

—Jenny, debes irte a la cama. Tienes bastante mal aspecto.

—Gracias a los dos por haber venido —les manifestó Erich—. Siento que la velada haya terminado tan mal.

Pasó el brazo alrededor de Jenny. La besó en la mejilla.

—Esto es una prueba de lo que sucede cuando uno se casa con una mujer con pasado, ¿no es así?

Su tono era más bien divertido. Emily se echó a reír. El rostro de Mark no mostró la menor emoción. Cuando la puerta se cerró detrás de ellos, Jenny, sin proferir una palabra, se quedó mirando la caja de la escalera. Todo cuanto deseaba era irse a la cama.

La asombrada voz de Erich la detuvo.

—Jenny, ¿verdad que no estás planeando irte de la casa en ese estado y por la noche?

VEINTE

Rooney entró mientras Jenny se estaba tomando su segunda taza de té después del desayuno. Jenny se dio la vuelta ante el leve ruido que hizo la puerta.

—¡Oh!

—¿La he asustado?

El tono de Rooney pareció complacido. Sus ojos eran vagos; su frágil pelo, alborotado por el viento, se extendía en torno de su cara, parecida a la de un pájaro.

—Rooney, esa puerta estaba cerrada. Pensé haberte dicho que se suponía que no tenías llave...

—Debo de haber encontrado una.

—¿Dónde? La mía se ha perdido.

—¿He encontrado la suya?

«Naturalmente —pensó Jenny—. En aquel abrigo que le regalé. Estaba en el bolsillo. Gracias a Dios que no admití ante Erich haberla perdido.»

—¿Puedo recuperar mi llave, por favor?

Y le tendió la mano.

Rooney pareció intrigada.

—No sabía que hubiera una llave en su abrigo. Le devolvimos la prenda.

—Yo no lo tengo entendido así.

—Sí. Clyde lo hizo por mí. Lo devolvió él mismo. La he visto llevándolo.

—No está en el armario —replicó Jenny.

«¿Y qué importa?», pensó.

Intentó una nueva aproximación.

—Déjame ver tu llave, Rooney, por favor...

Rooney sacó del bolsillo un pesado llavero. Aquel gran montón de llaves aparecían todas con su individualización: casa, granero, despacho, cuadras...

—Rooney, ¿no son ésas las llaves de Clyde?

—Supongo que sí.

—Debes devolverlas. Clyde se pondrá furioso si tienes sus llaves.

—Dice que no debería hacerlo...

Así que era de este modo como Rooney entraba en la casa. «Tendré que decirle a Clyde que esconda las llaves —pensó Jenny—.

Erich montaría en cólera si se entera de que Rooney puede llevárselas.»

Jenny se quedó mirando con piedad a Rooney. En las tres semanas que siguieron a la visita del sheriff, no había visitado a Rooney y, en realidad, había tratado de evitar toparse con ella.

—Siéntate y permíteme servirte una taza de té —la apremió.

Por primera vez, se dio cuenta de que Rooney llevaba un paquete debajo del brazo.

—¿Qué traes ahí?

—Me dijo que podía hacerles los peleles a las niñas. Lo prometió...

—Sí, claro. Déjame verlos.

Vacilando, Rooney abrió el papel de embalar y extrajo dos peleles con los pantalones de pana de color azulvioleta. El cosido era muy bueno; los bolsillos, en forma de fresa, aparecían bordados de rojo y verde. Jenny se percató que las tallas resultaban perfectas.

—Rooney, son maravillosos —le dijo con sinceridad—. Coses estupendamente...

—Me alegro de que le gusten. Hice a Arden una falda con este tejido y me sobró un poco. Iba a coserle también una chaqueta, pero fue entonces cuando se marchó. ¿No le parece bonito este color azul suave?

—En efecto... Y quedará muy bonito con su pelo...

—Deseaba que usted viese el tejido antes de empezarlo. Pero cuando me presenté aquella noche, usted estaba a punto de salir y no quise molestarla...

¿Que estaba a punto de salir de noche? «No es demasiado probable —pensó Jenny—, pero dejémoslo pasar.» Estaba contenta de tener la compañía de Rooney. Aquellas semanas habían parecido interminables. Sin cesar, estuvo pensando en Kevin. ¿Qué le habría sucedido? Conducía muy rápido. Y llevaba un coche extraño. Aquel día las carreteras se encontraban heladas. ¿Podría haber tenido un accidente, sin lastimarse él, pero haberse estrellado con aquel coche prestado? ¿Podría haberle acometido el pánico y decidir marcharse de Minnesota? Pero siempre se le presentaba un hecho irrefutable. Kevin jamás habría abandonado el teatro «Guthrie».

Se sentía tan mal... Debería decirle a Erich que se hallaba embarazada. Consultar a un médico...

Pero aún no. No hasta que se resolviese algo relativo a Kevin. La noticia del futuro bebé debía ser algo alegre. Y no lo sería, hecho saber en aquella tensa y hostil atmósfera.

La noche de la fiesta de la cena, Erich había insistido en que se lavase a mano cada pieza de porcelana y cristal, y en que todas las ollas estuvieran bien limpias antes de irse arriba.

Cuando se metieron en la cama, Erich comentó:

—Debo decir que parecías muy alterada, Jenny. No me había percatado de que MacPartland representase tanto para ti. No, debo corregirme. Tal vez lo había presentido; tal vez ésa fuese la razón de que no me sorprendiese el que tuvieras una cita clandestina con él.

Jenny trató de explicarse, pero a sus propios oídos la explicación le pareció débil y confusa. Finalmente, pareció encontrarse demasiado cansada, demasiado alterada, para discutir más. En cuanto empezó a dormirse, Erich la rodeó con sus brazos.

—Soy tu marido, Jenny —manifestó—. Sin importarme nada, permaneceré a tu lado el tiempo que haga falta para que me digas la verdad.

—...como le iba diciendo, no quise molestarla con su visita —estaba hablando Rooney.

—Qué... Oh, lo siento...

Jenny se percató de que no estaba escuchando a Rooney. Miró al otro lado de la mesa. Los ojos de Rooney eran claros. ¿Qué porcentaje de sus problemas radicaba en su absoluta obsesión por Arden? ¿Y cuál a causa de la soledad y por no mantener contactos con el exterior?

—Rooney, siempre he deseado aprender a coser. ¿Crees poder enseñarme?

A Rooney se le iluminó el rostro.

—Oh, me gustaría mucho. Puedo enseñarle a coser, a tejer, a hacer punto, a lo que quiera...

Se fue al cabo de un momento.

—Lo reuniré todo y regresaré mañana por la tarde —prometió—. Será como en los viejos tiempos... Caroline tampoco sabía hacer ninguna de esas cosas. Yo fui quien le enseñé. Tal vez pueda confeccionar una bonita colcha antes de que la suceda algo...

—Hola, Jenny —la llamó alegremente Joe.

«Oh, Dios mío», pensó Jenny. Erich se encontraba a unos cuantos pasos detrás de ella con las niñas, pero aún no había doblado la esquina del establo.

—¿Cómo estás, Joe? —le preguntó nerviosa.

Algo en la voz de la mujer hizo que Joe alzase rápidamente la vista. Vio a Erich y enrojeció.

—Oh, buenos días, Mr. Krueger. Me parece que no le esperaba...

—Estoy seguro de que no...

El gélido tono de Erich hizo que el rubor de Joe aumentase aún mucho más.

—Deseo ver cómo van mis niñas con sus lecciones.

—Sí, señor. Ahora mismo sacaré los ponies.

Y se metió a toda prisa en las caballerizas.

—¿Tiene la costumbre de dirigirse a ti llamándote Jenny? —le preguntó Erich en voz baja.

—Es culpa mía —confesó Jenny.

Y luego se preguntó cuántas veces, en las últimas semanas, había empleado aquellas palabras.

Joe regresó con los caballitos. Mientras las niñas chillaban de impaciencia, ajustó las monturas.

—Conduciremos cada uno de los ponies —le explicó Erich.

—¿Y usted, Mrs. Krueger? —preguntó Joe—. ¿No quiere montar hoy?

—Aún no, Joe.

—¿No habías estado montando? —inquirió Erich.

—No. Mi espalda me ha estado doliendo un poco.

—Pues no me lo habías contado.

—No es nada.

No podía aún explicarle lo del bebé. Habían pasado ya casi cuatro semanas desde que el sheriff Gunderson se había presentado y no habían intercambiado una palabra más al respecto.

La primavera estaba a punto de apuntar. Los árboles ya tenían todos una neblina roja a su alrededor. Joe le explicó que aquello sucedía poco antes de que comenzasen a brotar las yemas. Ya había tallos de hierba que crecían a través del barro de los campos. Las gallinas comenzaban a corretear fuera del gallinero y exploraban el territorio que las rodeaba. El jactancioso cacareo de los gallos podía oírse desde detrás del granero, del henil, de los establos. Una de las gallinas había seleccionado un rincón del establo para su propio nido y estaba empollando uno de sus huevos sin incubar.

—¿Desde cuándo tienes dolores de espalda, Jenny? ¿Quieres que te vea un médico?

El tono de Erich fue amoroso y solícito.

—No. Veamos si se va solo... Ya los he padecido antes...

Había tenido tremendos dolores de espaldas durante sus anteriores embarazos.

Alguien comenzó a caminar junto a ellos. Se trataba de Mark. No había vuelto a verle desde la noche de la cena.

—Hola, vosotros dos... —dijo Mark.

Sus modales parecían desenvueltos. No había nada que indicase que había estado pensando en lo que sucediera durante la fiesta de la cena.

—Quédate un momento y observa la forma en que mis niñas montan en sus ponies —le invitó Erich.

Durante las pasadas semanas, Tina y Beth habían realizado rápidos progresos con los ponies. Jenny sonrió inconscientemente ante sus caras de deleite, mientras se sentaban muy erguidas, sosteniendo las riendas con arrobada concentración.

—Parecen muy buenas —comentó Mark—. Llegarán a ser excelentes amazonas.

—Adoran a estos animales.

Erich las dejó que guiasen los ponies.

—Nunca había visto a Erich tan feliz. Mostró a todo el mundo sus cuadros, en casa de los Hanover, la otra noche. Emily sintió mucho que tú no pudieras...

—¿Que no pudiera qué...? —repitió Jenny—. ¿Qué tenía que hacer?

—Asistir a la fiesta de los Hanover. Erich explicó que no te encontrabas bien. ¿Ya has visitado a un médico? He entreoído que hablabas de tu espalda. Y el desmayo de aquella noche, Jenny. ¿No es algo inusual?¿Tienes antecedentes de perder el conocimiento?

—No, nunca me he desmayado. Y veré pronto a un doctor.

Se sintió mejor cuando advirtió que Mark la contemplaba con atención. En cierto modo, aquello no la importaba. Fuesen cual fuesen las conclusiones a las que hubiese llegado, acerca de la posible visita de Kevin, y de su supuesto estado de viudez, no la había condenado.

¿Debía decirle que no tenía la menor idea acerca de la fiesta de Emily? ¿Y de qué serviría aquello? «Erich nos ha dejado encontrarnos porque sabía que Mark, probablemente, mencionaría lo de la fiesta —pensó—. Erich deseaba que me enterase. ¿Por qué?» ¿Era, simplemente, otra forma de intentar herirla, castigarla, ante las habladurías que rodeaban el nombre de los Krueger? ¿Cuánta gente de su comunidad lo sabía? Estaba segura de que Emily se lo había contado todo a su familia y amistades, lo referente a la visita del sheriff.

Si Erich creía que la gente pensaba que había cometido un error, y se apiadaban de él, se pondría furioso. Recordó su ira cuando Elsa sugirió que había sido Erich quien manchase la pared.

Erich era un perfeccionista.

Mientras Mark se daba la vuelta para marcharse, Erich le dijo:

—Nos veremos esta noche.

«¿Esta noche? —se preguntó Jenny—. ¿Otra fiesta? ¿Negocios de alguna clase?»

Fuese lo que fuese, no quería enterarse de qué se trataba.

Las niñas corrieron hacia ella una vez hubieron desmontado.

—Papá montará pronto a *Barón* junto a nosotras —explicó Beth—. ¿Querrás cabalgar con nosotras, mamá?

Joe condujo los ponies a las caballerizas.

—Hasta la próxima, Mrs. Krueger —saludó.

Estuvo segura que ya nunca más la volvería a llamar Jenny...

—Vamos, querida —le dijo Erich al mismo tiempo que la tomaba del brazo—. ¿No están preciosas mis princesitas?

Mis princesas. *Mis* niñas. *Mis* hijas. No *nuestras*, sólo *mis*. ¿Cuándo había comenzado aquello? Jenny se percató de que la emoción que comenzaba a experimentar era la de los celos.... «Dios mío —pensó—, no permitas que empiece a preocuparme por esto. La única cosa en la vida que tengo ahora es que mis hijas son tan felices...»

Estaban casi en la casa, cuando un automóvil entró en el paseo de coches, un coche con una luz destellante en el techo. El sheriff Gunderson.

¿Tendría alguna noticia acerca de Kevin? Se forzó a sí misma a no apresurarse, a no permitir que su rostro mostrase ansiedad. Mientras el sheriff salía del coche, Erich entrelazó su brazo con el de ella. Con la otra mano, llevaba a Tina. Beth corría delante de ellos. «El devoto marido al lado de su mujer en época de problemas —pensó Jenny—. Esta será la impresión que recibirá el sheriff.»

El rostro de Wendell Gunderson estaba ceñudo. Incluso se perfiló una mayor formalidad en sus modales cuando saludó a Erich. Deseaba hablar a solas con Jenny.

Se dirigieron a la biblioteca. Jenny pensó cómo, en las primeras semanas, aquélla había sido su estancia favorita. El sheriff ignoró el sofá y eligió el sillón de respaldo recto.

—Mrs. Krueger, no ha habido la menor noticia de su ex marido. La Policía de Minneápolis se está haciendo cargo de esta desaparición de la mejor forma posible. No existen evidencias de que planease marcharse. En un cajón de su escritorio se encontraron doscientos dólares en efectivo; se llevó sólo un pequeño maletín cuando se fue. Todos los que trabajan en el «Guthrie» están de acuerdo que no tenía intenciones de dejar perder la oportunidad que había logrado. Me percato de que la última vez todo hubiera sido más fácil de haber insistido en hablar a solas con usted. Por favor, dígame la verdad, porque, una vez las investigaciones se encuentren plenamente en marcha, le prometo que la verdad saldrá a la luz. ¿Telefoneó usted a Kevin MacPartland la tarde del lunes, nueve de marzo?

—No lo hice.

—¿Le vio la noche del lunes, nueve de marzo?

—No le vi.

—Salió de Minneápolis a las cinco y media. Conduciendo seguido hasta aquí, podría haber llegado a eso de las nueve. Presumimos que pudo detenerse por el camino para comer algo. ¿Dónde estuvo usted entre las nueve y media y las diez de la noche del lunes?

—En la cama. Apagué la luz antes de las nueve. Estaba muy cansada.

—¿Insiste en que no le vio?

—En efecto...

—La telefonista de «Guthrie» ha confirmado que su ex marido recibió una llamada de una mujer. ¿Existe alguna mujer que pudiera haberle llamado en su nombre? ¿Alguna amiga íntima?

—Aquí no tengo amistades íntimas —replicó Jenny—, ni masculinas ni femeninas.

Se puso en pie.

—Sheriff, nadie desea más que yo encontrar a Kevin MacPartland. Es el padre de mis hijas. Nunca ha existido el menor indicio de animosidad entre nosotros. Por lo tanto, ¿me quiere explicar adónde quiere ir a parar? ¿Me está sugiriendo que invité a Kevin a venir aquí, sabiendo que mi marido planeaba encontrarse fuera? Y si cree esto, ¿me está insinuando que tengo algo que ver con su desaparición?

—No sugiero nada, Mrs. Krueger. Sólo le estoy pidiendo que me cuente todo lo que sepa. Si MacPartland estaba, en efecto, de camino hacia aquí, y no se ha dejado ver, eso nos concede un punto de partida. Si estuvo aquí, y sabemos el momento de su partida, eso nos da algo más. ¿Comprende lo que necesito? Me imagino lo embarazosa que aquella noche pudo resultar para usted, pero...

—No creo que tengamos nada más que discutir —le cortó Jenny.

Dándose bruscamente la vuelta, salió de la biblioteca. Erich se encontraba en la cocina con las niñas. Había preparado unos bocadillos de jamón y queso. Los tres se hallaban comiendo en buena armonía. Jenny vio que no habían preparado un sitio para ella.

—Erich, creo que el sheriff ya se dispone a marcharse —le dijo—. Tal vez quieras verle afuera.

—Mamá...

Beth parecía intranquila.

«Oh, *Ratoncita* —pensó Jenny—, qué buen oído tienes.»

Trató de sonreír.

—Vaya, hoy habéis estado estupendas con los ponies...

Acercándose al frigorífico, se sirvió un vaso de leche.

—¿Ahora ya lo sabes mejor, mamá? —le preguntó Beth.

—¿Qué he de saber mejor?

Jenny tomó en brazos a Tina y se sentó a la mesa con la niñita en el regazo.

—Papá le dijo a Joe, cuando estábamos en nuestros ponies, que, aunque tú no lo supieses bien eso de que Joe debía llamarte Mrs. Krueger, Joe sí debería saberlo...

—¿Papá ha dicho eso?

—Sí... —replicó Beth de una forma positiva—. ¿Y sabes qué más dijo?

Jenny bebió un poco de su leche.

—No... ¿Qué...?

—Dijo que, cuando Joe regresase hoy a su casa para almorzar, encontraría un nuevo cachorrillo que papá ha comprado para él, puesto que *Randy* se ha escapado. ¿Podremos ir a ver el cachorrito, mamá?

—Claro que sí. Nos acercaremos allí después de que hayáis hecho la siesta.

«Así que *Randy* "se ha escapado"», pensó.

Aquélla era la versión oficial de lo que le había ocurrido al pobrecillo cachorro...

VEINTIUNO

El nuevo cachorro era un perdiguero dorado. Incluso a los profanos ojos de Jenny, el largo hocico, la estrecha cabeza y el esbelto cuerpo indicaban una buena raza.

La misma vieja y recia colcha que se veía en el suelo de la cocina, era la misma en la que se había acurrucado *Randy*. El cuenco con agua aún tenía su nombre con las desenvueltas letras rojas que Joe había pintado allí.

Incluso la madre de Joe pareció aplacada con el regalo.

—Erich Krueger es un hombre justo —concedió ante Jenny—. Siento haberme equivocado cuando le acusé de haberse desembarazado el año pasado del perro de Joe. Si en realidad lo hizo, ahora él mismo se ha cuidado de traerle otro.

«Excepto que esta vez yo misma le vi hacerlo», pensó Jenny.

Pero en seguida sintió que se mostraba injusta con Erich.

Beth dio unas palmaditas en aquella lisa y brillante cabeza.

—Debes tener mucho cuidado, es tan pequeño... —instruyó Jenny a Tina—. No debes lastimarle...

—Son unas nenitas muy buenas —dijo Maude Ekers—. Se parecen a ti excepto por el pelo.

A Jenny le pareció que había algo diferente en la actitud que adoptaba hoy la mujer. Su bienvenida había sido un poco engolada. Titubeó antes de invitarlas a entrar. Jenny no hubiera aceptado una taza de café de la omnipresente cafetera, pero quedó sorprendida cuando no le fue ofrecida.

—¿Y cuál es el nombre del perrito? —quiso saber Beth.

—*Randy* —respondió Maude—. Joe ha decidido que se trata de otro *Randy*.

—Es natural —comentó Jenny—. De cierto, sabía que Joe no olvidaría a aquel otro perrito con tanta facilidad. Tiene demasiado buen corazón...

Estaban sentadas a la mesa de la cocina. Sonrió a la otra mujer.

Pero, ante su asombro, el rostro de Maude reflejó una preocupada hostilidad.

—*Deje tranquilo a mi muchacho*, Mrs. Krueger —explotó—. Es un sencillo chico de granja y ya tengo demasiadas preocupaciones con la forma en que mi hermano está empezando a llevarse a Joe a los bares por la noche. Joe mira mucho a las musarañas por culpa de usted. Tal vez no sea la más indicada para decirlo, pero está usted casada con el hombre más importante de esta comunidad, y debería darse usted cuenta de su posición.

Jenny retiró hacia atrás la silla y se puso en pie.

—¿Qué quiere usted decir?

—Me parece que ya sabe a qué me refiero. Con una mujer como usted, no hay forma de no tener problemas. La vida de mi hermano quedó arruinada a causa de aquel accidente en la vaquería. Supongo que habrá oído que John Krueger descubrió que mi hermano fue tan poco cuidadoso con la instalación eléctrica, a causa de que se hallaba muy nervioso por culpa de Caroline. Joe es todo lo que tengo. Significa el mundo entero para mí. Y no quiero accidentes o problemas.

Ahora que había empezado, las palabras fluyeron sin cesar por su boca. Beth y Tina dejaron de jugar con el cachorro. Inseguras, se asieron de la mano.

—Y algo más, tal vez no sea de mi incumbencia, pero es usted tan insensata como para tener a su ex marido dando vueltas por aquí, mientras todo el mundo sabe que Erich se encuentra en su cabaña pintando...

—¿De qué me habla?

—No soy una chismosa, y no le he dicho esto a nadie, pero una noche, el mes pasado, ese actor ex marido de usted llegó aquí solicitando unas direcciones. Es muy charlatán. Se presentó él mismo. Se jactó de que usted le había invitado a venir. Incluso explicó que acababa de ser contratado por el «Guthrie». Le indiqué yo misma la carretera que llevaba a la casa de usted, pero permítame decirle que no quedé muy contenta de hacer una cosa así.

—Debe telefonear inmediatamente al sheriff Gunderson y contarle todo lo que sabe —replicó Jenny, con una voz tan firme como le fue posible—. Kevin no se presentó en nuestra casa aquella noche. El sheriff está haciendo averiguaciones al respecto. Oficialmente, le han declarado persona desaparecida...

—¿Que nunca se presentó por su casa?

En aquel momento, la más bien fuerte voz de Maude se hizo aún más chillona.

—No, no llegó. Haga el favor de decirle, inmediatamente, al sheriff todo lo que me ha contado. Y gracias por dejarnos visitar al cachorro.

¡Kevin había estado en casa de Maude!

Y le había explicado, de forma específica, que ella, Jenny, le había llamado...

Maude le había indicado el camino para llegar a la granja de Krueger, un viaje en coche de apenas tres minutos...

Y Kevin no había llegado.

Si el sheriff Gunderson se había mostrado hoy tan insolente en sus insinuaciones, ¿qué pasaría cuando se enterase de esto?

—Mamá, me estás haciendo daño en la mano —protestó Beth.

—Oh, lo siento, cariñito. No quería apretártela así...

Tenía que salir de allí. No, eso era imposible. No podía marcharse hasta que supiera lo que le había ocurrido a Kevin.

Y había aún más cosas. Estaba llevando en su útero el microcosmos de un ser humano, que representaba la quinta generación de los Krueger, que pertenecían a este lugar, y cuya primogenitura abarcaba esta tierra...

Más tarde, Jenny pensó en la noche del siete de abril como las últimas horas de calma. Erich no se encontraba en la casa cuando llegaron allí ella y las niñas.

«Me alegro», pensó. Por lo menos, no tendría que guardar las apariencias... En cuanto le viese, le diría todo lo que Maude le había contado.

Probablemente, Maude ya habría telefoneado al sheriff. ¿Regresaría aquí esta noche? En cierto modo no lo creía así, ¿pero, por qué iba Kevin explicándole a la gente que ella le había llamado? ¿Qué le había sucedido a Kevin?

—¿Qué queréis para cenar, señoritas? —les preguntó a las niñas.

—Unos perritos calientes... —respondió decidida Beth.

—Helado.... —fue la esperanzada contribución de Tina.

—Eso parece estupendo —replicó Jenny.

De alguna manera, sentía que las niñas se estaban apartando de ella. Y esto no sucedería esta noche.

Imprudentemente, permitió que las niñas llevasen sus platitos al sofá. Daban *El mago de Oz*. Mordisqueando animadamente los perritos calientes y tomándose unas «Coca-Colas», se acomodaron allí juntas mientras veían la película.

Para cuando hubo acabado, Tina estaba ya dormida en el regazo de Jenny y la cabeza de Beth se apoyaba en sus hombros. Las llevó al piso de arriba.

Acababan de pasar tres meses desde aquella tarde ventosa en que las llevaba a casa desde la guardería, y Erich se presentase ante ellas. Carecía de utilidad pensar acerca de esto. Probablemente, seguiría aún de nuevo en la cabaña. Pero, incluso así, Jenny no quería acostarse en el dormitorio principal.

Desvistió a las niñas, les puso los pijamas, les limpió las caras y las manos con una toallita y las metió en la cama. Le dolía la espalda. Se dijo a sí misma que no las volvería a llevar en brazos. Pesaban mucho y era demasiado esfuerzo. No le costó gran cosa lavar los platos. Examinó con cuidado el sofá en busca de señales de migas.

Recordó las noches en el apartamento, cuando estaba tan cansada que dejaba los platos apilados en el fregadero y se metía en la cama con una taza de té y un buen libro. «No sabía lo bien que estaba», pensó. Y luego recordó el techo desconchado, el tener que llevar a la carrera a las niñas a la guardería, la constante preocupación monetaria, la implacable soledad...

Cuando hubo acabado de arreglarlo todo, no eran más que las nueve. Atravesó los cuartos del piso de abajo, comprobando que no quedase ninguna luz encendida. En el comedor, se detuvo debajo de la colcha de Caroline. Esta había deseado pintar, y se había visto avergonzada y ridiculizada para que abandonase el arte. Que tenía «que hacer algo útil»...

A Caroline le costó once años darse cuenta de cómo la habían apartado de sus cosas. ¿Habría también experimentado la sensación de ser una extraña, a la que no pertenecía nadie?

Mientras subía con lentitud las escaleras, Jenny se percató de lo cerca que se sentía de la mujer que había vivido en aquella casa. Se preguntó si Caroline habría entrado en el dormitorio principal con la misma sensación desesperanzada de meterse en una trampa, que era lo que ahora ella sentía.

No fue hasta el mediodía cuando el sheriff Gunderson regresó a la casa. Una vez más, Jenny había tenido unos sueños espantosos, sueños en los que andaba por el bosque y olía el aroma de los pinos. ¿Estaba buscando la cabaña?

Cuando despertó, se sintió enferma. ¿Cuánta parte tenían que ver aquellas náuseas matutinas con el aspecto físico del embarazo, y cuánta en relación con la ansiedad que le producía la desaparición de Kevin?

Elsa llegó, como de costumbre, a las nueve: austera, silenciosa, se desvaneció escaleras arriba con la aspiradora, las bayetas para las ventanas y los trapos de sacar brillo.

Estaba aún leyéndoles algo a las niñas, cuando apareció Wendell Gunderson. Jenny aún no se había vestido; llevaba sólo una cálida bata de lana por encima del camisón. ¿Pondría Erich objeciones porque hablase con el sheriff llevando aquellas prendas? ¿Podría hacerlo? La bata se abotonaba hasta el cuello...

Sabía que estaba pálida. Se hizo una tirante cola de caballo. El sheriff entró por la puerta delantera.

—Mrs. Krueger...

Jenny detectó excitación en su voz.

—Mrs. Krueger —repitió, con voz más profunda—. Anoche recibí una llamada telefónica de Maude Ekers.

—Yo misma le pedí que le telefonease —explicó Jenny.

—Eso ha alegado... No he querido hablar en seguida con usted, porque decidí imaginarme adónde podía haberse dirigido Kevin MacPartland en caso de no haber llegado hasta aquí.

¿Era posible que el sheriff no la creyese? Su rostro, su voz, eran tan tan serios... No. Más bien tenía la apariencia de un jugador de póquer que está a punto de exhibir sus cartas ganadoras...

—Imaginé lo que podría sucederle a un extraño que pasase por alto su desvío, si giraba por el recodo que conduce a la orilla del río...

La orilla del río... «Oh, Dios mío —pensó Jenny—. ¿Podía Kevin haber dado aquel giro y seguir luego conduciendo, más bien de prisa, hasta la ribera? La carretera estaba tan oscura...»

—Hemos investigado y siento decir que eso fue lo que sucedió —explicó el sheriff—. Hemos encontrado un «Buick» blanco último modelo en el agua, cerca de la orilla. Está recubierto por el hielo y los densos arbustos impiden verlo por parte de cualquier persona que ande cerca de la orilla. Ya lo hemos sacado...

—¿Kevin?

Sabía lo que el sheriff le diría. El rostro de Kevin destelló en su mente.

—En el coche se encontraba el cuerpo de un hombre, Mrs. Krueger. Estaba ya muy descompuesto, pero en líneas generales, responde a la descripción del desaparecido Kevin MacPartland, incluyendo las ropas que llevaba la última vez que fue visto. El permiso de conducir que tenía en el bolsillo está a nombre de MacPartland...

«Oh, Kevin —se lamentó en silencio Jenny—, oh, Kevin...»

Trató de hablar, pero no pudo.

—Necesitamos que usted lo identifique de una forma positiva tan rápidamente como sea posible.

«No —deseó chillar—, no... Kevin era tan vanidoso... Se preocupaba por la menor heridita... Muy descompuesto... Oh, Dios mío...»

—Mrs. Krueger, debe usted hacerse con los servicios de un abogado.

—¿Por qué?

—Porque habrá una investigación acerca de la muerte de MacPartland y se harán algunas preguntas desagradables. No debe usted decir nada más...

—Responderé a las preguntas que me haga usted ahora...

—Muy bien. Se lo preguntaré de nuevo. ¿Estuvo en esta casa Kevin MacPartland el lunes por la noche, del nueve de marzo?

—No, ya le he dicho que no...

—Mrs. MacPartland, ¿tiene usted un abrigo de invierno de color marrón y de cuerpo entero?

—Sí, lo tengo. No, en realidad lo tenía. Lo di. ¿Por qué?

—¿Recuerda usted dónde lo compró?

—Sí, en «Macy's», de Nueva York...

—Pues me temo que tendrá que explicar un montón de cosas, Mrs. Krueger. Un abrigo de mujer fue encontrado en el asiento al lado del cadáver. Un abrigo de invierno de color marrón, con la etiqueta de los almacenes «Macy's». Necesitaremos que lo examine y compruebe si es el que alega haber regalado...

VEINTIDOS

La investigación tuvo lugar una semana después. Para Jenny fue una semana de un dolor generalizado.

En el depósito de cadáveres, se quedó mirando la camilla. El rostro de Kevin aparecía mutilado, pero aún resultaba reconocible, con su larga y recta nariz, la curva de la frente, el recio cabello rojooscuro. Destellaron por ella los recuerdos del día de su boda, en Santa Mónica.

—Yo, Jennifer, te acepto a ti, Kevin... Hasta que la muerte nos separe...

A partir de ahora, su vida ya no se relacionaría más con aquel hombre. «Oh, Kevin, ¿por qué tuviste que seguirme hasta aquí?»

—¿Mrs. Krueger?

La voz del sheriff Gunderson la apremió para que realizase la identificación.

Se le hizo un nudo en la garganta. Aquella mañana no había sido capaz de tragar ni siquiera el té.

—Sí —susurró—, es mi marido...

Se escuchó una baja y dura risa detrás de ella.

—Erich, oh, Erich, no quería decir...

Pero ya se había ido y se escuchaban sus fuertes pisadas sobre el suelo de baldosas. Cuando Jenny llegó al coche, ya estaba allí, con rostro pétreo; no le habló a su mujer durante todo el viaje de regreso a casa.

Durante la investigación, la misma pregunta fue hecha una docena de veces, de formas diferentes:

—Mrs. Krueger, Kevin MacPartland le contó a varias personas que usted le había invitado a ir a su casa en ausencia de su marido...

—No lo hice...

—Mrs. Krueger, ¿cuál es el número de teléfono de su casa?

Ella se lo facilitó.

—¿Conoce el número telefónico del teatro «Guthrie»?

—No lo conozco...

—Permítame decírselo o refrescarle tal vez la memoria. Es el 555-2824. ¿Le resulta familiar?

—No.

—Mrs. Krueger, tengo aquí una copia de la factura telefónica del mes de marzo de la granja Krueger. En esta factura aparece una llamada al teatro «Guthrie», en fecha *nueve* de marzo. ¿Puede negar haber hecho esa llamada?

—Sí, lo niego.

—¿Es éste su abrigo, Mrs. Krueger ?

—Sí, lo regalé...

—¿Tiene usted una llave de la residencia Krueger?

—Sí, pero la he perdido...

«El abrigo —pensó—. Naturalmente, estaba en el bolsillo del abrigo.»

Le contó esto mismo al fiscal.

Este alzó algo, una llave; el llavero tenía sus iniciales, J.K. La llave se la había dado Erich.

—¿Es ésta su llave?

—Así parece...

—¿Se la entregó a alguien, Mrs. Krueger? Díganos la verdad...

—No, no lo hice...

—Esta llave fue encontrada en la mano de Kevin MacPartland.

—Eso es imposible.

En el estrado, Maude, con tono patético y obstinado, repitió la misma historia que le había contado a Jenny.

—Dijo que su ex esposa deseaba verle y yo le indiqué la carretera. Estoy muy segura de la fecha. Llegó la noche después de que fuese matado el perro de mi hijo.

Clyde Toomis apareció en el estrado incómodo, sin revelar demasiado, pero obviamente honesto.

—Le dije a mi mujer que ya tenía su propio y buen abrigo de diario para el invierno. La reñí por haberlo aceptado. Volví a dejar ese abrigo marrón en el armario que se encuentra en el vestíbulo de la cocina de la «Granja Krueger», yo mismo en persona, el mismo día en que mi mujer llegó con él a casa...

—¿Sabía Mrs. Krueger esto?

—No sé cómo pudo pasarlo por alto... El armario no es muy grande y lo dejé justo al lado de esa chaqueta de esquí que lleva siempre.

«No me di cuenta —pensó Jenny—, aunque es posible, simplemente, que no prestara atención.»

Erich también testificó. Las preguntas fueron breves y respetuosas:

—Mr. Krueger, ¿ estuvo usted en casa la noche del lunes, nueve de marzo?

—¿Hizo usted saber sus planes de quedarse a pintar aquella noche en su cabaña?

—¿Fue usted consciente de que su mujer se había puesto en contacto con su anterior marido?

Erich podía haber estado hablando acerca de una extraña...

Respondió con despego, sopesando sus palabras, con total carencia de emociones.

Jenny permaneció sentada en primera fila, observándole. Ni por un segundo la mirada de Erich se encontró con la suya. Erich, que odiaba hasta hablar por teléfono; Erich, que era una de las personas más reservadas que nunca hubiese conocido, que se había alejado de ella porque quedó trastornado a causa de la llamada telefónica de Kevin y por la reunión de Jenny con su ex marido.

La investigación acabó. Cuando les reunió, el magistrado explicó que una grave magulladura que aparecía en la sien derecha del interfecto, podía haber sido causada durante el impacto del accidente, o bien le habría sido infligida previamente.

El veredicto oficial fue de muerte por ahogamiento.

Pero, mientras Jenny se alejaba del juzgado, sabía el veredicto que había dictado la comunidad. Que, por lo menos, era una mujer que había estado viendo, clandestinamente, a su anterior marido.

Y que, en el peor de los casos, lo había matado.

En las tres semanas que siguieron a la investigación, las cenas que Erich hizo con ella siguieron todas la misma pauta. Nunca le hablaba directamente, sino únicamente a las niñas.

Por ejemplo:

—¿Puedes decirle a mamá que me pase los panecillos, *Tinker Bell*?

Su tono era siempre cálido y afectuoso. Hubieran hecho falta unos oídos muy sensibles para captar la tensión existente entre ellos.

Cuando llevaba a las niñas a la cama, nunca sabía si le encontraría aún en la casa al volver al piso de abajo. Se preguntaba adónde se iría. ¿A la cabaña? ¿A casa de algunos amigos? No se atrevía a preguntárselo. Si dormía en la casa, lo hacía en el dormitorio de atrás, el que su padre había usado durante tantos años.

No había nadie con quien poder hablar. Algo le dijo que Erich debía de tener algo que ver en el asunto. En ocasiones, le atrapó mirándola con tal ternura en el rostro, que tuvo que esforzarse por no lanzarle los brazos al cuello, implorándole que la creyese.

En silencio, lamentó la pérdida de la vida de Kevin. Hubiera podido hacer muchas cosas; tenía tanto talento... Sólo que se hubiese autodisciplinado, que hubiese evitado verse comprometido con mujeres y bebido menos...

¿Pero cómo podía haber llegado al coche el abrigo de Jenny?

Una noche, fue al piso de abajo y encontró a Erich tomándose un café en la mesa de la cocina.

—Jenny —le dijo—, tenemos que hablar.

Sin saber si la emoción que sentía era de alivio o de ansiedad, Jenny tomó asiento. Una vez las niñas acomodadas, se había duchado y puesto el camisón y la bata que Nana le había regalado. Observó cómo Erich la estudiaba.

—Ese rojo queda perfecto contra tu pelo. Una nube oscura sobre escarlata. Simbólico, ¿verdad? Como unas calles secretas en una mujer escarlata. ¿Es ésa la razón de que te lo hayas puesto?

Así que aquello era «hablar»...

—Me lo he puesto porque tenía frío —replicó Jenny.

—Es muy acogedor. ¿Estás tal vez esperando a alguien?

«Qué raro —pensó—, a pesar de todo esto, lo siento sobre todo por él. ¿Qué había sido peor para él —se preguntó de repente—, la muerte de Caroline o el hecho de que Caroline estuviese planeando abandonarle?»

—No estoy esperando a nadie. Erich, si crees que lo estoy, ¿por qué no te quedas aquí cada noche y te tranquilizas al respecto?

Sabía que se encontraba ultrajada y furiosa, pero no sentía emoción, sino únicamente piedad hacia él. Parecía tan turbado, tan vulnerable... Cada vez que se enfadaba, tenía un aspecto más joven, casi el de un muchacho...

—Erich, siento todo lo que ha pasado. Sé que la gente transmite habladurías por ahí, y sé lo perturbador que debe de ser para ti. No tengo la menor explicación lógica a lo que ha sucedido...

—Tu abrigo...

—No sé cómo llegó hasta el coche.

—Y esperas que me lo crea...

—Yo te creería a ti...

—Jenny, quiero creerte, pero no puedo. Sin embargo, creo esto... Si conviniste en dejar a MacPartland venir aquí, tal vez querías prevenirle de que se mantuviese alejado de nosotros. Puedo aceptar una cosa así. Pero no puedo vivir con una mentira. Admíteme que le invitaste a venir aquí, y yo lo olvidaré todo. Puedo imaginar lo que sucedió... No querías traerle a la casa, por lo que le llevaste en coche al camino sin salida que conduce al río. Lo previniste y tenías tu llave en la mano. Tal vez intentó propasarse. ¿Forcejeasteis? Te quistaste el abrigo y saliste del coche. Tal vez, cuando quiso meter la marcha atrás pusiese la primera velocidad. *Jenny, esto es comprensible.* Pero dímelo... No me mires, simplemente, con esos ojos grandes e inocentes... No me mires con expresión de cordero degollado... Admite que eres una mentirosa y te prometo que nunca más te lo mencionaré. Nos amamos mucho... Todo nuestro amor aún está aquí...

Por lo menos, Erich estaba siendo totalmente honesto. Jenny se sintió como si se encontrase sentada en lo alto de una montaña, mirando hacia un valle, observando lo que estaba ocurriendo, cual una desinteresada espectadora.

—Me sería mucho más fácil hacer lo que deseas —observó—. Pero es divertido... somos la suma total de nuestras vidas... Nana despreciaba las mentiras. Incluso mostraba desdén hacia la mentira de tipo social. «Jenny —solía decirme—, no te evadas. Si no quieres ir a una cita con alguien, limítate a decir que gracias pero no, no que tienes un dolor de cabeza o deberes de Matemáticas. La verdad sirve mejor a todos...»

—Pero aquí no estamos hablando de deberes escolares de Matemáticas —replicó Erich.

—Me voy a la cama, Erich —replicó Jenny—. Buenas noches... No tenía sentido continuar de aquella forma.

Hacía muy poco tiempo, se dirigían al piso de arriba estrechamente abrazados. Pensar que había puesto reparos con aquel camisón aguamarina... Retrospectivamente, aquello resultaba tan poco importante...

Erich no respondió ni siquiera cuando su mujer empezó a subir por la escalera con lentitud, dándole una oportunidad de decirle algo...

Se quedó dormida rápidamente, pues el agotamiento la acogotaba, la forzaba a unos sueños turbadores. Dormía inquieta, siempre muy poco por debajo del nivel de la conciencia, sabiendo que daba vueltas y vueltas en la cama. Soñaba de nuevo; esta vez se encontraba en el coche, forcejeaba con Kevin, éste deseaba la llave...

Luego, Jenny se hallaba en los bosques, vagaba por ellos, buscando... Adelantaba los brazos para evitar la cercanía de los árboles y tocaba una carne.

Sus dedos sentían el trazado de una frente, la suave membrana de un párpado. Un pelo largo le rozaba la mejilla.

Mordiéndose los labios para reprimir el grito que intentaba escaparse de su garganta, se incorporó y tanteó nerviosa en busca de la luz de la mesilla de noche. Encendió la lamparilla y miró a su alrededor acongojada. No había nadie. Estaba sola en la cama, en el cuarto.

Se retrepó contra las almohadas, con el cuerpo temblándole desenfrenadamente. Incluso sus músculos faciales se le retorcían.

«Me estoy volviendo loca —pensó—. Estoy perdiendo la razón.» Durante el resto de la noche, no apagó la luz y los primeros rayos del amanecer se estaban filtrando a través de las persianas, cuando se quedó finalmente dormida.

VEINTITRES

Jenny se despertó entre una brillante luz del sol, e instantáneamente recordó lo que había sucedido. «Un mal sueño —pensó—, una pesadilla.» Incómoda, apagó la lamparilla de la mesita de noche y saltó de la cama.

El tiempo, al fin, se estaba despejando. Se quedó ante la ventana mirando hacia los bosques. Los árboles constituían una masa de brotes abiertos. Desde el gallinero, podía oír el estridente cacareo de los gallos más atrevidos. Tras abrir las ventanas, se puso a escuchar los sonidos de la granja, sonriendo al oír a los terneritos que llamaban a sus madres.

Naturalmente que había sido una pesadilla. Incluso así, aquel vívido recuerdo la hizo sudar, un sudor frío y pegajoso. Había parecido tan real, aquella sensación de tocar un rostro... ¿Sufriría de alucinaciones?

Y el sueño de encontrarse en el coche con Kevin, forcejeando con él. ¿Habría telefoneado a Kevin? Aquel día se había encontrado tan trastornada pensando en lo que diría Erich en su cena de cumpleaños, percatándose de que Kevin podría destruir su matrimonio. ¿Se habría olvidado de haber llamado a Kevin, solicitando verle?

La conmoción cerebral a causa del accidente. El doctor le había prevenido que se tomase muy en serio futuros dolores de cabeza.

Se duchó, se recogió el pelo en un moño en lo alto de la cabeza, se puso unos tejanos y un pesado suéter de lana. Las niñas aún no se habían despertado. Tal vez si se mantenía en calma, sería capaz de tomarse algo para desayunar. Por lo menos, debía de haber perdido cinco kilos en aquellos tres meses. Sería malo para el bebé que estaba en camino...

En cuanto colocó la tetera, vio la cabeza de Rooney pasar ante la ventana. Aquella vez, Rooney llamó.

Los ojos de Rooney se hallaban despejados y su rostro compuesto.

—Tenía que verla...

—Siéntate Rooney. ¿Café o té?

—¡Jenny!

Ese día Rooney no tenía distracciones de ninguna clase.

—Te he lastimado, pero trataré de enmendarme...

—¿Y cómo me has lastimado?

Los ojos de Rooney se llenaron de lágrimas.

—Me estaba empezando a encontrar mucho mejor al estar aquí contigo. Una muchacha joven y bonita con la que hablar, enseñarla a coser. Eso me hacía tan feliz... Y no te echo la culpa en lo más mínimo por reunirte con él. Resulta muy difícil vivir con los hombres Krueger. Caroline ya lo descubrió. Por lo tanto, lo comprendo. Y nunca más hablaré de ello, nunca más...

—¿Hablar acerca de qué? Rooney, no hay ningún motivo para estar tan trastornada...

—Sí que lo hay, Jenny, sí que lo hay. Anoche tuve uno de mis accesos. Ya sabes que no suelo hablar, pero esta vez le conté a Clyde cómo vine aquí para mostrarte la pana azul, aquel lunes por la noche, después del aniversario de Caroline, para ver si te gustaba el color. Era ya muy tarde. Casi las diez. Como estábamos tan cerca del aniversario, me encontraba intranquila. Y pensé que sólo me acercaría y observaría si tenías encendida la luz de la cocina. Y en aquel momento, entraste en el coche blanco. Te vi entrar... Te vi conducir el coche con él, en dirección a la carretera del río, pero, te lo juro, Jenny, que nunca planeé contarlo. No podía lastimarte.

Jenny rodeó con sus brazos a la temblorosa mujer.

—Ya sé que no querías lastimarme.

«Así que me fui con Kevin —pensó—. Me fui con él. No, no puedo creer eso. No puedo creérmelo.»

—Y Clyde me dijo que era su obligación contárselo a Erich y al sheriff —sollozó Rooney—. Esta mañana le dije a Clyde que me equivoqué, que lo había confundido todo, pero Clyde me respondió que recuerda haberse despertado aquella noche, y que yo acababa de entrar con el tejido debajo del brazo, y que se puso histérico porque yo hubiese salido... Que hablaría con Erich y con el sheriff. Jenny, voy a mentir por ti. No me importa. Pero te estoy causando problemas.

—Rooney —replicó Jenny cuidadosamente—, trata de comprender. Creo que estás equivocada. Aquella noche me encontraba en la cama. Nunca le pedí a Kevin que viniese aquí. No estarías mintiendo si les dijeses que te equivocaste. Eso te lo prometo...

Rooney suspiró.

—Ahora me gustaría tomarme ese café. Te quiero, Jenny. A veces, cuando estás aquí puedo empezar a creer que a lo mejor Arden nunca regresará, y que lo superaré algún día.

Era ya avanzada la mañana, cuando llegaron juntos a la casa, tanto el sheriff como Erich y Mark. ¿Por qué Mark?

—¿Sabe por qué estamos aquí, Mrs. Krueger?

Jenny escuchó con atención. Estaban hablando acerca de alguien más, alguien al que ella no conocía y que había sido visto entrando en el coche y conduciéndolo.

Erich ya no parecía enfadado, sólo entristecido.

—Aparentemente, Rooney trata ahora de retractarse de su declaración, pero no pudimos reservarle esta información al sheriff Gunderson.

Ahora Erich se inclinó sobre ella, le puso las manos en la cara y le acarició el cabello.

Jenny se preguntó por qué se sentía como si estuviese siendo desnudada en público.

—Cariño —prosiguió Erich—, éstos son tus amigos. Cuéntales la verdad.

Jenny alargó la mano, agarró las de él y las apartó de su rostro. De otro modo, se habría ahogado...

—He dicho la verdad, tal y como la conozco —explicó.

—¿Ha tenido ataques de alguna clase, Mrs. Krueger ?

La voz del sheriff no era muy amable.

—Una vez tuve una conmoción cerebral.

Brevemente, les explicó lo del accidente. Durante todo el tiempo, fue consciente de los ojos de Mark Garret que la estudiaban. «Probablemente, cree que me estoy inventando todo esto», pensó.

—Mrs. Krueger , ¿estaba aún enamorada de Kevin MacPartland?

«Qué pregunta más terrible para plantearla delante de Erich —pensó Jenny—. Y qué humillante es todo esto para él. Si pudiese irme. Llevarme a las niñas. Dejarle para que viva su propia vida...»

Pero llevaba en sí misma un hijo de él. Erich amaría a su vástago. Sería un chico. Estaba segura de ello.

—No, de la forma en que doy por sentado que usted quiere decir —replicó.

—¿Y no es cierto que usted mostró en público afecto hacia él, hasta el punto de que las camareras y dos clientes de la «Groveland Inn» quedaron conmocionadas?

Durante un momento, Jenny creyó que se echaría a reír.

—Se conmocionan con facilidad... Kevin me besó cuando me fui. Yo no le besé a él.

—Tal vez debí preguntárselo de otra manera, Mrs. Krueger . ¿No quedó usted más bien trastornada al ver que aparecía su ex marido? ¿No constituía una amenaza para su matrimonio?

—¿Qué quiere usted decir?

—Inicialmente, declaró usted a Mr. Krueger que era viuda. Mr. Krueger es un hombre rico. Está en trámites para adoptar a sus niñas. MacPartland podía arruinar su bonito proyecto.

Jenny se quedó mirando a Erich. Estaba a punto de decir que los documentos de adopción demostrarían que Kevin los había firmado, que Erich estaba enterado de la entrevista de Kevin antes del matrimonio de ellos dos. Pero, ¿de qué serviría? Esto ya era suficientemente difícil para Erich, sin que sus amigos y vecinos supieran que, de forma deliberada, les había mentido. Evadió una pregunta tan directa.

—Mi marido y yo estábamos completamente de acuerdo. No deseábamos que Kevin se presentase en la casa y trastornase a las niñas.

—Pero la camarera le oyó decirle a usted que no iba a renunciar, que no permitiría que siguiese el proyecto de adopción. Le escucharon decir: «Te prevengo, Kevin.» Por lo tanto, constituía una amenaza para su matrimonio, ¿no es así, Mrs. Krueger?

¿Por qué Erich no la ayudaba? Miró hacia él y observó su rostro fosco de ira.

—Sheriff, creo que esto ha llegado demasiado lejos —manifestó Erich con firmeza—. Nada podría nunca trastornar nuestro matrimonio, y ciertamente no Kevin MacPartland, vivo o muerto. Todos sabemos que Rooney está mentalmente enferma. Mi esposa niega haberse encontrado en aquel coche. ¿Está preparado para presentar formalmente una acusación? Si no es así, le pido que deje de acosar a mi esposa...

El sheriff asintió.

—Muy bien, Erich. Pero tengo que prevenirte. Existe la posibilidad de que la investigación se abra de nuevo.

—Si es así, haremos frente a eso...

Hasta cierto punto la había defendido. Jenny se percató de que había quedado sorprendida por su desenvuelta actitud. ¿Había comenzado a resignarse a la notoriedad?

—No estoy diciendo que lo será... No estoy seguro de que el testimonio de Rooney cambiase o no las cosas. Hasta que Mrs. Krueger no empiece a recordar con exactitud lo sucedido, no llegaremos más lejos que hasta ahora. No creo que hubiese muchas dudas en la mente de cualquier jurado, respecto de que, en algún momento, se encontró en aquel coche.

Erich acompañó al sheriff hasta su vehículo. Permanecieron de pie unos momentos profundamente enfrascados en su conversación.

Mark se quedó con ella.

—Jenny, me gustaría concertarte una consulta con un médico.

Su rostro reflejaba profunda preocupación. ¿Era por ella o por Erich?

—¿Puedo dar por supuesto que con un psiquiatra?

—No, con un buen doctor de Medicina General de la vieja escuela. Conozco uno en Waverly. No tienes buen aspecto. Todo esto, ciertamente, ha constituido una prueba para ti.

—Me parece que resistiré un poco más, pero gracias.

Tenía que salir de la casa. Las niñas estaban jugando en su habitación. Se dirigió al piso de arriba a verlas.

—Vamos a dar un paseo.

Afuera ya parecía primavera.

—¿Podemos montar? —preguntó Tina.

—Ahora no —respondió de forma práctica Beth—. Papá ha dicho que nos llevará él.

—Quiero dar azúcar a *Tinker Bell*...

—Muy bien, vamos al establo —se mostró de acuerdo Jenny.

Por un momento, se permitió soñar despierta. ¿No resultaría maravilloso que Erich ensillara a *Barón* y ella montara a *Fire Maid*, cabalgando un rato juntos en un día tan maravilloso como aquél? Esto era lo que habían planeado durante tanto tiempo...

Un Joe con rostro muy serio se encontraba en las caballerizas. Desde que Jenny se había percatado de que Erich estaba iracundo y celoso, a causa de su amistad hacia Joe, había hecho un puntillo de evitarle tanto como le fuese posible.

—¿Cómo está *Randy* segundo? —le preguntó.

—Muy bien. El y yo vivimos ahora en la ciudad, con mi tío. Hemos conseguido un piso encima de Correos... Puede ir allí y verle...

—¿Has dejado a tu madre?

—Puede estar segura...

—Joe, dime una cosa. ¿Por qué has abandonado la casa de tu madre?

—Porque sólo causa problemas. Ya estoy harto, Mrs. Krueger, *Jenny*, de las cosas que ha llegado a decir de ti. Le conté que si tú decías no haber visto a Kevin aquella noche, era porque resultaba necesario para ti expresarlo así. Le dije que habías sido muy buena conmigo, que hubiera perdido mi empleo cuando el asunto de *Barón*, de no haber sido por ti. Si mamá se hubiese cuidado de sus asuntos, te hubieras evitado todas las habladurías que corren por ahí... No es la primera vez que un coche se sale de la carretera y se encamina hacia la ribera del río. La gente debería decir que «es una vergüenza» y que haría falta una mejor señalización. Pero, en vez de ello, todos los de aquí se burlan de ti y de Mr. Krueger, y dicen que ésas son las cosas que pasan cuando uno pierde la cabeza por una lagarta de Nueva York...

—Joe, por favor.

Jenny le puso una mano en el brazo.

—Ya he causado suficientes problemas aquí. Tu madre debe de estar muy trastornada. Joe, por favor, regresa a tu casa.

—No hay forma... Y, Mrs. Krueger, si desea ir a caballo en cualquier momento, o las niñas quieren ver a *Randy*, estaré muy contento de llevarla allí en mi tiempo libre. Sólo tiene que decírmelo.

—Chist, Joe, ese tipo de conversación no puede ayudar en nada...

Hizo un ademán hacia la abierta puerta.

—Por favor, alguien podría oírte...

—No me preocupa quién me oiga.

La ira desapareció de su rostro.

—Jenny, haría cualquier cosa por ayudarte...

—Mamá, vámonos ya...

Beth comenzó a empujarla. Pero, ¿qué había sido lo que Joe dijera antes que le estaba remordiendo la conciencia?

—Joe, ¿qué le dijiste a tu madre respecto de que era necesario para mí el afirmar que no estuve en el coche? ¿Por qué lo enfocaste de esa manera?

El rostro del muchacho enrojeció. Confuso, se metió las manos en los bolsillos y casi se dio la vuelta. Cuando habló, su voz fue casi un susurro.

—Jenny, no tienes que fingir conmigo. Yo estuve allí. Me encontraba preocupado porque tal vez no hubiese cerrado bien la puerta del cubículo de *Barón*. Estaba atravesando el huerto cuando vi a Rooney. Se encontraba casi al lado de la casa grande. Me detuve porque no quise tener que hablar con ella. Luego apareció el coche, aquel «Buick» blanco, y se abrió la puerta delantera y tú saliste corriendo de la casa. Te vi entrar en el coche, Jenny, pero juro ante Dios que jamás se lo diré a nadie. Te... amo..., Jenny...

Con torpe ademán, se sacó la mano del bolsillo y la acercó al brazo de la mujer.

VEINTICUATRO

Erich se presentó exactamente cuando el sol comenzaba a lanzar sus inclinados rayos a través de los campos. Jenny había decidido que, pasase lo que pasase, había llegado el momento de hablarle del bebé.

Erich hizo las cosas inesperadamente fáciles. Había traído unos lienzos de la cabaña, aquellos que planeaba exponer en San Francisco.

—¿Qué te parecen? —le preguntó a Jenny.

No había nada en su voz o en sus modales que sugiriesen la conversación que había mantenido aquella mañana con el sheriff Gunderson.

—Son maravillosos, Erich.

¿Debo decirle lo que ha declarado Joe? ¿Debería esperar? Cuando vaya a ver a un médico, tal vez averigüe si unos accesos de amnesia son normales en las mujeres embarazadas.

Erich la estaba mirando con curiosidad.

—¿Te gustaría ir a San Francisco conmigo, Jenny?

—Hablaremos de ello después.

Erich la rodeó con sus brazos.

—No tengas miedo, cariño. Cuidaré de ti. Hoy, cuando Gunderson te acosaba, me percaté de que, sucediera lo que sucediese aquella noche, tú eres toda mi vida. Te necesito.

—Erich, me encuentro tan confundida...

—¿De qué se trata, cariño?

—Erich, no recuerdo haber salido con Kevin, pero Rooney no mentiría...

—No te preocupes. No resulta un testigo fiable. Eso es buena cosa. Gunderson me contó que reabriría la investigación en un santiamén si Rooney fuese testigo de confianza.

—¿Quieres decir que, si alguien más se presenta y alega haberme visto entrar en aquel coche, volverían a abrir la investigación y tal vez me acusarían de asesinato?

—No hay necesidad de hablar de ello. No hay ningún otro testigo...

«Oh, sí, lo hay», pensó Jenny. ¿Habría entreoído hoy alguien a Joe? Había hablado muy alto. La madre de Joe estaba empezando a preocuparse de que Joe, al igual que su tío, tuviese tendencia a beber. «¿Y si suponemos que se encuentra en un bar, y hace una confidencia a alguien respecto de haberla visto en el coche con Kevin?»

—¿Cómo puedo haberme olvidado de haber salido? —le preguntó a Erich.

Este la rodeó con sus brazos. Sus manos le acariciaron el cabello.

—Puede haberse tratado de una experiencia traumatizante. Tu abrigo había desaparecido. El tenía tu llave en la mano cuando le encontraron. Tal vez, como ya te sugerí, Kevin se extralimitó contigo y te quitó la llave. Quizá te resististe. El coche empezó a moverse. Y conseguiste saltar antes de que se precipitara contra la ribera del río.

—No lo sé —replicó Jenny—. No puedo creerlo.

Más tarde, cuando llegó ya la hora de ir al piso de arriba, Erich dijo:

—Hoy puedes ponerte el camisón aguamarina, cariño.

—No puedo.

—¿Que no puedes? ¿Por qué?

—Me queda demasiado pequeño. Voy a tener un bebé...

Kevin había respondido, alicaído, la primera vez en que le confesó que creía encontrarse embarazada:

—Diablos, Jen, no podemos hacer frente a una cosa así. Debes desembarazarte de él...

Pero ahora Erich gritó de alegría:

—¡Cariño mío! Oh, Jen, ésa es la razón de que tengas tan mal aspecto. Oh, amorcito... ¿Será un chico?

—Estoy segura de que lo es —se echó a reír Jenny, saboreando aquella momentánea liberación de su ansiedad—. Me está dando más problemas, en sólo tres meses, de los que las dos niñas me proporcionaron en nueve...

—Tendremos que llevarte a un buen médico. Mi *hijo*... ¿Te importaría que le pusiese el nombre de Erich? Es una tradición familiar...

—A mí también me gusta...

Mientras la rodeaba con sus brazos en el sofá, toda la desconfianza entre ambos parecía olvidada.

—Jen, hemos tenido un mal comienzo. Vamos a dejar atrás toda esta miseria. Daremos una gran fiesta en cuanto regrese de San Francisco. No deberías viajar ahora, si es que no te encuentras bien, ¿no te parece? Nos enfrentaremos a toda la comunidad. Seremos una auténtica familia. La adopción quedará completada hacia el verano. Lo siento por MacPartland, pero, por lo menos, ya no constituirá una amenaza. Oh, Jen...

«Ya no será una amenaza... —pensó Jenny—. ¿Debo hablarle de Joe? No, ésta es la noche del bebé.»

163

Finalmente, subieron al dormitorio. Erich ya se encontraba en la cama cuando ella salió del cuarto de baño.

—He echado mucho de menos el no dormir contigo, Jen —le dijo—. He estado tan solo...

—Yo también me encontraba muy sola.

La intensa relación física entre ellos, aumentada y estimulada por la separación, la ayudó a olvidar aquellas semanas de sufrimiento.

—Te amo, Jenny. Te amo tanto...

—Erich, pensé volverme loca al sentirme tan distanciada de ti...

—Lo sé... Oye...

—Dime, cariño.

—Estoy ansioso por ver a quién se parece el bebé...

—Vaya, confío en que se parezca a ti... Que sea igual que tú...

—Yo también lo espero...

Su respiración se hizo regular.

Jenny comenzó a deslizarse en el sueño, pero luego sintió que le echaban encima agua helada. «Oh, Dios mío, Erich no puede dudar de que es el padre del bebé, ¿verdad? Claro que no...» Sólo era que sus nervios estaban tan excitados... Todo la sobresaltaba. Pero la forma en que lo había planteado...

Por la mañana, Erich comentó:

—Te he oído llorar en sueños anoche, cariño...

—Pues no me he dado cuenta de ello...

—Te amo, Jenny.

—Amar es confiar, Erich. Por favor, querido, recuerda que el amor y la confianza van siempre de la mano.

Tres días después, Erich la llevó a un tocólogo de Granite Place. Cuando Jenny conoció al doctor Elmendorf, le gustó al instante. Podría tener entre cincuenta y sesenta y cinco años, era pequeño y calvo, pero con unos ojos que reflejaban sapiencia.

—¿Ha tenido pérdidas, Mrs. Krueger?

—Sí, pero eso ya me sucedió en las dos veces anteriores y me encontré muy bien...

—¿Perdió usted tanto peso al principio de sus dos primeros embarazos?

—No.

—¿Ha sido siempre anémica?

—No.

—¿Hubo complicaciones en su nacimiento?

—No lo sé. Fui adoptada. Mi abuela nunca me mencionó nada. Nací en la ciudad de Nueva York. Eso es cuanto sé de mis antecedentes familiares.

—Comprendo. Pues tendremos que ayudarla. Soy consciente de que ha pasado por un gran esfuerzo.

«Qué forma más delicada de plantearlo», pensó Jenny.

—Empezaré con vitaminas. Y nada de levantar cosas, ni empujar, ni tirar de nada. Debe descansar lo máximo posible.

Erich estaba sentado a su lado. Alargó la mano en busca de la de su mujer y se la acarició.

—La cuidaré muy bien, doctor.

Los ojos del médico se posaron en Erich de forma especulativa.

—Me parece que sería mejor que se abstuviese de relaciones maritales, por lo menos, durante el próximo mes y, posiblemente, durante todo el embarazo si las pérdidas continúan. ¿Sería eso un problema?

—Nada constituye un problema si significa que Jenny podrá tener un niño saludable.

El médico asintió aprobadoramente.

«Pero claro que es un problema —pensó alicaída Jenny—. Verá, doctor, nuestras relaciones maritales nos concedían los únicos momentos en los que éramos, simplemente, dos personas que se aman y que se desean la una a la otra, con lo cual conseguiríamos cerrar la puerta a los celos, a las sospechas y a las presiones exteriores...»

VEINTICINCO

El final de la primavera resultó cálido, con chaparrones por la tarde, y toda la rica y abundante tierra se hizo recia y verde. Los poblados alfalfares, ahora decorados con floraciones azules, estaban ya preparados para el primer corte de la temporada.

El ganado se alejó de los heniles, feliz de poder hozar en aquellos inclinados campos que llevaban a la orilla del río. Las ramas de los árboles se unieron unas a otras, vestidas con unas hojas que lograban formar un muro verde en la linde de los bosques. En ocasiones, los venados atravesaban aquel muro, se detenían, escuchaban y luego desaparecían hacia las protectoras ramas de los árboles.

Incluso la casa se iluminó con el buen tiempo. Por espesas que fuesen, las pesadas cortinas no podían soportar las delicadas brisas que traían el aroma de los lirios, de las violetas, de los girasoles y de las rosas, que penetraba en el interior de la casa.

Para Jenny el cambio fue muy bien venido. La calidez del sol primaveral pareció penetrar en el frío constante de su cuerpo. El aroma de flores en la casa, casi superó el penetrante olor a pino. Por las mañanas, podría salir de la cama, abrir las ventanas y retreparse contra las almohadas, disfrutando de la fresca y delicada brisa.

Las píldoras para los mareos matinales fueron de escasa ayuda. Cada mañana se veía acometida por las náuseas. Erich insistió en que se quedase en la cama. Le traía té y galletas saladas y, al cabo de un rato, la sensación se apaciguaba.

Erich se quedaba ahora todas las noches en la casa.

—No quiero que estés sola, cariño, y ya lo tengo todo preparado para la exposición de San Francisco.

Debía marcharse el veintitrés de mayo.

—Para entonces, el doctor Elmendorf dice que, probablemente, te sentirás mejor.

—Yo también lo espero así. ¿Estás seguro de que no interrumpes tu trabajo?

—Claro que sí. Es muy agradable pasar más tiempo con las niñas. Y hay que enfrentarse a esto, Jen. Entre Clyde en la granja y en la dirección de los trabajos, así como con el padre de Emily en el Banco, puedo arreglármelas bien con mi tiempo.

Ahora era Erich el que se llevaba a las niñas al establo por las mañanas y luego las acompañaba sobre sus ponies. Rooney acudía con regularidad. El suéter que Jenny estaba tejiendo le salía muy bien, y ya le estaba enseñando a Jen a hacer una colcha con labores de varios colores.

Jenny seguía aún sin poder explicarse cómo su abrigo había llegado al coche de Kevin. ¿Y si suponíamos que Kevin se había acercado e intentado entrar por la puerta del porche occidental? Podía no encontrarse cerrada. ¿Y si hubiera entrado? La puerta del armario se hallaba muy cerca de allí. Tal vez se dejó llevar por el pánico. A fin de cuentas, no sabía si el ama de llaves dormía o no en la casa. Tal vez se llevara su abrigo, planeando insinuar así que había visto a Jenny, luego se alejó con el coche, tomó el desvío equivocado, metiendo la mano en el bolsillo con la esperanza de encontrar allí dinero, pero sacando en vez de ello la llave, tras todo lo cual el coche acabaría precipitándose por la ribera del río.

Pero esto dejaba sin explicar lo de la llamada telefónica...

Después de hacer la siesta, a las niñas les gustaba mucho pasear por los campos. Jenny se sentaba en el porche occidental, y las observaba mientras sus dedos tejían los ovillos de lana o se dedicaban a los cuadrados de colores. Rooney había traído cosas del desván, tejidos que se habían empleado para vestidos hacía mucho tiempo, una bolsa de retales, una pieza de algodón de color azul oscuro.

—John me compró todo este paño azul para que hiciese las cortinas del dormitorio de atrás, cuando se instaló allí. Le previne de que se encontraría muy a oscuras. Odiaba admitirlo, pero me las hizo quitar al cabo de un par de meses. Luego hice las que ahora aparecen allí...

Por alguna razón, Jenny no se permitía sentarse en la mecedora de Caroline. En vez de ello, eligió un sillón de mimbre, de alto respaldo y cómodos cojines. De todos modos, Caroline se había sentado en este porche, cosiendo, observando a su hijo jugar en aquellos campos.

Ya no echaba en falta la compañía. Ahora siempre se negaba a las sugerencias de Erich de cenar en alguno de los restaurantes locales.

—Aún no, Erich. No puedo resistir el olor a la comida...

Erich comenzó a llevarse con él a las niñas cuando salía a sus quehaceres. Luego regresaban charloteando acerca de las personas con las que se habían encontrado, los lugares en que se habían detenido para visitarlos y en otros sitios se tomaban leche y pastelillos.

En la actualidad, Erich siempre dormía en el dormitorio de atrás.

—Jen, es más fácil de este modo. Puedo permanecer apartado de ti, si no me encuentro demasiado cerca, pero me es imposible permanecer tumbado a tu lado, noche tras noche, sin ponerte la mano encima. Además tienes un sueño muy inquieto. Probablemente dormirás mejor sola.

Ella debería de estarle agradecida por ello, pero no era así. Las pesadillas seguían presentándose con regularidad, y una y otra vez tenía la sensación de estar tocando carne, un rostro en la oscuridad, de sentir unos largos cabellos contra sus mejillas. Pero no se atrevía a contárselo. Seguramente, habría creído que estaba loca.

El día anterior a la partida hacia San Francisco, Erich sugirió que Jenny fuese al establo con él. Las náuseas matinales no se habían presentado durante dos días.

—Me gustaría que estuvieses allí cuando las niñas montan. Ultimamente no estoy demasiado satisfecho con Joe.

Aquello le originó un calambre de tensión.

—¿Por qué?

—He escuchado rumores de que sale a beber por ahí cada noche con su tío. Josh Brothers resulta, en la actualidad, una mala influencia para Joe. Digas lo que digas al respecto, a mí no me gusta que las niñas salgan con Joe. Tendré que desembarazarme de él.

Mark se encontraba en el establo. Su, por lo general, voz calmada era hoy más bien alta y fría.

—¿No sabes lo peligroso que es dejar el veneno para ratas a dos metros de las provisiones de avena? ¿Y si alguna parte del veneno se mezcla con la comida? Esos caballos se volverían locos. ¿Qué diablos pasa contigo últimamente, Joe? Permíteme decirte que, si esto sucede otra vez, recomendaré a Erich que te despida. Esas niñas montan en los ponies cada día. El caballo de Erich es bastante difícil de manejar incluso para un consumado jinete como él. Si le das a *Barón* un poco de estricnina en el pienso, pisoteará a cualquiera que se acerque a él...

Erich soltó el brazo de Jenny.

—¿De qué se trata?

Un Joe con el rostro enrojecido, y con aspecto de encontrarse al borde de las lágrimas, admitió:

—Iba a preparar el veneno en las trampas. Dejé la caja aquí cuando comenzó a llover y luego se me olvidó.

—Quedas despedido —le dijo Erich con voz inalterada.

Joe se quedó mirando a Jenny. ¿Había algún significado en su expresión o, simplemente, le imploraba? No estaba segura.

Jenny dio un paso hacia delante y asió la mano de Erich.

—*Por favor*, Erich. Joe ha sido maravilloso con las niñas. Le echarán terriblemente de menos.

Erich estudió el rostro de su mujer.

—Si esto significa tanto para ti —le replicó secamente. Y luego se volvió hacia Joe—: Cualquier error, Joe, *un solo* error, una puerta del cubículo abierta, un perro merodeando por mis propiedades, cualquier cosa de ese tipo...

Miró despectivamente hacia la caja del veneno para ratas.

—Eso es todo... ¿Lo has comprendido?

—Sí, señor —susurró Joe—. Gracias, señor. Muchas gracias, Mrs. Krueger.

—Y asegúrate de que sea siempre *Mrs. Krueger* —gritó Erich—. Jenny, no quiero que las niñas monten hasta que yo regrese. ¿Queda claro?

—Sí...

Jenny se mostró de acuerdo con él. Joe tenía un aspecto lastimoso. En su frente se veía un moretón.

Mark salió del establo con ellos.

—Tienes un nuevo ternero en la vaquería, Erich. Esa es la razón de que me encuentre aquí. Vigila a Joe. Anoche tuvo otra pelea...

—¿Y por qué diablos se pelea? —preguntó Erich con irritación.

El rostro de Mark se ensombreció.

—Si le das a una persona no acostumbrada al licor un poco de whisky con cerveza, ya no se necesitan demasiadas excusas...

—Vente a almorzar con nosotros —le sugirió Erich—. Hace mucho tiempo que no te vemos.

—Por favor, ven —murmuró Jenny.

Anduvieron juntos hasta la casa.

—Entrad vosotros dos —sugirió Erich—. Mark, sírvenos un jerez, ¿quieres? Yo voy a la oficina a recoger el correo.

—Estupendo...

Aguardó hasta que Erich se hubiese alejado lo suficiente como para no poder oírles, y luego habló con rapidez:

—Dos cosas, Jenny. Me he enterado de la buena noticia del bebé... Felicidades. ¿Cómo te encuentras?

—Ahora ya mucho mejor.

—Jenny, tengo que prevenirte. Fuiste amable al salvarle a Joe el empleo, pero te equivocas. La razón de que tenga tantas peleas es que se muestra excesivamente explícito en lo referente a lo que siente por ti. Te adora, y los tipos que merodean por las noches por los bares se burlan de él por esto. Lo mejor sería que Joe se mantuviese lo más alejado posible de esta granja.

—¿Y de mí?

—Rotundamente, sí...

VEINTISEIS

Cuando Erich estaba a punto de irse a San Francisco, decidió llevarse el «Cadillac» al aeropuerto y dejarlo allí.

—¿O quieres emplearlo tú mientras tanto, cariño?

¿Se percibía un retintín en aquella pregunta? La última vez que Erich se fue había usado el coche para reunirse con Kevin.

—No lo quiero —le respondió en voz baja—. Elsa puede traerme todo lo que necesite.

—¿Estás bien de vitaminas?

—Tengo muchísimas...

—Si no te sientes bien, Clyde te llevará al doctor.

Se encontraban ya en la puerta.

—Niñas —las llamó Erich—, venid a dar un beso a papá...

Corrieron hacia él.

—Tráeme un regalo —le rogó Beth.

—Y a mí también —coreó Tina.

—Oh, Erich, antes de irte dile a las niñas que no quieres que monten en los ponies hasta que te encuentres de vuelta...

—¡Papá!

Se produjeron dos quejidos de protesta.

—Oh, no lo sé... Joe se presentó ante mí para disculparse. Dice que sabe que ha estado equivocado... Que incluso va a regresar a su casa. Me parece que será correcto dejarle sacar a las niñas. Pero procura estar tú con ellas en todo momento, Jen.

—Más bien preferiría no estar —respondió ella taxativamente.

—¿Existe alguna razón?

Sus cejas se enarcaron.

Pensó en lo que Mark le había dicho. Pero no había forma de que pudiera discutirlo con Erich.

—Si estás conforme con que es seguro...

Erich la rodeó con sus brazos.

—Te echaré de menos.

—Yo también a ti...

Jenny le acompañó hasta el coche. Clyde había sacado el vehículo del garaje. Joe le estaba sacando brillo con una bayeta. Rooney se encontraba cerca, preparada para ir a coser con Jenny. Mark se había aproximado para decir adiós.

—Te llamaré tan pronto como me instale en el hotel —le dijo Erich a Jenny—. Eso será sobre las diez, hora de aquí...

Aquella noche, Jenny permaneció tumbada en la cama esperando la llamada telefónica. «Esta casa es demasiado grande —pensó—. Cualquiera puede entrar por la puerta delantera, por la puerta occidental, por la puerta trasera, subir por las escaleras de atrás y jamás oiría a quien fuese. Las llaves están colgadas en la oficina. Por la noche la cierran, pero durante el día, la oficina está vacía. ¿Y si suponemos que alguien toma una llave de la casa, hace un duplicado y luego devuelve la primera llave a la oficina? Nadie se enteraría de ello.»

«¿Por qué me estoy preocupando de ello ahora?», se preguntó.

Era precisamente aquel sueño, aquel sueño recurrente de tocar carne, de sus dedos deslizándose por una mejilla, por una oreja, por el cabello. Ahora sucedía todas las noches. Y siempre era el mismo. El pesado olor a pino, la sensación de una presencia, el toqueteo, y luego un suspiro reprimido. Y siempre, cuando encendía la luz, la habitación se encontraba vacía.

Si pudiese hablar con alguien al respecto... ¿Pero quién? El doctor Elmendorf le habría sugerido que viese a un psiquiatra. Ella estaba segura de esto. «Eso es todo lo que Granite Place necesitaría —pensó—. Que la mujer de Krueger fuese ahora a que le examinaran la cabeza.»

Aún no eran las diez. El teléfono sonó. Lo descolgó con rapidez.

—Diga...

La línea se quedó muda. No, podía oír algo. No una respiración, pero algo...

—Diga...

Sintió que comenzaba a temblar.

—Jenny...

La voz era un susurro.

—¿Quién es?

—¿Jenny, estás sola?

—¿Quién es?

—¿Has conseguido ya algún otro amiguito de Nueva York, Jenny?¿No le gusta nadar?

—¿De qué está hablando?

Ahora la voz hizo un estallido, un chillido, un grito, algo a medias risa y a medias sollozo, irreconocible.

—Puta. Asesina. Sal de la cama de Caroline. Sal de ella *ahora mismo...*

Colgó con violencia el teléfono. «Oh, Dios mío, ayúdame.» Se llevó las manos a las mejillas, sintiendo un tic bajo el ojo. «Oh, Dios mío.»

El teléfono sonó. No voy a descolgarlo. No quiero...

Cuatro veces, cinco veces, seis veces. Dejó de sonar. Comenzó a llamar de nuevo. «Erich —pensó—. Son ya pasadas las diez...» Descolgó el receptor.

—Jenny...

La voz de Erich reflejaba preocupación.

—¿Qué te ocurre? He llamado hace unos minutos y el teléfono comunicaba. Y luego no respondía nadie. ¿Estás bien? ¿Con quién hablabas?

—No lo sé. Sólo se trataba de una voz.

Ahora, su propia voz era histérica.

—Pareces trastornada. ¿Qué te ha dicho el que te ha llamado?

—No... pude captar... bien las palabras...

Le era imposible contárselo.

—Comprendo...

Una larga pausa y luego, en tono resignado, Erich añadió:

—No debemos discutirlo ahora...

—¿A qué te refieres con eso de no discutirlo?

Conmocionada, Jenny escuchó el chillido de su propia voz. Sonaba exactamente igual que el que la había llamado.

—Quiero discutirlo... Escucha, escucha lo que decían.

Sollozando, se lo contó.

—¿Quién me puede acusar así? ¿Quién puede odiarme tanto?

—Cariño, cálmate, por favor...

—Pero, Erich..., ¿quién?

—Cariño, *piensa*... Naturalmente, debe tratarse de Rooney.

—¿Pero, *por qué*? Yo le gusto a Rooney...

—Tal vez tú le *agrades*, pero ella *amaba* a Caroline... Quiere que Caroline regrese y, cuando se trastorna, te considera una intrusa. Cariño, ya te previne acerca de ella. Jenny, por favor, no llores... Todo saldrá bien... Cuidaré de ti... Siempre velaré por ti...

En algún momento durante aquella larga e insomne noche, comenzaron los calambres. Al principio, fueron unos intensos dolores en el abdomen. Luego dieron inicio a algo sin pauta fija. A las ocho, telefoneó al doctor Elmendorf.

—Será mejor que venga por aquí —le contestó el médico.

Clyde había salido temprano para una subasta de ganado y se llevó a Rooney.

No se atrevía a pedirle a Joe que la llevase en coche. Había media docena de hombres más en la granja, los que acudían a trabajar cada día por la mañana y volvían a sus casas por la noche. Conocía sus nombres y sus rostros, pero Erich siempre la había puesto en guardia de «no tener familiaridades».

Por lo tanto, tampoco quería pedírselo a ninguno de ellos. Llamó a Mark y se lo explicó:

—¿Por casualidad...?

172

Su respuesta fue rápida.

—No hay el menor problema. Si no te importa aguardar a que cierre la oficina para traerte de vuelta. O mejor aún, mi padre lo hará. Acaba de llegar de Florida. Se quedará conmigo la mayor parte del verano.

El padre de Mark, Luke Garrett. Jenny estaba ansiosa por conocerle.

Mark llegó a buscarla a las nueve y cuarto. La mañana era cálida y neblinosa. Sería un día muy caluroso. Jenny se acercó a su armario para ver qué podía ponerse, y se percató de que todas las nuevas ropas que Erich le había comprado cuando se casaron eran de invierno. Trasteó hasta encontrar un vestido de algodón de su último año en Nueva York. Al ponérselo, se encontró de nuevo ella misma de una forma peculiar. El vestido de dos piezas y de cuadritos rosa era de «Albert Capraro», uno que había comprado en las rebajas de final de temporada. La suave y amplia falda le quedaba sólo un poco ajustada en la cintura y la parte baja de la chaqueta ocultaría su delgadez.

El coche de Mark era una rubia «Chrysler» que ya tenía cuatro años. Su bolso fue arrojado en la parte trasera. Un montón de libros aparecían esparcidos al lado del asiento. El coche tenía aspecto de confortable desorden.

Era la primera vez que, realmente, se había encontrado a solas con Mark. «Apuesto que incluso los animales saben, instintivamente, que facilita las cosas cuando está por ahí», pensó. Y se lo contó exactamente así.

Mark se la quedó mirando.

—Me gustaría pensar lo mismo. Y confío en que Elmendorf esté teniendo el mismo efecto sobre ti. Es un buen médico, Jenny. Puedes confiar en él.

—Lo haré...

Condujeron despacio por la carretera directa que pasaba delante de la granja y llevaba a Granite Place. «Hectárea tras hectárea de tierras de Krueger —pensó—. Todos esos animales paciendo en los campos... Ganado Krueger de calidad. Y yo que realmente había visualizado una placentera granja y algunos maizales. Nunca lo comprendí.»

Mark comentó:

—No sé si te has enterado de que Joe va a regresar con su madre.

—Erich me lo contó.

—Es lo mejor que puede pasar. Maude es una mujer muy despierta. La bebida hace estragos en esa familia. Siempre ha mantenido a Joe con las riendas muy cortas.

—Creía que su hermano había empezado a beber a causa del accidente...

—Lo dudo. Oí a mi padre y a John Krueger hablar después de

ello. John siempre decía que Josh Brother había estado bebiendo aquel día. Tal vez el accidente fue su excusa para beber de forma abierta...

—¿Me perdonará alguna vez Erich por todas esas habladurías? Están destruyendo nuestro matrimonio.

No había esperado plantear aquella pregunta. La oyó salir de sus propios labios planos y exangües. ¿Se atrevería a contarle a Mark lo de la llamada telefónica, y sobre la respuesta que había dado Erich al respecto?

—Jenny...

Se produjo un largo silencio después de que Mark comenzase a hablar. Jenny ya se había percatado de que su voz tenía tendencia a hacerse profunda, en los momentos en que estaba particularmente enfrascado en lo que decía:

—Jenny, no puedo decirte qué persona tan diferente es Erich desde el día que regresó aquí después de casarse contigo. Siempre ha sido un solitario. Siempre ha pasado un montón de tiempo en aquella cabaña. Y ahora, naturalmente, comprendemos por qué. Pero incluso así... lo retrata... Dudo que John Krueger llegase a besar a Erich cuando éste era niño. Caroline era una persona que te acogía, que te daba un beso cuando entrabas, hacía correr los dedos por tu pelo cuando hablaba contigo. Las personas de por aquí no son así. No somos muy expresivos de cara al exterior. Me acuerdo que mi padre se burlaba de ella por aquel calor latino que albergaba... ¿Puedes imaginarte qué pudo representar para Erich el enterarse de que estaba planeando abandonarle? No es de maravillar que estuviese tan trastornado con el asunto de tu anterior marido. Dale, simplemente, tiempo. Las habladurías terminarán. El mes que viene la gente tendrá algo más al que echarle el diente...

—Lo planteas de una forma tan fácil...

—No es que sea fácil, pero tal vez no sea tan malo como piensas.

La dejó en la consulta del médico.

—Esperaré sentado aquí afuera y aprovecharé para leer algo. No creo que tardes demasiado...

El tocólogo no se anduvo con rodeos.

—Ha tenido falsos dolores de parto, y ciertamente es algo que no me gusta en este estadio. ¿Se ha esforzado en demasía?

—No.

—Ha perdido más peso.

—No puedo, simplemente, comer.

—Por la seguridad del niño debe usted intentarlo. Leches malteadas, helados, meter dentro lo que sea. Y permanezca de pie el menor tiempo posible. ¿Está preocupada por algo?

«Sí, doctor —deseó decirle—, estoy preocupada porque no sé quién me telefonea cuando mi marido se encuentra fuera. ¿Está Rooney más enferma de lo que me había dado cuenta? ¿Y qué me

174

dice de Maude? Tiene resentimiento hacia los Krueger, y particularmente contra mí. ¿Quién más conoce los momentos en que Erich se
encuentra ausente?»

—¿Está preocupada por algo, Mrs. Krueger? —repitió.

—Realmente, no...

Le contó a Mark todo lo que el doctor había dicho. El brazo de él
se hallaba colgando por la parte posterior del asiento. «Es tan grande
—pensó—, tan irresistible y confortablemente varonil.» No se lo
imaginaba estallando en un acceso de furia. Había aguardado
leyendo. Ahora arrojó el libro a los asientos de atrás y puso en
marcha el coche.

—Jenny —le sugirió—, ¿no tendrías una amiga, una prima o alguien así que pudiese venir un par de meses para hacerte compañía?
Pareces estar tan sola aquí... Creo que eso ayudaría a que no
pensases siempre en cosas...

«Fran», pensó Jenny. Le acometieron unos grandes deseos de que
Fran pudiese venir aquí a visitarla. Pensó en las encantadoras veladas
que habían pasado juntas, mientras Fran le comentaba cosas acerca
de su último novio. Pero a Erich le desagradaba Fran terriblemente.
Incluso le había dicho que se asegurase de que Fran no viniese
a visitarla. Jenny pensó en alguna de las otras amigas. Ninguna de
ellas podía permitirse gastar los cerca de cuatrocientos dólares que
costaba el billete del avión para una visita de fin de semana. Tenían
empleos y familiares.

—No —contestó—, no tengo a nadie que pudiese venir.

La granja Garrett se encontraba en el extremo norte de Granite
Place.

—Somos una briznita en comparación con Erich —explicó
Mark—. Poseemos unas trescientas hectáreas. Y yo tengo mi clínica,
exactamente en la propiedad.

La hacienda era igual que la que se había imaginado que Erich
tendría. Grande y blanca, con postigos negros y un amplio porche
frontal.

El salón tenía estantes de libros alineados en las paredes. El padre
de Mark se hallaba allí sentado en un butacón. Alzó la vista cuando
entraron. Jenny observó una expresión de perplejidad en su rostro.

Era también un hombre grandote, con anchos hombros. El recio
cabello era ahora totalmente blanco, pero su raya se encontraba en el
mismo sitio que en el cabello de su hijo. Sus gafas de leer acentuaban
los ojos azulgrises, y las pestañas eran de un color grisblanco. Las de
Mark eran oscuras. Pero los ojos de Luke tenían aquella misma
expresión burlona.

—Tú debes de ser Jenny Krueger.

—Eso es...

A Jenny, Luke le gustó al instante.

—No es de extrañar que Erich...

Se calló.

—Estaba ansioso por conocerte. Confié en tener esa oportunidad cuando estuve aquí a finales de febrero.

—¿Estuviste aquí en febrero?

Jenny se dio la vuelta hacia Mark.

—¿Por qué no trajiste a tu padre?

Mark se encogió de hombros.

—Erich lanzó más bien indirectas respecto de que estabais en casa pasando la luna de miel. Jenny, sólo me quedan diez minutos antes de que se abra la clínica. ¿Qué te gustaría? ¿Té? ¿Café?

Mark desapareció en la cocina y Jenny se quedó a solas con Luke Garrett. Se sintió como observada por el consejero de la escuela, como si de un momento a otro pudiese preguntarle: «¿Cómo le van los cursos? ¿Está contenta con sus maestros?»

Ella se lo contó así...

Luke sonrió.

—Tal vez te esté analizando. ¿Cómo van las cosas?

—¿De cuánto te has enterado?

—¿Del accidente? ¿De la investigación?

—Pues sí que estás al corriente...

Jenny alzó las manos como si quisiese alejar un peso que tuviese encima.

—No puedo echar la culpa a la gente por pensar lo peor... Mi abrigo estaba en el coche. Una mujer que llamó al teatro «Guthrie», desde nuestro teléfono, aquella tarde... Sigo pensando que existe una explicación razonable, y una vez la encuentre todo quedará de nuevo en orden...

Titubeó, pero luego se decidió a no discutir con él lo de Rooney. Si Rooney había efectuado aquella llamada telefónica anoche, en uno de sus ataques, probablemente ya lo habría olvidado. Y Jenny no deseaba repetir lo que había dicho el que llamó.

Mark entró de nuevo seguido por una mujer baja y fornida que llevaba una bandeja. El cálido y seductor aroma del café, le recordaron a Jenny los grandes éxitos de pastelería de Nana, aquel agradable pastel de café... Una oleada de nostalgia la hizo parpadear para tratar de contener las lágrimas.

—No eres muy feliz aquí, ¿no es vedad, Jenny? —le preguntó Luke.

—Esperaba serlo. Puedo serlo —repuso ella con total honestidad.

—Eso es, exactamente, lo que Caroline decía —comentó con suavidad Luke—. ¿Te acuerdas, Mark, cuando llevé sus maletas al coche aquella última tarde?

Un rato después, Mark salió hacia su clínica y Luke llevó a Jenny en coche a casa. Parecía silencioso y distraído y, al cabo de unos cuantos esfuerzos por sostener la conversación, Jenny también permaneció en silencio.

Luke hizo maniobrar la rubia por la entrada principal y luego dieron un rodeo hacia la entrada occidental. Jenny vio que los ojos de Luke se quedaban fijos en la mecedora del porche.

—El problema —dijo de repente— es que este lugar no ha cambiado. Si sacaras una foto de esta casa y la compararas con otra que tuviera treinta años, serían idénticas. No se ha añadido nada, no se ha renovado nada, no se ha quitado nada... Tal vez ésa sea la razón de que todos los de aquí tengan la misma sensación respecto de la presencia de Caroline, como si la puerta pudiese abrirse y ella salir corriendo, siempre alegre de verte, siempre instándote a que te quedases a cenar. Después de que la madre de Mark y yo nos divorciásemos, Caroline tuvo mucho tiempo a Mark aquí. Caroline fue una segunda madre para él...

—¿Y para ti? —le preguntó Jenny—. ¿Qué era Caroline para ti?

Luke la miró con unos ojos que, de repente, parecieron angustiados.

—Todo cuanto siempre he deseado en una mujer.

Se aclaró de repente la garganta, como si temiese haber revelado demasiado de sí mismo. Cuando Jenny salió del coche, le dijo:

—Cuando Erich regrese, prométeme que acudirás a cenar con Mark...

—Disfrutaré mucho con ello, Jenny. ¿Seguro que lo tienes ya todo?

—Sí.

Jenny echó a andar hacia la casa.

—Jenny —la llamó.

La mujer se dio la vuelta. El rostro de Luke estaba lleno de dolor.

—Perdóname. Pero es que te pareces tanto a Caroline... Es algo que asusta... Jenny, ten cuidado. Ten cuidado con los accidentes...

VEINTISIETE

Erich regresó a casa el tres de junio. Llamó por teléfono la noche del día dos.

—Jen, me he portado de una forma tan miserable. Querida, lo daría todo por no haberte trastornado así...

Jenny sintió que el nudo de su tensión se aflojaba. Era lo que Mark decía, que, llegado el momento, las habladurías desaparecerían. Si pudiese aferrarse a este pensamiento...

—Está bien... Superaremos todo esto...

—¿Cómo te encuentras, Jen?

—Bastante bien.

—¿Comes mejor?

—Lo intento. ¿Cómo ha ido la exposición?

—Muy, pero que muy bien... El «Gramercy Trust» ha comprado tres óleos. Los precios han sido altos. Y las críticas muy buenas...

—Me alegro. ¿A qué hora sale tu avión?

—A eso de las once. Estaré en casa entre las dos y las tres. Te quiero tanto, Jen...

Aquella noche la habitación pareció menos amenazadora. Tal vez todo saldrá bien, se dijo a sí misma. Por primera vez durante varias semanas, durmió sin soñar.

Estaba sentada a la mesa del desayuno con Tina y Beth cuando comenzaron los chillidos, una espantosa cacofonía de salvajes sonidos de humano dolor.

—¡Mamá!

Beth saltó de su silla y corrió hacia la puerta.

—Quedaos aquí —ordenó Jenny.

Se apresuró hacia aquellos sonidos. Procedían del establo. Clyde salía en aquel momento de la oficina con un fusil en la mano.

—Apártese, Mrs. Krueger, quítese de ahí...

Pero ella no pudo. Joe. Era Joe el que estaba gritando...

Se encontraba en el departamento del caballo, agazapado contra la pared trasera, tratando frenéticamente, de hurtar el cuerpo de aquellos azotantes cascos. *Barón* retrocedía sobre sus patas traseras, los ojos se le salían de las órbitas, las pezuñas con las aguzadas herraduras volaban por los aires. Joe sangraba por la cabeza y uno de sus brazos le colgaba laciamente a un costado. Mientras le observaba, se derrumbó en el suelo y las patas delanteras de *Barón* le atraparon el pecho.

—Oh, Dios mío, Dios mío...

Escuchó su propia voz que lloraba, que rezaba, que suplicaba. Fue empujada a un lado.

—Sal de su camino, Joe. Voy a disparar...

Clyde apuntó mientras los cascos retrocedían de nuevo. Se produjo la detonación del fusil, seguida por un agudo relincho de lamento. *Barón* se quedó como una estatua en el aire; luego se derrumbó encima de la paja del cubículo.

De alguna manera, Joe consiguió oprimirse contra la pared, para evitar el aplastante peso del animal caído. Ahora estaba rígido, con la respiración jadeante, con los ojos inmovilizados por la conmoción, con el brazo grotescamente retorcido. Clyde dejó caer el fusil y corrió hacia él.

—¡No le mueva! —le gritó Jenny—. Llame a una ambulancia. ¡Rápido!

Tratando de evitar el cuerpo de *Barón*, Jenny se arrodilló al lado de Joe, acariciándole la frente con la mano, enjugándole la sangre de los ojos, oprimiéndole el desgarrón que tenía en el arranque del cabello. Los hombres acudieron corriendo desde los campos. Jenny pudo oír el ruido de una mujer que sollozaba. Maude Ekers.

—Joey, Joey...

—Mamá...

—Joey...

Llegó la ambulancia. Los eficientes enfermeros vestidos de blanco ordenaron que todo el mundo se retirase. Luego Joe fue colocado en la camilla, con los ojos cerrados, el rostro ceniciento. Un enfermero murmuró en voz muy baja:

—Creo que se está muriendo...

Maude Ekers profirió un grito.

Los ojos de Joe se abrieron y quedaron fijos en Jenny. Su voz resultó asombrosamente clara:

—Nunca le he dicho a nadie que la vi meterse en el coche aquella noche, de veras, no lo he hecho —profirió.

Maude se volvió hacia Jenny, mientras subía a la ambulancia después que hubiesen introducido a su hijo:

—Si mi chico se muere, será culpa suya, Jenny Krueger —le gritó—. ¡Maldigo el día en que llegó aquí! ¡Maldigo a todas las mujeres Krueger por lo que habéis hecho a mi familia! ¡Maldita sea, a saber a quién pertenecerá el niño que lleva en el vientre!

La ambulancia se alejó a toda prisa, con el quejido de la sirena interrumpiendo la paz de aquella mañana veraniega.

Erich llegó a casa unas horas después. Fletó un avión para que trajese a un cirujano de tórax de la «Clínica Mayo», y luego telefoneó para solicitar enfermeras particulares. A continuación, se dirigió al establo y se acuclilló al lado de *Barón*, con su mano acariciando aquel ágil y bello cuerpo del exánime animal.

Mark ya había hecho analizar el balde de la avena. El informe fue que aparecía estricnina mezclada con la avena.

Más tarde, el sheriff Gunderson apareció ante la puerta principal con su ya familiar coche.

—Mrs. Krueger, media docena de personas oyeron a Joe decir que no había contado el que la había visto a usted entrar en el coche aquella noche. ¿Qué quería decir con esto?

—No comprendí a qué se refería.

—Mrs. Krueger , usted estaba presente hace poco tiempo, cuando el doctor Garrett amonestó a Joe por dejar veneno para ratas muy cerca de la avena. Sabía los efectos que produciría en *Barón*. Oyó que el doctor Garrett prevenía a Joe de lo que la estricnina enloquecería a *Barón*.

—¿Le ha contado a usted eso el doctor Garrett?

—Me dijo que Joe había tenido poco cuidado con el veneno para las ratas, y que usted y Erich estuvieron presentes cuando amonestó a Joe.

—¿Qué está tratando de decir?

—No puedo decir nada, Mrs. Krueger . Joe alega que confundió las cajas. Pero yo no le creo. Nadie le cree...

—¿Vivirá Joe?

—Es demasiado pronto para decirlo. Pero, aunque sobreviva, estará muy delicado durante un largo período de tiempo. Si puede superar los próximos tres días, le trasladarán a la «Clínica Mayo».

El sheriff se dio la vuelta para marcharse.

—Como dice su madre, por lo menos allí estará a salvo...

VEINTIOCHO

Atrapada en el ritmo de su embarazo, Jenny comenzó a contar los días y semanas que faltaban para que el bebé naciese. En doce semanas, en once semanas, en diez semanas, Erich tendría un hijo. Y Erich regresaría a su habitación común. Y Jenny estaría de nuevo bien... Las habladurías en la ciudad terminarían por falta de combustible de repuesto. El bebé sería exactamente como Erich.

La operación en el pecho de Joe había sido un éxito, aunque no saldría de la «Clínica Mayo» hasta finales de agosto. Maude se había instalado en un apartamento amueblado cerca del hospital. Jenny sabía que Erich era el que pagaba todas las facturas.

Ahora Erich cabalgaba en *Fire Maid* cuando acompañaba a las niñas con los ponies. Nunca le habló de *Barón* a Jenny. Esta se había enterado por Mark, de que Joe había persistido en su versión de que debía de haber mezclado el veneno con la avena, y de que afirmaba no tener la menor idea de lo que quería decir cuando habló acerca de haber visto a Jenny aquella noche...

Pero Jenny no necesitaba que Mark le dijese que nadie creía a Joe...

Erich trabajaba menos en la cabaña y más en la granja, con Clyde y los hombres. Cuando le preguntaban al respecto, su marido respondía:

—No estoy de humor para pintar.

Se mostraba amable con ella pero remoto. Jenny sentía siempre que la observaba. Por las noches, se sentaban en el salón y leían. Erich hablaba poco con ella, pero cuando Jenny alzaba la vista notaba que su marido bajaba los ojos, como si no quisiese ser pillado estudiándola.

Una vez a la semana, el sheriff Gunderson se dejaba caer por allí, aparentemente para charlar:

—Volvamos a la noche en que Kevin MacPartland se presentó por aquí, Mrs. Krueger .

O se dedicaba a especular:

—Joe alberga una gran admiración hacia usted, ¿verdad? La suficiente como para sentirse protector. ¿Le apetece hablar algo al respecto, Mrs. Krueger?

La sensación de que alguien estaba con ella por la noche en su cuarto seguía constante. La pauta era siempre la misma. Empezaba a soñar con que se encontraba en los bosques; algo avanzaba hacia ella, planeaba sobre ella; adelantaba la mano y sentía un largo cabello, el cabello de una mujer. El sonido suspirante se acercaba más. Luego tanteaba en busca de la luz y, cuando la encendía, se encontraba sola en el cuarto.

Finalmente, le contó al doctor Elmendorf lo de sus sueños.

—¿Cómo lo explica usted? —le preguntó el médico.

—No lo sé...

Titubeó.

—No, no es muy seguro... Siempre creo que es algo que tiene que ver con Caroline.

Le habló al médico de Caroline, le explicó que todas las personas próximas a ella parecían tener la sensación de su presencia.

—Supongo que su imaginación le está gastando algunas jugarretas. ¿Le gustaría que le buscase un asesor?

—No. Estoy segura de que tiene usted razón.

Comenzó a dormir con la luz del cuarto encendida y luego, con determinación, la apagó. La cama se encontraba a la derecha de la puerta. El macizo cabezal se apoyaba contra la pared norte. Un lado del lecho se hallaba cerca de la pared este de la estancia. Se preguntó si Erich le trasladaría la cama para situarla entre las ventanas de la pared sur. Allí le llegaría más la luz de la luna. Y podría ver cuando no estuviese dormida. El rincón en que estaba situada la cama resultaba terriblemente oscuro.

Pero sabía muy bien de qué iba la cosa como para hacer semejante petición.

Una mañana, Beth preguntó:

—Mamá, ¿por qué no me hablaste cuando viniste anoche a mi habitación?

—No fui a verte, *Ratoncita*.

—¡Sí, claro que sí!

¿Sería sonámbula?

Los pequeños estremecimientos de su seno le parecían muy diferentes a las sólidas patadas que había sentido cuando Beth y Tina. «Que el bebé sea saludable —rogaba en silenciosa súplica—. Concede a Erich su hijo.»

Las cálidas tardes del mes de agosto se disolvieron en unas noches frías. Los bosques adquirieron los primeros toques dorados.

—Será un otoño breve —le comentó Rooney—. Y para cuando caigan todas las hojas, habrá acabado la colcha. Y entonces podrá colgarla también en el comedor.

Jenny evitaba a Mark todo lo posible, quedándose en casa desde que entreveía la rubia aparcada cerca de la oficina. ¿Opinaría Mark que era ella la que, deliberadamente, había puesto veneno en la comida de *Barón*? Jenny creía no poder resistirlo, si también se sentía acusada por parte de él.

A principios de setiembre, Erich invitó a Mark y a Luke Garrett a cenar. Su marido le dijo en tono indiferente:

—Luke regresa a Florida hasta las vacaciones. No le he visto demasiado estos días. Emily vendrá también. Diré que se quede Elsa y cocine.

—No, ésa es la única cosa que puedo hacer.

La primera cena-fiesta desde la noche en que el sheriff Gunderson había llegado para hablarle de la desaparición de Kevin. Preveía con anticipación el hecho de ver de nuevo a Luke. Sabía que Erich acudía con regularidad a la granja Garrett. Se llevaba consigo a Tina y a Beth. Ya nunca concertaba con ella las salidas.

Se limitaba a anunciar:

—Me llevo a las niñas por la tarde para que no te molesten. Que descanses bien, Jen.

No es que desease ir. No quería correr el riesgo de ver a nadie de la ciudad. ¿Cómo la tratarían? ¿Le sonreirían por delante y hablarían a sus espaldas de lo que le había pasado?

Cuando Erich estaba fuera con las niñas, daba grandes paseos por la granja. Le gustaba caminar a lo largo del río y tratar de pensar en que el coche de Kevin se había despeñado sobre la orilla, exactamente al girar aquel recodo. Pasaba ante el cementerio. La tumba de Caroline tenía plantadas flores de verano.

Se veía anhelando deslizarse por los bosques para encontrar la cabaña de Erich. En una ocasión, se adentró en ellos unos cincuenta metros. Las gruesas ramas ocultaban el sol. Un zorro pasó ante ella, rozándole las piernas, persiguiendo a un conejo. Desconcertada, se dio la vuelta. Los pájaros que anidaban en las ramas de los árboles, lanzaron murmullos de protesta cuando pasó por debajo.

Encargó algunas ropas a un catálogo de Dayton. «Casi siete meses de embarazo —pensó—, y mis propias ropas no me van demasiado ajustadas.» Pero los nuevos blusones, pantalones y faldas exaltaron su espíritu. Recordó cuán cuidadosamente había comprado las cosas cuando estuvo embarazada de Beth. Y llevó las mismas prendas con Tina. Con respecto al bebé que debía llegar, Erich le había dicho:

—Encarga cuanto te apetezca.

La noche de la cena llevaba un vestido de seda color verde esmeralda, de dos piezas, con un collar de encaje blanco. Era algo sencillo pero bien cortado. Sabía que a Erich le agradaba que vistiese de color verde. Tenía algo que ver con sus ojos. Lo mismo que el camisón aguamarina...

Los Garrett y Emily llegaron juntos. Jenny decidió que parecía existir una nueva intimidad entre Mark y Emily. Se sentaron uno al lado del otro en el sofá. En un momento determinado, la mano de Emily se posó en el brazo de Mark. «Tal vez estén comprometidos», pensó. Y aquella posibilidad alzó en ella un fuerte sentimiento de dolor. ¿Por qué?

Emily realizó un visible esfuerzo por mostrarse complaciente. Pero resultaba difícil encontrar un terreno común entre ambas. Estuvo hablando de la feria del Condado.

—A pesar de lo mala que es, siempre disfruto. Y todo el mundo hablaba acerca de lo encantadoras que son tus hijas.

—Nuestras hijas —sonrió Erich—. Oh, a propósito, todos estaréis contentos al enteraros de que la adopción ya ha quedado ultimada. Las niñas son, legal y valederamente, unas Krueger...

Jenny había esperado eso, como es natural. ¿Pero desde cuándo lo sabía Erich? Hacía unas cuantas semanas que había dejado de preguntarle si le importaba que se llevase a las niñas. ¿Se debería ello a que ya fuesen «legal y valederamente unas Krueger»?

Luke Garrett estaba muy silencioso. Había elegido sentarse en el butacón de orejas. Al cabo de un rato, Jenny comprendió el porqué. Desde allí tenía una mejor visión del retrato de Caroline. Sus ojos raramente se apartaban de él. ¿Qué había querido decir con aquella advertencia acerca de accidentes?

La cena se desarrolló bien. Jenny preparó una sopa de tomate y mariscos según una receta que había encontrado en un libro de cocina antiguo.

Luke alzó las cejas.

—Erich, si no me equivoco ésta debe de ser la receta que tu abuela empleaba cuando yo era un muchacho. Excelente, Jenny...

Como para rectificar su silencio previo, Luke comenzó a recordar su juventud.

—Tu papá —le dijo a Erich— fue más íntimo mío durante su juventud, de lo que habéis sido nunca tú y Mark.

A las diez, se marcharon a sus casas. Erich ayudó a Jenny a despejar la mesa. Pareció complacido de la forma en que había transcurrido la velada.

—Parece que Mark y Emily están muy cerca de comprometerse —explicó Erich—. Luke se alegraría mucho. Tiene ganas de que Mark siente la cabeza.

—Yo también lo he pensado así —convino Jenny.

Trató de mostrarse complacida, pero sabía que su esfuerzo constituyó un fracaso.

Octubre se volvió de repente muy frío. Violentos vientos despojaron a los árboles de sus galas otoñales; las heladas volvieron pardas las hierbas; la lluvia comenzó a ser muy fría. Ahora la estufa estaba encendida constantemente. Cada mañana, Erich encendía la estufa de la cocina. Beth y Tina acudían al desayuno arropadas en cálidas batas, previendo con ansia las primeras nieves.

Jenny raramente salía de la casa. Los largos paseos le resultaban ahora demasiado cansados, y el doctor Elmendorf le aconsejó en contra de ellos. Sufría de frecuentes calambres en las piernas y tenía miedo de caerse. Rooney acudía cada tarde a visitarla. Entre ellas habían confeccionado la canastilla del bebé.

—Nunca llegaré a coser de forma apropiada —suspiraba Jenny.

Pero incluso así, resultaba gratificador el hacer sencillos quimonos con la tela estampada que Rooney había encargado en la ciudad.

Fue Rooney quien mostró a Jenny el rincón del desván donde se encontraba la cuna de mimbre de los Krueger cubierta con sábanas.

—Le he hecho un nuevo faldón —comentó Rooney.

La actividad pareció haberla avivado y, durante un tiempo, no se mostró confusa.

—Colocaré la cuna en la antigua habitación de Erich —le dijo a Rooney—. No quiero trasladar a las niñas y los otros cuartos se encuentran demasiado lejos. Tendría miedo de no oír al bebé por la noche.

—Es lo que Caroline decía —se mostró de acuerdo Rooney—. Ya sabe que la habitación de Erich era una parte del dormitorio principal, una especie de nicho del mismo. Caroline colocó la cuna y el armario del bebé allí. A John no le gustaba que estuviese el bebé en su habitación. Decía que no era dueño de una casa grande para tener que andar de puntillas alrededor de un niño. Por eso hicieron la partición.

—¿La partición?

—¿No le ha hablado nunca de eso Erich? La cama de usted solía estar en la pared sur. Detrás de la cabecera actual se encuentra el tabique corredero.

—Enséñamelo, Rooney.

Se dirigieron al piso de arriba, a la antigua habitación de Erich.

—No es raro que no lo pudiese abrir desde su lado a causa del cabezal —explicó Rooney—. Pero ahora verá.

Puso a un lado la mecedora de alto respaldo y luego señaló un tirador que se encontraba empotrado en el papel de la pared.

—Ahora vamos a ver si funciona.

Sin hacer ruido, el panel se deslizó.

—Caroline lo había hecho así para que, cuando Erich fuese mayor, pudiesen incomunicarse las dos habitaciones. Mi Clyde construyó el tabique y Josh Brothers le ayudó. ¿No le parece un buen trabajo? ¿Se hubiera imaginado alguna vez que se encontraba aquí?

Jenny se quedó de pie en la abertura. Se hallaba detrás de la cabecera de su cama. Se inclinó hacia delante. Aquélla era la razón de que sintiese una presencia, de que alargase las manos y tocase una cara. Recordó la sensación constante de un largo cabello. Si se le quitaba a Rooney el recto moño, seguramente su cabello sería muy largo.

—Rooney —trató de decir indiferentemente—, ¿acudes alguna vez a esta habitación y abres la partición por la noche? ¿Tal vez te me quedas mirando?

—No creo que lo haga. Pero, Jenny...

Rooney acercó los labios al oído de Jenny:

—No se lo quiero decir a Clyde porque creería que estoy loca. A veces, me asusta. Habla acerca de trasladarme de aquí por mi propio bien. Pero, Jenny, he visto a Caroline andar de noche por la granja durante estos últimos meses. En una ocasión, la seguí aquí, hasta la casa, y subió por las escaleras de atrás. Ese es el motivo de que siga pensando que si Caroline es capaz de regresar, tal vez mi Arden vuelva por aquí muy pronto también...

VEINTINUEVE

Aquella vez no fue un falso parto. En silencio, Jenny permanecía en la cama tomando el tiempo de sus contracciones. Durante diez minutos con dos horas de separación en un principio, de repente se aceleraron a intervalos de cinco minutos. Jenny se dio unos golpecitos en el pequeño montículo de su abdomen. «Lo hemos conseguido, jovencito Mr. Krueger—pensó—. Durante algún tiempo no estaba segura de que pudiésemos.»

El doctor Elmendorf se mostró cautamente complacido en su última visita.

—El bebé pesa dos kilos y medio —le dijo a Jenny—. Desearía que fuese mayor, pero resulta, de todos modos, un peso confortable. Francamente, estaba seguro de que iba a tener un parto prematuro.

Y había hecho una radiografía.

—Está en lo cierto, Mrs. Krueger . Va a tener un niño...

Jenny se dirigió al vestíbulo para llamar a Erich. La puerta de su dormitorio estaba cerrada. Jenny nunca iba por allí. Titubeando, dio unos golpecitos.

—Erich —le llamó suavemente.

No hubo respuesta. ¿Se habría ido a la cabaña durante la noche? Había comenzado a pintar de nuevo, pero siempre regresaba a casa para cenar. E incluso si se había ido a la cabaña al atardecer, siempre regresaba a la casa en uno u otro momento.

Le había preguntado acerca del panel que separaba su antiguo cuarto del dormitorio principal.

—Dios mío, Jen, lo olvidé por completo. ¿Por qué has tenido la idea de que alguien lo ha estado abriendo? Apuesto lo que sea a que Rooney entra y sale de este lugar más veces de las que nos podemos imaginar. Ya te previne respecto de intimar tanto con ella.

No se había atrevido a contarle que Rooney afirmaba haber visto a Caroline.

Ahora abrió por completo la puerta de la habitación que su marido había estado usando y alargó la mano en busca de la luz. La cama estaba hecha. Pero Erich no se encontraba allí.

Tenía que dirigirse al hospital. Eran sólo las cuatro de la madrugada. No habría nadie hasta las siete. A menos...

Caminando suavemente con los pies descalzos por el amplio

vestíbulo, Jenny pasó ante las puertas cerradas de los otros dormitorios. Erich no emplearía ninguno de ellos, excepto...

Con cautela, abrió la puerta del antiguo cuarto de su marido. El trofeo de la «Little League» encima del tocador brillaba a la luz de la luna. La cuna, ahora con un faldón de seda amarilla por encima con redecilla blanca, se encontraba cerca de la cama.

Los cobertores aparecían revueltos. Erich estaba dormido, con el cuerpo acurrucado en su posición fetal favorita. Su mano se alargaba hacia la cuna, como si se hubiese quedado dormido sujetándola.

Recordó algo que Rooney le había dicho:

—Puedo ver a Caroline meciendo esta cuna durante una hora, con Erich armando alboroto dentro de ella. Yo solía decirle que era afortunado por tener una madre tan paciente...

—Erich —susurró Jenny, tocándole el hombro.

Sus ojos se abrieron. Pegó un salto.

—Jenny... ¿qué ocurre?

—Creo que tengo que ir al hospital.

Erich se levantó en seguida de la cama y la rodeó con los brazos.

—Algo me dijo que permaneciese esta noche aquí, cerca de ti. Me quedé dormido pensando en lo maravilloso que sería todo cuando nuestro niñito se encontrase en la cuna...

Hacía semanas que no la había tocado. Jenny no se había percatado del ansia que sentía por notar los brazos de él a su alrededor. Alargó las manos hacia el rostro de su marido.

En la oscuridad, sus dedos notaron la curva de su cara, la suavidad de sus párpados.

Se estremeció.

—¿Qué pasa, cariño? ¿Estás bien?

Jenny suspiró.

—No sé por qué, pero, por un momento, me asusté mucho. Podrías creer que éste es mi primer bebé, ¿verdad?

La luz del techo de la sala de partos era muy brillante. Hería los ojos. Jenny dormía y volvía a la conciencia. Erich, con una mascarilla y una bata igual que los médicos y enfermeras, la estaba observando. ¿Por qué Erich la miraba durante todo el rato?

Una última acometida de dolor. «Ahora —pensó—, ahora.» El doctor Elmendorf alzó un pequeño y lacio cuerpo. Todos se inclinaron sobre él.

—Oxígeno.

El bebé tenía que encontrarse bien...

—Dádmelo a mí...

Pero sus labios no acababan de formar las palabras. No podía moverlos.

—Déjeme verlo —dijo Erich.

Parecía ansioso, nervioso. Luego escuchó su alicaído susurrro.

—¡Tiene el cabello igual que las niñas, *un pelo rojooscuro*!

Cuando Jenny abrió de nuevo los ojos, el cuarto estaba a oscuras. Una enfermera se encontraba sentada al lado de la cama.

—¿Y el bebé?

—Está muy bien —respondió con suavidad la enfermera—. Simplemente, nos ha dado un pequeño susto. Intente dormir.

—¿Y mi marido?

—Se fue a casa...

¿Qué es lo que había dicho Erich en la sala de partos? No podía recordarlo.

Derivó hacia el sueño y salía a intervalos de él. Por la mañana, un pediatra entró en la habitación.

—Soy el doctor Bovitch. Los pulmones del bebé no están desarrollados por completo. Ha tenido problemas, pero podremos superarlos, mamá... Se lo prometo. No obstante, dado que su religión es católica romana, anoche creímos que lo mejor era bautizarle.

—¿Está tan mal? Deseo verle.

—Podrá ir andando a la sala de los niños dentro de un rato. Aún no podemos quitarle el oxígeno. Kevin es un hermoso bebé, Mrs. Krueger .

—¡*Kevin*!

—Sí. Antes de que el sacerdote le bautizase, le preguntó a su marido cómo pensaba llamarle. Es lo correcto, ¿verdad? Kevin MacPartland Krueger.

Erich se presentó con un ramo de rosas rojas de largo tallo.

—Jenny, Jenny, dicen que lo conseguirá. Que el bebé lo logrará. Cuando llegue a casa, me pasé toda la noche llorando. Pensé que no quedaban esperanzas.

—¿Por qué le has puesto el nombre de Kevin MacPartland?

—Cariño, dijeron que no creían que sobreviviese más que unas cuantas horas. Pensé que debíamos reservar el nombre de Erich para un hijo que viviría. Fue el único otro nombre que se me ocurrió. Pensé que te gustaría...

—Cámbialo...

—Naturalmente, querida. Figurará Erich Krueger quinto en su certificado de nacimiento...

La semana que permaneció en el hospital, Jenny se forzó a comer, enconomizó fuerzas, expulsando de ella aquella depresión que le quitaba las energías. Al cuarto día, le quitaron la tienda de oxígeno al bebé y Jenny pudo tenerlo en brazos. Era tan frágil... Su ser se conmovió de ternura cuando la boca del bebé buscó su pecho. No había criado a Beth o Tina. Había sido tan importante el poder regresar al trabajo... Pero ahora concedería a este hijo todo su tiempo, todas sus energías.

Le dieron de alta en el hospital cuando el bebé tuvo cinco días. Durante las siguientes tres semanas, regresó cada cuatro horas durante el día para alimentarlo. Algunas veces, Erich la llevó en coche. En otras ocasiones, le prestó el coche.

—Todo sea por el bebé, cariño...

Las niñas pidieron que las llevase. Al principio armaron mucho jaleo, pero luego se resignaron.

—Está bien —le dijo Beth a Tina—. Papá cuidará de nosotras y nos divertiremos con él.

Erich lo oyó.

—¿A quién queréis más, a mamá o a mí?

Y las hizo subir por los aires.

—A ti, papá —se rió Tina.

Jenny se percató de que se había aprendido las contestaciones que Erich deseaba escuchar.

Beth titubeó y miró hacia Jenny.

—Os quiero a los dos lo mismo.

Al fin, el día siguiente al de Acción de Gracias, permitieron a Jenny llevarse el bebé a casa. Con ternura, vistió al pequeño bebé, contenta de quitarle la áspera camisita hospitalaria y remplazarla con otra nueva, lavada una vez para suavizar las fibras de algodón. Una larga y floreada camisita, el ropón azul de lana y un gorro, más la manta para cubrirle, de lana peinada con rebordes de satén.

Afuera hacía muchísimo frío. Noviembre había traído ya nieve y helaba constantemente. El viento susurraba entre los árboles, haciendo oscilar las desnudas ramas en un movimiento constante. El humo salía de forma continua por las chimeneas de la casa, de la oficina, y surgía desde el reborde de las viviendas de Clyde y Rooney, cerca del cementerio.

Las niñas permanecieron estáticas delante de su hermanito, cada una suplicando poder tenerlo. Sentada al lado de ellas en el sofá, Jenny se lo dejaba tomar por turnos.

—Con suavidad, con suavidad. Es tan pequeño...

Mark y Emily se dejaron caer por allí para verle.

—Es hermosísimo —declaró Emily—. Erich le está enseñando a todo el mundo las fotos.

—Gracias por las flores —murmuró Jenny—. Y tu padre y tu madre han enviado un bellísimo centro. Telefoneé para darle las gracias a tu madre, pero, aparentemente, no se encontraba en casa.

Aquel «aparentemente» constituía una palabra elegida de forma deliberada. Estaba segura de que Mrs. Hanover se hallaba en casa cuando la telefoneó.

—Están tan contentos por ti... y por Erich, como es natural... —se apresuró a añadir Emily—. Confío en que alguien aquí presente tenga algunas ideas...

Y se echó a reír en dirección de Mark.

Este le devolvió la sonrisa.

«No hagas nunca observaciones de este tipo hasta que estés muy segura de ti misma», pensó Jenny.

Trató de animar la conversación.

—Y bien, doctor Garrett, ¿cómo juzga a mi hijo? ¿Ganará algún premio en la feria del Condado?

—Uno para los de buena casta, estoy seguro —replicó Mark.

¿Había algo en su voz? ¿Un tono de preocupación? ¿Piedad? ¿Veía algo tan frágil en el bebé como le ocurría a ella?

Estaba segura de que algo había...

Rooney era una niñera nata. Le gustaba horrores dar al bebé el biberón suplementario después de que Jenny le alimentase al pecho. O se ponía a leer a las niñas cuando el bebé se encontraba durmiendo.

Jenny agradeció mucho su ayuda. El bebé la preocupaba. Dormía demasiado y estaba tan pálido... Sus ojos comenzaron a enfocarse en los objetos. Serían muy grandes, con aquel indicio de forma almendrada que tenían los de Erich. Ahora eran de un azul de porcelana.

—Pero juraría que tienen unas chispitas verdes. Seguro que son como los ojos de tu madre, Erich. ¿Te gustaría eso?

—Claro que me gustaría.

Erich hizo trasladar la cama con cuatro columnas a la pared sur del dormitorio principal. Jenny dejó abierta la partición entre aquella habitación y la pequeña. La cuna fue llevada allí. Así oiría todos los ruidos que hiciese el bebé.

Erich aún no se había mudado al cuarto común.

—Necesitas descansar un poco más, Jenny.

—Podrías venirte conmigo. Me gustaría...

—Aún no.

Luego, Jenny se percató de que aquello la aliviaba. El bebé consumía todos sus pensamientos. Al finalizar el primer mes, había perdido doscientos gramos. El pediatra puso una cara muy seria:

—Aumentaremos la composición del biberón suplementario. Me temo que la leche de usted no sea suficiente rica para él. ¿Come de una forma apropiada? ¿Algo la trastorna? Recuerde que una madre relajada representa un bebé más feliz.

Jenny se forzó a comer, a picotear, a beber batidos de leche. El bebé empezaba a tragar con ansia, pero luego se cansaba y se quedaba dormido. Le contó esto al doctor.

—Será mejor que hagamos algunas pruebas...

El bebé permaneció en el hospital durante tres días. Jenny durmió en una habitación cerca de la *nursery*.

—No te preocupes por mis niñas, Jenny. Las cuidaré muy bien.

—Sé que lo harás, Erich.

Vivía para los instantes en que podía tener en brazos al bebé. Una de las válvulas del corazón del niño era defectuosa.

—Necesitará que le operen más adelante, pero no podemos aún correr esos riesgos.

Se acordó de la maldición de Maude Ekers.

—¡Maldito sea el bebé que lleva en la barriga!

Sus brazos se inmovilizaron en torno del dormido infante.

—¿Es una operación peligrosa?

—Cualquier operación tiene un riesgo potencial. Pero la mayoría de los bebés la superan perfectamente.

Una vez más, se llevó el bebé a casa. La pelusilla de nacimiento había empezado a caerse. Unas finas sombras doradas comenzaron a remplazarlo.

—Tendrá tu cabello, Erich.

—Creo que tendrá el pelo rojo como las niñas.

Llegó diciembre. Beth y Tina hicieron unas largas listas para Santa Claus. Erich colocó un gran árbol en el rincón cerca de la estufa. Y las niñas le ayudaron. Jenny tenía en brazos el bebé mientras observaba. Aborrecía soltarlo.

—Duerme mejor de esta manera —le explicó a Erich—. Parece estar siempre tan frío... Su circulación es pobre.

—A veces no comprendo cómo no te puedes cuidar de otra cosa que no sea de él —observó Erich—. Tengo que decírtelo: Tina, Beth y yo nos estamos sintiendo un poco desdeñados, ¿no es verdad?

Llevó a las niñas a ver a Santa Claus en una próxima avenida comercial.

—Vaya lista —comentó con indulgencia—. Tengo que escribir todo lo que piden. Y lo que parecen querer más son cunitas y muñecos de bebés...

Luke había regresado a Minnesota para las fiestas. El, Mark y Emily se presentaron la tarde de la Navidad. Emily tenía un aspecto deprimido. Mostró una exquisita agenda de piel.

—Un regalo de Mark... ¿No es maravilloso?

Jenny se preguntó si lo que había estado esperando no sería un anillo de compromiso.

Luke le pidió que le dejase tener en brazos el bebé.

—Es una pequeña belleza...

—Y ha engordado trescientos gramos —anunció Jenny llena de alegría—. ¿No es verdad, *Calabacita*?

—¿Siempre le llamas *Calabacita*? —preguntó Emily.

—Supongo que parecerá tonto... Pero es que Erich me parece

demasiado nombre para tan poca cosita... Tendrá que crecer para llegar a alcanzarlo.

Alzó la mirada sonriente. Erich tenía un aspecto impasible. Mark, Luke y Emily intercalaron miradas de desconcierto. Naturalmente... Probablemente, habrían leído la noticia del natalicio en el periódico al día siguiente de que naciese el bebé, la noticia en que se daba su nombre de pila como Kevin. ¿Pero, no les había explicado nada Erich?

Emily se apresuró a llenar aquel incómodo silencio. Inclinándose de nuevo sobre el bebé, comentó:

—Creo que tendrá el mismo color que las niñas...

—Oh, estoy segura de que será rubio, como Erich...

Jenny sonrió de nuevo.

—Dadle sólo seis meses. Tendremos a un Krueger cabeza de estopa...

Tomó el bebé de manos de Luke.

—Te parecerás mucho a papá, ¿no es verdad, *Calabacita*?

—Es lo que estaba comentando hace un momento —explicó Erich.

Jenny sintió que la sonrisa se helaba en su cara. ¿Querría decir lo que ella opinaba? Miró interrogativamente de un rostro al otro. Emily pareció en extremo incómoda. Luke miró sólo hacia delante. Mark tenía un rostro pétreo. Jenny sintió que la ira crecía en ella. Erich estaba sonriendo cálidamente al bebé.

Supo con absoluta certeza que Erich no había cambiado el nombre del certificado de nacimiento.

El bebé comenzó a lloriquear.

—Mi pobre cariñito... —le dijo.

Se puso en pie:

—Si me excusáis, tengo que...

Hizo una pausa y luego acabó en voz baja:

—Tengo que cuidarme de Kevin...

Mucho después de que el bebé se quedase dormido, Jenny se sentó al lado de la cuna. Escuchó cómo Erich llevaba a las niñas al piso de arriba y les decía en voz baja:

—No despertéis al bebé. Daré a mamá el beso de buenas noches por vosotras... ¿No hemos tenido unas maravillosas Navidades?

Jenny pensó: «No puedo vivir así.»

Al fin, bajó a la planta baja. Erich había cerrado las cajas de los regalos y las había apilado muy bien alrededor del árbol. Llevaba la nueva chaqueta de terciopelo que Jenny había encargado para él en «Dayton's». Aquel azul intenso le sentaba muy bien. «Todos los colores fuertes le van muy bien», pensó de forma objetiva.

—Jen, estoy muy contento con mi regalo. Confío en que hayas quedado complacida con el tuyo.

Le había comprado un chaquetón de visón blanco.

Sin aguardar una respuesta, siguió poniendo en orden los regalos y luego prosiguió:

—Las niñas estaban locas por esas cunitas, ¿no te parece? Nunca hubieras podido suponer lo que lo deseaban. Y el bebé... En realidad, es todavía muy joven para apreciarlos, pero antes de que pase mucho tiempo se divertirá con todos esos animales disecados...

—Erich, ¿dónde está el certificado de nacimiento del bebé?

—Está en el archivo de la oficina... ¿Por qué?

—¿Qué nombre figura en él?

—El nombre del bebé: Kevin...

—Me dijiste que lo habías cambiado.

—Me di cuenta de que hubiera sido un terrible error el hacerlo.

—¿Por qué?

—Jenny, ¿no ha habido suficientes habladurías respecto de nosotros? ¿Qué crees que diría la gente de por aquí si corregimos el nombre del bebé? Dios mío, eso les proporcionaría materia para los siguientes diez años... No olvides que no llevábamos aún casados nueve meses cuando nació el niño.

—Pero *Kevin*... Le has puesto el nombre de *Kevin*...

—Ya te expliqué las razones para eso. Jenny, las habladurías están ya desapareciendo. Cuando la gente habla del accidente, ya no mencionan el nombre de Kevin. Hablan del primer marido de Jenny Krueger, del tipo que la siguió a Minnesota y, de alguna forma, fue a parar a la ribera del río. Pero deja que te diga esto... Si cambiamos ahora el nombre de pila del bebé, tratarán de imaginarse el porqué durante los próximos cincuenta años. Y, por Dios bendito, entonces recordarán a Kevin MacPartland.

—Erich —le contestó con cierto miedo—, ¿existe una razón mejor para que no quieras cambiar el certificado de nacimiento? ¿Está el bebé más enfermo de lo que yo me imagino? ¿Es porque reservas el nombre para un niño que vivirá? Dímelo, Erich, por favor. ¿Estáis tú y el doctor ocultándome algo?

—No, no, no...

Se acercó a ella, con ojos tiernos.

—Jenny, ¿no lo comprendes? Todo irá bien. Quiero que dejes de preocuparte. El bebé cada vez está más fuerte.

Había otra pregunta que Jenny tenía que hacerle.

—Erich, hay algo que dijiste en la sala de partos, eso de que el bebé tenía el pelo rojooscuro como las niñas. Kevin tenía el cabello así. Erich, dímelo, prométeme que no estás sugiriendo que Kevin fuera el padre del bebé. ¿Puedes acaso creer eso?

—Jenny, ¿por qué tendría que creerlo?

—Por lo que dijiste acerca de su pelo.

Sintió que su voz temblaba.

—El bebé llegará a ser la imagen de ti. Aguarda y verás... Todo su pelo nuevo es rubio. Pero cuando los otros estaban aquí... La forma en que lo hiciste resaltar cuando dije que se parecerá a su papá. La forma en que comentaste: «Es lo que estaba comentando hace un momento.» Erich, ¿verdad que no crees que Kevin sea el padre del bebé?

La mujer se lo quedó mirando. La chaqueta de terciopelo azul confería un aspecto bruñido a su pelo rubio. Jenny nunca había, realmente, apreciado lo oscuras que eran sus pestañas y sus cejas. Recordó aquellos cuadros del palacio de Venecia, en donde generaciones de dogos rostros alargados y ojos ardientes miraban desdeñosos a los turistas. En los ojos de Erich se reflejaba ahora parte de ese desprecio.

Sus músculos faciales se endurecieron.

—Jenny, ¿no tiene fin la forma en que siempre me malinterpretas? He sido tan bueno contigo... Te traje aquí, a ti y a las niñas, apartándoos de aquel miserable apartamento para que vivieseis en este maravilloso hogar. Te he regalado joyas, vestidos y pieles. Has podido tener todo aquello que deseabas y, sin embargo, permitiste que Kevin MacPartland se pusiese en contacto contigo y diste pie a un escándalo. Estoy seguro de que no existe una casa en esta comunidad en la que no se discuta acerca de nosotros todas las noches después de cenar. Te perdono, pero no tienes derecho a enfadarte conmigo, a poner en tela de juicio cada palabra que salga de mi boca. Y ahora vayamos arriba. Creo que ha llegado el momento de que vuelva contigo...

Sus manos aferraron los brazos de la mujer. Todo su cuerpo se puso rígido. Había algo en él que infundía miedo... Confusa, Jenny apartó la vista.

—Erich —le respondió con el mayor cuidado—, ambos estamos muy cansados. Nos hemos encontrado bajo una gran tensión durante mucho tiempo. Creo que lo que deberías hacer es comenzar a pintar de nuevo. ¿Te has dado cuenta de las pocas veces que has acudido a la cabaña desde que nació el bebé? Vete a tu habitación esta noche y despiértate temprano por la mañana. Pero abrígate bien; ahora probablemente hará allí mucho frío...

—¿Cómo sabes que hace frío? ¿Cuándo has ido?

Su voz sonó con rapidez y suspicacia.

—Erich, ya sabes que nunca he estado en la cabaña...

—¿Pero cómo sabes...?

—Chist... Escucha...

Desde el piso de arriba se percibieron unos gimoteos.

—Es el bebé.

Jenny se dio la vuelta y subió a toda prisa las escaleras, con Erich detrás de ella. Los brazos y piernas del bebé se estaban agitando. Su rostro se veía húmedo. Mientras observaban, comenzó a chuparse el puñito.

—Oh, Erich, mira, está llorando auténticas lágrimas...

Con ternura, Jenny se inclinó y tomó al bebé en brazos.

—Vamos, vamos *Calabacita*. Sé que estás hambriento, mi precioso corderito. Erich, cada vez se está poniendo más fuerte...

Detrás de ella, escuchó cómo la puerta se cerraba. Erich había salido de la habitación.

TREINTA

Soñó con una paloma. En cierta forma, parecía terriblemente ominosa. Volaba por toda la casa y tenía que atraparla. No debía permitir que estuviese allí. Se desplazó a la habitación de las niñas y Jenny la siguió. Volaba frenéticamente, dando vueltas y más vueltas por la habitación. Se le escapó de las manos y voló hasta la habitación del bebé. Se posó en la cuna. Jenny comenzó a gritar, no, no, no...

Se despertó con lágrimas en el rostro y se precipitó hacia el bebé. Este dormía plácidamente.

Erich había dejado una nota en la mesa de la cocina.

He seguido tu consejo. Permaneceré pintando en la cabaña durante unos cuantos días.

En el desayuno, Tina hizo una pausa mientras tomaba sus cereales y preguntó:

—Mamá, ¿por qué no me hablaste cuando entraste anoche en mi cuarto?

Aquella tarde, Rooney se detuvo para hacer una visita y fue ella la primera en darse cuenta de que el bebé tenía fiebre.

Rooney y Clyde habían estado cenando el día de Navidad con Maude y Joe.

—Joe se está poniendo muy bien —informó Rooney a Jenny—. El haberse ido a Florida al salir del hospital, le ha sentado muy bien, y también a Maude. Ambos están morenos y saludables. Joe podrá quitarse el aparato ortopédico el mes próximo.

—Me alegro mucho...

—No es de extrañar que Maude diga que está muy contenta de encontrarse ahora en casa. Me ha dicho que Erich ha sido auténticamente generoso con ellos. Pero supongo que ya lo sabes. Ha pagado hasta el último centavo de las facturas médicas y les regaló además un cheque de cinco mil dólares... Escribió a Maude que se sentía responsable.

Jenny estaba dando las últimas puntadas a la colcha. Alzó la vista.

—¡Responsable!

—No sé qué quiso decir. Pero Maude me contó que siente mucho que el bebé no se haya desarrollado bien. Dice que recuerda haberte dicho cosas terribles...

Jenny recordó las palabras espantosas que Maude había proferido.

—Supongo que Joe admitió que aquella mañana tenía una fuerte resaca; insiste en que, probablemente, fue él el que mezcló el veneno con la avena.

—¿Joe ha dicho eso?

—Así es. De todos modos, creo que Maude desea que te pidiese disculpas en su nombre. Sé que cuando regresaron la semana pasada, Joe acudió en persona a hablar con el sheriff. Joe está realmente preocupado por todos los rumores que corren acerca de este accidente. Ya sabes, a causa de las tonterías que dijo sobre haberte visto. Afirma que no sabe por qué llegó a decir aquellas cosas.

«Pobre Joe —pensó Jenny— Tratando de hacer un daño irreparable, y luego poniendo aún peor las cosas al sacarlas de nuevo a la luz.»

—Vaya, Jenny, ¿te das cuenta de que tu colcha está casi acabada? Y es de veras bonita. Y ha sido necesario para ello mucha paciencia.

—Estoy contenta de haber podido hacerla —replicó Jenny.

—¿La colgarás en el comedor, cerca de la de Caroline?

—Aún no lo he pensado.

Hoy no había pensado en muchas cosas, excepto en la posibilidad de que fuese sonámbula. En su sueño había tratado de expulsar a una paloma de la habitación de las niñas. ¿Pero había estado, realmente, en la habitación?

Se habían producido ya muchos episodios parecidos durante los pasados meses. La próxima vez que fuese a visitar al doctor Elmendorf, hablaría con él acerca de todo. Tal vez sí que necesitase alguna forma de asesoramiento...

«Tengo tanto miedo», pensó.

Había comenzado a dudar si Erich la perdonaría alguna vez la notoriedad que le había hecho tomar. No importaba lo esforzadamente que lo intentasen, pues nunca volvería a quedar todo en orden. Y a pesar de lo que Erich dijese, creía que, subconscientemente, no estaba seguro de que el bebé fuese su hijo. Jenny no podía vivir con aquello entre ambos.

Pero el bebé era un Krueger y merecía la mejor atención médica que la fortuna de Erich pudiese conseguir para él. Una vez se le hubiese hecho la operación al bebé y saliesen las cosas bien, en cuanto todo estuviese arreglado, Jenny se marcharía de esta casa. Trató de visualizar su vida en Nueva York, trabajando en la galería de arte, con la guardería, el tener que recoger a las niñas, el apresurarse hasta su casa para preparar la cena... No sería fácil. Pero nada era fácil y muchas mujeres conseguían salir airosas. Y cualquier cosa sería mejor que esta terrible sensación de aislamiento, este sentimiento de perder el contacto con la realidad.

Pesadillas. Sonambulismos. Amnesia. ¿Era posible la amnesia? Nunca había tenido problemas en el apartamento de Nueva York. Estaba cansada hasta el agotamiento al finalizar la jornada, pero siempre se dormía. No podía conceder a las niñas tiempo suficiente, pero ahora parecía como si careciese en absoluto de tiempo. Estaba tan preocupada por el bebé, que Erich había estado arrebatándole a Tina y a Beth para salir a unas excursiones, a las que ella no podía o no quería acompañarles...

«Quiero ir a mi hogar —pensó—. El hogar no era un buen sitio, tal vez ni siquiera fuese una casa o un apartamento. El hogar es un sitio en el que puedes cerrar la puerta y encontrarte en paz...»

Esta tierra... Incluso ahora... Con la nieve que caía, el viento soplando... A Jenny le gustaba la violencia del invierno. Se imaginaba la casa cuando había comenzado a arreglarla. Cuando quitara las pesadas cortinas, aquella mesa ante la ventana, las amistades que había pensado hacer, las fiestas que hubiera dado después de las vacaciones...

—Jenny, pareces tan cansada —le dijo Rooney de repente.

Trató de sonreír.

—Es sólo...

Su voz se extinguió.

—Esta es la mejor Navidad que haya pasado desde que Arden se fue. Simplemente, al ver a las niñas tan felices y al poderte ayudar con el bebé...

Jenny se percató de que Rooney nunca llamaba al bebé por su nombre.

Alzó la colcha.

—Ya está, Rooney... acabada.

Beth y Tina estaban jugando con sus nuevos rompecabezas de dibujos; Beth alzó la mirada.

—Eso es muy bonito, mamá. Eres una tejedora muy buena.

Tina aportó su granito de arena:

—Me gusta más que la que está en la pared. Papá dijo que el tuyo no iba a ser tan bueno como el de la pared, y pensé que eso era lo que opinaba.

Inclinó la cabeza encima del libro. La menor línea de su cuerpo reflejó enfado.

Jenny no pudo por menos que sonreír.

—Oh, preciosita mía, eres una actriz consumada...

Se acercó a ella, se arrodilló y la abrazó.

Tina devolvió con fuerza el abrazo.

—Oh, mamá...

«Les concedo tan poco tiempo desde que llegó el bebé...», pensó Jenny.

—Os voy a decir una cosa —les manifestó—. Bajaremos a *Calaba-cita* durante unos minutos. Si os laváis las manos, tendréis oportuni-dad de tenerlo en brazos.

Rooney interrumpió sus chillidos de deleite.

—Jenny..., ¿lo podré hacer yo?

—Naturalmente. Prepararé sus cereales...

Rooney volvió al piso bajo al instante, sujetando amorosamente al bebé envuelto en una manta. Tenía aspecto de preocupación.

—Creo que tiene fiebre...

A las cinco, llegó el doctor Bovitch.

—Será mejor que le llevemos al hospital.

—No, por favor...

Jenny trató de que su voz no le temblase.

El pediatra titubeó.

—Podemos aguardar hasta mañana —manifestó—. El problema es... que, en los bebés, la fiebre puede subir con mucha rapidez. Por otra parte, no me apetece mucho tener que sacarle con este frío. Muy bien. Veamos cómo se encuentra mañana por la mañana.

Rooney se quedó y les preparó la cena. Jenny dio una aspirina al bebé. Jenny, a su vez, estaba helada. ¿Había pillado un resfriado o, simplemente, se hallaba entumecida por la ansiedad?

—Rooney, dame el chal, por favor.

Se lo puso encima de los hombros y protegió con el chal al niño.

—Oh, cariño...

El rostro de Rooney aparecía ceniciento.

—¿Qué pasa, Rooney?

—Se trata del chal. No me había dado cuenta, cuando lo hice, que este color..., con tu pelo oscuro..., por un momento fue como observar aquel retrato de Caroline. Me hizo sentirme mal...

Clyde llegó a las siete y media para acompañar a Rooney a casa.

—No quiere que salga sola de aquí por la noche —le confesó Rooney—. Dice que no le gustan mis tontas charlas después de haber andado sola por ahí.

—¿Qué clase de charlas tontas? —le preguntó Jenny ausente.

El bebé estaba durmiendo. Su respiración sonaba pesada.

—Ya sabes —prosiguió Rooney, bajando su tono hasta un susurrro—. Una vez, en uno de mis ataques, en los que apenas profiero palabras, le dije a Clyde que había visto a Caroline muchas veces dando vueltas por aquí. Clyde se puso auténticamente histérico.

Jenny se estremeció. Rooney parecía encontrarse tan bien... No había hablado de haber visto a Caroline desde que naciese el bebé.

Se produjo un fuerte golpe en la puerta y Clyde penetró en el vestíbulo de la cocina.

—Vamos, Rooney —dijo—, ya es hora... Quiero mi cena...

Rooney acercó los labios al oído de Jenny.

—Oh, Jenny, tienes que creerme, ella está aquí. Caroline ha regresado. Es comprensible, ¿no te parece? Desea ver a su nieto...

Durante las siguientes cuatro noches, Jenny colocó la cuna al lado de su cama. Un vaporizador hacía circular aire caliente y húmedo; una pequeña luz para la noche le hacía posible a Jenny, entre sus retazos de sueño, ver que el bebé estuviese bien tapado, que respirase con facilidad.

El médico regresó cada mañana.

—Me interesa localizar cualquier señal de neumonía —explicó—. En un bebé, un constipado puede llegar a los pulmones en pocas horas.

Erich no regresó de la cabaña. Durante el día, Jenny bajó al bebé y le colocó en la cuna grande al lado de la estufa. De este modo podía observarle durante todo el rato y, al mismo tiempo, estar con Beth y Tina.

La posibilidad de que fuese sonámbula asustaba a Jenny. «Dios mío, ¿puedo errar por ahí fuera, de noche?» A cierta distancia, pasaría por Caroline, especialmente si llevaba el chal arrebujado.

Y si era sonámbula, ello explicaría las alegaciones de Rooney de haber visto a Caroline, la pregunta de Tina de «¿Por qué no me hablas cuando entras en mi cuarto?», la certeza absoluta de Joe de que la había observado entrar en el coche de Kevin.

El día de Nochevieja, la sonrisa del médico resultó alentadora.

—Creo que ya lo ha superado. Eres una buena enfermera, Jenny. Ahora debes descansar un poco. Déjalo de nuevo en su cuarto. Si no le apetece comer durante la noche, no le despiertes...

Después de dar de mamar al bebé a las diez, Jenny llevó de nuevo la cuna de mimbre al cuarto del bebé.

—Te echaré de menos, *Calabacita* —le dijo—. Pero es magnífico que te hayas curado del resfriado.

Los ojos del bebé, de un profundo azul oscuro, parecieron mirarla solemnemente bajo sus largas y negras pestañas.

—¿Sabes que ya tienes ocho semanas de vida? —le preguntó—. Eres un chico ya mayorcito...

Le ató las cintas de su largo camisón.

—Ahora da todas las patadas que quieras —le sonrió—. Estarás tapado aunque no quieras...

Durante un largo minuto lo oprimió contra ella, olisqueando el débil aroma a talco.

—Hueles tan bien... —susurró—. Buenas noches, *Calabacita*...

Dejó el panel corredero abierto ligeramente y se metió en la cama. El año nuevo comenzaría dentro de unas pocas horas. Esta noche hacía un año, Fran y algunas otras personas de su edificio habían acudido a su piso. Sabían que no se encontraba muy bien. Era el primer año nuevo que Nana no estaba con ella.

Fran bromeó acerca de Nana.

—Probablemente está en el cielo, asomada por una ventana y tocando una matraca.

Se habían reído juntas.

—Será un buen año para ti, Jen —le había dicho Fran—. Lo siento en los huesos...

¡Un buen año! Luchando, finalmente regresaré a Nueva York, le diría a Fran que se hiciese revisar los huesos. Que sus vibraciones eran muy malas...

¡Pero el bebé! Hacía muy poco importante todo lo que había pasado durante este año. «Me lo llevaré conmigo», pensó rápidamente. *Era* un buen año...

Cuando se despertó, el sol mandaba una clara y fría luz que avisaba que afuera el día era gélido. El pequeño reloj de porcelana de encima de la mesilla de noche señalaba las ocho menos cinco.

El bebé había dormido durante toda la noche, y se había pasado la hora de su toma de las seis. Saltó de la cama, corrió el tabique y se precipitó a la cuna de mimbre.

Las largas pestañas lanzaban tranquilas sombras sobre las pálidas mejillas. Una vena azul, en un lado de su naricita, aparecía oscura sobre la translúcida piel. Los brazos del bebé estaban echados por encima de su cabeza; sus manecitas se veían abiertas, con los dedos extendidos en forma de estrella.

Pero el bebé no respiraba...

Después recordó haber gritado, recordó haber corrido con el bebé en los brazos, precipitarse en camisón y descalza a través de la nieve hasta la oficina. Erich, Clyde, Luke y Mark estaban allí. Mark le quitó el bebé de los brazos y le puso la boca encima de los delgados labios.

—Muerte en la cuna, Mrs. Krueger —le explicó el doctor Bovitch—. Era un bebé muy enfermo. No sé cómo hubiera podido sobrevivir a la operación. Esto ha sido más sencillo para él.

Rooney no hacía más que lamentarse:

—¡Oh, oh, no, oh, no...!

—Nuestro pequeñín —gimoteó Erich.

«*Mi* pequeñín —pensó ferozmente Jenny—. Si hasta le negaste tu nombre...»

—¿Por qué Dios se ha llevado a nuestro bebé al cielo? —preguntaban Tina y Beth.

Sí, ¿por qué?

—Me gustaría enterrarle con tu madre, Erich —le dijo Jenny—. En cierto modo estaría menos solo si le dejásemos allí.

Los brazos le dolían y se sentía vacía.

—Lo siento, Jenny —respondió Erich con firmeza—. No puedo turbar la tumba de Caroline...

Tras una Misa de los Angeles, Kevin MacPartland Krueger fue situado cerca de los tres bebés que se habían perdido en otras generaciones. Con ojos secos, Jenny observó cómo era bajado el pequeño ataúd. La primera mañana en esta granja se había quedado mirando aquellas tumbas y se preguntó cómo cualquiera podía soportar la pena de perder a un niño...

Y ahora la pena era suya.

Comenzó a sollozar. Erich la rodeó con los brazos. Pero ella se los apartó.

Luego desfilaron hacia la casa. Mark, Luke, Clyde, Emily, Rooney, Erich, la misma Jenny. Hacía tanto frío... Elsa estaba dentro.Había preparado unos emparedados. Sus ojos estaban rojos e hinchados. «Así que Elsa tiene sentimientos», pensó amargamente.

Y luego quedó avergonzada.

Erich les condujo al salón delantero. Mark estaba al lado de Jenny.

—Jenny, bébete esto. Te calentará...

El coñac le ardió en la garganta. No había probado el alcohol desde el momento en que supo que se encontraba embarazada. Y ahora ya no importaba....

Entumecida, se sentó y se fue tomando el coñac. Resultaba tan difícil de tragar...

—Estás temblando —le dijo Mark.

Rooney lo oyó.

—Traeré el chal...

«El verde no —pensó Jenny—, no el que usé para arropar al bebé.»

Pero Rooney se lo estaba ya echando encima de los hombros, colocándolo bien a su alrededor.

Los ojos de Luke estaban fijos en ella. Y sabía el porqué. Trató de quitarse el chal.

Erich había permitido que Tina y Beth trajesen sus cunitas al salón para que pudiesen estar con los demás. Parecían muy asustadas.

Beth dijo:

—Mira, mamá, ésta es la forma en que Dios cubre a nuestro bebé en el cielo.

Y amorosamente, le subió al muñeco la manta hasta el mentón.

Había un silencio total en la habitación.

Luego se oyó la voz de Tina, dulce y clara.

—Y ésta es la forma en que aquella dama —y señaló el cuadro—
cubrió al bebé la noche en que Dios se lo llevó al cielo.

Lenta, deliberadamente, abrió las palmas de las manos y las
oprimió sobre la cara del muñeco.

Jenny escuchó un brusco y fuerte jadeo. ¿Había salido de sus
propios labios? Todo el mundo estaba ahora mirando el cuadro,
y luego, en un solo ademán, cada cabeza se volvió y unos ojos que
ardían e interrogaban miraron con fijeza a la niña.

TREINTA Y UNO

—Oh, no, no.... —canturreó la voz de Rooney—. Caroline nunca hubiese lastimado al bebé, cariñito...

Corrió hacia Tina.

—Caroline siempre solía poner las manos en torno del rostro de Erich cuando era pequeño. Así...

Con gentileza, colocó las palmas en las mejillas del muñeco.

—Y se hubiera reído y dicho: «*Caro, caro.*» Eso significa querido...

Rooney se enderezó y miró a su alrededor. Ahora sus pupilas eran enormes.

—Jenny, es como te dije. Ha vuelto. Tal vez supo que el niño estaba enfermo y quiso ayudar.

La voz de Erich fue muy baja:

—Sácala de aquí, Clyde...

Clyde agarró a Rooney por el brazo.

—Vamos... Y permanece en silencio.

Rooney se apartó.

—Jenny, diles cómo he estado viendo a Caroline. Diles que te lo conté. Diles que no estoy loca.

Jenny trató de levantarse del sillón. Clyde estaba lastimando a Rooney. Sus dedos se hundían en el delgado brazo. Pero sus piernas no podían sostenerla. Trató de hablar, pero las palabras no le salieron. Las pequeñas manos de Tina encima de la boca y narices del muñeco...

Fue Luke quien le hizo aflojar los dedos a Clyde.

—Déjala sola, hombre... Por el amor de Dios, ¿no puedes ver que todo esto ha sido demasiado para ella?

Su tono resultaba tranquilizador.

—Rooney, ¿por qué no te vas a casa y te tumbas? Ha sido también un día terrible para ti...

Rooney no pareció oírle.

—La he estado viendo una y otra vez. A veces, por la noche, me escabullo después de que Clyde se queda dormido, porque quiero hablar con Caroline. Apuesto algo a que sabe adónde se fue Arden. Y la veo entrar en la casa. En una ocasión, la vi junto a la ventana del cuarto del bebé. La luz de la luna brillaba encima de ella, tan claramente como la luz del día. Quiero que me hable alguna vez. Tal vez crea que le tengo miedo. Pero, ¿por qué debería tenerlo? Si Caroline se encuentra aquí eso significa que, aunque Arden esté muerta, será capaz de regresar. ¿No es verdad?

Se apartó de Clyde y corrió hacia Jenny. Poniéndose de rodillas colocó los brazos alrededor de la otra mujer.

—Eso significa que tal vez el bebé regresará también. ¿No sería maravilloso? Jenny, ¿me dejarás tomarlo en brazos cuando vuelva?

Eran casi las dos. Sus pechos estaban llenos de leche. El doctor Elmendorf los había vendado para detener la lactancia, pero, en las horas en que había alimentado al bebé, se le llenaban de nuevo. Dolían, pero estaba contenta de tener aquel dolor físico. Servía de contrapeso a la agonía de la pena. El frágil cuerpo de Rooney estaba temblando. Jenny alargó las manos y colocó los brazos en torno de aquellos delgados hombros.

—No va a regresar, Rooney —le contestó—. Ni Caroline ni Arden. Tina estaba soñando.

—Claro que lo estaba —profirió Mark con brusquedad.

Luke y Clyde alzaron a Rooney.

—Necesita un sedante —explicó Luke—. La llevaré en coche contigo al hospital.

El mismo Luke también parecía enfermo.

Emily y Mark se quedaron un poco más. Emily hizo dolorosos esfuerzos por hablar con Erich acerca de su pintura.

—Tengo una exposición en Houston para febrero —le contó Erich—. Me llevaré conmigo a Jenny y a las niñas. El cambio nos sentará bien a todos.

Mark se sentó al lado de Jenny. Había un tranquilo consuelo en todo él. Jenny sentía su compasión, y aquello la ayudaba.

Después de que Mark y Emily se fuesen, Jenny consiguió preparar una cena para las niñas y Erich. De alguna forma, consiguió las fuerzas necesarias para preparar a las niñas para irse a la cama. Tina chapoteó en la bañera. Mientras la bañaba, Jenny pensó en acunar al bebé en el hueco de su brazo. Luego cepilló los largos y gruesos rizos de Beth. El bebé estaba perdiendo su oscuro cabello. Hubiera sido rubio. Escuchó sus oraciones:

—Dios mío, bendice a Nana y a nuestro bebé en los cielos.

Le cerró los ojos mientras oleadas de dolor corrían sobre ella.

En el piso de abajo, Erich tenía preparado un coñac.

—Bébete eso, Jenny. Te ayudará a relajarte.

La atrajo a su lado. Jenny no se resistió. Las manos de él corrieron a través de su cabello. En una ocasión, aquel ademán la había electrizado.

—Jen, ya has oído al doctor. El bebé no hubiera resistido la operación quirúrgica. Realmente, se encontraba mucho más enfermo de lo que sabíamos.

Jenny escuchó, aguardando a que su entumecimiento se alejara.

«No trates de hacerlo más fácil, Erich —pensó—. Nada de lo que puedas decir importa lo más mínimo.»

—Jenny, estoy preocupado. Me cuidaré de ti. Pero Emily es una chismosa. Ahora mismo, lo que Tina ha dicho lo debe de saber toda la ciudad.

La rodeó con los brazos.

—Gracias a Dios, Rooney es una testigo no fiable y Tina es una menor... De otro modo...

Jenny trató de apartarse de él. Las manos de su marido la sujetaron con fuerza. Su voz fue tan suave, tan hipnóticamente gentil...

—Jenny, estoy terriblemente preocupado por ti. Todo el mundo se ha dado cuenta de lo muchísimo que te pareces a Caroline. Se enterarán de lo que ha contado Tina. Oh, cariño mío, ¿no comprendes lo que dirán?

Muy pronto se despertaría y se encontraría de regreso en el apartamento. Nana estaría allí.

—Ahora, Jen, estás hablando de nuevo en sueños. Debes de haber tenido una pesadilla. Has abusado terriblemente de la mente, querida.

Pero Jenny no se encontraba en el apartamento. Se hallaba en aquel salón gélido y atiborrado de muebles y escuchaba la increíble sugerencia de que la gente pensaría que ella había matado a su propio bebé.

—El problema es, Jen, que *has sido* una sonámbula. ¿Cuántas veces han preguntado las niñas por qué no les hablabas cuando entrabas de noche en su habitación? Resulta del todo verosímil que estuvieses en el cuarto del bebé, tal vez acariciando la cara del niño. Tina no comprendió lo que vio. Tú misma le dijiste al doctor Elmendorf que sufrías de alucinaciones. Me lo contó todo...

—¿Te llamó?

—Sí. Está muy inquieto. Dice que te niegas a visitar a un psiquiatra.

Jenny miró por encima de él, hacia las cortinas. El encaje parecía una telaraña. En una ocasión, había quitado estas cortinas, tratando ciegamente de cambiar la sofocante atmósfera de esta casa. Y Erich las había vuelto a colocar.

Ahora las cortinas parecían encerrarla, enredarla, sofocándola.

Algo. Cerró los ojos contra el recuerdo de las manitas de Tina cubriendo la cara del muñeco, presionándolas hacia abajo.

Alucinante. ¿Había imaginado su cara, la sensación de un cabello colgando sobre el lecho? ¿Todas aquellas noches, había estado imaginándolo?

—Erich, estoy muy confundida. No sé ya lo que, realmente, es nada. Incluso antes de todo esto. Pero ahora, me voy a ir. Y me llevaré a las niñas.

—Imposible, Jenny. Estás demasiado trastornada. Por ti, por ellas, no puedes estar sola. Y no lo olvides. Las niñas, legalmente, son Krueger. Son tanto hijas mías como tuyas...

—Yo soy su madre, su madre natural y tutora.

—Jenny, por favor, recuerda esto. A los ojos de la ley, tengo tantos derechos como tú. Y créeme, si intentas alguna vez abandonarme, conseguiré la custodia. ¿Crees que cualquier tribunal te las concederá, con la reputación que tienes en esta comunidad?

—¡Pero son *mías*! El bebé era tuyo y no quisiste darle tu nombre. Las niñas son mías y las deseas... ¿Por qué?

—Porque te deseo a ti. No importa lo que hayas hecho, no importa lo mala que seas. Te deseo. Caroline ardía en deseos de abandonarme, pero te conozco a ti, Jenny. Nunca dejarás a las niñas. Y ésa será la razón de que estemos siempre juntos. Vamos a empezar de nuevo. Regresaré a tu cuarto esta noche.

—No.

—No tienes elección. Hemos de dejar atrás el pasado. Nunca te mencionaré de nuevo al bebé. Estaré aquí para ayudarte si comienzas a tener sonambulismo. Cuidaré de ti. Si investigan la muerte del bebé, contrataré un abogado.

La estaba poniendo en pie. Desamparada, le permitió ayudarla a subir las escaleras.

—Mañana volveremos a poner la habitación como estaba antes —le dijo—. Haremos ver que el niño nunca nació.

Tenía que seguirle la corriente hasta que pudiese actuar. Se encontraban ya en el dormitorio. Erich abrió el cajón de abajo del gran armario. Sabía lo que Erich buscaba. El camisón aguamarina.

—Póntelo por mí, Jen. Hace tanto tiempo...

—No puedo.

Tenía miedo. Los ojos de Erich eran tan extraños... No conocía a este hombre que podía decirle que la gente creía que era una asesina, que se olvidase de que el bebé había sido enterrado hacía unas horas.

—Sí, sí que puedes. Ahora estás muy delgada. Se te ve encantadora.

Le tomó el camisón y se dirigió al cuarto de baño. Había cambiado mucho y el camisón le sentaba de nuevo bien. Se miró en el espejo de encima del lavabo. Y comprendió por qué la gente pensaba que se parecía a Caroline.

Sus ojos tenían la misma expresión triste y encantada que los de la mujer del cuadro.

Por la mañana, Erich salió de la cama en silencio y comenzó a andar de puntillas por el cuarto.

—Estoy despierta —le dijo Jenny.

Eran las seis de la mañana. Hubiera sido la hora de dar de mamar al bebé.

—Trata de volver a dormirte, cariño.

Había tomado un pesado suéter de esquí.

—Iré a la cabaña. Debo acabar los cuadros para la exposición de Houston. Iremos juntos, cariño, nosotros dos y las niñas. Lo pasaremos estupendamente.

Se sentó en el filo de la cama.

—Oh, Jen, te amo...

Ella se lo quedó mirando.

—Dime que me amas, Jen...

Obediente, Jenny respondió:

—Te amo, Erich.

Era una mañana desapacible. Incluso para la hora en que las niñas habían desayunado, el sol aún seguía oculto por jirones de oscuras nubes. El aire era helado, con negras sensaciones como antes de una tormenta.

Vistió a Tina y a Beth para dar un paseo. Elsa iba a quitar el árbol de Navidad y Jenny rompió unas pequeñas ramitas.

—¿Qué vas a hacer con ésas, mamá? —le preguntó Beth.

—Pensé que podríamos ponerlas en la tumba del bebé.

El barro se había helado durante la noche. Las luminosas agujas de los pinos suavizaban la rigidez del pequeño montículo.

—Mamá, no te pongas tan triste —suplicó Beth.

—Trataré de no estarlo, *Ratoncita*.

Se dio la vuelta. «Si pudiera, por lo menos, sentir algo —pensó—. Estoy vacía, tan terriblemente vacía...»

En el camino de regreso a la casa, vio a Clyde que avanzaba en su coche por la carretera de la granja. Aguardó a que pasase para preguntarle por Rooney.

—No quieren dejarla regresar a casa durante algún tiempo —le explicó—. Le están haciendo toda clase de pruebas, y afirman que tal vez debería llevarla una temporada a un hospital especial. He dicho que no tenía objeto. Se ha puesto mucho mejor desde que usted llegó aquí, Mrs. Krueger. Supongo que nunca supe lo sola que se encontraba Rooney. Siempre temía abandonar la granja durante mucho tiempo. Por si acaso, de repente, Arden telefoneaba o regresaba. Pero, últimamente, se ha puesto de nuevo peor. Ya lo ve...

Clyde tragó saliva y se esforzó por reprimir las lágrimas.

—Y, Mrs. Krueger, ha salido a luz lo que Tina dijo. El sheriff... ha estado hablando con Rooney. Le trajo una muñeca. Le dijo que le mostrase la forma en que Caroline solía acariciar el rostro del bebé, y cómo Tina dijo que la dama del cuadro había tocado al bebé. No sé qué está tramando.

«Yo sí lo sé —pensó Jenny—. Erich tiene razón. Emily no ha podido aguardar a esparcir la historia entre la gente de la ciudad...»

El sheriff Gunderson llegó tres días después.

—Mrs. Krueger, tengo que prevenirla de lo que pueda decir. Tengo un permiso para exhumar el cadáver del bebé. El médico forense practicará la autopsia.

Jenny permaneció de pie y observó cómo las aguzadas palas abrían la tierra recientemente helada, y cómo el pequeño ataúd era cargado en un coche fúnebre.

Sintió que había alguien de pie a su lado. Era Mark.

—¿Por qué te torturas de ese modo, Jenny? No deberías estar aquí.

—¿Qué están buscando?

—Quieren asegurarse de que no hay hematomas o señales de presión en el rostro del bebé.

Jenny se acordó de las largas pestañas proyectando sombras sobre las pálidas mejillas, de la pequeña boca, de la vena azul en un lado de su nariz. La vena azul. No se había percatado nunca de ella hasta aquella mañana en que la descubriese.

—¿Te percataste de alguna clase de moretones? —le preguntó.

Mark conocía la diferencia entre un hematoma y una vena...

—Cuando intenté la respiración boca a boca, apreté con fuerza su rostro. Puede haber algunas...

—¿Les contastes esto?

—Sí.

Jenny se volvió hacia él. El viento no era muy fuerte, pero cada ráfaga de aire le producía nuevos escalofríos.

—Les dijiste esto para protegerme. No era necesario.

—Les dije la verdad —manifestó.

El coche fúnebre entró en la enfangada carretera.

—Regresa a la casa —le apremió Mark.

Jenny trató de analizar sus sensaciones, mientras caminaba dificultosamente al lado de Mark a través de la nieve que caía de nuevo. Era tan alto... Nunca se había percatado de lo acostumbrada que se había vuelto a la relativamente escasa talla de Erich. Kevin había sido tan alto, más de metro ochenta. Mark... ¿Cuánto mediría? ¿Uno noventa?

Tenía dolor de cabeza. Los pechos le ardían. ¿Por qué no dejaba de manar la leche? Ya no era necesaria. Podía sentir cómo se le humedecía la blusa. Si Erich hubiese estado en la casa se habría sentido mortificado. Odiaba el desorden. Era tan limpio... Y tan íntimo en sus cosas... Si no se hubiese casado con ella, los Krueger no se habrían visto arrastrados por el lodo...

Erich creía que Jenny había convertido su nombre en motivo de escándalo y, sin embargo, seguía alegando que la amaba. Le gustaba que Jenny se pareciese a Caroline. Esa era la razón de que siempre le pidiese que se pusiera el camisón aguamarina. Tal vez cuando actuaba como sonámbula trataba de parecerse a la madre de su marido para complacerle.

—Me imagino que lo estoy intentando —dijo.

Su propia voz desconcertó a Jenny. No sabía que había hablado en voz alta.

—¿Qué dices, Jenny?¡*Jenny!*

La mujer se caía, no podía impedir el derrumbarse. Pero algo la detuvo en el instante en que su cabello rozaba con la nieve.

—¡Jenny!

Mark la sostenía, la llevaba en brazos. Jenny confió en no resultar demasiado pesada.

—Jenny, estás ardiendo...

Quizás aquella fuese la razón de que no pudiese mantener de forma equilibrada sus pensamientos. No era sólo la casa. Oh, Dios, cómo odiaba aquella casa...

Jenny conducía un coche. Erich la sujetaba. Recordó este coche. Era la «rubia» de Mark. Llevaba libros...

—Un *shock* de fiebre láctea —explicó el doctor Elmendorf—. La dejaremos aquí.

Era muy agradable flotar, tan bonito el llevar una de aquellas batas hospitalarias. Odiaba el camisón aguamarina.

Erich entraba y salía de su cuarto.

—Beth y Tina están bien. Te envían besitos.

Finalmente, Mark trajo el mensaje que Jenny más necesitaba.

—El bebé está otra vez en el cementerio. No le molestarán más...

—Gracias...

Los dedos de él se cerraron sobre las manos de Jenny.

—Oh, Jenny...

Aquella noche había tomado dos tazas de té y un gran pedazo de tostada.

—Me alegra mucho ver cómo se siente mejor, Mrs. Krueger .

La enfermera era auténticamente amable. ¿Por qué aquella amabilidad le hacía desear llorar? Estaba acostumbrada a dar por sentado que ella gustaba a la gente.

La fiebre se convirtió en una febrícula persistente.

—No le dejaré irse a casa hasta que hayamos eliminado por completo esa fiebre —insistió el doctor Elmendorf.

Lloró mucho. A menudo, cuando se adormecía se despertaba con las mejillas inundadas de lágrimas.

El doctor Elmendorf comentó:

—Mientras esté aquí, me gustaría que el doctor Philstrom tuviese unas charlas con usted...

El doctor Philstrom era psiquiatra...

Se sentó al lado de su lecho, un hombrecillo que parecía oficinista de un Banco.

—Tengo entendido que le acometen una serie de pesadillas.

Todos deseaban demostrar que estaba loca.

—Ya no las he tenido más...

Y era cierto. En el hospital, había comenzado a dormir durante toda la noche. Cada día se empezaba a sentir más fuerte, más ella misma. Se percató de que aquella mañana incluso bromeaba con la enfermera.

La tarde fue más dura. No quería ver a Erich. El sonido de sus pisadas en el vestíbulo le volvió húmedas y pegajosas las manos.

Había traído a las niñas para que la vieran. No las dejaron entrar en el hospital, pero Jenny se acercó a la ventana y las saludó. En cierto modo, parecían melancólicas cuando le devolvieron el saludo.

Aquella noche tomó una cena completa. Quería que le volviesen las fuerzas. Ya no había nada que la retuviera en la «Granja Krueger». No había forma en que ella y Erich recuperasen lo que una vez habían tenido. Planearía la forma de marcharse. De algún modo, en aquel viaje, ella, Beth y Tina dejarían a Erich y tomarían un avión para Nueva York. Erich podría ser capaz de conseguir la custodia de las niñas en Minnesota, pero, en Nueva York, no se las entregarían.

Vendería el collar de Nana para conseguir un poco de dinero. Un joyero había ofrecido a Nana mil cien dólares por él hacía unos años. Si reunía una cantidad así, sería suficiente para comprar los billetes de avión y ayudarse hasta que consiguiese un empleo.

Alejada de la casa de Caroline, del cuadro de Caroline, de la cama de Caroline, del camisón de Caroline, del *hijo* de Caroline, sería de nuevo ella misma: capaz de pensar con calma, intentando reunir y luego dejar a buen recaudo todos aquellos espantosos pensamientos que no hacían más que ascender a la superficie de su mente. Había tantos de ellos, tantas impresiones que parecían acabarla...

Jenny se quedó dormida, con un indicio de sonrisa en los labios, con las mejillas apoyadas en las manos.

Al día siguiente telefoneó a Fran. Oh, bendita, bendita libertad, saber que nadie descolgaría la extensión que había en la oficina...

—Jenny, no has respondido a mis cartas. Pensé que me habías proyectado al espacio exterior...

No se molestó en explicar que nunca las había recibido.

—Fran, te necesito.

Tan rápidamente como le fue posible, se lo explicó:

—Tengo que salir de aquí.

La espontánea risa habitual de Fran desapareció.

—Las cosas van mal, Jenny. Puedo oírlo en tu voz...

Más tarde se lo contaría a Fran todo. Ahora, simplemente, se mostró de acuerdo.

—Las cosas van mal...

—Confía en mí. Volveré a llamarte.

—Telefonea después de las ocho. Es cuando acaba la hora de las visitas.

Fran llamó a las siete y diez de la tarde siguiente. En cuanto sonó el teléfono, Jenny supo lo que había sucedido. Fran no había tenido en cuenta la diferencia horaria. Eran las ocho y diez en Nueva York. Erich estaba sentado junto a su cama. Sus cejas se alzaron mientras le tendía el teléfono. La voz de Fran era vibrante, alentadora.

—Tengo grandes planes...

—Fran, cómo me alegra oírte.

Se volvió hacia él.

—Erich, es Fran, dile hola.

Fran captó la onda.

—Erich, ¿cómo estás? Me ha apenado saber que Jenny no se encuentra bien...

En cuanto colgaron, Erich preguntó:

—¿Qué planes, Jenny?

TREINTA Y DOS

Jenny volvió a casa el último día de enero. Beth y Tina parecían unas extrañas, curiosamente silenciosas, curiosamente petulantes.

—Siempre permaneces fuera, mamá...

Pasaba más tiempo con ellas, por las noches y los fines de semana en Nueva York, que aquí durante el año anterior.

¿Cuánto sospechaba Erich de la llamada de Fran? Jenny se había mostrado evasiva:

—Me di cuenta, de repente, de que hacía siglos que no hablaba con Fran por lo que descolgué el teléfono... ¿No resulta maravilloso que me telefoneara a su vez?

Había llamado a Fran después de que Erich se fuera aquella noche del hospital. Fran se mostró exultante.

—Tengo una amiga que dirige una Escuela de Enfermeras cerca de Red Bank, Nueva Jersey. Es maravillosa y sabe mucho de jardines de infancia. Le dije que tú podías enseñar música y arte, y tiene un empleo si lo deseas. Ya te está buscando un apartamento...

Jenny esperó el momento oportuno.

Erich estaba preparando la exposición en Houston. Comenzó a traerse cuadros de la cabaña.

—A éste le llamaré *La proveedora* —explicó, mientras alzaba un óleo sobre un lienzo en tonos azules y verdes.

En lo alto de las ramas de un olmo se veía un nido. Una pajarita volaba hacia el árbol, con un gusano en el pico. Las hojas protegían el nido, por lo que era imposible ver a los pajarillos. Pero, en cierto modo, el espectador sentía su presencia.

—La idea para este cuadro se me ocurrió aquella primera noche en la Segunda Avenida, cuando llegué a tu lado mientras llevabas a las niñas —le explicó Erich—. Tenías una expresión muy decidida en el rostro, y se podía decir que te mostrabas ansiosa de llevarte a las niñas a casa a darles de comer.

Su tono era afectuoso. La rodeó con los brazos.

—¿Te gusta?

—Es maravilloso.

La única ocasión en que no se ponía nerviosa con Erich era cuando estudiaba su obra. Este era el hombre del que se había enamorado, el artista cuyo maravilloso talento podía captar en un instante la sencillez de la vida diaria, y las complicadas emociones que llevaba aparejada aquella simplicidad.

Los árboles como telón de fondo. Reconoció la línea de pinos noruegos que crecían cerca del cementerio.

—Erich, ¿acabas de terminar esta pintura?

—Sí, cariño.

Jenny señaló algo.

—Pero este árbol ya no está. Hiciste cortar la mayor parte de los olmos que estaban cerca del cementerio, a causa del olmo holandés que enfermó la primavera pasada.

—Comencé a pintar empleando ese árbol de fondo, pero no podía hacerle expresar lo que quería decir. Luego, un día vi a un pájaro que volaba con comida para sus crías y me acordé de ti. Tú inspiras todo lo que hago, Jenny.

Al principio, una declaración como aquélla hubiera fundido su corazón. Pero ahora sólo le causaba miedo. Invariablemente era seguida de una observación que la reduciría a unos nerviosos temblores durante el resto del día.

La observación no tardó en presentarse. Erich cubrió la pintura.

—Voy a enviar treinta lienzos. Los transportistas los recogerán mañana por la mañana. ¿Estarás aquí para asegurarte de que se los llevan todos?

—Naturalmente que estaré aquí. ¿Dónde más podría estar?

—No te pongas de uñas, Jenny. Pensé que Mark trataría de verte antes de irse.

—¿Qué quieres decir con eso?

—Luke ha tenido un ataque cardíaco en cuanto regresó a Florida. Pero eso no le da derecho a tratar de romper nuestro matrimonio.

—Erich, ¿de qué estás hablando?

—Luke me llamó el pasado jueves. Ha salido del hospital. Me sugirió que tú y las niñas le visitaseis en Florida. Mark se va hoy para pasar una semana con él. Luke ha tenido la osadía de pensar que yo te dejaría viajar a Florida con Mark...

—Qué amable de su parte...

Jenny sabía que el ofrecimiento había sido rechazado.

—No fue amabilidad para él. Luke sólo deseaba que fueses allá para apartarte de mí. Y así se lo dije.

—¡Erich!

—No te sorprendas, Jenny. ¿Por qué crees que Mark y Emily han dejado de verse?

—¿Que han dejado de verse?

—Jenny, ¿por qué estarás siempre tan ciega? Mark le dijo a Emily que se había percatado de que no estaba interesado en casarse, y que no resultaba justo hacerla perder su tiempo...

—No sabía eso.

—Un hombre no hace una cosa así, a menos que tenga alguna otra mujer en la cabeza.

—No necesariamente...

—Mark está loco por ti, Jenny. Si no hubiera sido por él, el sheriff hubiese ordenado una investigación acerca de la muerte del bebé. ¿Tampoco sabes eso?

—No, no lo sé.

Toda aquella calma difícilmente conseguida en el hospital la estaba abandonando. Tenía la boca seca y las manos sudorosas. Sentía cómo temblaba.

—Erich, ¿qué estás diciendo?

—Digo que había un hematoma cerca de la ventanilla derecha de la nariz del niño. El forense afirmó, que probablemente, fue anterior a la muerte. Mark insistió en que se había mostrado muy brusco cuando intentó volver a la vida al bebé.

El recuerdo de Mark sosteniendo a aquella pequeña forma destelló a través de su mente.

Erich se encontraba ahora de pie a su lado, con los labios contra su oído.

—Mark lo sabe. Tú lo sabes. Yo lo sé. El bebé tenía hematomas, Jenny.

—¿Qué me estás diciendo?

—Nada, cariño. Sólo te estaba previniendo. Ambos sabemos cuán delicada era la piel del bebé. La última noche, la forma en que agitaba los puños. Probablemente, se lastimó él mismo. Pero Mark mintió. Es igual que su padre. Todo el mundo sabe lo que sentía por Caroline. Incluso ahora, cuando viene aquí se sienta en el sillón de orejas para poder mirar el cuadro de Caroline. Iba a llevar a Caroline al aeropuerto aquel último día. Todo lo que Caroline tenía que hacer era chascar los dedos y él aparecía en seguida. Y ahora Mark cree que puede hacer lo mismo. Pero no es así. He llamado a Lars Ivanson, el veterinario de Hennepin Grove. Empezará a cuidarse de los animales. Mark Garrett no pondrá nunca más los pies en esta granja.

—Erich, no puedes decir en serio todo eso.

—Oh, claro que puedo. Sé que no te lo propusiste, pero le alentaste, Jenny. Lo he visto. ¿Cuántas veces se presentó por el hospital?

—Acudió dos veces. Una, para decirme que el bebé estaba de nuevo en su tumba. Y otra vez para traerme unas frutas que Luke había encargado en Florida para mí. Erich, ¿no lo comprendes? Lees demasiado en las situaciones más simples y más inocentes. ¿Y adónde conduce todo esto?

No aguardó respuesta. Salió del cuarto y abrió la puerta que daba al porche occidental. El último sol se estaba deslizando detrás de los bosques. El viento vespertino hacía columpiar ya la mecedora de

Caroline. No era de extrañar que Caroline se sentase allí. También ella se veía obligada a salir de la casa.

Aquella noche Erich se metió en la cama poco después que ella. Jenny se puso rígida, no queriendo aproximarse a él. Pero Erich, simplemente, se dio la vuelta para su lado y se puso a dormir. Jenny sintió con alivio que el cuerpo de su marido se quedaba lacio.

No vería más a Mark. Para cuando regresase de Florida, ella estaría en Nueva Jersey. ¿Tenía razón Erich? ¿Había estado enviando alguna clase de señales a Mark? ¿O era, simplemente, que él y Emily habían decidido que no estaban hechos el uno para el otro, y Erich, siempre suspicaz, había intuido más cosas en todo eso?

«Por una vez —pensó—, Erich puede tener razón.»

A la mañana siguiente, Jenny preparó una lista de las cosas que necesitaba para el viaje. Esperaba que Erich discutiese acerca de su petición de un coche, pero, inesperadamente, se mostró indiferente.

—Pero deja a las niñas con Elsa —le ordenó.

Una vez su marido se fue a la cabaña, Jenny hizo un círculo a una joyería en la sección de páginas amarillas, en donde figuraba el anuncio de: PAGAMOS EL PRECIO MÁS ALTO POR SU ORO. Se encontraba en unas galerías comerciales a dos ciudades de distancia. Les telefoneó y les describió el collar de Nana. Sí, estaban interesados en comprarlo. Inmediatamente telefoneó a Fran. Fran no se hallaba en casa pero había dejado el contestador automático. Dejó un mensaje, «Llegaremos a Nueva York el siete o el ocho. No telefonees aquí.»

Mientras las niñas hacían la siesta, se apresuró a visitar la joyería.

Le ofrecieron ochocientos dólares por el collar. No era suficiente, pero no tenía elección.

Compró maquillaje, ropa interior y medias con la tarjeta de crédito que Erich le había dado. Y quiso hacer alarde de enseñárselo...

El primer aniversario de bodas caía el tres de febrero.

—¿Por qué no lo celebramos en Houston, cariño? —le preguntó Erich—. Te daré allí tu regalo.

—Eso estaría muy bien.

Jenny no era lo suficiente buena actriz como para seguir la farsa de la celebración del aniversario matrimonial. Pero, oh, Dios mío, que pase pronto... La previsión de todo aquello le hizo brillar los ojos de una forma que hacía meses que no le ocurría. Tina y Beth respondieron a ello. Se habían vuelto muy tranquilas. Y ahora se animaron al hablar con ella.

—¿Te acuerdas cuando estábamos en el avión e hicimos aquel

maravilloso viaje? Ahora iremos de nuevo en avión a una gran ciudad.

En aquel momento entró Erich.

—¿De qué estás hablando?

—Les cuento lo del viaje a Houston, lo divertido que será.

—Estabas sonriendo, Jenny. ¿Sabes el tiempo que hacía que no parecías tan feliz?

—Muchísimo...

—Tina, Beth, venid con papá a los almacenes. Os compraré unos helados...

Beth colocó la mano en el brazo de Jenny.

—Quiero quedarme con mamá.

—Y yo también —añadió Tina de forma decidida.

—Pues en ese caso no quiero ir —dijo Erich.

Pareció poco deseoso de dejarla sola con las niñas.

La noche del día cinco, Jenny hizo las maletas. Sólo se llevó lo que parecería razonable para tres días.

—¿Qué abrigo debo llevarme, el de pieles o el chaquetón? —le preguntó a Erich—. ¿Qué tiempo hace en Houston?

—Me parece que será mejor el chaquetón. ¿Por qué estás tan nerviosa, Jenny?

—No estoy nerviosa. Sólo es que había perdido ya la costumbre de viajar. ¿Necesitaré un vestido largo?

—Tal vez uno. Aquella falda de tafetán y la blusa irían bien. Y llévate el collar.

¿Había un retintín en su voz, estaba jugueteando con ella? Trató de hablar de forma natural:

—Es una buena idea.

Era un viaje en avión de dos horas desde Minneápolis.

—Le he pedido a Joe que nos lleve en coche hasta el aeropuerto —dijo Erich.

—¡Joe!

—Sí, ya puede comenzar a trabajar de nuevo. Le contrataré otra vez...

—Pero, Erich, después de todo lo que pasó...

—Jenny, ya hemos dejado todo aquello atrás.

—Erich, después de las habladurías, te propones contratarlo otra vez...

Se mordió los labios. ¿Y qué diferencia había en quién estuviese aquí?

Rooney regresaría del hospital hacia el día catorce. Habían persuadido a Clyde para que la dejase quedarse seis semanas. Jenny deseó poder decirle adiós. Tal vez podría escribirle y que Fran echase al correo la carta por ella desde alguna ciudad, en uno de sus vuelos. No podía hacer nada más.

Al fin llegó el momento de marcharse. Las chicas estaban vestidas con sus abrigos de terciopelo y sus sombreros a juego. El corazón le dio a Jenny un brinco. «Las llevaré al Village para comer macarrones la misma noche en que lleguemos a Nueva York», decidió.

Desde la ventana del dormitorio apenas podía ver un trozo del cementerio. Después del desayuno se había acercado a la tumba del bebé para despedirse de él.

Erich había llevado las maletas al coche.

—Iré a buscar a Joe —le dijo—. Vamos, niñas. Dad a mamá una oportunidad de acabar de vestirse.

—Ya he terminado —le respondió—. Espera un minuto. Iré contigo.

Erich pareció no haber oído.

—Apresúrate, mamá —la llamó Beth mientras ella y Tina bajaban a toda prisa las escaleras detrás de Erich.

Jenny se encogió de hombros. «Serán cinco minutos que aprovecharé para asegurarme de que lo tengo todo.» El dinero del collar se encontraba en el bolsillo de la chaqueta del traje que había guardado.

De camino hacia el piso de abajo, echó un vistazo al cuarto de las niñas. Elsa había hecho las camas y arreglado la habitación. Ahora parecía arreglada fuera de lo corriente, con una cualidad de vacío, como si diese la sensación de que las niñas ya no regresarían.

¿Había sentido Erich lo mismo?

De repente turbada, Jenny se precipitó por las escaleras, poniéndose la chaqueta. Erich regresaría de un momento a otro.

Diez minutos después, salió al porche. Empezaba a enervarse. ¿Se presentaría ahora mismo? Siempre había acudido con mucho tiempo sobrante al aeropuerto. Se quedó mirando la carretera, esforzándose por ver cualquier señal de que se acercase el coche.

Al cabo de media hora telefoneó a los Ekers. Sus dedos trastearon con el disco. Por dos veces se equivocó al llamar y tuvo que comenzar de nuevo.

Maude respondió.

—¿Qué quiere decir con eso de si ya se han ido? Vi a Erich pasar en coche por aquí hace unos cuarenta minutos con las niñas... ¿Joe? ¿Joe les iba a llevar al aeropuerto? ¿Quién le ha dado semejante idea?

Erich se había marchado sin ella. Se había llevado a las niñas y la había dejado a ella. El dinero se encontraba en el equipaje que se llevó Erich. De alguna forma, había conseguido conjeturar sus planes.

Llamó al hotel de Houston.

—Quiero dejar un mensaje para Erich Krueger. Dígale que telefonee a su mujer tan pronto como llegue.

El encargado de las reservas tenía una típica voz tejana:

—Debe tratarse de un malentendido. Esas reservas fueron canceladas hace ya dos semanas.

A las dos, Elsa fue a verla.

—Adiós, Mrs. Krueger.

Jenny estaba sentada en el salón, observando el cuadro de Caroline. No volvió la cabeza.

—Adiós, Elsa.

Elsa no se fue en seguida. Su alargada estructura permaneció en el umbral.

—Lamento tener que dejarla.

—¿Dejarme?

Sacada de su letargo, Jenny se puso en pie.

—¿Qué quiere decir?

—Mr. Krueger me dijo que él y las niñas se irían. Me explicó que ya me haría saber cuándo regresarían.

—¿Y cuándo te contó todo eso, Elsa?

—Esta mañana, cuando se metía en el coche. ¿Se va usted a quedar aquí sola?

Había una curiosa mezcla de emoción en la estólida faz. Desde la muerte del bebé, Jenny había sentido una compasión en Elsa que nunca hubiera esperado.

—Supongo que sí —respondió en voz baja.

Durante varias horas, después de que Elsa se marchase, permaneció sentada en el salón aguardando. ¿Aguardando qué? Una llamada telefónica. Erich telefonearía. Estaba segura de ello.

¿Y cómo haría frente a aquella llamada? ¿Admitiendo que había planeado abandonarle? Eso Erich ya lo sabía. Estaba segura de ello. ¿Prometiendo quedarse con él? No confiaría en esta promesa.

¿Dónde se había llevado a las niñas?

La estancia se fue oscureciendo. Debía de encender alguna luz. Pero, de alguna manera, el esfuerzo resultaba demasiado grande. Salió la luna. Brillaba a través de los encajes de las cortinas, arrojando un rayo parecido a una telaraña sobre el cuadro.

Finalmente, Jenny se dirigió a la cocina, se preparó café, se sentó al lado del teléfono. A las nueve comenzó a sonar. Su mano tembló y apenas pudo sostener el auricular.

—Diga...

Su voz fue tan baja que se preguntó si la oirían.

—¡Mamá! —La voz de Beth sonó desde muy lejos—. ¿Por qué no has querido hoy venirte con nosotras? Nos lo prometiste.

—Bethie, ¿dónde estás?

Un sonido del teléfono al ser movido.

La voz de Beth fue sustituida por una protesta.

—Quiero hablar con mamá.

Tina la interrumpió.

—Mamá, no hemos hecho un viaje en avión, y tú dijiste que lo haríamos.

—Tina, ¿dónde estás?

—Hola, querida...

Era la voz de Erich, cálidamente solícita. Tina y Beth gimoteaban como telón de fondo.

—Erich, ¿dónde estás? ¿Por qué has hecho esto?

—¿Que por qué he hecho qué, cariño? ¿Impedir que me arrebatases a mis niñas? ¿Guardarlas del peligro?

—¿Peligro? ¿De qué estás hablando?

—Jenny, ya te dije que cuidaría de ti. De veras. Pero nunca permitiré que te vayas y te lleves a mis niñas.

—No lo haré, Erich. Tráelas a casa...

—Eso no es suficiente. Jenny, ve al escritorio. Trae papel de escribir y una pluma. Te aguardo.

Las niñas estaban aún llorando. Pero Jenny no pudo escuchar nada más. Sonidos de una carretera. El motor de un camión. Debía de llamar desde una cabina telefónica en la autopista.

—*Erich, ¿dónde estás?*

—Te he dicho que consigas papel y pluma. Yo te dictaré. Tú escribes. Apresúrate, Jenny.

El escritorio eduardiano se cerraba con una gran llave dorada. Mientras intentaba hacerle dar vueltas, la sacó y se le cayó. Desconcertada, se inclinó y la recogió. El súbito aflujo de sangre le hizo sentir mareos. Mientras trataba de apresurarse hacia el teléfono, tuvo que apoyarse contra la pared.

—Estoy preparada, Erich.

—Es una carta para mí. *Querido Erich...*

Sosteniendo el aparato telefónico entre el hombro y la oreja, garrapateó las dos palabras.

Erich habló despacio:

Me percato de que me encuentro muy enferma. Sé que me comporto constantemente como una sonámbula. Creo que he hecho cosas terribles que no puedo recordar. Mentí cuando dije que no había entrado en el coche con Kevin. Le pedí que viniese aquí para tratar de persuadirle de que nos dejase tranquilas. No quise golpearle con tanta fuerza.

De forma mecánica fue escribiendo, obsesionada por no enfurecerle. El significado de las palabras se fue filtrando poco a poco en ella.

—Erich, no quiero escribir eso. No es cierto.

—Déjame acabar. Limítate a escuchar.

Ahora habló con rapidez.

Joe amenaza con contar que me vio en el coche. Yo no podía permitir que hablase. He soñado que mezclé el veneno con la avena. Pero sé que no se trató de un sueño. Creí que aceptarías el bebé, pero sabías que no era tuyo. Creí que sería mejor para nuestro matrimonio que el bebé no viviese. Estaba requiriendo toda mi atención. Tina me vio con el bebé. Vio cómo oprimía mis manos sobre su cara. Erich, prométeme que nunca me dejarás a solas con las niñas. No soy responsable de mis actos...

La pluma se le cayó de los dedos.

—¡No!

—Cuando escribas y firmes esa declaración, Jenny, regresaré. La guardaré en una caja fuerte. Nadie sabrá nunca nada de ella.

—Erich, por favor. ¿De verdad sientes lo que dices?

—Jenny, puedo permanecer varios meses fuera, años si es necesario. Ya lo sabes. Te telefonearé dentro de una semana o dos. Piensa en todo esto.

—No puedo.

—Jenny, sé lo que has hecho.

Su voz se hizo cálida.

—Nos amamos el uno al otro, Jenny. Ambos lo sabemos. Pero no puedo arriesgarme a perderte y tampoco arriesgar contigo a las niñas.

El teléfono hizo un clic. Jenny se lo quedó mirando y también al arrugado papel que tenía en la mano.

—Oh, Dios mío —dijo—, por favor, ayúdame. No sé qué debo hacer...

Llamó a Fran.

—No vamos a ir.

—Jenny, ¿por qué no? ¿Qué va mal?

La comunicación era muy mala. Incluso la, por lo general, fuerte voz de Fran sonaba muy remota.

—Erich se ha llevado a las niñas para un viaje. No estoy segura de cuándo regresarán.

—Jenny, ¿quieres que vaya por ahí? He conseguido cuatro días de permiso.

Erich se pondría furioso si Fran se presentaba. Había sido la llamada telefónica de Fran en el hospital la que le alertara respecto de los planes de su mujer.

—No, Fran, no vengas. Ni siquiera telefonees. Sólo reza por mí. Por favor...

No podía dormir en el dormitorio principal. Ni tampoco en ningún otro sitio del piso superior: el largo y oscuro vestíbulo, las puertas cerradas, el cuarto de las niñas al otro lado del dormitorio principal, la habitación donde el bebé había dormido durante aquellas escasas semanas...

En vez de ello, se tumbó en el sofá, al lado de la estufa de hierro y se tapó con el chal que Rooney había confeccionado. La calefacción se desconectó, automáticamente, a las diez. Decidió encender la estufa. La madera estaba en la cuna. La cuna se movió mientras alargaba las manos hacia ella. «Oh, *Calabacita*», murmuró, recordando aquellos solemnes ojos que le habían devuelto la mirada con tanta fijeza, el puñito que había cerrado en torno de su dedo.

No podía escribir aquella carta. La próxima vez que Erich tuviese un acceso de celos podría entregársela al sheriff. ¿Cuánto tiempo permanecería fuera?

Oyó cómo el reloj daba la una..., las dos..., las tres... En algún momento posterior se quedó adormecida. Un sonido la despertó. La casa crujía y gemía como si se asentase. No, lo que ahora escuchaba eran pasos. Alguien andaba por el piso de arriba.

Tenía que enterarse. Lentamente, paso a paso, fue subiendo las escaleras. Se arrebujó bien con el chal contra el intenso frío. El rellano estaba vacío. Se acercó al dormitorio principal y encendió una lámpara. Allí no había nadie.

En la antigua habitación de Erich, la puerta estaba abierta, una rendija. ¿No estaba antes cerrada? Entró y encendió la lámpara del techo. Nadie.

Y, sin embargo, había algo, una sensación de presencia. ¿Qué era? El aroma a pino. ¿Era más fuerte de nuevo? No podía estar segura.

Se acercó a la ventana. Necesitaba abrirla, respirar aire fresco. Con las manos en el alféizar, miró hacia abajo.

Una figura estaba de pie afuera, en el patio, la figura de un hombre que alzaba la mirada hacia la casa. La luz de la luna se reflejó en su rostro. Era Clyde. ¿Qué estaba haciendo allí? Le saludó.

Pero Clyde se dio la vuelta y echó a correr.

TREINTA Y TRES

Durante el resto de la noche, siguió tumbada en el sofá, escuchando.

A veces se imaginaba oír sonidos, pasos, una puerta que se cerraba. Imaginación. Todo imaginación...

A las seis se levantó y se percató de que no se había quitado la ropa. Aquel vestido de seda estampada, que había planeado llevarse para el viaje, estaba horriblemente arrugado. «No es de extrañar que no pudiese dormirme», pensó.

Una larga y caliente ducha despejó en parte su fatiga y entumecimiento. Con la pesada toalla del bebé enrollada al cuerpo, se dirigió al dormitorio y abrió un cajón del armario. Allí tenía un par de tejanos desgastados que solía usar en Nueva York. Se los puso y luego hurgó hasta encontrar uno de sus suéteres viejos. Erich había deseado que se desprendiese de todo. Pero había guardado unas cuantas cosas. Resultaba importante ahora llevar algo que fuese auténticamente suyo, algo que se hubiese comprado ella misma. Recordó qué mal vestida se había sentido aquel día en que conoció a Erich. Llevaba aquel suéter barato que Kevin le había regalado y el collar de oro de Nana.

Jenny había llegado aquí con aquella joya y con las niñas. Ahora no tenía el collar de oro de Nana y Erich se había apoderado de las niñas.

Jenny se quedó mirando el suelo de roble. Algo brillaba allí, exactamente enfrente del armario ropero. Se inclinó y lo recogió. Era un trozo de visón. Acabó de abrir la puerta del ropero. El abrigo de visón estaba mal colocado en su percha. Una manga colgaba de una forma rara en el dobladillo. ¿Qué era aquello? Jenny procedió a ponerlo bien y luego se echó hacia atrás. Sus dedos se habían deslizado a través de la piel debajo del abrigo en la parte del cuello. Trozos de piel se habían adherido a sus dedos.

El abrigo había sido desgarrado por completo.

A las diez se dirigió a la oficina. Clyde estaba sentado ante el amplio escritorio, el que usaba Erich.

—Siempre me instalo aquí cuando Erich se encuentra fuera durante una temporada. Así las cosas son más fáciles.

Clyde parecía envejecido. Las pesadas arrugas en torno de sus ojos se veían más pronunciadas. Jenny aguardó a que le explicase por qué había estado mirando hacia la casa en medio de la noche. Pero el hombre no dijo nada.

—¿Cuánto tiempo planea Erich estar fuera? —le preguntó.

—No me ha dicho nada fijo, Mrs. Krueger .

—Clyde, ¿por qué estaba usted anoche enfrente de la casa?

—¿Me vio?

—Claro, naturalmente.

—¿Entonces la vio usted también?

—¿A ella?

Clyde estalló:

—Mrs. Krueger, tal vez Rooney no esté a fin de cuentas loca. ¿Sabe que sigue afirmando que ve a Caroline? Anoche no pude dormir. Al saber que no van a permitir a Rooney quedarse en casa más que unos cuantos días de vez en cuando, me pregunto si estaré haciendo por ella lo más correcto... De todos modos, me levanté... ¿Sabe usted, Mrs. Krueger, que se puede ver un trozo del cementerio desde nuestra ventana? Pues bien, vi algo que se movía allí. Y salí...

El rostro de Clyde se puso desacostumbradamente pálido.

—Mrs. Krueger , vi a *Caroline*... Lo mismo que cuenta Rooney. Se dirigía desde el cementerio hacia la casa. La seguí. Aquel cabello, aquella esclavina que siempre llevaba... Entró por la puerta trasera. Traté de penetrar después de ella, pero la puerta estaba cerrada. Y no llevaba encima mis llaves. Di unas vueltas por allí, me limité a aguardar. Al cabo de un rato vi encenderse la luz del dormitorio principal y luego la del antiguo cuarto de Erich. Luego se acercó a la ventana, la abrió y me saludó...

—Clyde, fui *yo* la que estaba en la ventana. Fui *yo* la que le saludé...

—Oh, Jesús... —susurró Clyde—. Rooney no hace más que decir que ve a Caroline. Tina habla de la dama del cuadro. Creí que seguía a Caroline. Oh, Jesús...

Se la quedó mirando, con el horror reflejado en el rostro.

—Y durante todo el tiempo, tal como dice Erich, era a usted a quien veía...

—No era yo, Clyde —protestó—. Fui al piso de arriba porque escuché que alguien andaba por allí.

Se calló, repelida por la incredulidad que reflejaba la cara de Clyde.

Salió corriendo hacia la casa. ¿Tenía Clyde razón? ¿Había estado paseando cerca del cementerio? Había estado soñando con el bebé. Y esta mañana había pensado en lo mucho que odiaba las ropas que Erich le había comprado. ¿Habría soñado todo esto y acuchillado el abrigo? Tal vez, al fin de cuentas, no hubiese oído a nadie. Tal vez habría andado sonámbula y se despertó cuando se hallaba en el piso de arriba.

Ella era la dama que vio Tina, la dama del cuadro.

Se hizo café, se lo bebió muy caliente. No había comido desde ayer por la mañana. Se preparó un panecillo inglés y se esforzó en mordisquearlo.

Clyde les contaría a los médicos que había visto a la mujer que creía que era Caroline. Diría que la siguió hasta la casa y que Jenny admitió que le había saludado.

Erich regresaría y se haría cargo de ella. Jenny redactaría aquella declaración y Erich se cuidaría de ella. Durante horas, permaneció sentada a la mesa de la cocina, luego se dirigió al escritorio y tomó la caja del papel de escribir. Contaría también lo de anoche. Escribió:

Anoche debí de volver a andar sonámbula. Clyde me vio. Anduve desde el cementerio hasta aquí. Supongo que fui a la tumba del bebé. Me desperté en el dormitorio y vi a Clyde desde la ventana. Le saludé. Clyde estaba allí de pie, en la helada nieve.

Clyde había estado allí fuera, de pie en la helada nieve.

La nieve.

Había llevado medias. Si hubiera estado fuera, sus pies aparecerían húmedos. Las botas que había planeado llevarse para el viaje estaban al lado del sofá, con el brillo recientemente sacado. No se habían estropeado por fuera.

Debió de haber imaginado la ráfaga de aire frío, imaginado las pisadas, se habría olvidado de que andaba sonámbula. Pero si había estado afuera, por la parte del cementerio, sus pies habrían quedado empapados, sus medias se hubiesen manchado...

Lentamente, rompió la carta y la fue desgarrando hasta convertirla en trocitos. De forma desapasionada, observó cómo los pedazos se desparramaban por la cocina. Por primera vez desde que Erich se había ido, comenzó a abandonarle la sensación de desesperanza.

No había estado afuera. Pero Rooney había visto a Caroline. Tina también la había visto. Clyde la había visto a ella. Ella, Jenny, la había oído anoche en el piso de arriba. Caroline había desgarrado el abrigo de visón. Tal vez estaba furiosa con Jenny por causar a Erich tantos problemas. Tal vez se encontrase aún en el piso de arriba. *Había regresado...*

Jenny se levantó.

—¡Caroline! —gritó—. Caroline...

Escuchaba cómo su voz se hacía cada vez más penetrante. Tal vez Caroline no pudiese oírla. Paso a paso, subió las escalera. El dormitorio principal estaba vacío. Detectó el débil aroma a pino que siempre se encontraba allí. Tal vez si empleaba alguna pastilla de jabón de pino, Caroline se sintiese más en su casa. Metió la mano en el bol de cristal, sacó tres pastillas y las dejó encima de la almohada.

El desván... A lo mejor se encontraba en el desván. Era allí donde debía de haber ido anoche...

—Caroline —la llamó Jenny, tratando de engatusarla—, no tengas miedo de mí. Ven, por favor. Tienes que ayudarme a recuperar a las niñas.

El desván estaba casi a oscuras. Anduvo de acá para allá. El neceser de Caroline, con billete y la agenda de citas. ¿Dónde estaba el resto de su equipaje? ¿Por qué Caroline había regresado a esta casa? Había estado tan ansiosa por dejarla...

—Caroline —la llamó en voz baja Jenny—, por favor, háblame...

La cuna de mimbre se hallaba en el rincón cubierta ahora con una sábana. Jenny se acercó a ella, la acarició con ternura y comenzó a mecerla.

—Mi amorcito —susurró—, oh, mi amorcito...

Algo se deslizó por la sábana y luego hacia su mano. Una delicada cadena de oro, un colgante con forma de corazón, con la filigrana de artesanía de sus hilos, con el diamante central que destellaba en la penumbra.

Jenny cerró la mano sobre el collar de Nana.

—*Nana*...

Pronunciar aquel nombre en voz alta fue como bañarse en agua helada. ¿Qué pensaría Nana de ella, allí de pie, tratando de hablar con una mujer muerta?

El desván pareció intolerablemente confinador. Con el collar en la mano, corrió escalera abajo hacia el segundo piso, hacia la planta baja y luego a la cocina. «Me estoy volviendo loca», pensó. Espantada, recordó haber pronunciado el nombre de Caroline.

Había que pensar en lo que Nana le diría que hiciese.

Todo parece mejor después de una taza de té, Jenny.

Mecánicamente, preparó la tetera.

¿Qué has comido hoy, Jen? No es bueno saltarse las comidas.

Se acercó al frigorífico y sacó varias cosas para hacerse un emparedado. «Hay que tragar algo» pensó. Y consiguió que le aflorase una sonrisa.

Mientras comía, intentó representarse que hablaba con Nana acerca de los sucesos de la noche anterior.

—Clyde dice que me vio pero mis pies no están mojados. ¿Pudo haber sido Caroline?

En seguida escuchó la reacción de Nana:

No existe nada parecido a los fantasmas, Jen. Cuando estás muerto, estás muerto.

Entonces, ¿cómo había llegado el collar al piso de arriba?

Averígualo.

El listín se encontraba en la mesita situada debajo del teléfono de pared. Sosteniendo el bocadillo, Jenny se inclinó y lo levantó. Hojeó en las páginas amarillas la sección de JOYERÍA, COMPRA Y VENTA. El joyero al que le había vendido el collar. Lo ovaló con un rotulador luminoso.

Marcó el número, pidió hablar con el director. Procedió a explicarse con rapidez.

—Soy Mrs. Krueger. Le vendí un collar la semana pasada. Creo que me gustaría volver a comprarlo.

—Mrs. Krueger, deseo que no me haga perder el tiempo. Su marido se presentó por aquí y me dijo que usted no tenía derecho a vender una joya familiar. Le permití comprarlo por lo mismo que le había pagado a usted.

—¡Mi marido!

—Sí, llegó a los veinte minutos de que usted me lo hubiese vendido.

Y colgó el teléfono.

Jenny se quedó mirando el aparato. Erich había sospechado de ella. La había seguido aquella tarde, probablemente en uno de los vehículos de la granja. ¿Pero cómo había llegado el collar hasta el desván?

Se acercó al escritorio y tomó papel pautado. Hacía una hora había planeado redactar la declaración que Erich le había pedido. Ahora existía algo que necesitaba ver escrito en blanco y negro.

Se instaló en la mesa de la cocina. En la primera línea escribió: *No hay fantasmas*. En la segunda: *No puedo haber estado afuera anoche*. «Una más», pensó. En la siguiente línea escribió con letras mayúsculas: *NO SOY UNA PERSONA VIOLENTA.*

«Hay que empezar por el principio —pensó—. Escribirlo todo. Todos los problemas comenzaron con aquella primera llamada telefónica de Kevin...»

Clyde no se acercó a la casa. Al tercer día fue ella la que se presentó en la oficina. Era el diez de febrero. Clyde estaba al teléfono hablando con un cliente. Se sentó y le observó. Cuando Erich estaba presente, Clyde tendía a colocarse en segundo término. Cuando Erich se encontraba fuera, la voz de Clyde adquiría un nuevo tono de autoridad. Escuchó cómo disponía la venta de un toro de dos años por el precio de cien mil dólares.

Cuando colgó, la miró con cautela. Resultaba obvio que recordaba su última conversación.

—Clyde, ¿no debe consultar con Erich cuando vende un toro por tanto dinero?

—Mrs. Krueger, cuando Erich está aquí, maneja el negocio como le place. Pero la verdad es que nunca se encuentra muy interesado en dirigir esta granja o los huertos.

—Comprendo... Clyde, he estado pensando intensamente. Dígame... ¿Dónde se hallaba Rooney la noche del miércoles, cuando pensó usted que veía a Caroline?

—¿Qué quiere decir con eso de dónde estaba Rooney?

—Sólo eso... He llamado al hospital y he hablado con el doctor Philstrom. Es el psiquiatra que me visitó.

—Sé quién es. Es el médico de Rooney.

—Eso es... Usted no me contó que Rooney recibió un pase para pernoctar fuera la noche del miércoles.

—El miércoles por la noche Rooney estaba en el hospital.

—No, no fue así. Se encontraba con Maude Ekers. Era el cumpleaños de Maude. Se suponía que debían ir a una subasta de ganado y dio permiso a Maude para recoger a Rooney. Y Rooney creyó que usted estaba en St. Cloud.

—Lo estaba... Regresé a casa a eso de la medianoche. Había olvidado que Rooney pernoctaría en casa de Maude.

—Clyde, ¿no es posible que Rooney saliese sin ser advertida de casa de Maude y anduviese en torno de la granja?

—No, no es posible.

—Clyde, a menudo deambula por aquí de noche. Ya lo sabe. ¿No es factible que la viera envuelta en una manta, una manta que, a cierta distancia, pudiese pasar por una esclavina? Piense que Rooney tiene el pelo oscuro.

—Rooney no se ha deshecho el pelo del moño desde hace veinte años... Excepto, naturalmente...

Titubeó.

—¿Excepto cuándo?

—Excepto por la noche...

—Clyde, ¿no comprende lo que trato de decirle? Sólo una pregunta más. ¿Guardó Erich un collar de oro en la caja fuerte u ordenó a alguien que lo colocase allí?

—Lo metió él mismo. Me dijo que usted no cuidaba bien de él y que no quería que se perdiese.

—¿Le contó a Rooney eso?

—Debí mencionárselo, de pasada, para hablar de algo.

—Clyde, Rooney conoce la combinación de la caja, ¿no es verdad?

Frunció el ceño, una mueca de preocupación.

—Debe de conocerla...

—¿Y se encuentra en su casa con pases del hospital más veces de las que usted ha admitido?

—Está en casa de vez en cuando...

—Y es posible que vagara por aquí el miércoles por la noche. Clyde, abra la caja. Muéstreme mi collar.

Obedeció en silencio. Sus dedos hurgaron mientras marcaba la combinación. La puerta se abrió. Introdujo la mano y sacó una pequeña caja de seguridad, que abrió también expectante. Luego la alzó, esperando que una luz más fuerte revelase lo que andaba buscando.

Al fin dijo, con voz insólitamente suave:

—El collar no está...

Dos noches después, telefoneó Erich.

—¿Jenny?

Su voz parecía tener un sonsonete burlón.

—*¡Erich! Erich!*

—¿Dónde estás, Jen?

—En el piso de abajo, en el sofá.

Jenny miró el reloj. Eran más de las once. Se había adormecido.

—¿Por qué?

—Arriba estoy muy solitaria, Erich.

Quería contarle lo que sospechaba acerca de Rooney.

—Jenny...

La ira que se percibía en la voz de su marido la despertó por completo.

—Quiero que estés en el sitio que te corresponde, en nuestro cuarto, en nuestra cama. Quiero que te pongas aquel camisón especial. ¿Me oyes?

—Erich, por favor. Tina. Beth. ¿Cómo están?

—Se encuentran muy bien. Léeme la carta.

—Erich, he descubierto algo. Tal vez estuvieses *equivocado.*

Demasiado tarde trató de retirar aquellas palabras.

—Quiero decir, Erich, que tal vez ambos no hemos comprendido...

—No has escrito la carta...

—Comencé a hacerlo. Pero, Erich, lo que crees no es verdad. Ahora estoy segura de ello.

La conexión quedó interrumpida.

Jenny llamó al timbre de la puerta de la cocina de la casa de Maude Ekers. ¿Cuántos meses hacía desde que estuvo allí? ¿Desde que Maude le dijo que dejase a Joe tranquilo?

Maude había tenido razón en preocuparse por Joe.

Iba a llamar de nuevo al timbre, cuando la puerta se abrió. Joe estaba allí, un Joe mucho más delgado, con su rostro juvenil madurado por unas ojeras de cansancio.

—¡Joe!

El hombre alargó las manos. De forma impulsiva, Jenny se las tomó. En un rapto de afecto, le besó la mejilla.

—Joe...

—Jenny, quiero decir, Mrs. Krueger ...

Tímidamente se hizo a un lado para que pasase.

—¿Se encuentra tu madre aquí?

—Está trabajando. He regresado a casa.

—Me alegra mucho verte... Tenía que hablar contigo. Deseaba hablar contigo, pero ya sabes...

—Lo sé, Jenny. Te he causado muchos problemas. Me gustaría ponerme de rodillas por lo que dije la mañana del accidente. Supongo que todo el mundo pensó que tú.... Vaya, que tú me habías lastimado... Al igual que le dije al sheriff que no sabía qué quería decir todo aquello. Quiero decir que creí que me estaba muriendo y me preocupaba el que supieses que te había visto aquella noche...

Jenny tomó asiento al otro lado de la mesa de la cocina, enfrente de él.

—Joe, ¿quieres decir que me viste aquella noche?

—Al igual que traté de explicarle al sheriff y le dije a Mr. Krueger la semana pasada..., había algo que siempre me preocupó en lo de aquella noche...

—¿Qué te preocupaba?

—La manera de moverte. Eres tan grácil, Jenny. Tienes un paso tan rápido, tan ligero, como un ciervo. Y quien anduviese aquella noche por el porche, lo hacía de forma *diferente*... Es difícil de explicar. Y en cierto modo se encorvaba hacia delante, por lo que su cabello casi le cubría el rostro. Tú siempre andas tan erguida...

—Joe, ¿crees que aquella noche viste a Rooney llevando mi abrigo?

Joe pareció intrigado.

—¿Y eso cómo pudo ser? La razón de que yo me encontrase allí era que había visto a Rooney en la senda que conduce a la casa, y no quería tropezarme con ella. Rooney estaba allí, pero alguien más entró en el coche.

Jenny se pasó la mano por la frente. Aquellos últimos días había llegado a creer que Rooney era la clave de todo lo que había ocurrido. Rooney podía entrar y salir de la casa tan silenciosamente... Incluso podía haberles entreoído, a ella y a Erich hablar acerca de Kevin. Rooney podía haber realizado la llamada telefónica. Rooney conocía lo del tabique corredizo entre las habitaciones. Todo encajaba si Rooney, llevando el abrigo de Jenny, se encontró con Kevin aquella noche.

Entonces, ¿quién era el que llevaba puesto aquel abrigo? ¿Quién había preparado aquel encuentro?

No lo sabía.

Pero, por lo menos, Joe había verificado que creía que ella, Jenny, no era aquella persona.

Se levantó. No había razón para permanecer aquí cuando Maude regresase a casa. Maude podía quedar aterrada. Trató de sonreír.

—Joe, me alegro mucho de haberte visto. Te hemos echado mucho de menos. Es una buena noticia el saber que estás trabajando de nuevo para nosotros.

—Quedé muy contento cuando Mr. Krueger me ofreció el empleo. Y como he dicho, le conté todo lo que he referido a ti...

—¿Y qué dijo Erich?

—Me dijo que debía mantener la boca cerrada, que sólo podían empezar a haber otra vez problemas si corría esta versión. Y le juré que no se lo volvería a contar a nadie. Pero, naturalmente, nunca quise decir que no pudiese contártelo a ti...

Procuró tener cuidado al ponerse los guantes. No podía permitirle ver lo conmovida que se encontraba. *Erich le había pedido que firmase la declaración, diciendo que había entrado en el coche con Kevin, incluso después de que Joe le hubiese contado que estaba seguro de haber visto a alguien más llevando su abrigo.*

Tenía que reflexionar acerca de todo ello.

—Jenny, supongo que te ocasioné un daño terrible. Creo que hice difíciles las relaciones tuyas con Mr. Krueger.

—Joe, no ocurre nada...

—Pero tengo que decírtelo. Al igual que se lo confesé a mamá, se trata de que eres la clase de persona a la que quiero encontrar cuando busque en serio a una chica. Le expliqué esto a mamá. Estaba muy preocupada porque siempre decía que mi tío hubiera llevado una vida muy diferente de no haber sido por Caroline. Pero incluso esto ha servido de algo. Mi tío no ha vuelto a beber una gota de alcohol desde mi accidente y van a unirse de nuevo.

—¿Quién va a unirse de nuevo?

—Mi tío estaba buscando esposa en el momento del accidente. Cuando John Krueger les dijo a todos que el tío Josh había sido tan descuidado a causa de que bebía los vientos por Caroline, su chica quedó tan trastornada que rompió el compromiso. Y luego mi tío empezó a beber. Pero ahora, después de tantos años, están saliendo de nuevo.

—Joe, ¿a quién ve tu tío?

—A la chica con la que solía ir. Ahora es una mujer, como es natural. Ya la conoces, Jenny. Es tu ama de llaves, Elsa...

TREINTA Y CUATRO

Así que Elsa había estado prometida con Josh Brothers. Y nunca se había casado. Qué amargura debía de haber albergado con el paso de los años contra los Krueger... ¿Y por qué había aceptado el empleo en la casa de la granja? La forma en que Erich la trataba era tan minimizadora... Elsa podía haber tomado el abrigo de su armario. Elsa podía haberles entreoído hablar a ella y a Erich. Elsa podía haber sonsacado a las niñas cosas acerca de Kevin...

¿Pero por qué?

Tenía que hablar con alguien; tenía que confiar en alguien...

Jenny se detuvo. El viento chocó contra su frente. Había una persona en la que podía confiar, alguien cuyo rostro llenaba ahora su visión.

Podía confiar en Mark y ahora debería de haber regresado de Florida.

Tan pronto como llegó a la casa, buscó el número de la clínica de Mark y le telefoneó. Estaban esperando de un momento a otro al doctor Garret... ¿Quién le llamaba?

No quiso dejar su nombre.

—¿Qué hora es buena para dar con él?

—Sus horas de clínica son entre las cinco y las siete de la tarde.

A continuación, le llamó a su casa.

Se acercó a la oficina. Clyde estaba cerrando el escritorio. Entre ellos se percibía ahora una constricción, una cierta sequedad.

—Clyde, ¿dónde está Rooney? —le preguntó.

—Voy a traerla curada mañana a casa... Pero, Mrs. Krueger, una cosa. Me gustaría que se mantuviese apartada de Rooney. Es decir, que no le pida que vaya a su casa y tampoco la visite usted.

Parecía muy desgraciado.

—El doctor Philstrom afirma que Rooney puede volver a una situación de *stress* y eso haría que la internasen de nuevo...

—¿Y soy yo la que puede crear esa situación de *stress*?

—Por lo que sé, Mrs. Krueger, Rooney no ha visto a Caroline rondar por el hospital.

—Clyde, antes de que cierre ese escritorio quiero que me dé un poco de dinero. Erich se fue tan precipitadamente que sólo tengo

233

unos cuantos dólares y necesito comprar algunas cosas. Oh, sí ¿podría prestarme también su coche para ir a la ciudad?

Clyde hizo girar la llave y se la metió en el bolsillo.

—Erich fue muy terminante al respecto, Mrs. Krueger . No quiere que usted conduzca, y me dijo que todo cuanto necesite, hasta que él regrese, deberá pedírmelo a mí y yo trataré de conseguírselo. Pero afirmó, poniendo en ello mucho énfasis, que no quería que le diese a usted dinero. Precisó que me costaría el empleo si le daba un dólar de los fondos de la granja o le prestaba algo de mi bolsillo.

Algo en el rostro de Jenny le hizo adoptar un tono más amistoso.

—Mrs. Krueger, si desea algo... Sólo tiene que pedirme cuanto necesite...

—Necesito...

Jenny se mordió los labios, se dio la vuelta y cerró con fuerza la puerta de la oficina. Corrió a lo largo del sendero, mientras la cegaban lágrimas de rabia y humillación.

Las sombras de las últimas horas de la tarde se extendían al igual que cortinas sobre los pálidos ladrillos de la casa de la granja. En la linde de los bosques, los altos pinos noruegos aparecían vívidamente lujuriantes contra la desnudeces de los arces y abedules. El sol, oculto detrás de unos negros nubarrones, rayaba el cielo con unas sombras bellamente frías de colores malvas, rosados y arándanos.

Un cielo invernal. Una casa invernal. Y que se había convertido en su prisión...

A las siete y ocho, Jenny alargó la mano hacia el teléfono para llamar a Mark. Su mano tocaba ya el aparato, cuando sonó el timbre. Lo descolgó de su horquilla.

—Dígame...

—Jenny, debes de estar sentada encima del teléfono... ¿Aguardabas una llamada?

Seguía percibiéndose aquel retintín burlón en la voz de Erich.

Jenny sintió que las palmas de la mano se le humedecían. Instintivamente, agarró con más fuerza el auricular.

—Esperaba noticias tuyas...

¿Parecía aquello suficientemente natural? ¿Se evidenciaba su nerviosismo?

—Erich, ¿cómo se encuentran las niñas?

—Muy bien, como es natural. ¿Qué has estado haciendo hoy, Jenny?

—No mucho. Ahora que no viene Elsa, me encuentro un poco más atareada en la casa. Pero me gusta más así...

Cerrando los ojos, trató de elegir bien las palabras y luego prosiguió con jovialidad:

—Oh, he visto a Joe...

Se apresuró a continuar, no queriendo mentir, no deseando admitir que había ido a casa de los Ekers.

—Está tan complacido al ver que le has contratado de nuevo, Erich...

—Supongo que te contó el resto de la conversación que tuve con él...

—¿A qué te refieres?

—Me refiero a aquella tonta historia de haberte visto entrar en el coche y luego decidir que no te había visto. Tú nunca admitiste que Joe te hubiese dicho que te viera aquella noche en el coche. Siempre pensé que había sido sólo Rooney la que te había visto.

—Pero Joe dijo... Me explicó haberte contado que... Está seguro acerca de que era otra persona la que llevaba mi abrigo...

—Jen, ¿has firmado la declaración?

—Erich, no comprendes que hay un testigo que jura...

—Lo que quieres decir es que tenemos un testigo que sabe que te vio y el cual, para congraciarse conmigo, para conseguir de nuevo su empleo, se muestra ahora deseoso de cambiar su versión. Jenny, deja ya de tratar de evitar la verdad. O bien tienes dispuesta esa declaración para leérmela la próxima vez que te telefonee, u olvídate de volver a ver a las niñas hasta que sean ya adultas...

Jenny perdió su autodominio.

—No puedes hacer eso. Pediré un mandamiento judicial. Son mis hijas. No te puedes ir por ahí con ellas.

—Jenny, son tan mías como tuyas. Sólo me las he llevado de vacaciones. Ya te previne que ningún juez te las confiaría. Tengo montones de testigos en la ciudad que jurarían que soy un padre maravilloso. Jenny, te amo lo bastante como para concederte una oportunidad para vivir con ellas, para permitirte cuidarlas. No me presiones demasiado... Adiós, Jenny. Te llamaré pronto.

Jenny se quedó mirando el mudo aparato. En aquel momento se desvaneció toda la tenue confianza que había comenzado a albergar. «Déjate vencer —le decía alguien—. Escribe la confesión. Léesela. Acaba con esto.»

No. Mordiéndose los labios hasta formar una tenue y firme línea, marcó el número de teléfono de Mark.

Respondió al primer timbrazo.

—Doctor Garrett...

—Mark...

¿Por qué aquella profunda y cálida voz le hizo asomar en seguida lágrimas a los ojos?

—Jenny... ¿Qué ocurre? ¿Dónde estás?

—Mark... Podría... Tengo que hablar contigo...

Hizo una pausa y luego continuó:

—Pero no quiero que nadie nos vea aquí. Si pudiese atravesar el campo occidental, ¿me vendrías a recoger? A menos... Quiero decir... Si tienes otros planes, no te preocupes...

—Espérame cerca del molino. Estaré allí en quince minutos...

Jenny se dirigió al dormitorio principal y encendió la luz de lectura de la mesilla de noche. Dejó también encendida la lámpara de la cocina y otra más pequeña en el salón. Clyde investigaría si la casa aparecía completamente a oscuras...

Debía aprovechar la oportunidad de que Erich no le telefonease en las próximas horas.

Salió de la casa y anduvo entre las sombras del establo y de los heniles. Detrás de las cercas electrificadas, pudo ver las siluetas del ganado que se encorvaban cerca de los graneros. Ahora no había pastos en el terreno cubierto por la nieve y tendían a permanecer cerca de los edificios, donde les alimentaban.

En menos de diez minutos llegó al molino y escuchó en seguida el débil ruido de un coche que se aproximaba. Mark conducía con las luces de posición encendidas. Se acercó al claro e hizo señas. Mark se detuvo, se inclinó y le abrió la portezuela.

Parecía comprender que deseaba alejarse de allí cuanto antes. No le habló a Jenny hasta que no alcanzaron la carretera comarcal.

—Tenía entendido que te encontrabas en Houston con Erich, Jenny.

—No hemos ido.

—¿Sabe Erich que me has telefoneado?

—Erich está fuera. Y se llevó a las niñas.

Mark silbó.

—Esa es la razón de que papá...

Luego se calló. Jenny sintió su mirada, y fue agudamente consciente de la piel de él curtida por el viento, de su recio cabello de color arena, de sus largos y hábiles dedos aferrados al volante. Erich siempre le hacía sentirse insegura; su sola presencia cargaba la atmósfera. La presencia de Mark causaba, exactamente, el efecto contrario.

Hacía meses, desde aquella vez en que visitase la casa de Mark. Por la noche, poseía la misma atmósfera acogedora que Jenny recordaba. El sillón de orejas, su tapicería de terciopelo, ligeramente desgastada, se hallaba colocado cerca de la chimenea. Una gran mesa de roble para el café se alzaba delante del sofá «Lawson», donde se veían periódicos y revistas. Los estantes a cada lado de la chimenea estaban atestados de libros de todos los formatos y tamaños.

Mark le quitó el abrigo.

—La vida en la granja no te ha hecho engordar lo más mínimo —comentó—. ¿Ya has cenado?

—No.

—Eso suponía.

Sirvió jerez para los dos.

—Mi ama de llaves hoy tiene su día libre. Estaba a punto de prepararme una hamburguesa cuando me telefoneaste. En seguida vuelvo...

Jenny se sentó en el sofá y luego, instintivamente, se inclinó, se sacó las botas y se arrellanó mejor. Ella y Nana habían tenido un sofá «Lawson» cuando ella era pequeña. Se recordaba acurrucada en un extremo del sofá, en las tardes lluviosas, leyendo feliz y contenta mientras las horas iban transcurriendo.

En pocos minutos, Mark regresó con una bandeja.

—Minnesota y sus lujos... —le sonrió—. Hamburguesas, patatas fritas, lechuga y tomate...

La comida olía deliciosamente. Jenny tomó un poco de todo y se percató de que estaba muerta de hambre. Sabía que Mark le había seguido la corriente y que ahora aguardaba a que le explicase el porqué de su llamada telefónica. ¿Cuánto debería contar? ¿Se quedaría Mark aterrado al saber lo que Erich opinaba acerca de ella?

Mark se sentaba en el sillón de orejas, con las largas piernas extendidas hacia ella, ojos preocupados y la frente arrugada pensativamente... Jenny se percató de que no le importaba que la estudiase. De una forma rara, resultaba consolador, como si él pudiese analizar lo que estaba mal y conseguir enderezarlo. Su padre tenía exactamente aquella expresión. ¡Luke! No le había preguntado por él.

—¿Cómo está tu padre?

—Tirando, pero me dio un buen susto. No se sentía bien incluso antes de regresar a Florida. Luego tuvo aquel ataque. Pero ahora se halla en su propia casa y parece estar mucho mejor. Realmente deseaba que le visitases, Jenny. Y aún lo sigue queriendo...

—Me alegra saber que se encuentra mejor.

Mark se inclinó hacia delante.

—Háblame de ello, Jenny...

Se lo contó todo, mirándole de frente, observando aquellos ojos oscuros, contemplando las arrugas que se formaban alrededor de sus párpados y boca, estudiando la expresión de su rostro, el cual se fue suavizando mientras Jenny hablaba acerca de su bebé y la voz se le demudaba.

—Verás... Puedo comprender que Erich creyese que yo podía llegar a hacer cosas tan terribles. Pero ahora no creo que las realizase. Por lo tanto, eso quiere decir que alguna otra mujer adopta mi personalidad. Estaba segura de que se trataba de Rooney, pero no puede ser ella. Y ahora me pregunto... ¿Qué te parece Elsa? Es tan inverosímil que haya guardado un agravio durante veinticinco años... Erich era sólo un chiquillo...

Mark no replicó. Ahora su rostro estaba serio, reflejaba preocupación.

—¿Tú me crees capaz de hacer esas cosas? —explotó Jenny—.
Dios mío..., ¿eres igual que Erich? ¿Crees que...?

El nervio del ojo izquierdo de Jenny comenzó a moverse. Se llevó
la mano al rostro para detener el tic; luego sintió que le empezaban
a temblar las rodillas. Bajando la cabeza hacia su regazo, se abrazó
las piernas. Ahora todo su cuerpo vibraba, escapado de su dominio.

—Jenny, Jenny...

Los brazos de Mark la rodearon y sujetaron. La cabeza de Jenny
quedó contra la garganta del hombre y sus labios encima de su
cabello.

—No he podido lastimar a nadie... No puedo firmar y decir que
he...

Los brazos de Mark se endurecieron.

—Erich es un... inestable... Oh, Jenny...

Pasaron unos cuantos minutos antes de que se detuviese el
temblor. Jenny procuró apartarse. Sintió que los brazos de él se
aflojaban. Sin decirse palabra, ambos se miraron; luego, Jenny se
volvió. Había una colcha de punto colocada en el respaldo del sofá.
Mark la arrebujó con ella.

—Creo que a los dos nos sentaría bien un café...

Mientras se encontraba en la cocina, Jenny miró a la chimenea
y observó cómo un leño se rompía y derrumbaba entre relucientes
brasas. De repente, se sintió exhausta. Pero era una clase diferente de
fatiga, no algo tenso y entumecedor sino relajante, algo parecido a lo
que ocurre tras terminar una carrera.

Al descargarse en Mark, Jenny sintió como si se hubiese quitado
un peso de encima de los hombros. Mientras escuchaba el tintineo
de las tazas y los platillos en la cocina, y olía el perfumado café,
escuchando las pisadas andar entre el fogón y el armario, recordó la
sensación producida por aquellos brazos...

Cuando Mark trajo el café, Jenny fue ya capaz de hacer declaraciones prácticas, que ayudasen a despejar aquella atmósfera cargada
emocionalmente.

—Erich sabe que no quiero quedarme con él. En cuanto regrese
con las niñas, me iré...

—¿Estás segura de que vas a dejarle, Jenny?

—Tan pronto como pueda. Pero primero quiero obligarle a traer
de nuevo a las niñas. Son mis hijas...

—Tiene razón respecto a que, como su padre adoptivo, posee
legalmente tanto derecho sobre ellas como tú. Y, Jenny, Erich es
capaz de permanecer fuera de forma indefinida. Déjame hablar con
unas cuantas personas. Tengo un amigo abogado que es un experto
en leyes de familia. Pero hasta entonces, cuando Erich telefonee,
hagas lo que hagas no le debes llevar la contraria; no le digas que has
estado hablando conmigo. ¿Me prometes eso?

—Naturalmente...

Mark la llevó a casa en coche, deteniendo el vehículo cerca del molino. Pero insistió en caminar junto a ella a través de los silenciosos campos hasta la casa.

—Quiero asegurarme de que entras —le dijo—. Ve al piso de arriba y, si todo está en orden, corre las persianas de tu cuarto...

—¿Qué quieres decir con eso de si todo está en orden?

—Me refiero a que si, por cualquier casualidad, Erich ha decidido regresar a casa esta noche y se ha dado cuenta de que habías salido, pueden existir problemas. Te telefonearé mañana después de haber hablado con algunas personas.

—No, no lo hagas. Deja que te llame yo. Clyde se entera de cada llamada que recibo.

Cuando llegaron a la vaquería, Mark dijo:

—Te observaré desde aquí. Intenta no preocuparte.

—Lo intentaré. Lo único que no me preocupa es que Erich adora a Tina y a Beth. Será muy bueno con ellas. Por lo menos, eso constituye un consuelo.

Mark le apretó la mano, pero no respondió. Rápidamente, Jenny se deslizó por el lateral de la senda hasta la puerta occidental y luego a la cocina, a la vez que miraba a su alrededor. La taza y el platillo que había dejado secando en el fregadero estaban aún allí. Sonrió amargamente. Podía estar segura de que Erich no había vuelto. En caso contrario, habría retirado la taza y el platillo...

Apresurándose al piso de arriba, se dirigió al dormitorio principal y empezó a bajar las persianas. Desde una de las ventanas, vio desaparecer en la oscuridad la alta silueta de Mark.

Quince minutos después se encontraba en la cama. Aquél era el peor momento de todos, cuando no podía atravesar el vestíbulo e ir a arropar a Tina y a Beth. Trató de imaginarse todos los medios que Erich emplearía para divertirlas. Habían suspirado mucho por acudir a la feria del Condado con él el verano anterior. Varias veces Erich había pasado todo un día con ellas en el parque de atracciones. Era incansablemente paciente con las niñas.

Pero ambas chiquillas habían parecido descontentas, cuando Erich las dejó hablar con ella aquella primera noche en que se las había llevado.

—Naturalmente, ahora estarían ya acostumbradas a la ausencia de su madre, de la misma forma que les había ocurrido cuando Jenny tuvo que quedarse en el hospital.

Como le había contado a Mark, constituía un consuelo el no tener que preocuparse por las niñas.

Jenny recordó la forma en que Mark le había apretado la mano cuando se lo dijera.

¿Por qué?

Toda la noche yació en la cama despierta. Si no era Rooney..., si no se trataba de Elsa..., ¿entonces quién?

Se levantó al amanecer. No podía aguardar a que Erich diese con ella. Trató de apartar todos aquellos continuos miedos, las terribles posibilidades que se le habían ocurrido durante la noche.

La cabaña. Tenía que encontrarla. Todos sus instintos le decían que el lugar por donde debía empezar era la cabaña...

TREINTA Y CINCO

Al amanecer comenzó a buscar la cabaña. A las cuatro de la madrugada conectó la radio para escuchar el informe del tiempo. La temperatura estaba bajando terriblemente. Era ahora de once grados centígrados bajo cero. Soplaba un fuerte viento helado procedente del Canadá. Se pronosticaba una importante tempestad de nieve. Llegaría a la zona de Granite Place al día siguiente por la tarde.

Se preparó un termo de café para llevárselo, se puso un suéter más debajo de su traje de esquiar. Tenía tan doloridos los pechos... Al pensar tanto en el bebé durante la noche, habían comenzado a darle punzadas. No podía permitirse ahora pensar en Tina y Beth. Sólo podía rezar unas entumecidas y suplicantes palabras. «Cuida de ellas por favor... No dejes que les ocurra nada...»

Sabía que la cabaña debía encontrarse a unos veinte minutos de camino desde la linde de los bosques. Comenzó por el lugar en el que Erich siempre había desaparecido entre los árboles, y anduvo de un lugar a otro desde aquel sitio. No importaba lo que aquello durase.

A las once volvió a casa, se calentó una sopa y se cambió los calcetines y mitones, se anudó otro pañuelo en torno del rostro y salió de nuevo.

A las cinco, precisamente cuando las sombras iban a alcanzar la total oscuridad, esquió sobre un montículo y llegó junto a la pequeña cabaña con techo de cortezas, aquélla que había sido el hogar del primer Krueger al llegar a Minnesota...

Tenía aspecto de cerrada, de algo sin usar. Pero, ¿qué había esperado? Que saliese humo por la chimenea, que las luces estuviesen encendidas, que... Sí. Había albergado la esperanza de que Beth y Tina estuviesen aquí con Erich...

Se quitó los esquíes de una patada y con el martillo rompió el cristal de una ventana; luego se introdujo en la cabaña por el bajo alféizar. Estaba espantosamente helada, con el profundo frío de los lugares sin calentar y a los que no les da el sol. Parpadeando y ajustando su visión a la penumbra, Jenny anduvo hacia las otras ventanas, corriendo las persianas y mirando a su alrededor.

Vio una estancia de unos siete metros de largo, una estufa «Franklin», una desgastada alfombrilla oriental, un sofá... Y pinturas...

Parecía que cada centímetro cuadrado de las paredes estuviese cubierto con el arte de Erich. Incluso aquella escasa luz no podía ocultar el exquisito poder y belleza de su obra. Y como siempre, la conciencia de su genio la calmó. Los temores que había albergado durante la noche, de repente parecieron ridículos.

La tranquilidad de los temas que había elegido: el henil en una tormenta de invierno, la liebre, con la cabeza alta y preparada para huir a los bosques, el ternero que buscaba a su madre... ¿Cómo una persona que pinta así, con tanta sensibilidad, con tanta autoridad, podía ser tan hostil, tan suspicaz...?

Estaba de pie delante de un archivador lleno de lienzos. Algo en el que estaba encima captó su visión. Sin comprender, comenzó a hurgar con rapidez entre los lienzos archivados. La firma en la esquina de la derecha. No estaba en letras mayúsculas y garrapateado como la de Erich, sino delicadamente escrita con finas pinceladas, una firma más acorde con los apacibles temas de los cuadros: *Caroline Bonardi*. Y en cada uno de los lienzos.

Comenzó a examinar los cuadros de la pared. Los enmarcados llevaban la firma de *Erich Krueger*. Los que carecían de marco, *Caroline Bonardi*.

Pero Erich había dicho que Caroline poseía muy escaso talento...

Sus ojos oscilaron de una a otra, de una pintura enmarcada con la firma de Erich, a otra sin enmarcar y firmado por Caroline. El mismo empleo de una luz difusa, el mismo pino como telón de fondo, la misma mezcla de colores. Erich estaba copiando la obra de Caroline.

No.

Los lienzos enmarcados. Aquéllos eran los que él había pintado para la próxima exposición. Eran los que había firmado. Pero no eran de él. El mismo artista era el autor de todos los cuadros. Erich estaba falsificando el nombre artístico de Caroline. Por ello había quedado tan agitado cuando ella le indicó que el olmo, en uno de sus supuestos nuevos cuadros, había sido cortado hacía varios meses.

Un esbozo al carboncillo pasó ante sus ojos. Se denominaba *Autorretrato*. Era una miniatura del *Recuerdo de Caroline*, probablemente el bosquejo preliminar que Caroline había hecho antes de comenzar a pintar la que sería su obra maestra.

Oh, Dios mío... Todo. Cada emoción que había atribuido a Erich a través de su obra, no era más que una mentira.

Entonces, ¿por qué permanecía tanto tiempo aquí? ¿Qué es lo que hacía en este lugar? Vio la escalera y se precipitó por ella. El desván descendía con el techo y tuvo que inclinarse hacia delante en el último escalón, antes de entrar por aquella estancia.

Cuando se enderezó, un resplandor coloreado de pesadilla desde la pared posterior asaltó su visión. Conmocionada, se quedó mirando su propia imagen. ¿Un espejo?

No. El rostro pintado no se movió mientras Jenny se aproximaba a él. La luz del atardecer que entraba por la rendija de la ventana jugueteó sobre el lienzo, lanzando sombras sobre él, al igual que un dedo fantasmal que señalase algo.

Una mezcla de escenas: escenas violentas, pintadas en colores violentos. La figura central, ella misma, con la boca retorcida de dolor, mirando hacia unos cuerpos parecidos a muñecos. Beth y Tina derribadas juntas en el suelo, con sus peleles azules enmarañados, con los ojos saltándoseles de las órbitas, con las lenguas fuera, con sus cinturones de pana arrollados a las gargantas. Lejos, en la pared de detrás de su imagen, una ventana con una cortina de color azul oscuro. Avizorando a través de la abertura de la cortina, aparecía el rostro de Erich, triunfante, sádico. Y a través de todo el lienzo, en sombras verdes y negras, una figura deslizante, a medias mujer y a medias serpiente, una mujer con el rostro de Caroline, con la esclavina a su alrededor como la escamosa piel de una serpiente. La figura de Caroline se inclinaba sobre una surrealista cuna de mimbre, una cuna suspendida de un agujero del cielo, mientras las manos de la mujer, grotescas, de enorme tamaño, como si fuesen las aletas de una ballena, cubrían el rostro del bebé, con las manos del niñito apoyadas encima de su cabeza, con dedos cual estrella, extendidos sobre la almohada.

La figura de Caroline con su abrigo castaño, reflejado en el parabrisas de un coche, con otro rostro a su lado. La cara de Kevin, exagerada, mirando, grotescamente, asustada, con su amoratada sien abombada en el parabrisas. La figura de Caroline, con su capa puesta, que sujetaba los cascos de un caballo encabritado, guiándolos para que descendieran sobre aquella figura con cabello de arena del suelo. Joe. Joe escabulléndose de las pezuñas.

Jenny oyó el ruido de su garganta, un penetrante quejido, los gritos de protesta. No era Caroline la que era a medias mujer y a medias serpiente. Era el rostro de Erich que avizoraba a través del enmarañado cabello oscuro, los ojos de Erich que contemplaban salvajemente a Jenny en el lienzo.

No. No. No. Aquellas retorcidas, torturadas revelaciones, este arte... una encarnación diabólicamente brillante, al lado de la cual la elegancia al pastel del talento de Caroline se extinguía hasta la insignificancia.

Erich no había pintado los lienzos que se atribuía como propios. Pero éstos que sí *había* pintado, eran fruto del genio de una mente retorcida. Eran espeluznantes, terribles en su poder, maléficos... y de un loco...

Jenny se quedó mirando su propia imagen, a las caras de sus niñas, a sus ojos implorantes, mientras el cinturón se apretaba cada vez más en sus blancos y pequeños cuellos.

Por fin, se forzó a arrancar el lienzo del muro, con sus indóciles ojos agarrados a él, como si se hubiesen cerrado en torno de los fuegos del infierno.

De alguna forma consiguió ponerse los esquíes y comenzó el regreso a través de los bosques. Empezaba a caer la noche y la oscuridad se extendía por doquier. El lienzo, que captaba el viento como una vela, la azotaba en su propia y vaga ruta y la hacía rozar contra los árboles. El viento se burlaba de los constantes gritos en demanda de auxilio que escuchaba chirriar en su garganta. «Ayudadme. Ayudadme. Ayudadme.»

Perdió la senda, dio vueltas en la oscuridad, vio de nuevo los perfiles de la cabaña. No. No.

Se congelaría allí, se helaría hasta morir en aquel lugar, antes de que pudiese encontrar a alguien que detuviese a Erich, si no era ya demasiado tarde. Había perdido la noción del tiempo, no sabía durante cuánto rato había estado cayéndose, tropezando y levantándose de nuevo, una y otra vez; cuánto tiempo llevaba apretando contra ella aquel maldito lienzo, durante cuánto tiempo habría vociferado. Sólo sabía que su voz se estaba quebrando en ahogados sollozos cuando, de alguna forma, vio un destello a través de un grupo de árboles, y se percató de que se encontraba en la linde de los bosques.

El destello que había percibido era el reflejo de la luna sobre la piedra de granito de la tumba de Caroline.

Con un último y terrible esfuerzo, esquió por los campos abiertos. La casa se encontraba totalmente a oscuras, sólo la débil luz de la luna en cuarto creciente revelaba su silueta. Pero las ventanas de la oficina tenían luz. Se encaminó hacia allí, con el lienzo restallando más violentamente, ahora que no había árboles que la protegiesen del fuerte viento.

Ya no podía gritar; no se percibía ningún sonido, excepto los gemidos guturales que oía en su garganta; sus labios aún formaban las palabras: «¡Ayudadme! ¡Ayudadme!»

En la puerta de la oficina trató de hacer girar el picaporte con sus manos heladas, intentó desprenderse de los esquíes, pero no pudo conseguir que se soltaran los tirantes. Finalmente, golpeó, en la puerta con sus palos de esquí hasta que se abrió y se desmoronó en brazos de Mark.

—¡Jenny!

Su voz se quebró.

—¡Jenny!

—Agárrese, Mrs. Krueger.

Alguien le estaba quitando los esquíes de los pies. Conocía aquel fornido cuerpo, aquel recio y terminante perfil. Se trataba del sheriff Gunderson.

Mark trataba de soltarle los dedos del lienzo.

—Jenny, déjame ver esto...

Y luego su asombrada voz:

—Dios mío, Dios mío...

La propia voz de Jenny fue un gruñido de bruja:

—Erich... Erich lo ha pintado. Mató a mi bebé. Se vistió como Caroline. Beth, Tina... Quizá las haya matado también.

—¿Que Erich ha pintado esto?

La voz del sheriff reflejaba incredulidad.

Jenny se dio la vuelta hacia él.

—¿Ha encontrado a mis niñas? ¿Por qué está usted aquí? ¿Están mis hijas muertas?

—Jenny...

Mark la sujetó con fuerza, deteniendo con su mano el flujo de palabras de su boca.

—Jenny, yo llamé al sheriff porque no pude dar contigo. Jenny, ¿dónde has encontrado esto?

—En la cabaña... Y muchas pinturas... Pero no de Erich... Las pintó Caroline.

—Mrs. Krueger...

Sobre él podía descargar su dolor. Se burló de su gruesa voz.

—¿Tiene algo que decirme, Mrs. Krueger? ¿Algo que de repente haya recordado?

Jenny comenzó a sollozar.

—Jenny —imploró Mark—, no es culpa del sheriff. Debí haberme dado cuenta... Papá había comenzado a sospechar...

El sheriff estaba estudiando el lienzo, con un rostro de improviso deshinchado, con la piel colgándole de su lacias arrugas. Sus ojos estaban fijos en el ángulo superior derecho de la pintura, en la cunita suspendida de un agujero en el cielo y en la grotesca figura, parecida a Caroline, que se inclinaba sobre ella.

—Mrs. Krueger, Erich fue a verme. Dijo que comprendía que corrían habladurías acerca de la muerte del bebé. Me urgió a que solicitara una autopsia.

Se abrió la puerta. «Erich —pensó Jenny—. Oh, Dios mío, Erich...»

Pero se trataba de Clyde que se precipitó en el interior con expresión asustada y desaprobadora.

—¿Qué diablos está ocurriendo aquí?

Se quedó mirando el lienzo. Jenny observó su curtido rostro, que se había vuelto de color de la cabritilla blanca.

—Clyde, ¿quién está ahí? —llamó Rooney.

Sus pisadas se aproximaron, crujiendo sobre la nieve helada.

—Esconda esa cosa —suplicó Clyde—. No dejen que la vea. Aquí...

Y la metió en el armario de los suministros.

Rooney apareció en el umbral de la oficina, con el rostro un poco más lleno y ojos grandes y calmados. Jenny sintió que aquellos delgados brazos la rodeaban.

—Jenny, cuánto te he echado de menos...

A través de sus rígidos labios, Jenny consiguió responder:

—Yo también te he echado mucho de menos...

Había comenzado por acusar a Rooney de todo cuanto había sucedido. Había descartado cuanto Rooney le había contado, como si perteneciese a la imaginación de una mente enferma...

—Jenny, ¿dónde están las niñas? ¿Puedo saludarlas...?

La pregunta fue como una bofetada en pleno rostro.

—Erich está fuera con las niñas.

Sabía que su voz era temblorosa, poco natural.

—Vamos, Rooney. Ya las verás mañana. Sería mejor que te fueses a casa. El doctor te previno que te metieses en seguida en cama —la apremió Clyde.

La tomó del brazo y la empujó hacia delante, mirando por encima del hombro.

—En seguida vuelvo...

Mientras aguardaban, Jenny consiguió relatarles su búsqueda por la cabaña.

—Fuiste tú, Mark... Anoche... Yo te dije que las niñas estarían bien con Erich y tú no respondiste nada... Más tarde... en la cama... supe... que estabas preocupado por ellas... Y comencé a pensar... Si no era Rooney, ni Elsa, si tampoco era yo... Y mi mente me siguió diciendo: «Mark teme por las niñas.» Entonces pensé en Erich. Debía de ser Erich. Aquella primera noche... Me hizo poner el camisón de Caroline... Deseaba que yo fuese Caroline... Incluso se fue a dormir a su antigua cama. Y el jabón de pino que colocó en las almohadas. Supe que lo había hecho él. Y Kevin... Debió de escribir, o telefonear, para explicar que se presentaría en Minnesota... Erich siempre estaba jugando conmigo. Erich debía de saber que me había visto con Kevin. Habló acerca de los kilómetros de más en el cuentakilómetros del coche. Debió de haber oído las habladurías de la mujer en la iglesia...

—Jenny...

—No, déjame contártelo... Me hizo volver a aquel restaurante. Cuando Kevin amenazó con detener la adopción, le dije a mi ex marido que viniese. Esa es la razón de que la llamada figurase en nuestro teléfono. Erich y yo tenemos la misma talla cuando yo llevo tacones. Con mi abrigo y una peluca negra... pudo parecerse a mí lo suficiente hasta entrar en el coche. Debió golpear a Kevin. Y Joe. Estaba celoso de Joe. Podía haber llegado antes a casa aquel día; sabía lo del veneno para ratas. Y mi bebé... Odiaba a mi bebé... Tal vez a causa de su pelo rojo. Exactamente desde el principio, cuando le dio el nombre de Kevin, debía ya de estar planeando matarle.

¿Procedían aquellos roncos y secos sollozos de ella? No podía dejar de hablar. Tenía que soltarlo todo....

—Algunas veces, creí sentir a alguien que se inclinaba sobre mí. Había abierto el panel corredizo. Debía de llevar peluca. La noche en que fui a tener el bebé. Le desperté. Toqué los párpados de Erich. Fue aquello lo que me asustó. Era lo mismo que sentía cuando alargaba las manos en la oscuridad... Aquel suave párpado y las gruesas pestañas...

Mark la estaba acunando en sus brazos.

—Era mi hijo... Era mi hijo...

—Mrs. Krueger, ¿podría encontrar el camino de regreso a la cabaña.?

El tono del sheriff Gunderson era apremiante.

Una oportunidad de hacer algo...

—Sí, si comenzamos desde el cementerio...

—Jenny, no puedes —protestó Mark—. Seguiremos tus huellas.

Pero no podía permitirles ir sin ella. De alguna forma les condujo, a Mark, al sheriff y a Clyde. Encendieron las lámparas de petróleo, que bañaron a la cabaña en un suave resplandor victoriano, que sólo acentuó el mordiente frío. Se quedaron mirando la delicada firma: *Caroline Bonardi.* Luego comenzaron a buscar en los armarios. Pero no había documentos personales; las alacenas estaban vacías, excepción hecha de platos y cubertería.

—¡Debe de guardar en alguna parte sus materiales de pintura! —estalló Mark.

—Pero si el desván está vacío... —replicó desesperanzada Jenny—. No hay nada allí, excepto los lienzos, y el lugar es tan pequeño...

—No puede ser pequeño —objetó Clyde—. Es del tamaño de la casa. Debe de haber una partición.

Había una zona de almacenamiento que ocupaba la mitad del tamaño de aquella estancia para cuarto trastero, accesible por una puerta en el rincón del lado oeste, una puerta que Jenny no había advertido en la habitación en penumbra. Esta zona tenía una serie de archivadores para lienzos; docenas y docenas de las pinturas de Caroline aparecían por allí; un caballete, un armario con artículos de pintura; dos maletas. Jenny se percató de que hacían juego con el neceser que había encontrado en el desván de la casona. Una larga capa verde y una peluca oscura aparecían dobladas en una de las maletas.

—La esclavina de Caroline —dijo Mark en voz baja.

Jenny comenzó a hurgar entre los armarios. Pero sólo contenían suministros de pintura: carboncillos, trementina, pinceles y lienzos en blanco. Nada, nada que pudiera indicar adónde se había ido Erich.

Clyde comenzó a buscar dentro de un cajón con lienzos que estaba cerca de la puerta.

—Mire...

Su grito estaba empañado de horror. Había sacado un lienzo. Tenía los lóbregos tonos verdes del agua estancada. Un *collage* surrealista de Erich cuando niño y de Caroline. Las escenas se sucedían, se superponían unas a otras. Erich con un palo de hockey en la mano. Caroline inclinada sobre un ternero; Erich la empujaba; el cuerpo de ella caía en una tina, no, en el depósito general; sus ojos que miraban hacia su hijo. El extremo del palo de hockey empujando hacia el depósito la lámpara del techo. El rostro infantil de Erich con apariencia demoníaca, riendo ante la agonizante figura que estaba en el agua.

—Mató a Caroline —gimió Clyde—. Cuando tenía sólo diez años, mató a su propia madre...

—¿Qué dice?

Todos se dieron la vuelta. Rooney se encontraba en el umbral del desván, una Rooney con unos ojos muy grandes y ya no sosegados.

—¿Cree que no puedo yo también decir algo al respecto? —preguntó.

Estaba mirando unos de los lienzos que sostenía Clyde, pero más allá de las pinturas ahora reveladas en el cofre. Incluso con las distorsiones, Jenny reconoció el rostro de Arden. Arden avizorando por la ventana de la cabaña. Una figura con una capa y cabello oscuro y el rostro de Erich detrás de ella. Unas manos alrededor del cuello de Arden, con unos dedos no pegados a las manos. Arden que yacía en una tumba encima de un ataúd, mientras la tierra era arrojada con una pala sobre su brillante falda azul, con el nombre de la lápida detrás de su cabeza: CAROLINE BONARDI KRUEGER Y en el rincón aquella zigzagueante firma: *Erich Krueger*.

—Erich mató a mi niñita —gimió Rooney.

De algún modo consiguieron regresar hacia la casa. La mano de Mark sujetaba a Jenny con fuerza; un silencioso Mark, que no intentaba ofrecer unas inútiles palabras de consuelo.

Ya en la oficina del sheriff Gunderson descolgó el teléfono.

—Existe la posibilidad de que todos creamos que lo que él ha hecho es la fantasía de una mente enferma. Pero hay una forma de asegurarnos de todo ello, y no podemos desperdiciar un minuto en averiguarlo.

El cementerio fue de nuevo violado. Unos focos bañaron las lápidas con una luz sobrenaturalmente brillante. Las taladradoras se hundieron en el helado suelo de la tumba de Caroline. Rooney lo observaba todo, ahora con una sorprendente calma.

Al mirar hacia allí, vieron trozos de una lana azul mezclados con la tierra.

Una voz de hombre habló desde la tumba.

—Arden está aquí. Dios mío, aparten a su madre...

Clyde abrazó a Rooney, obligándola a retirarse.

—Por lo menos, lo sabemos —explicó.

Ya de vuelta en la casa, comenzó a filtrarse en ella la luz del día. Mark hizo café. ¿Cuándo había Mark comenzado a sospechar que las niñas se encontraban en peligro al lado de Erich? Jenny se lo preguntó así.

—Jenny, después de que te dejase anoche en tu casa, llamé a papá. Sabía lo trastornado que había quedado acerca de lo que Tina había dicho, de cómo la dama del cuadro había cubierto al bebé. Me admitió que había *sabido* que, de niño, Erich era un psicópata. Caroline le había confiado la obsesión que tenía Erich hacia ella. Le había descubierto observándola mientras dormía, guardando el camisón de ella debajo de la almohada, envolviéndose con su esclavina. Lo llevó a un médico, pero John Krueger se negó en redondo a permitirle que le sometiese a un tratamiento. John afirmó que ningún Krueger padecía problemas emocionales; que era únicamente Caroline quien le había echado a perder; que en el hecho de pasarse tanto tiempo con él radicaba el auténtico problema. Caroline se encontraba entonces al borde de una depresión nerviosa. Hizo la única cosa que le fue posible. Renunció a la custodia, en el bien entendido de que John enviaría a Erich a un internado. Caroline confiaba en que una atmósfera diferente le ayudaría. Pero después de que ella murió, John rompió su promesa. Erich no recibió jamás ningún tipo de ayuda. Cuando papá se enteró de lo que Tina decía acerca de la dama del cuadro, cuando oyó que Rooney contaba haber visto a Caroline, comenzó a sospechar lo que había sucedido. Creo que el comprobarlo fue lo que le produjo su ataque al corazón. Deseé que hubiese confiado en mí... Naturalmente, carecía de todo tipo de pruebas. Pero ésa fue la razón de que me dijese que apremiase a Erich para que te permitiese, a ti y a las niñas, ir a visitarle.

—Mrs. Krueger ...

La voz del sheriff Gunderson reflejó vacilación. ¿Temía que aún siguiese echándole la culpa de todo?

—El doctor Philstrom, del hospital, se encuentra quí... Le hemos pedido que echase un vistazo a lo que se encuentra en la cabaña. Desea hablar con usted.

—Jenny, ¿me puedes contar, exactamente, lo que Erich te dijo la última vez que telefoneó? —le preguntó el doctor Philstrom.

—Estaba enfadado porque intenté explicarle que tal vez estuviese equivocado respecto a mí.

—¿Mencionó a las niñas?

—Dijo que estaban bien.

—¿Cuánto tiempo hace desde que las permitió hablar contigo?

—Nueve días.

—Comprendo... Jenny, seré honesto contigo. Esto no puede ser bueno, pero, al parecer, Erich debió pintar este último lienzo antes de desaparecer con las chiquillas. Y se ven en él un montón de detalles. Aunque haya estado en la cabaña —y sabemos que estuvo—, se encuentran allí unas tijeras con trozos de piel pegados a ellas. Es muy probable que pintara ese cuadro antes de marcharse con las niñas.

Una ráfaga de esperanza.

—¿Quieres decir que pueden no estar muertas?

—No quiero alentarte injustificadamente. Pero piensa en ello. Erich aún sigue fantaseando con vivir contigo, en tenerte bajo su total poder una vez posea la confesión firmada. Sabe que sin las niñas no puede retenerte. Así, hasta que se dé cuenta de que una unión contigo carece de esperanzas, existe aún una posibilidad, sólo una posibilidad...

Jenny se puso en pie. «Tina, Beth. Si estuvieseis muertas, lo sabría. De la misma forma que supe que Nana no pasaría de aquella última noche. De la forma en que supe que algo le iba a suceder al bebé.»

Pero Rooney no lo había sabido. Rooney llevaba diez años aguardando a que Arden regresase a casa. Y, durante todo ese tiempo, el cadáver de Arden había estado enterrado en un lugar que podía verse desde las ventanas de Rooney...

Cuán a menudo había visto a Rooney de pie sobre la tumba de Caroline... ¿Era que algo la compelía a dirigirse allí? ¿Algo profundamente inmerso en su subconsciente le había dicho que también estaba visitando la tumba de Arden?

Preguntó al doctor Philstrom acerca de esto, se lo preguntó muy seria, escuchando su propia voz que parecía la de una chiquilla.

—¿Es esto *posible*, doctor?

—No lo sé, Jenny. Creo que Rooney, instintivamente, sospechaba que Arden no se había marchado de forma deliberada. Conocía bien a su hija.

—Quiero a mis niñas —dijo Jenny—. Y las quiero ahora... ¿Cómo debe odiarme Erich para querer hacerlas daño?

—Estás hablando de un hombre por completo irracional —replicó el doctor Philstrom— Un hombre que te desea porque tenías un desconcertante parecido con su madre, pero que ya te odia por remplazarla; que no podía confiar en tu amor hacia él, porque se percibía a sí mismo como alguien a quien no se podía amar y que vivía con un pavor mortal a perderte.

—Vamos a pasar los correspondientes avisos, Mrs. Krueger —le dijo el sheriff—. Ya hemos repartido sus retratos por todas las aldeas de Minnesota y en todos los Estados fronterizos. Conseguiremos la cobertura de la Televisión. Alguien debe de haberles visto. Clyde está buscando en todos los archivos de las propiedades de Erich. Registraremos todos los lugares que posea. No lo olvide. Sabemos que estuvo allí, por lo menos, una vez, y eso fue sólo cinco horas después de telefonearle a usted. Nos concentraremos en un radio de viaje en coche de cinco horas a partir de este lugar.

El timbrazo del teléfono les hizo pegar a todos un salto. El sheriff Gunderson alargó la mano para descolgarlo. Pero un instinto le hizo a Jenny apartar las manos del sheriff.

—Diga...

Su voz fue tan insegura... ¿Sería Erich? «Oh, Dios mío, ¿puede ser Erich?»

—Hola, mamá...

Era Beth...

TREINTA Y SEIS

—¡Beth!

Jenny cerró los ojos y apretó los nudillos contra la boca. Beth aún estaba viva. Hubiese planeado lo que hubiese planeado Erich aún no había ocurrido. El recuerdo del cuadro, con Beth y Tina rígidas como muñequitas, con sus cinturones de pana en torno de sus cuellos... No podía apartarlo de su memoria...

Sintió las manos de Mark, aquellas fuertes manos en los hombros, dándole fuerzas. Alzó un poco el auricular para que él escuchase también.

—Hola, Beth, cariño...

Trató de parecer desenfadada y complacida. Resultaba tan duro no gritar: *«Beth, ¿dónde estás?»*

—¿Lo pasas bien con papá?

—Mamá, eres muy mala. Entraste anoche en nuestro cuarto y no quisiste hablar con nosotras. Y tapaste con mucha fuerza a Tina...

La quejumbrosa voz de Beth era lo suficiente aguda como para que Mark la oyese. Jenny vio la agonía en sus ojos, y supo que se reflejaba también en los suyos. *Tapar con fuerza a Tina.* No. No. Por favor. Dios mío... No. El bebé. Y ahora Tina...

—Tina chilló muy fuerte...

—¿Que Tina gritó...?

Jenny trató de combatir aquellas oleadas de vértigo. No debía desmayarse.

—Déjame hablar con ella. Bethie. Te amo, *Ratoncita*...

Ahora Beth comenzó a llorar.

—Yo también te quiero mucho, mamá. Por favor, ven pronto...

—Mamá...

Ahora eran los impotentes sollozos de Tina.

—Me hiciste daño. Tenía la manta encima de la cara...

—Tina, lo siento... Lo siento mucho...

Jenny trató de que su voz no se demudase.

—Lo siento, Tina...

Se escuchó un ruido mientras apartaban el teléfono y luego los quejidos de Tina.

—Jenny, ¿por qué estás tan trastornada? Las niñas han estado soñando. Es sólo que te echan mucho de menos, lo mismo que yo, cariño...

—*Erich...*
Jenny supo que estaba gritando.
—¿Dónde estás, Erich? Por favor, te lo prometo. Firmaré aquella confesión. Firmaré cualquier cosa. Pero, por favor, necesito a mis niñas...
Sintió el apretón de la mano de Mark en sus hombros, precaviéndola.
—Me refiero a que necesito a mi familia, Erich.
Se forzó a que su voz sonase calmada, se mordió los labios para no apremiarse a rogarle que no las lastimara.
—Erich, podemos ser tan felices... No sé por qué hacía aquellas cosas tan extrañas dormida, pero prometiste hacerte cargo de mí. Estoy segura de que lo haré todo mejor.
—Ibas a abandonarme, Jenny. Sólo fingías amarme...
—Erich, regresa a casa y hablaremos. O permíteme enviarte la carta. Dime dónde estás...
—¿Has hablado con alguien acerca de nosotros?
Jenny miró a Mark. Este movió la cabeza, aconsejándole que dijese que no.
—¿Y por qué tendría que contarle a nadie cosas nuestras?
—Intenté telefonearte ayer tres veces por la tarde. Y no estabas...
—Erich, hacía tanto tiempo que no tenía noticias tuyas... Necesitaba tomar un poco de aire fresco. Esquié un rato, quiero poder esquiar junto a ti otra vez. Nos divertimos mucho, ¿te acuerdas?
—Intenté telefonear a Mark anoche. Y tampoco estaba en casa. ¿Te encontrabas con él?
—Erich, estaba en casa. Siempre he estado esperándote.
Ahora gritaba Tina. Como telón de fondo, Jenny podía oír de nuevo aquellos ruidos de la carretera, como unos camiones de gran tonelaje al cambiar las marchas en una pendiente. ¿Podía haberse presentado Erich anoche en la granja? Y si era así, ¿habría acudido a la cabaña? No, si hubiese estado en la cabaña, y hubiera visto la ventana con el cristal roto, se habría percatado de que la había registrado alguien y ahora no la telefonearía.
—Jenny, pensaré en regresar. Simplemente, quédate en casa. No salgas. No esquíes. Quiero que estés exactamente ahí. Y algún día, abriré la puerta y apareceré y seremos de nuevo una familia. ¿Lo harás, Jenny?
—Sí, Erich, sí. Te lo prometo.
—Mamá, quiero hablar con mamá...
Era Beth la que imploraba.
—Por favor, por favor...
Se produjo un brutal sonido y el teléfono comenzó a dar la señal de comunicar.
Jenny escuchó mientras Mark repetía la conversación. Jenny sólo terció en la charla cuando el sheriff preguntó:

—Pero, ¿por qué habrán pensado las niñas que se trataba de usted?

—Porque ahora tiene consigo mis maletas —respondió Jenny—. Probablemente puso en ellas algunas de mis batas... Tal vez aquella roja que he echado a faltar. Llevará consigo una peluca morena. Cuando los niños están profundamente dormidos, ven lo que piensan que están viendo. Doctor Philstrom, ¿qué hará Erich a continuación?

—Jenny, cualquier cosa es posible. No puedo negarlo. Pero sospecho que, mientras aún albergue esperanzas de que te quedes con él, las niñas seguirán a salvo...

—Pero Tina..., anoche...

—Ya has recibido la respuesta. Trató de telefonearte por la tarde y estabas fuera. Intentó telefonear a Mark por la noche y tampoco pudo dar con él. Resulta extraño cómo un psicópata desarrolla casi un sexto sentido. Algún instinto le dijo que estabais juntos. En su frustración, estuvo al borde de hacerle daño a Tina.

Jenny trató de tragar a pesar de los temblores de su voz.

—Sonaba tan extraño, casi sin ilación. ¿Y si suponemos que vuelve en seguida? Tal vez es posible que decida regresar esta noche. Conoce hasta el último recoveco de su propiedad. Puede esquiar hasta aquí. Puede traer un coche que no conozcamos. Puede llegar andando por la ribera del río. Si ve alguien por aquí que no pertenezca a la casa, entonces será el fin... Todos deben marcharse. Supongamos, supongamos... que se da cuenta de que han removido la tumba de Caroline... Sabrá que han encontrado el cadáver de Arden. ¿No lo comprenden? No pueden darle a todo esto la menor publicidad. No pueden enviar avisos impresos por ahí... Ni traer a unos extraños a esta casa. La cabaña. Si se acerca a la cabaña y ve la ventana con el cristal roto..., todos esos trozos de tela clavados en los árboles...

El sheriff Gunderson miró, sucesivamente, a Mark y el doctor Philstrom.

—Obviamente, parecen estar de acuerdo... Muy bien. Mark, ¿puedes pedirle a Rooney y a Clyde que vengan aquí? Me pondré en contacto con la gente de la oficina del forense... Aún están cerniendo la tierra del cementerio.

Rooney se encontraba sorprendentemente tranquila. Jenny sabía que el doctor Philstrom la observaba con atención. Pero la preocupación de Rooney parecía sólo dirigida hacia Jenny. La abrazó, oprimió su mejilla contra la de Jenny.

—Lo sé. Oh, querida, lo sé...

Clyde había envejecido diez años durante las pasadas horas.

—He estado mirando todas las propiedades de Erich —explicó—. Lo tendré todo preparado muy pronto...

—El cuadro —dijo Jenny—. Debemos dejar otra vez ese lienzo en su sitio. Se encontraba en la pared larga del desván.

—Lo he guardado en el armario de los suministros de la oficina —respondió el doctor Philstrom—. Pero me parece que sería mejor que Mrs. Toomis conviniese en regresar y quedarse en el hospital hasta que todo esto haya acabado.

—Quiero estar con Clyde —replicó Rooney—. Deseo quedarme con Jenny. Me encuentro muy bien. ¿No lo ve? *Lo sé todo...*

—Rooney se quedará conmigo —repuso Clyde tajantemente.

El sheriff Gunderson se acercó a la ventana.

—Este lugar es una confusión de pisadas y marcas de neumáticos —explicó—. Lo que necesitamos es una buena tormenta de nieve que lo cubra todo. Crucen los dedos... Esta noche debe presentarse una...

La tormenta comenzó a principios de la noche. Unos finos y rápidos copos de nieve comenzaron a alcanzar la casa, los graneros y los campos. El viento sopló y esparció los móviles copos de nieve, amontonándolos con rapidez y haciéndolos crecer contra los árboles y los edificios.

A la mañana siguiente, en piadosa acción de gracias, Jenny observó la relumbrante blancura del exterior. La tumba violada tenía encima una capa de nieve y todas las huellas que conducían hacia la cabaña habían sido borradas. Si Erich se presentaba por aquí no albergaría ningún tipo de sospechas; incluso Erich, que instantáneamente sentía la presencia de un libro fuera de su sitio, un jarrón que se hubiese desplazado unos milímetros, no encontraría nada que le sugiriese que hubieren visitado todos ellos la cabaña.

Durante la noche, abriéndose paso por las peligrosas carreteras, el sheriff Gunderson y dos de sus ayudantes habían regresado. Uno de ellos conectó los teléfonos a un dispositivo que controlaba las llamadas telefónicas que se produjesen y luego proporcionó a Jenny un *walkie-talkie* y le enseñó su manejo. El otro hombre hizo copias de todos los documentos que Clyde había sacado de los archivos, de las páginas y páginas de declaraciones del impuesto sobre la renta, que indicaban las posesiones de Krueger: escrituras, contratos de alquiler, edificios de oficinas, almacenes. Todos los originales fueron dejados otra vez en los archivos y las copias serían estudiadas detenidamente por los investigadores, que comenzarían a buscar posibles lugares donde ocultarse.

Jenny se negó de plano a permitir que un policía se quedase en la casa.

—Erich abriría la puerta y entraría. Supongamos que se percata de que aquí hay alguien más. Y así haría... No me es posible. No quiero arriesgarme.

Comenzó a registrar los días, con la conciencia de cómo los segundos se convertían en minutos, los minutos se arrastraban hasta constituir cuartos de hora, medias horas... Había encontrado la cabaña el día quince. Por la mañana del dieciséis, habían abierto la tumba y telefoneado Erich. La tormenta de nieve concluyó el día dieciocho. Por toda Minnesota comenzó a limpiarse la nieve. Las líneas de teléfono quedaron bloqueadas durante el día diecisiete y parte del dieciocho. ¿Y si suponíamos que Erich había intentado telefonear? Se percataría de que no era culpa de Jenny el que no pudiese dar con ella. Toda la zona de Granite Place, donde la granja se hallaba localizada, resultó afectada con mayor violencia que el resto del país.

«Que no esté enfurecido —rogó—. No le permitas que lo pague con las niñas».

Por la mañana del día diecinueve, vio a Clyde acercarse a la casa. Ya no llevaba erguidos la cabeza y el pecho. Se inclinaba hacia delante mientras andaba por la recientemente abierta senda, con el rostro bajo, no sólo para protegerse contra el viento, sino como si soportase una invisible carga que parecía estar llevando.

Entró por el vestíbulo de la cocina y comenzó a dar pisotones para quitarse de encima el frío.

—Acaba de telefonear...

—¡Erich! Clyde, ¿por qué no ha pasado la llamada? ¿Por qué no me ha dejado hablar con él?

—No deseaba hablar con usted. Sólo quería saber si las líneas habían quedado interrumpidas por aquí anoche. Me preguntó si usted había salido o no. Mrs. Krueger ... Jenny..., está extraño... Me dijo que yo tenía un tono raro. Le repliqué que no sabía a qué se refería; que había estado muy atareado tratando de alimentar a todo el ganado después de la tormenta. Eso pareció satisfacerle. Luego contó que el otro día... ¿Te acuerdas que llamó poco después de que encontrásemos a Arden?

—Sí.

—Dijo que había estado pensando en ello. Dijo que debería haberme encontrado en aquel momento en el despacho, que la llamada tenía que haber sido tomada primero allí. Jenny, es como si estuviese observándonos. Parece saber todo lo que estamos haciendo.

—¿Y qué le respondiste?

—Le dije que había ido a buscar a Rooney al hospital aquella mañana y que no había estado en la oficina, por lo que, por la noche, las llamadas siguieron pasando a la casa. Luego me preguntó si Mark había estado metiendo las narices por aquí; ésa fue la forma en que lo planteó: «Meter las narices por aquí.»

—¿Y qué le respondiste?

—Le exliqué que el doctor Ivanson había inspeccionado a los

animales y que si debía haber avisado en lugar de ello a Mark... Me respondió que no...

—Clyde, ¿mencionó a las niñas?

—No, señora... Sólo me dijo que había estado telefoneando y que deseaba que permanecieses en la casa aguardando la llamada. Jenny, he intentado seguir hablando con él para que pudiesen rastrear dónde se encontraba, pero habló muy de prisa y colgó en seguida.

Mark telefoneó cada día.

—Jenny, deseo verte...

—Mark, Clyde tiene razón. Se muestra raro. Preguntó específicamente por ti. Por favor, mantente alejado.

Por la tarde del día veinticinco, Joe se presentó en la casa.

—Mrs. Krueger, ¿está bien Mr. Krueger?

—¿Qué quieres decir con eso, Joe?

—Me ha telefoneado para ver cuáles eran mis sentimientos. Deseaba saber si había estado viéndote. Le dije que sólo te encontré por casualidad una vez. No le conté que te habías presentado por nuestra casa. Ya sabes lo que quiero decir. Me contó que deseaba que volviese a trabajar para él cuando ya estuviese dispuesto, pero que si me acercaba a ti, o incluso se enteraba que te llamaba Jenny y te tuteaba, dispararía contra mí con el mismo fusil que había empleado para matar a mis perros. Dijo mis *perros*. Lo cual significa que mató también al otro. Parecía estar loco. Creo que no será bueno, ni para ti ni para mí, que continúe por aquí... Dime qué debo hacer...

Parecía estar loco. Y ahora amenazaba a Joe de una forma abierta. La desesperación anestesió el terror de Jenny.

—Joe, ¿le has dicho a alguien esto, se lo has contado a tu madre?

—No. No quiero preocuparla.

—Joe, te suplico que no le cuentes a nadie lo de esta llamada. Y si Erich vuelve a telefonear, mantente muy calmado y normal con él. Dile que el médico desea que aguardes unas semanas más, pero no le digas que te niegas a trabajar para él. Y Joe, por el amor de Dios, no le digas que has vuelto a verme.

—Jenny, algo va muy mal, ¿no es verdad?

—Sí...

Carecía de objeto negarlo.

—¿Dónde están, él y tus hijas?

—No lo sé.

—Comprendo... Jenny, te juro ante Dios que puedes confiar en mí.

—Sé que puedo... Y si te telefonea de nuevo, házmelo saber en seguida, por favor...

—Lo haré...

—Y, Joe... Sí... Quiero decir que es posible que regrese... Si le ves a él o al coche... Necesito que me lo comuniques al instante.

—Lo haré. Elsa vendrá a cenar a nuestra casa con el tío Josh. Habla mucho de ti, cuenta lo encantadora que has sido...

—Pues nunca actuó como si fuese de su agrado.

—Tenía miedo de Mr. Krueger. Le dijo que supiera cuál era su sitio y que mantuviese la boca cerrada, y que se asegurase de que nada se movía o se cambiaba de sitio en la casa...

—Nunca comprendí por qué trabajaba para nosotros, dada la forma en que Erich la había tratado.

—Es por el dinero que le pagaba... Elsa afirma que trabajaría para el diablo por un salario tan elevado...

Joe apoyó la mano en el pomo de la puerta.

—Y en cierto modo ha estado trabajando para el diablo, ¿no te parece así, Jenny?

«Febrero no es el mes más corto del año —pensó Jenny—. Parece durar una eternidad.» Día tras día, minuto tras minuto. Aquellas horas de la noche, tumbada en la cama, observando el perfil del bol contra la oscuridad. Cada noche se ponía el camisón de Caroline y guardaba una pastilla de jabón de pino debajo de la almohada, para que la cama conservara siempre aquel sutil olor a pino.

Si Erich aparecía alguna noche, en silencio y furtivamente, si entraba en esta habitación, este camisón, este aroma le haría sentirse seguro...

Cuando se dormía, soñaba incesantemente en las niñas. En sueños, la aguardaban. La llamaban *Mamá, mamá* y se precipitaban sobre la cama, presionando sus pequeños y contoneantes cuerpos contra ella, y luego, cuando trataba de rodearlas con los brazos, era cuando Jenny se despertaba...

Nunca soñaba con el bebé. Era como si el mismo y total compromiso que había asumido en la conservación del leve flamear de vida en aquel cuerpecito, perteneciese ahora a Tina y a Beth.

Había memorizado la confesión; una y otra vez pasaba ante su mente. «No soy responsable...»

Durante el día, nunca se hallaba muy alejada del teléfono. Para pasar el tiempo, empleaba la mayor parte de las mañanas dedicada a la limpieza de la casa. Quitaba el polvo, enceraba, fregaba, barría, pulía la plata. Pero nunca empleaba la aspiradora por miedo a perderse la primera llamada del teléfono.

La mayor parte de las tardes se presentaba por allí Rooney, una silenciosa y diferente Rooney para la cual la espera había concluido.

—Estaba pensando en que deberíamos comenzar unas colchas para las camas de las niñas —sugirió—. Mientras Erich siga pensando que puede regresar aquí, encontrarte y formar de nuevo una familia contigo y con las niñas, no les hará el menor daño. Pero, mientras tanto, debes tener, por lo menos, atareadas las manos. De otro modo, te volverías loca. Por lo tanto, empecemos con las colchas...

Rooney subió al desván para traer la bolsa con todos los retales de tejido que aún quedaban. Y comenzaron a coser. Jenny pensó en la leyenda de las tres hermanas que tejían, medían y cortaban trozos de tiempo. «Pero somos sólo dos en vez de tres —pensó—. Erich es el tercero. Es él el que puede cortar el hilo de la vida.»

Rooney clasificaba los trozos de tejido en unos ordenados montones encima de la mesa de la cocina.

—Vamos a hacerlas muy brillantes y alegres —explicó—, por lo tanto no debes emplear colores oscuros.

Volvió a meter en la bolsa todos aquellos retazos que había desechado.

—Este era de un mantel viejo que tenía Mrs. Krueger. Y éste es de la madre de John. Caroline y yo solíamos reírnos de que a alguien pudiese gustarle unas cosas con apariencia tan deprimente. Y esta lona era de una pieza que había comprado para hacer un cobertor para la mesa de las meriendas campestres. Era durante el verano en que Erich tenía cinco años. Y, oh, no sé por qué no tiré el resto de este tejido azul. ¿Te acuerdas que te conté que hice las cortinas para aquella gran habitación trasera? Cuando estaban colocadas te parecía encontrarte metida en una cueva. Toda la habitación se hallaba tan oscura... Pues...

Lo metió en el saco.

—Nunca sabías dónde podías poner por allí las manos...

Comenzaron a coser. A Jenny le parecía que, al acabarse las esperanzas de Rooney, ésta había perdido intensidad. Todo lo decía en la misma clave mediana.

—Una vez que encontremos a Erich, haremos un auténtico funeral por Arden. Lo más duro ahora para mí es pensar en el pasado, y recordar cómo Erich me alentó a que creyese que Arden aún vivía. Clyde estuvo siempre diciendo que no podía haberse escapado. Debí haberlo sabido. Supongo que lo supe. Pero cada vez que comenzaba a decir que creía que mi Arden se encontraba ya en el cielo, Erich me decía: «No lo creo yo así, Rooney.» Fue tan cruel al mantener mis esperanzas de esa forma... De ese modo nunca dejó curarse la herida... Te lo digo de verdad, Jenny, no merece vivir...

—Rooney, por favor, no hables de ese modo.

—Lo siento, Jenny.

El sheriff Gunderson telefoneaba cada noche.

—Hemos comprobado todas las fincas rústicas. Hemos entregado fotos a la Policía de esas zonas, con la condición de que no las hagan públicas y, que si le ven a él o al coche, no le detengan. No se encuentra en ninguno de los lugares que figuran en su declaración del patrimonio para la renta.

Trató de ofrecerle un cauteloso consuelo.

—Dicen que la falta de noticias son buenas noticias, Mrs. Krueger... Ahora mismo las niñas pueden estar jugando en una playa de Florida, tostándose bonitamente al sol...

«Dios quiera que estén allí.» Pero Jenny no creía en ello.

Mark telefoneaba cada noche. Hablaba sólo durante un minuto o dos, más o menos.

—Nada, Jen.

—Nada.

—Muy bien. No quiero ocupar la línea. Cuelga, Jenny.

Y colgaba. Jenny trataba de establecer alguna pauta para pasar sus días. Las noches, ya fuesen insomnes o pobladas de torturantes sueños, la mantenían en la cama hasta el amanecer. Hacía días que no había salido de la casa. Un programa de televisión de primeras horas de la mañana representaba un ejercicio de yoga. Fielmente, se sentaba delante del aparato a las seis y media y, mecánicamente, seguía la prescrita rutina del día.

A las siete llegaba el *Buenos días, Norteamérica*. Se forzó a escuchar las noticias, a oír educadamente las entrevistas. Un día, mientras miraba, proyectaron en la pantalla las fotos de niños desaparecidos. Algunos de ellos llevaban perdidos muchos años. Amy... Roger... Tommy... Linda... José... Uno tras otro... Cada uno de ellos representaba un corazón roto. Algún día añadirían a Elizabeth y Christine..., «llamadas Beth y Tina», a la lista.

—Su padre adoptivo se las llevó consigo el seis de frebrero, hace tres años. Si alguien tiene noticias...

Las noches tenían también un ritual. Se sentaba en la sección familiar de la cocina y leía, o trataba de ver la televisión. Por lo general, daba vueltas al mando y dejaba el televisor en donde se había detenido. Sin verlas, soportaba comedias, partidos de hockey, viejas películas. Trataba de leer, pero páginas después se percataba de que no había entendido ni lo más mínimo.

La última noche de febrero resultó particularmente inquieta.

Parecía como si el silencio de la casa resultara en particular discordante. La risa enlatada durante un programa, en el que se representaba a una pareja que se tiraba baratijas el uno al otro, le hizo apagar el televisor. Permaneció sentada mirando ante sí, sin ver nada. Sonó el teléfono. Sin auténticas esperanzas ya, lo descolgó.

—Diga...

—Jenny, soy el pastor Barstrom de los Luteranos de Sión... ¿Cómo se encuentra?

—Muy bien, muchas gracias.

—Confiamos en que Erich le haya hecho llegar nuestro pésame

por la pérdida de su bebé. Deseaba visitarla, pero Erich sugirió que pospusiera el verla. ¿Está Erich ahí?

—No. Se encuentra fuera. Pero no estoy segura de cuándo piensa regresar.

—Comprendo... ¿Le recordará que nuestro centro para ciudadanos mayores está casi completado? Como donante de mayor enjundia, deseaba asegurarme de que supiera que el día de la inauguración será el diez de marzo. Es un hombre muy generoso, Jenny.

—Sí. Le diré que ha telefoneado usted. Buenas noches, pastor.

El teléfono sonó a las dos menos cuarto. Estaba tumbada en la cama, con un montón de libros a su lado, confiando en que alguno de ellos la ayudaría a pasar la noche.

—Jenny...

—Sí...

¿Era Erich? Tenía una voz muy diferente, aguda, tensa.

—Jenny, ¿con quién estabas hablando por teléfono? A eso de las ocho. Sonreías mientras hablabas.

¿A eso de las ocho?

Trató de parecer pensativa, intentando no gritar las palabras: *¿Dónde están Beth y Tina?*

—Veamos...

Hizo una pausa para retrasar el asunto. ¿El sheriff Gunderson? ¿Mark? No podía mencionar a ninguno de los dos. El pastor Barstrom.

—Erich, ha telefoneado el pastor Barstrom. Deseaba hablar contigo, invitarte a la apertura del centro para ciudadanos de la tercera edad...

Las manos le sudaban, la boca le temblaba, aguardaba su comentario. Que se mantuviese al teléfono. Tal vez de aquella forma pudiesen localizar la llamada.

—¿Estás segura de que se trataba del pastor Barstrom?

—Erich, ¿por qué te iría a decir esto?

Se mordió los labios.

—¿Cómo están las niñas?

—Muy bien...

—Déjame hablar con ellas.

—Están muy cansadas. Ya las he metido en la cama. Esta noche parecías muy agradable, Jenny...

—*Esta noche parecías muy agradable...*

Sintió que comenzaba a temblar.

—Sí. Estuve ahí. Miraba por la ventana. Debías haberte imaginado que me encontraba ahí. Si me amases, te lo habrías imaginado.

En la oscuridad, Jenny miró aquel cuenco de cristal, mágico, verde.

—¿Y por qué no entraste?

—No quería hacerlo. Sólo deseaba asegurarme de que aún continuabas ahí, aguardándome.

—Te estoy aguardando, Erich, y estoy aguardando a las niñas. Si no quieres venir por aquí, déjame ir a mí y estar contigo.

—No... Aún no... ¿Te encuentras ahora en la cama, Jenny?

—Sí, claro...

—¿Y qué camisón llevas puesto?

—El que te gusta... Lo llevo muchísimas veces...

—Tal vez debía haberme quedado.

—Tel vez deberías... Hubiera deseado que lo hicieras.

Se produjo una pausa. Como telón de fondo, podía escuchar sonidos de tráfico. «Debe de llamar siempre desde el mismo teléfono. *Ha estado afuera de la ventana.*»

—No le dijiste al pastor Barstrom que estoy loco por ti.

—Claro que no. Ya sabe lo mucho que nos amamos el uno al otro.

—Jenny, he tratado de telefonear a Mark pero su línea estaba ocupada. ¿Estabas hablando con él?

—No, no lo he hecho.

—Realmente estuviste hablando con el pastor Barstrom....

—¿Y por qué no le telefoneas y se lo preguntas?

—No. Te creo. Jenny, seguiré intentando ponerme en contacto con Mark. Ahora recuerdo que tiene un libro mío... Quiero que me lo devuelva. Corresponde al tercer estante de la biblioteca, el cuarto desde el extremo derecho.

La voz de Erich empezó a cambiar, se hizo más gimoteante, más apenada. Había algo raro en aquello.

Ya lo había escuchado otra vez. Aquellos gritos agudos que casi la habían destruido con sus acusaciones.

—¿Es Mark tu amante? ¿Le gusta nadar? Puta. Sal de la cama de Caroline. Sal de ahí ahora mismo...

Luego se produjo un clic.

A continuación el silencio.

Luego apareció el tono de marcar, un claro e impersonal zumbido que pareció irradiar desde el auricular hasta su propia mano...

TREINTA Y SIETE

El sheriff Gunderson telefoneó veinte minutos después.

—Jenny, la compañía telefónica ha localizado parcialmente la llamada. Tenemos la zona desde donde llamó. Se encuentra alrededor de Duluth.

Duluth. En la parte norte del Estado. A cerca de seis horas de coche desde aquí. Eso significaba que, si había permanecido en aquella zona, había salido de allí a eso de mediodía para poder mirarla por la ventana a las ocho de la noche.

¿Y quién había permanecido con las niñas durante las horas en que se había encontrado fuera? ¿O las había dejado solas? ¿O ya no estaban vivas? No había hablado con ellas desde el día dieciséis, hacía casi ya dos semanas.

—Está empezando a destrozarse —replicó Jenny sin entonación.

El sheriff Gunderson no trató de ofrecerle unas hueras simpatías.

—Sí, creo que es así.

—¿Y qué puede usted hacer?

—¿Quiere que lo hagamos público? ¿Que pasemos la noticia a las emisoras de televisión, a los periódicos?

—Dios mío, no. Eso sería tanto como firmar los certificados de defunción de las niñas.

—Entonces mantendremos una sección especial rastreando la zona de Duluth. Y queremos que acuda un detective a su casa. Su propia vida puede encontrarse en peligro.

—Rotundamente no. Se enteraría...

Había pasado la medianoche. El 28 de febrero se convertía en el 1 de marzo. Jenny recordó la infantil superstición que había tenido. Si te quedabas dormido diciendo «liebre, liebre» en la última noche del mes, y te despertabas por la mañana en el primer día del nuevo mes diciendo «conejo, conejo», conseguirías tu deseo. Nana y ella habían hecho un juego de todo aquello.

—Liebre, liebre —dijo Jenny en voz alta en la silenciosa habitación.

Alzó la voz:

—Liebre, liebre...

En un alarido, gritó:

—Liebre, liebre, quiero a mis niñas, quiero a mis niñas...

Sollozando, se derrumbó sobre las almohadas.

—Quiero a Beth, quiero a Tina...

Por la mañana, tenía los ojos tan hinchados que apenas podía ver. De alguna forma se vistió, se fue al piso de abajo, preparó café y aclaró la taza y el platito. Sólo el pensamiento de comida la ponía enferma y no tenía objeto dejar el lavaplatos ocupado con sólo una taza y su platillo.

Deslizándose en su chaquetón de esquí se apresuró afuera y anduvo por alrededor, hasta la ventana del lado sur de la casa, la que daba a la zona de vida familiar en la cocina. Se veían pisadas delimitadas en la nieve debajo de la ventana, pisadas que habían llegado desde los bosques y que habían regresado a los bosques. Mientras permanecía sentada en aquella habitación, Erich estuvo aquí de pie, con el rostro aplastado contra el cristal, observándola.

El sheriff telefoneó de nuevo al mediodía.

—Jenny, le he pasado la cinta al doctor Philstrom. Cree que haríamos mejor en aprovechar la oportunidad de hacer pública la búsqueda de las niñas. Pero la decisión ha de tomarla usted.

—Déjeme pensarlo.

Deseaba preguntárselo a Mark.

Rooney llegó a las dos.

—¿Quieres coser un rato?

—Supongo que sí...

Plácidamente, Rooney eligió un sillón al lado de la estufa y sacó las dos piezas sobre las que estaba trabajando.

—Pues le vamos a ver pronto —comentó Rooney.

—¿A quién?

—A Erich, como es natural. Ya conoces aquella promesa que hizo Caroline, de que siempre se encontraría aquí el día del cumpleaños de Erich. Desde que murió Caroline, hace veintiséis años, Erich ha estado siempre en este lugar el día de su cumpleaños. Algo parecido a como lo viste el año pasado. Una especie de vagabundo por aquí, como si Erich estuviese buscando algo...

—¿Y crees que se presentará este año?

—Nunca ha olvidado ninguno.

—Rooney, por favor, ayúdame, no se lo recuerdes a nadie. No hables a Clyde ni a nadie acerca de esto.

Pareciendo complacida por ser tratada como una conspiradora, Rooney asintió con entusiasmo.

—Le aguardaremos, ¿verdad, Jen?

Jenny no podía confiar ni siquiera a Mark esta información. Cuando éste le telefoneó, la apremió a que el sheriff se ayudase con los medios de comunicación, pero Jenny se negó.

Finalmente, llegó a un compromiso.

—Dame una semana más, por favor, Mark.

La semana terminaría el 9 de marzo. Y el cumpleaños de Erich era el 8 de marzo....

Erich se presentaría aquí el día ocho. Jenny estaba segura de ello. Si el sheriff y Mark sospechaban que iba a venir, insistirían en ocultar a algún policía por los alrededores de la granja. Pero Erich se percataría de ello...

Si las niñas se encontraban aún con vida, ésta era la última oportunidad de conseguir que regresasen. Erich comenzaba a perder cualquier conexión que tuviese con la realidad.

Durante la semana siguiente, Jenny se movió casi como en un trance, y cada uno de sus pensamientos fue una continuada plegaria. *«¡Oh, Dios misericordioso, sálvalas!»* Sacó la caja de marfil que contenía las cuentas del rosario de Nana. Jenny cerró la mano alrededor del rosario. Ahora no podía concentrarse en una oración formalista.

—Nana, vamos, dilo por mí...

El día dos..., el tres..., el cuatro..., el cinco...., el seis..., «Que no nieve otra vez. Que las carreteras no estén impracticables...» El día siete. Por la mañana del día siete, sonó el teléfono. Una llamada de persona a persona desde Nueva York.

Era Mr. Hartley.

—Jenny, cuánto tiempo sin hablar contigo. ¿Cómo estáis tú y las niñas?

—Bien, muy bien...

—Jenny, lo siento pero tenemos un terrible problema. Se trata del «Wellington Trust», ¿te acuerdas de los que compraron la *Cosecha de Minnesota y Primavera en la granja*? Pagaron un montón de dinero por esos cuadros, Jenny.

—Sí...

—Pues bien, hicieron una limpieza de pinturas. Y, Jenny, siento decirte esto, pero Erich les falsificó su nombre. Los cuadros llevan debajo otra firma: *Caroline Bonardi*. Me temo que se va a armar un terrible escándalo, Jenny. Los de la «Wellington» celebrarán mañana por la tarde una reunión extraordinaria. Y a continuación darán una conferencia de Prensa. Y para la noche de mañana todos los periódicos no hablarán más que de este notición...

—¡Deténgales! ¡Debe detenerles!

—¡Detenerles! Jenny, ¿cómo puedo hacer una cosa así? La falsificación de obras de arte es algo muy serio. Cuando se pagan cantidades de seis cifras por un nuevo artista... Y cuando ese artista ha ganado las recompensas de mayor prestigio en su especialidad... No puedes mantener silencio respecto de una falsificación, Jenny. Lo siento. Esto ya ha escapado de mis manos. Ahora mismo están haciendo investigaciones para descubrir quién es Caroline Bonardi. En mi calidad de amigo, deseaba que estuvieses enterada de todo esto.

—Se lo diré a Erich. Gracias, Mr. Hartley.

Mucho tiempo después de haber colgado, Jenny seguía sentada

frente al aparato. No había forma de detener el relato de estos hechos. Todos los periodistas comenzarían a hablar de Erich. Las investigaciones no llevarían demasiado tiempo en descubrir que Caroline Bonardi era la hija del pintor Everett Bonardi, y la madre de Erich Krueger. Y una vez comenzasen a examinar cuidadosamente los cuadros, determinarían que todos ellos tenían ya más de veintinco años de antigüedad.

Se fue a la cama temprano, con la esperanza de que era probable que Erich se presentase en la casa en las horas de oscuridad, más que de día. Se bañó como había hecho aquella primera noche, sólo que esta vez introdujo un montón de sales de baño de pino en la bañera. La fragancia del olor a pino llenó el cuarto. Dejó que su cabello colgara en el agua para que así absorbiera mejor aquel aroma. Cada mañana lavaba el camisón aguamarina. Por lo tanto, ahora se lo puso, deslizó una pastillita de jabón de pino debajo de la almohada y miró en torno del dormitorio. Nada debía encontrarse fuera de su sitio, nada debía turbar el sentido del orden que poseía Erich. Las puertas del armario ropero estaban cerradas. Movió un poco el juego de cepillos y peines. Las persianas estaban exactamente bajadas. Plegó el brocado color arándano extendido por encima del borde de encaje de las sábanas.

Por fin, se metió en la cama. El emisor-transmisor que le había proporcionado el sheriff, y que llevaba en los bolsillos de sus tejanos, formaba un bulto debajo de la almohada. Lo metió en el cajón de la mesilla de noche.

Hora a hora, fue escuchando el tictac del reloj mientras éste señalaba el paso de la noche. «Por favor, Erich, ven», pensó. Deseaba que viniese. Si aparecía por la casa, si se hallaba a mitad de camino de aquí, el aroma de pino le atraería.

Pero cuando las primeras luces del sol comenzaron a filtrarse a través de las corridas persianas, seguía sin haber la menor señal de su presencia. Jenny se quedó en la cama hasta las ocho. La llegada del nuevo día sólo incrementó su horror. Había estado tan segura de que, durante la noche, escucharía unas débiles pisadas, que la puerta comenzaría a abrirse, de que Erich estaría mirándola, mirando a Caroline...

Ahora sólo tenía unas horas antes de las noticas de la noche por la Televisión.

El día era nublado pero, cuando encendió la radio, no dieron previsiones de nevadas. No estaba segura de cómo debía vestirse. Erich era tan suspicaz... Si se presentaba y la encontraba con otras cosas puestas que no fuesen los pantalones y un suéter, podía acusarla de estar esperando a otro hombre.

Apenas se preocupaba ya de mirarse en el espejo. Aquella mañana se estudió a sí misma, vio conmocionada sus prominentes pómulos, aquella acosada expresión en sus ojos, en la forma en que le había crecido el cabello, que ahora le sobrepasaba los hombros. Se lo recogió en la nuca con un pasador. Recordó aquella noche en que se había mirado en este espejo y, mientras quitaba el vapor, había contemplado el rostro de Erich, aquellas extendidas manos de Erich que sostenían el camisón aguamarina. Los instintos de Jenny le habían prevenido algo acerca de él aquella noche, pero no les había prestado atención...

En la planta baja pasó revista a cada detalle de cada habitación. Limpió las superficies de los mármoles y apliques en la cocina. Apenas había empleado la cocina más que para prepararse una lata de sopa durante las pasadas semanas, pero Erich deseaba que todo estuviese tan reluciente como un espejo. En la biblioteca, pasó el trapo del polvo por los estantes y se percató de que, en el tercer estante, cuatro libros contando desde el extremo, existía un hueco, tal y como Erich había dicho.

¡Qué raro resultaba que se hubiese resistido durante tanto tiempo a la verdad, que se hubiese negado a enfrentarse a lo más obvio, que hubiese perdido al bebé, y tal vez a las niñas, porque no quería saber qué clase de persona era Erich!

Las nubes oscurecieron la casa hacia el mediodía; empezó a soplar el viento a las tres, emitiendo un quejumbroso ruido a través de las chimeneas, pero, al mismo tiempo, apartó las nubes por lo que, a últimas horas de la tarde, el sol volvió a surgir, iluminando los campos cubiertos de nieve, haciéndoles brillar de una forma cálida. Jenny anduvo de ventana en ventana, observando los bosques, mirando la carretera que conducía a la ribera del río, forzando la vista para ver si alguien estaba al acecho bajo el protector saliente del granero.

A las cuatro observó como los trabajadores contratados comenzaban a marcharse, hombres a los que, realmente, nunca había llegado a conocer. Erich jamás les permitía acercarse a la casa. Y ella nunca se acercaba a ellos en los campos. La experiencia con Joe había sido suficiente...

A las cinco, encendió la radio para escuchar las noticias. La briosa voz del comentarista informó acerca de los nuevos recortes al presupuesto, otra reunión en la cumbre de Ginebra, el intento frustrado de asesinato del nuevo presidente del Irán.

—Y ahora un comunicado que acaba de llegar. El «Wellington Trust Fund» ha anunciado una asombrosa falsificación de obras de arte. El conocido artista de Minnesota, Erich Krueger, que se había convertido en el más importante pintor norteamericano desde Andrew Wyeth, ha estado falsificando su nombre en la obra que estaba presentando como propia. El verdadero artista es Caroline Bonardi. Ha quedado determinado que Caroline Bonardi era la hija del difunto y bien conocido pintor de retratos Everett Bonardi, y madre del propio Erich Krueger.

Jenny apagó la radio. En cualquier momento, el teléfono comenzaría a sonar. Al cabo de unas horas los periodistas revolotearían por aquí. Erich les vería, tal vez hubiese escuchado el diario hablado de la Radio, sabría que todo había acabado. Y se tomaría su venganza final sobre Jenny, si es que aún no lo había hecho.

A ciegas, salió de la cocina. ¿Qué podía hacer? ¿Qué podía hacer? Sin saber adónde iba, entró en el salón. El sol de la tarde se extendía por la estancia, iluminando el retrato de Caroline. La acometió una desolada piedad hacia aquella mujer, que había conocido aquella misma desconcertante impotencia. Se puso a estudiar el cuadro: Caroline sentada en el porche, con aquella capa verde envuelta sobre el cuerpo, con los delgados zarcillos de su cabello rozándole la frente. La puesta del sol, la pequeña figura de Erich muchacho que corría hacia su madre.

La figura que corría hacia ella...

Los rayos del sol se difundían a través del cuarto. Sería una brillante puesta de sol, con unas nubes rojas, anaranjadas, púrpuras y negras que irradiaban luces de tintes diamantinos.

La figura que corría hacia ella...

Erich se encontraba allá afuera, en algún lugar de esos bosques. Jenny estaba segura de ello. Y sólo había una forma de forzarle a abandonarlos.

El chal que Rooney había confeccionado para ella... No, no era lo suficiente grande, pero si llevaba también algo más... ¿La manta del Ejército que había sido del padre de Erich y que se encontraba en la cómoda de cedro? Era casi del mismo color que la capa de Caroline.

Tras subir a la carrera los dos tramos de escaleras que la separaban del desván, abrió la cómoda de cedro, metió allí las manos y dejó a un lado los antiguos uniformes de la Segunda Guerra Mundial. En el fondo se encontraba la manta del Ejército, de color caqui, pero con una forma no muy diferente a la de una capa. ¿Unas tijeras? Tenía unas en la cesta de la costura.

El sol estaba bajando cada vez más. Dentro de unos minutos se hundiría en el horizonte.

En el piso de abajo, con manos temblorosas hizo un agujero en medio de la manta, un agujero del tamaño suficiente para meter por él la cabeza, y se arrebujó la prenda a su alrededor. Luego se echó el chal por encima de los hombros. La manta caía en torno de ella, cubriéndola hasta el suelo como una capa.

Su cabello... Ahora era más largo que el de Caroline, pero, en el cuadro, Caroline se lo había dejado suelto con una especie de cola de caballo. Jenny se detuvo delante del espejo de la cocina, se retorció el cabello, se hizo unos pequeños rizos con los dedos y luego los apretó con un gran pasador. Caroline tenía la cabeza un poco inclinada hacia un lado; apoyaba las manos en el regazo, la mano derecha encima de la izquierda...

Jenny salió por la puerta occidental del porche. «*Soy* Caroline —pensó—. Debo andar igual que Caroline, sentarme igual que ella. Voy a mirar la puesta de sol como ella siempre lo hacía. Y miraré a mi niñito que llegará corriendo hacia mí.»

Abrió la puerta y, sin apresurarse, salió al duro y frío aire. Tras cerrar la puerta, anduvo hacia la mecedora y la situó para colocarla frente a la puesta de sol. Y después se sentó en ella.

Recordó haber movido el chal para que se plegase encima del brazo izquierdo de la mecedora, tal y como aparecía en el cuadro. Inclinó la cabeza para que se hallase en el ángulo correcto hacia la derecha. Dobló las manos sobre su regazo, hasta que la mano derecha encajó encima de la palma de la mano izquierda. Y luego, lenta, muy lentamente, comenzó a mecerse en el balancín.

El sol se deslizó desde detrás de la última nube. Ahora era un intenso globo, muy bajo en el cielo, a punto de caer por el horizonte, iba bajando, bajando, bajando, y el cielo se difuminaba de colores.

Jenny siguió meciéndose.

Colores púrpuras, rosados, carmesíes, anaranjados, dorados, y las ocasionales nubes que ondulaban como gasas, con el viento soplando con suficiente fuerza como para hacer avanzar las nubes, y también oscilar los pinos en la linde de los bosques...

Meciéndose, atrás y delante. «Observa el sol. Todo lo que importa es la puesta de sol. El muchachito muy pronto saldrá de los bosques para reunirse con su madre... Vamos, muchachito. Ven, Erich.»

Escuchó un gemido, que fue haciéndose más fuerte y chillón.

—¡Ay... demonios... demonios de la tumba... Alejaos... Alejaos...!

Una figura salía pesadamente de los bosques. Una figura que sujetaba un fusil. Una figura envuelta en una oscura capa verde, con un largo cabello negro que el viento enmarañaba, una figura de ojos fijos y rostro desfigurado en una mueca de miedo...

Jenny se levantó. La figura se detuvo, alzó el fusil y apuntó con él.

—¡Erich, no dispares!

Jenny se tambaleó hasta la puerta y giró el picaporte. La puerta se hallaba cerrada. Se había cerrado detrás de ella. Alzando la manta del Ejército, tratando de no tropezar con sus colgantes extremos, comenzó a correr, zigzagueando por los escalones del porche, y luego a través de los campos, mientras escuchaba el sonido de los disparos que la seguían. Una ardiente sensación la alcanzó en el hombro derecho, algo cálido se extendió por su brazo. Se tambaleó, pero no había ningún sitio adonde correr.

Aquel grito extraño la seguía.

—¡Diablos... Diablos...!

La vaquería se alzaba a la derecha. Erich nunca había ido por allí, no desde que Caroline murió. Frenéticamente, abrió la puerta, la puerta que conducía a la antecámara donde se guardaban las cubas de la leche.

Erich estaba muy cerca detrás de ella. Jenny se precipitó a la zona interior, en el granero mismo. Las vacas estaban allí procedentes de los pastos, ya habían sido ordeñadas. Permanecían en sus cubículos, observando con benigno interés, paciendo la paja de los pesebres que tenían delante de ellas.

A ciegas, corrió hasta el extremo del establo, tan lejos como pudo llegar. Apareció el depósito de agua, el redil para los nuevos terneros. El depósito se hallaba seco. Se dio la vuelta para enfrentarse a Erich.

Este se situó a sólo tres metros de distancia. Se detuvo y comenzó a reírse. Se puso el arma en el hombro y apuntó con la misma precisión que había mostrado cuando disparara contra el cachorro de Joe. Quedaron mirándose el uno al otro, como imágenes en un espejo, con las mismas capas de un verde oscuro, el mismo largo cabello negro. El pelo de él también aparecía sujeto en una cola de caballo, con sus propios rizos rubios escapándose por debajo de la peluca, confiriendo la impresión de que tenía unos ricitos en la frente.

—¡Diablos... Diablos...!

Jenny cerró los ojos.

—Oh, Dios mío...

Oyó cómo el arma disparaba y luego un chillido que se convirtió en un gemido. Pero no de sus labios. Jenny abrió los ojos. Era Erich el que se estaba derrumbando en el suelo. Era Erich el que sangraba por la nariz y por la boca, era Erich el que tenía unos ojos que se estaban poniendo vidriosos mientras la peluca se teñía de sangre.

Detrás de él, Rooney bajó una pistola.

—Esto es por Arden —le dijo en voz baja.

Jenny se hundió sobre sus rodillas.

—Erich, las niñas, ¿están aún vivas?

Sus ojos no veían, pero asintió:

—Sí...

—¿Hay alguien con ellas?

—No... Solas...

—Erich, ¿dónde están?

Sus labios trataron de formar unas palabras.

—Están...

Alargó la mano en busca de la de ella, retorció sus dedos en torno del pulgar de Jenny.

—Lo siento, mamá. Lo siento, mamá... No quería..., no quería... hacerte... daño...

Sus ojos se cerraron. Su cuerpo dio un último y violento estremecimiento, y Jenny sintió cómo se aflojaba la presión sobre su mano.

TREINTA Y OCHO

La casa estaba atestada, pero Jenny vio a todo el mundo como unas vagas sombras contra una pantalla. El sheriff Gunderson, la gente de la oficina del forense, que marcaban con tiza la silueta del cadáver de Erich y lo retiraban, los periodistas que se habían presentado después de que se supiese la noticia de la falsificación artística, y que se habían quedado para aquel artículo aún mucho más importante. Llegaron a tiempo de poder hacer fotografías a Erich, envuelto aún en la capa, con la peluca salpicada de sangre y la curiosa expresión en paz de su cara, propia de la muerte.

Se les permitió acudir a la cabaña y fotografiar y filmar los preciosos cuadros de Caroline, así como los torturados lienzos de Erich.

—Cuanta más sensación de urgencia hemos dado a la investigación, más gente ha querido ayudar —explicó Wendell Gunderson.

Mark estaba allí. Fue él quien le quitó la manta y su blusa, limpió la herida, la desinfectó y la vendó.

—Esto bastará de momento. Sólo es una herida en sedal, gracias a Dios...

Jenny se estremeció ante el toque de aquellos largos y gentiles dedos, a través de todo su punzante dolor. Si había alguna ayuda posible, ésta llegaría a través de Mark.

Encontraron el coche en el que había llegado Erich, lo hallaron escondido en una de las sendas para tractores de la granja. Había alquilado el coche en Duluth, a seis horas de distancia en automóvil. Por lo menos, había dejado a las niñas hacía trece horas. ¿Dónde las había abandonado?

Durante toda la noche, la carretera apareció atestada de coches. Llegaron Maude y Joe Ekers. Maude, con su fuerte y capaz volumen se inclinó sobre Jenny.

—Lo siento...

Unos cuantos minutos después, Jenny la escuchó trastear al lado del fogón. Y luego se percibió olor a perfumado café.

Apareció el pastor Barstrom.

—John Krueger se preocupaba tanto por Erich... Pero nunca me explicó el porqué. Y, desde entonces, Erich parecía estarlo haciendo todo muy bien.

El informe del tiempo:

—Una tormenta avanza hacia Minnesota y las Dakotas.

Una tormenta. «Dios mío... ¿Tendrán suficiente calor mis hijas?»

Clyde se acercó a ella.

—Jenny, debes ayudarme. Están hablando de llevarse otra vez a Rooney al hospital.

Al fin, salió de su letargia.

—Me salvó la vida. Si no hubiese disparado contra Erich, éste me habría matado.

—Explicó a uno de los periodistas que lo había hecho por Arden —dijo Clyde—. Jenny, ayúdame. Si la encierran, Rooney no podrá soportarlo. Me necesita. Y yo la necesito a ella.

Jenny se levantó del sofá, se apoyó contra la pared y fue en busca del sheriff. Este estaba telefoneando.

—Imprima más avisos. Póngalos en todos los supermercados, en cada gasolinera. Que los distribuyan por toda la frontera con el Canadá.

Cuando colgó, Jenny le dijo:

—Sheriff, ¿por qué trata de llevarse a Rooney al hospital?

La voz del sheriff sonó suavemente:

—Jenny, trate de pensar en ello. Rooney intentó matar a Erich. Estaba aguardándole allí fuera con una pistola.

—Intentaba protegerme a mí. Sabía el peligro que corría. Me salvó la vida.

—Muy bien, Jenny. Veré lo que puedo hacer...

Sin decirle nada, Jenny rodeó a Rooney con los brazos. Rooney había amado a Erich desde el momento en que nació. A pesar de lo que hubiera dicho, no había disparado contra él a causa de Arden. Había matado a Erich para salvarle la vida a Jenny. «Yo no hubiera podido matarle a sangre fría —pensó—. Ni tampoco Rooney.»

La noche pasó con lentitud. Se investigaron de nuevo todas las propiedades. Empezaban a llegar docenas de falsas informaciones. La nieve principió a caer, unos oscilantes y mordientes copos.

Maude preparó unos emparedados. Jenny no pudo tragar nada. Pero, al fin, se bebió un poco de consomé. A medianoche, Clyde se llevó a Rooney a casa. Maude y Joe se marcharon.

El sheriff comentó:

—Estaré en mi despacho durante toda la noche. La llamaré si nos enteramos de algo.

Sólo Mark se quedó.

—Debes de estar cansado. Vete a casa...

Mark no le respondió. En vez de ello, fue a buscar mantas y almohadas. Obligó a Jenny a tumbarse en el sofá, al lado de la estufa, y echó un nuevo leño en la chimenea. Luego se acomodó en el gran sillón.

En la penumbra, Jenny se quedó mirando la cuna llena de

maderos que se hallaba al lado del sillón. Se había negado a rezar después de la muerte del bebé. No se había percatado de lo amarga que se había mostrado. Pero, ahora... Ahora aceptó su pérdida. «Pero, por favor, déjame a las niñas.»

¿Se podía romper un acuerdo con Dios?

En algún momento de la noche, Jenny comenzó a adormecerse. Pero los latidos de su hombro la mantuvieron al borde del estado de vigilia. Sentía que se removía incansablemente, emitiendo apagados ruidos de dolor. Y luego todo se tranquilizó y el dolor y el desasosiego desaparecieron. Al cabo de un rato, cuando abrió los ojos, se encontró inclinada contra Mark, con el brazo de éste rodeándola y arropada en la colcha.

Algo jugueteaba con ella. Algo en su subconsciente trataba de salir a la superficie, algo desesperadamente importante la estaba eludiendo. Era una cosa que tenía que ver con aquel último lienzo en el que Erich la observaba, con su rostro avizorando a través de una ventana.

A las siete, Mark manifestó:

—Voy a preparar unas tostadas y café.

Jenny se fue al piso de arriba y se duchó, haciendo muecas de dolor mientras el chorro de agua le alcanzaba el esparadrapo que llevaba en el hombro.

Rooney y Clyde estaban en la casa cuando bajó. Tomaron café juntos mientras miraban por la televisión las noticias nacionales. Las fotos de las niñas aparecerían en *Hoy* y en *Buenos días, Norteamérica.*

Rooney había traído los retales.

—¿Quieres coser, Jenny?

—No, no puedo.

—A mí me ayuda. Estamos haciendo unas colchas para las camas de las niñas —le explicó a Mark—. Y encontraremos a las niñas...

—¡Rooney, por favor!

Clyde intentó tranquilizarla.

—Mirad... Ved qué bonitos y brillantes colores... Nada de cosas oscuras en mis colchas... Oh, aquí está el reportaje.

Se quedaron mirando cómo Jane Pauley empezaba su informe:

—Una falsificación artística, que ayer por la tarde convulsionó el mundo del arte, ha demostrado ser una parte muy pequeña de una historia mucho más dramática. Erich Krueger...

Observaron cómo aparecía el rostro de Erich en la pantalla. La foto era la misma del opúsculo de la galería: el cabello rizado y de un dorado bronceado, los oscuros ojos azules, la media sonrisa. Presentaron filmaciones de la granja, una instantánea de cuando comenzaban a retirar el cadáver. Ahora Tina y Beth sonreían en la pantalla.

—Y esta mañana, estas dos niñitas se han perdido... —explicó Jane

Pauley—. Al morir, Erich Krueger le dijo a su mujer que sus niñas estaban aún vivas. Pero la Policía no está tan segura de que pueda ser creído. El último lienzo que pintó parece sugerir que Tina y Beth están muertas.

Toda la pantalla quedó llena con el último cuadro. Jenny miró a las lacias figuras como muñecas, a su propia y torturada imagen que miraba, a Erich observándolas desde la ventana, y riéndose mientras echaba hacia atrás la cortina.

Mark saltó para apagar el televisor.

—Le dije a Gunderson que no les dejase tomar fotos en la cabaña.

Rooney se había puesto en pie de un salto.

—¡Debiste haberme mostrado ese cuadro! —gritó—. Debiste habérmelo mostrado. No lo comprendes... Las cortinas... ¡Las cortinas azules!

¡Las cortinas! Era aquello lo que había estado acosando la memoria de Jenny. Rooney desparramó los retales en la mesa de la cocina, aquel tejido de un azul oscuro, con su débil dibujo aún visible en el cuadro.

—Rooney, ¿dónde las ha puesto Erich?

Todos estaban gritando lo mismo: *¿Dónde?*

Rooney, totalmente consciente del precioso conocimiento que albergaba, tiró de la manga a Mark, gritando muy excitada:

—Mark, ya sabes... El pabellón de pesca de tu padre. Erich siempre solía ir allí contigo. Tú no tenías cortinas en el cuarto de los huéspedes. Dijo que tenía demasiada claridad. Y yo le di éstas hace ocho años.

—Mark, ¿pueden estar allí? —preguntó a gritos Jenny.

—Es posible. Papá y yo no hemos estado en ese pabellón desde hace un año. Erich tiene una llave.

¿Y dónde se encuentra el pabellón?

—Está... en la zona de Duluth.... En una pequeña isla. Eso encaja... Sólo que...

—¿Sólo que...?

Jenny pudo oír el ruido de la nieve que chocaba contra la ventana.

—El pabellón carece de calefacción central.

Clyde tradujo en palabras el miedo que todos tenían ahora:

—¿Esa casa no tiene calefacción central, y me estás diciendo que las niñas tal vez se encuentren en este momento allí y solas?

Mark se precipitó hacia el teléfono.

Treinta minutos después, el jefe de Policía de Hathaway Island les devolvió la llamada.

—Las hemos encontrado.

Con agonía, Jenny escuchó la pregunta de Mark:

—¿Están las dos bien?

Jenny agarró el teléfono para escuchar la respuesta.

—Sí, pero por los pelos. Krueger había amenazado con castigarlas si hacían algún intento de salir de la casa. Pero llevaba tanto tiempo fuera, y el lugar estaba tan helado, que la chica mayor decidió correr el riesgo. Consiguió abrir la puerta. Acababan de abandonar la casa en busca de su madre, cuando las encontramos. No hubieran resistido ni media hora con esta tormenta. Aguarde un momento.

Jenny escuchó cómo trasladaban el teléfono y luego dos voces que decían:

—Hola, mamá.

Los brazos de Mark la sostuvieron con fuerza mientras Jenny comenzaba a sollozar.

—*Ratoncita. Tinker Bell.* Os amo. Os amo tanto...

TREINTA Y NUEVE

Abril estalló sobre Minnesota como una divinidad de plenitud. La neblina roja formó un halo en torno a los árboles, a medida que empezaban a formarse unos pequeños capullos, aguardando a romper en floración. Los ciervos corrieron desde los bosques; los faisanes comenzaron a pavonearse por las carreteras; el ganado erró muy lejos por los pastos; la tierra se suavizó y la nieve empezó a fundirse en los surcos, alimentando los manantiales mientras se abría paso hacia la superficie.

Beth y Tina principiaron de nuevo a montar a caballo; Beth muy erguida y cuidadosa, y Tina siempre dispuesta a dar una patada a su pony y precipitarlo a la carrera. Jenny cabalgaba sobre *Fire Maid* al lado de Beth; Joe, muy cerca de Tina.

Jenny no podía pasar suficiente tiempo con las niñas: ser de nuevo capaz de besar sus satinadas mejillas, oprimir sus gordezuelas manitas, escuchar sus plegarias, responder a sus preguntas sin fin. O escuchar sus espantadas confidencias.

—Papá me daba mucho miedo. Solía ponerme las manos encima de la cara, de esta forma... Tenía aspecto de divertirle mucho...

—Papá no quería hacerlo. No pretendía lastimar a nadie. Lo que no podía era ayudarse a sí mismo.

Durante mucho tiempo había deseado regresar a Nueva York, abandonar este lugar. El doctor Philstrom la previno contra ello:

—Estos ponies son la mejor terapia para las niñas...

—No puedo pasar otra noche en esa casa...

Mark proporcionó la respuesta: la casa de la escuela en el extremo oeste de su propiedad, que hacía años había sido su propia vivienda.

—Cuando papá se trasladó a Florida, me quedé con la finca principal y alquilé esa casita, pero se encuentra vacía durante seis meses.

Era una casa encantadora, con dos dormitorios, una amplia cocina, un pintoresco salón, todo lo suficientemente pequeño para que, cuando Tina gritaba en sus sueños poblados de terrores, Jenny la oyese al instante.

—Estoy aquí, *Tinker Bell*. Vuelve a dormirte...

Le contó a Luke sus planes de convertir la «Granja Krueger» en una Sociedad Histórica.